Ce récit reprend plusieurs personnages et thèmes de « Là, on va passer à une tout autre échelle », une nouvelle publiée dans mon recueil *Éclats de silicium*. Toutefois, il ne s'agit pas d'une suite, mais d'un reboot. La chronologie de la nouvelle n'est donc pas à prendre en compte.

The biggest lie on the internet is that 'I have read and I agree to the licence agreement'.

C'est le plus grand des mensonges sur internet : « J'ai lu et j'accepte les conditions générales d'utilisation. »

Mikko Hyppönen

Chapitre 1

Josh : Tu fais quoi ?
Melissa : Rien -_-
Josh : C'est pas ton heure de service pour le grand capitalisme ?
Melissa :…
Melissa : Si
Melissa : J'y suis
Josh : Brave petite esclave :p

Je soupire et ferme la messagerie, en sachant que je la rouvrirai dans quelques secondes. À moins que le miracle se produise et qu'une commande tombe. Le casque me tient chaud, à peine mi-mai, la chaleur poisseuse de l'été arrive déjà. Je crois que je vais le zapper la prochaine fois, le mieux c'est quand même de pas se casser la gueule… Je m'adosse au mur, un de ces bâtiments en brique comme on en trouve dans le Downtown, ces vieilleries rénovées à grands seaux de fric. Le bas de la façade transformé en vitrine de luxe, des costumes qui valent un an de mon loyer chez mon logeur. Une broutille pour les fédéraux auxquels je vais livrer des nems, des pizzas ou des half-smoke à la pause junk food du midi.

Mon portable vibre plusieurs fois dans ma main, Josh continue de me spammer sur Signal. Je l'imagine vautré dans son lit à s'ennuyer à une heure aussi matinale (comprendre : bientôt 12 h). Pas de notification PolyVery. Est-ce que tous les fonctionnaires et autres contractuels gouvernementaux privés du coin se sont décidés à manger sagement à la cafétéria de leur antre plutôt que de commander des trucs plus ou moins gras, salés, sucrés, ou au contraire végé-sans-gluten ? Allez, les gars, mon compte en banque en aurait besoin…

Mais non.

Comme si elle agissait toute seule – et à ce stade de réflexe machinal, c'est limite le cas – ma main redéverrouille le téléphone. Ou plutôt la magie de la pression du pouce sur le lecteur d'empreinte. Ouais, ce truc qui ne protège rien du tout en fait. Mais bon, c'est pas comme si j'avais grand-chose de sérieux sur mon portable. Quand c'est pratique, même si c'est totalement troué en termes de sécurité, on (un « on » collectif) s'en fout pas mal, hein ?

Je rouvre Signal pour lire le déluge verbal de mon cousin.

Josh : Sérieux meuf t'espères quoi avec eux

Josh : T'es toujours pas payée quand t'es plantée à attendre en + si ?

Josh : 😣

Josh : J'aime bien les émojis ici

Josh : Sont mieux que ceux de la messagerie de Sparkles

Josh : Ah je t'ai perdue

Josh : Ça y est un bureaucrate a sonné sa servante ?

Mes pouces se lèvent pour écrire quand je vois la minuscule goutte apparaître sur le haut de mon tactile (plein de traces de doigts, ça ressort bien, et beurk au passage…). Puis une autre. Et encore. Et l'averse qui commence pour de bon. Putain.

Au moins ça rafraîchit…

J'essuie mon écran, étalant le mélange lipides cutanés + eau de pluie en traînées très moches. Tapote vite fait une réponse :

Melissa : Nan suis toujours là

Melissa : Aucune commande

Melissa : Et ouais entre 2 czst

Melissa : C'est pour notre gueule si on a rien*

J'ai à peine envoyé que la messagerie balance une nouvelle vibration :

Josh : 🙄
Josh : Vous vous faites vraiment baiser
Josh : Ces grosses plateformes de toute façon c'est toutes les reines de l'entube
Josh : Ça me blase qu'aucun candidat en parle pour les élections
Josh : Ils sont tous copains avec le secteur privé
Josh : Pas un pour rattraper l'autre
Josh : 😬
Josh : T'as suivi les premiers débats ?
Josh : Quelle putain de blague

Oh là là, s'il part sur la politique il va plus me lâcher. Je ferme ma messagerie avant de voir ce qu'il va encore me raconter.

Vibreur. Un petit « bling ! ». La diode bleu cyan qui clignote. Alléluia. Comme quoi quand on espère, tout finit par arriver. Et au moins j'ai une bonne excuse pour échapper au monologue politico-complotiste de Josh. Pas qu'il ait tort sur le fond quand j'y pense. Je sais même pas si je vais aller voter. Pour ce que ça changerait pour moi…

J'ouvre PolyVery, écran de chargement, long, trop long, à chaque fois, mon portable rame pour gérer plus de deux applis en même temps, c'est horrible. Je suis sûre que je dois rater des livraisons avec ça. Me faire griller par une meilleure puissance de smartphone… La tristesse. Parfois il plante et se coupe carrément tout seul, et mon cœur a un bug en synchro. Tant que c'est purement logiciel, ça va, je me débrouille. Il est déjà rooté dans tous les sens, alors une réinstallation du système d'exploitation de plus ou de moins, pas de soucis. Mais là ça commence à ressembler à un problème hardware… et ça, ça craint. Parce que vu l'âge de l'engin, c'est mort pour trouver quoi que ce soit comme pièces (si tant est qu'il se laisse démonter sans éclater en morceaux) et comment dire que passer deux ou trois mois d'économies dans un nouveau téléphone, c'est pas ma priorité…

L'ouverture (enfin) de PolyVery me tire de ces considérations sinistres. Trois menus half-smoke[1] (on fait dans les classiques) pour Jeremiah au… tiens, tiens, Hoover Building. Les vrais de vrais fédéraux, et qui ont apparemment aussi une vraie flemme d'aller se servir dans un des snacks spécialisés en hot-dog 100 % washingtonien de Pennsylvania Avenue. Tant mieux pour moi, après.

J'accepte la livraison. OK, maintenant, on se concentre.

Téléphone dans la poche. Écouteurs en place. Je resserre le sac officiel PolyVery sur mon dos. Grimpe en selle, et c'est parti. Le beat électro accompagne mes premiers coups de pédale alors que je descends du trottoir à fond. La brise de l'accélération fait du bien, un peu de pseudo-fraîcheur mâtinée de pluie. La route mouillée ce sera bientôt moins cool, mais bon, tant pis. Faut y aller.

Je trace le long des façades qui alternent entre le ton brique et le beige de ces crépis rénovés, dépasse une ou deux voitures arrêtées à un feu rouge. La voix de mon appli GPS m'indique de tourner sur la gauche de cette avenue à l'angle d'un pâté de petits immeubles de bureaux néoclassiques (je crois que ça s'appelle comme ça, avec ces genres de colonnes et des arches style antique). Retour sur le trottoir le temps d'esquiver les caméras du feu – je sais pas si cette histoire de verbalisation automatique par reconnaissance faciale est vraie, mais je tiens pas à

1 Half-smoke : spécialité culinaire de la région de Washington D.C., à base de saucisse fumée.

vérifier par l'expérience… Et puis il n'y a personne là, pas de piétons, qui je dérange ?

Le conducteur devant lequel je débouche un peu à l'improviste ne partage peut-être pas cette évaluation de la situation. OK, je n'avais pas fait gaffe au sens unique, mais en même temps le GPS m'envoie ici, aussi… Le klaxon me vrille les oreilles et ma vision périphérique capte vaguement un geste bien énervé derrière la vitre. Mais je suis plus occupée à esquiver le type en costard qui jaillit de cette rangée de colonnes, le nez dans son portable. Tellement pris que je crois qu'il ne m'a même pas remarquée.

Foutu GPS qui considère les vélos alternativement comme des piétons ou des voitures selon les endroits… Et encore, cette fois il ne m'a pas envoyée sur un périphérique de banlieue. Plus jamais ça putain, pas pour rien que je reste tout le temps en centre-ville maintenant.

Après quelques virages de plus (à angle droit, évidemment, le Downtown étant le Downtown) et seulement un coup de klaxon pour aller avec (c'est pas ma faute si les gens sont pressés et aigris non plus), la voix de synthèse m'indique que ma destination n'est plus loin sur ma droite. Et effectivement, quand elle l'annonce je suis déjà en train de caler mon vélo contre le mur de l'immeuble à côté du snack, merci. Encore des briques, tellement… briquées et rétro à la fois qu'elles en deviennent limite kitsch. En même temps ce fast-food se la joue vintage nostalgique, genre tradition culinaire authentique des rues de la capitale. D'après les pancartes à la patine toute neuve, le gras et le sel de leurs plats, au moins, c'est du gras et du sel de qualité. Bon, je suis un peu méchante, les employés sont sympas. Déjà, ils m'ont jamais traitée comme une esclave livreuse et même une fois quand j'étais en mode bien stressée en arrivant à la bourre, ça va, ils ont été cool.

J'approche du guichet extérieur ouvert dans l'emplacement d'une ancienne fenêtre. Le parfum de friture m'assaille dans un nuage olfactif très très tentant. Le grand brun me sourit derrière sa barbe bien taillée (je crois que c'est Steve, lui, mais je suis plus sûre) :

— Salut !

Je souris aussi, alors.

— Bonjour, c'est pour la commande de Jeremiah !

— OK, ça arrive, deux minutes.

— Merci !

Mon sac PolyVery à la main, j'attends là, à renifler ces bonnes odeurs cholestérolées (je sais pas si c'est un vrai mot, mais bon pourquoi pas). L'auvent fait un abri plutôt bienvenu, le crachin persiste et rend tout encore plus moite. Ma veste de sport commence à être mouillée aux épaules, mais c'est un peu de sueur aussi… pfff, et on est même pas en été…

— Hey, Mel !

Je me tourne vers la voix. Doug, un esclave à vélo comme moi, il est en train de poser sa bécane près de la mienne. Il sourit. Moi aussi. Je suis pas super proche des collègues en général, mais lui il est cool. Bon, le fait qu'il me reluque jamais en mode affamé d'autre chose que de malbouffe, et qu'il a l'air limite encore plus timide que moi, ça a pas mal aidé. Je crois que c'est moi qui lui ai parlé la première. Et ça, c'est assez incroyable de ma part.

— Salut Doug !

On se fait un check, ça m'arrange qu'on se serre pas la main parce que je les ai vraiment moites. On dirait que lui aussi, ses pommettes sont carrément luisantes (j'espère que j'en suis pas là).

On reste plantés là, à moitié sous le crachin.

— Ça va ? je demande, avec originalité.

— J'suis claqué. J'ai fait la nuit hier, j'sais pas si c'est le temps ou quoi, mais j'ai eu des commandes super tard. J'ai fini à 3 h du mat' !

C'est vrai qu'il a de ces cernes, le pauvre.

— Ça valait le coup ?

— Ouais trop, j'ai atteint un des paliers d'objectifs journaliers, c'est la première fois que j'arrive à avoir cette prime !

— Cool ! J'ai jamais fait les soirées, moi…

— Ah sérieux ? Tu devrais !

— Je le sens pas trop, la nuit, me balader seule un peu partout comme ça…

Il grimace, l'air embarrassé – et inévitablement, je suis gênée de l'avoir gêné.

— Ah ouais, j'comprends. Je crois que ce serait pareil moi. Je veux dire si j'étais une meuf.

Je soupire :

— Ouais. Y'en a qui le font, mais j'ai trop la trouille.

— Tu fais toujours ton taf sur internet là, pour apprendre des trucs à des IA ?

Je souris, contente qu'il s'en souvienne.

— Oui, toujours. C'est pas si impressionnant en vrai, tu sais, faut juste euh… Cliquer sur des images, vérifier du texte… Mais bon au moins je suis posée chez moi.

Doug indique sa commande au mec du guichet. Ma main obéit à la compulsion de l'habitude et récupère le portable dans ma poche.

— C'est pour toi, miss !

Doug me tend le gros sac en papier que vient de lui filer le serveur.

— Oh super, merci !

Je lève un pouce à l'intention de l'employé qui ne fait déjà plus attention à moi.

On échange un regard avec Doug, celui qui dit bien tout : la pause sociabilité entre collègues d'infortune est terminée, retour au pédalage.

On se refait un check un coup, pour la route, pour se souhaiter bon courage.

Je repense à ce que m'écrivait Josh dans ses textos un peu plus tôt.

Braves petits esclaves.

*

La synthwave de Dance With The Dead pulse son rythme de trip hypnotique dans mes écouteurs. Avec un son pareil, je ne suis plus en train de galérer sur mon vélo sous la pluie pour livrer des snacks à des fonctionnaires pour quelques dollars la course. Non. Perchée sur une moto antigravité, je remonte à fond les avenues bariolées de néons sous des tours immenses. Des voitures passent en volant des dizaines de mètres au-dessus de ma tête casquée d'un cybertruc trop stylé qui me connecte à internet en même temps que je fonce dans la nuit tellement électrique qu'elle en perd de son nocturne (si ça a un sens). Exit mes fringues poisseuses, l'air lourd qui devient de plus en plus orageux malgré la bruine rafraîchissante. Bon, faut pas trop que j'oublie les *vraies* bagnoles et les piétons par contre. Et que j'écoute la voix de mon GPS même si je connais limite par cœur ces rues qui mènent à Pennsylvania Avenue. Puis c'est pas comme si le chemin vers Lafayette Square et le parc de la Maison-Blanche manquait de balisage en route, quoi.

Comme toujours la circulation est dense par ici, et pas en engins volants. Emportée par le beat, j'enchaîne quelques manœuvres un chouïa osées. Mais c'est pour le bien du repas de midi de fonctionnaires de l'État fédéral, alors ça compense, pas vrai ? Et j'avoue, si ma note s'en porte mieux, et le pourboire avec, je vais pas dire non. Heureusement j'arrive bientôt à la partie de l'avenue où les trottoirs commencent à s'élargir, sous les rangées d'arbres. Avec un espace entre la route et les gros massifs de fleurs dans des pots en béton qui doivent autant servir de barrage anti voiture bélier que de déco. Reste le grand carrefour devant l'énorme bâtiment style gréco-romain des Archives. Sous ce ciel gris pesant, il a des airs de chute de Rome. Mais à ce moment-là, *Zombie Night* commence dans mes écouteurs, et l'épique m'emporte à nouveau. Je me lance dans le flot du croisement dès qu'une petite ouverture apparaît. Ma roue dérape un peu sur l'asphalte humide à la descente du trottoir et l'espace d'un instant, j'avoue que je me dis que j'ai peut-être fait une bourde. Genre, quand je remarque ce gros van sombre, le cliché du véhicule de surveillance, qui fonce vers moi pendant cet infime délai que l'incident a ajouté. Mais avec un grand coup de pédale sur le temps (ou le contretemps, j'y connais rien en musique), je repars sur ma file. Même pas de klaxon. Pas vu si le mec était en costard-lunettes-noires malgré la météo, mais un calme aussi détaché… forcément un agent gouvernemental, non ?

Je remonte sur l'autre trottoir, face au J. Edgar Hoover Building avec ses faux airs de bunker plein de fenêtres et ses drapeaux. Même s'il n'est pas plus tape-à-l'œil que n'importe quel bâtiment administratif du coin, j'ai quand même ce genre de petit frisson à chaque fois. Le FBI quoi. Les types qui ont plus ou moins le droit d'intercepter tout ce que je fais sur mon portable ou mon ordi simplement parce que « sécurité nationale ». Bon, les filets attachés un peu partout sur la façade pour éviter que des bouts de béton tombent sur la tête des passants, ça le fait moyen pour l'image. Mais quand même !

Je descends du vélo et marche à côté pour approcher à distance respectable de l'entrée, sous le regard blasé des caméras de surveillance. Parfois je me dis que ça serait trop stylé de pouvoir faire un tour dans ce bâtiment à l'occasion d'une livraison. J'aurais même été prête à prendre quelques minutes de retard avant d'enchaîner sur la prochaine… Mais la réalité de la sécurité nationale et de tout le reste est là, alors j'attends sagement appuyée au guidon, plantée toute seule avec le grondement de la circulation du carrefour derrière moi. Je récupère mon portable pour appeler le client via l'appli PolyVery.

Les portes vitrées un peu teintées s'ouvrent sur trois mecs qui ressemblent à des trentenaires en costard quelconques, plus qu'à des agents secrets de film d'action. Ils commencent à allumer des clopes et papoter, l'un d'eux fait un signe de tête dans ma direction et sort son téléphone. J'ai à peine le temps de lancer l'appel qu'il lève l'écran vers moi et dit, assez fort pour couvrir la distance :

— Je crois que vous avez ma commande !

— *Notre* commande, un des autres le corrige. J't'ai déjà payé, mec, va pas essayer de me piquer ma bouffe !

Ils se marrent en mode *bros*, ça me fait sourire. Des vieux ados version badge officiel et flingue sous la veste. Quoique, cette dernière partie, je sais pas si elle est si drôle que ça en fait…

J'avance vers le groupe avec mon vélo, le sac entre mon bras et le guidon. Jeremiah est en train de fouiller ses poches.

— Merci… Melissa, c'est ça ? (S'adressant à ses collègues :) Vous avez pas cinq balles sur vous ? Pour filer un pourboire à la petite.

Je souris poliment.

— C'est gentil, mais vous pouvez le faire par l'appli en fait. Enfin même il faut passer par là, j'ai pas le droit sinon…

Un des fédéraux prend le gros sac en papier que je tends. Jeremiah ressort son portable, hoche la tête avec un sourire en coin.

— OK. Parce que bon, j'veux quand même marquer le coup, tu vois. Pour une fois que la livraison est agréable à regarder aussi…

Un autre rigole :

— Grave. Y'a pas moyen de choisir qui nous livre ? Ça serait top, ça. Vous vous feriez plein de fric, les filles comme toi, je suis sûr.

Un de ses potes me reluque plus bas que les yeux quand il sort ça. Les lourds… pourtant je fais gaffe (comme si c'était ma faute…) t-shirt large, survêt ample (pas trop, sinon il se prend dans la chaîne…). Mais je dis rien, et j'essaye de la jouer cool quand même, car c'est eux qui vont me noter…

— Au revoir, bonne journée !

— Salut Melissa, et t'inquiète, t'auras un pourboire sympa. Faut juste que je trouve comment ça marche…

Je m'oblige à sourire et lève un pouce.

— Super. Merci.

Son pote relou ajoute un commentaire à voix basse en me lorgnant toujours, et ça fait marrer le troisième. Jeremiah semble un peu gêné cette fois. Enfin. Vu qu'il a amorcé les « festivités », je veux même pas imaginer ce que l'autre a sorti.

Je remonte vite fait sur mon vélo. Va falloir me poser quelque part à attendre la prochaine livraison, mais les trois mecs ont l'air décidés à rester fumer et finir leur pause repas là devant l'entrée, alors… pas ici. Je réalise un peu plus loin, en m'arrêtant au niveau d'une façade administrative quelconque, que ma playlist est arrivée au bout. Le « bing » d'une notification PolyVery résonne dans le silence de mes écouteurs. Note cinq étoiles de Jeremiah, avec un commentaire (« Merci ;) ») et… ouais, un pourboire pas mal. C'est déjà ça, on va dire… Je soupire, m'adosse au mur humide (de toute façon mon blouson est plus à ça près). La ferveur de la synthwave retombe et je suis plus que moi maintenant. « La petite » qui livre des plats à emporter pour une dizaine de dollars horaire en comptant l'entretien du vélo à ma charge. Et encore, ça, c'est les bons jours.

Un autre signal PolyVery. Il me faut quelques secondes pour me secouer et ouvrir l'appli. Nouvelle commande. Deux menus thaïs pour Philip, du Department of the Treasury. Un restau asiatique assez coté à… Chinatown, ben tiens.

Je remonte en selle. C'est reparti.

*

Je referme la porte derrière moi avec l'espèce de soulagement un peu morne qui vient quand une journée vraiment pas terrible se termine. Mais la perspective de la soirée assez moche se pointe vite fait, et tout retombe. J'enlève mes mitaines avec un certain côté dramatique dans le geste. Soupire.

Dans le salon, plus loin, la télé résonne très fort. La voix d'un présentateur que M. Davis suit souvent, aucune idée de son nom, un genre de jeu de culture générale je crois. Je laisse mes baskets dans le coin chaussures qu'il me réserve dans le placard du hall, qui serait presque vide sans mes sneakers à différents états d'usure. Ses trois paires de souliers de ville au cirage parfait ont l'air d'être tout le temps exactement à la même place. J'en viens à me demander s'il sort toujours parfois, pourtant il me semble qu'il va au moins au temple régulièrement. J'espère qu'il continue. Vu les photos sur son buffet, où il pose en costume impeccable avec ses amis du chœur de gospel, on dirait que c'est super important pour lui.

Je m'avance jusqu'au salon, la porte est grande ouverte. Le carrelage est froid, mais ça fait plutôt du bien… Il fait un petit peu moins lourd à l'intérieur, la fraîcheur de ces vieilles maisons en briques.

M. Davis est installé dans le canapé, une tasse vide sur la table basse, concentré sur le grand écran mural. Je lance, pas trop fort pour ne pas le surprendre :

— Je suis rentrée, M. Davis !

Il se retourne, m'adresse son regard toujours aussi bienveillant, tranquille.

— Ah, Melissa ! Tu as passé une bonne journée ? Beaucoup de livraisons ?

J'essaye de sourire de façon convaincante.

— Oui, ça va, merci.

— Très bien, très bien. Veux-tu un peu de thé ? Il en reste de…

Il allait se lever, je réponds tout de suite :

— Ne bougez pas, M. Davis, merci, je me servirai !

Il grimace un peu en se rasseyant, toujours son dos qui se coince. Adorable M. Davis, il est beaucoup trop gentil avec moi.

Je le laisse à son émission, monte rapidement l'escalier, les vieilles marches de bois casse-gueule en chaussettes. Direction la salle de bain, après une étape pour récupérer des affaires dans ma chambre. Je soupire en entrant dans le désordre qui s'accumule tragiquement. On peut dire que la pièce contraste avec le reste de la maison… Je balance le tas de fringues propres-mais-pas-encore-rangées de la chaise de bureau vers le lit (qui me tente un peu trop d'ailleurs, mais non, pas le moment de se poser, hélas). Leggings camouflage urbain, t-shirt, un sweat gris clair qui commence à s'effilocher aux poignets… OK, ça ira très bien. Je pose mon portable (la diode de notification clignote, ça me rappelle que j'ai toujours pas répondu à Josh, mais les débats politiques à sens unique attendront ; d'abord, douche). Posé sur le lit et à moitié enfoui sous les vêtements en vrac, mon ordi trône comme la tentation de la Procrastination. Mais non, il patientera lui aussi. Jusqu'au moment de me remettre au boulot…

Salle de bain, c'est parti.

Ma tronche dans le miroir me regarde d'un air blasé. Pas celui boudeur-ténébreux style star dark ou mannequin, plutôt le genre fille qui vient de passer une journée de taf pourrie, a eu trop chaud, et avec un casque qui complète le graissage optimal des cheveux façon serpillière. Ce qui correspond assez exactement à la réalité.

Je revois le sourire un peu contrit de l'employée PanOpt Inc, dernière livraison du jour avec un gros paquet de donuts. Sa tête quand elle m'a dit juste « merci », la compassion pour la pauvre fauchée qui se retrouve à foncer dans tous les sens sur son vélo pour apporter du gras et du sel (ou du sucre en l'occurrence) aux gens qui ont un vrai travail – comme sous-traitante dans l'attaque informatique pour la branche cyber du Pentagone, par exemple.

Ce qui est dingue, c'est que ce sont pas les gros lourds qui me « draguent », les coups de klaxon, ou les restaurateurs grincheux qui me restent à l'esprit, là, quand j'ai fini. C'est cet air de comprendre, tellement rare en fait, que non, je fais pas des livraisons de bouffe par vocation.

J'y pense encore en me shampouinant. Cette sensation amère qui part beaucoup moins bien au lavage que le mélange pollution-sueur.

*

La douche a fait du bien… Un bon coup de fraîcheur. Faut en profiter car dans un mois à peine, ça suffira même plus. L'été washingtonien façon serre, avec les gros orages étouffants.

De retour dans ma chambre. Je jette ma tenue de livraison du jour dans le tas « à laver ». Soupire. Allez. Deuxième partie de la journée de boulot maintenant. J'enlève les quelques trucs qui traînent sur le petit bureau contre la fenêtre, flacon de déo, deux pots de vernis à ongles que j'ai laissés sécher dans leur coin, ma vieille 3DS que je dois réparer un jour, à moitié démontée (j'ai dû perdre quelques vis déjà)… Sur la chaise, Kookie, mon koala en peluche me regarde avec son air tout gentil qui me réconforte depuis quinze ans, quand j'ai de gros chagrins (comme dirait maman). Ouais, j'avais une imagination limitée pour les noms, à quatre ans.

— Allez, toi aussi…

Je l'attrape et le pose doucement sur mon lit, adossé au mur pour qu'il soit bien (je sais, j'ai 19 ans…). Ses coutures sont fatiguées sur le côté, de la bourre dépasse. Il faut que je le répare, le pauvre…

Bon.

Je déplie mon ordi et le place sur le bureau à présent libéré. Mot de passe de session… L'environnement graphique KDE de mon installation ArchLinux remplace l'écran d'accueil, avec mes tas de terminaux ouverts sur un peu (trop) tout et n'importe quoi. Pfff… Entre ça et mes 86 onglets Firefox, faut que je finisse par faire du tri, mais j'ai la flemme. Tant que la mémoire de ma machine tient la route, pourquoi sacrifier un précieux temps de vie à fermer des trucs qui pourraient resservir un jour prochain ? Comme mes quatre ou cinq projets d'applications mobiles à moitié programmées dont je sais même plus ce que je voulais faire au départ… une fois achevées, peut-être qu'il y aura la top appli du store parmi elles ! Je restaure ma fenêtre Firefox, qui a toujours la page d'un topic de Cr4cks4Cr4cks ouverte depuis hier, enfin… plutôt ce matin, très très très tôt on va dire. Ah, oui. L'annonce d'un de ces gangs de Ransomware-as-a-service[2] qui déclare qu'ils vont prendre leur retraite au soleil car c'est bon, ils ont ramassé de quoi s'acheter leur propre armada de yacht et de quoi construire un QG style vrai méchant de James Bond. Merci pour tout et au revoir. C'est dingue. Ces types – et ces meufs aussi je suis sûre – qui se font autant de fric en louant des outils tout prêts pour paralyser des réseaux d'entreprise voire des usines entières… (Et les ordis perso de pauvres M./Mme Doe.) Ça veut dire qu'il y a des clients pour ça, et qu'ils y gagnent de quoi justifier la grosse part du magot reversée au gang.

---

2 Ransomware-as-a-service (RaaS) ou Malware-as-a-service (MaaS) : fourniture d'un service de programme malveillant « clé en main » contre rémunération, permettant à des utilisateurs sans connaissances techniques de lancer des attaques.

Mon téléphone vibre sur les draps. Nouvelle notification Signal. Ça faisait longtemps. Plein de messages de Josh. Pas le courage de remonter tout son flot, je prends le tout dernier.

Josh : Tu fais quoi ?

On dirait qu'il s'ennuie encore, le cousin. Jamais compris ce qu'il faisait de ses journées… à part les petits deals, fumer d'autres petits deals, et glander sur son matelas. Peut-être que ça, en fait.

Je vais bazarder mon téléphone sur le lit sans lui répondre, mais retiens le geste au dernier moment. Envie de parler. De balancer un peu tout ça, l'amertume qui pèse. Sans que mon cerveau y soit pour grand-chose, mes pouces commencent à courir sur le tactile.

Melissa : Je lis un truc qui me blase
Josh : ?
Melissa : Un gang cyber qui se fait des tunes à mort
Melissa : Moi je galère avec mes 2 boulots pourris
Melissa : Personne veut me prendre pour faire un vrai taf en info
Melissa : Parce que j'ai pas de diplôme
Melissa : Que je peux psa me payer parce que j'ai pas la tne
*Melissa : tune**
Melissa : Et je pexu pas avoir la tune parce que j'ai pas de vria
*Melissa : de vrai boulot**
Melissa : (u_u')
Josh : 🇺🇸
Josh : Bienvenue aux États-Unis d'Amérique meuf
Josh : Dieu bénisse etc etc
Josh : T'as qu'à faire comme ces mecs là
Josh : Pirate des trucs

Josh : Je suis sûr que tu saurais faire ça
Josh : T'es à fond dans la progra
Josh : Le code
Josh : Toute cette merde
Josh : Va hacker des trucs bordel !
Melissa : Arrête tes conneries
Melissa : Dis pas ça ici
Josh : Bah quoi
Josh : Je croyais que c'était sécurisé ce truc
Josh : Chiffré et tout
Melissa : Ouais ouais mais bon
Melissa : Fais gaffe quand même
Melissa : Et je suis pas black hat[3]

D'accord, peut-être grey[4] à la limite… Je repense à quelques bases de données pas très bien protégées, des interfaces administrateurs de trucs industriels aussi.

Ouais, on va dire grey, allez.

Mais c'était que des petits tests, juste par curiosité, quoi !

La réponse de Josh vibre dans ma main.

Josh : Bah faut t'y mettre
Josh : Le noir c'est la seule vraie couleur de toute façon
Josh : 😎

L'indicateur dit qu'il écrit encore un message, mais je lirai plus tard, sinon je vais pas m'en sortir. Et faudrait que je me mette au boulot. Le téléphone atterrit souplement sur le lit, re-

3 Black hat : utilisé pour désigner les hackers se livrant à des activités criminelles, piratage bancaire, création de malwares…

4 Grey hat : hacker n'ayant pas d'intentions malveillantes, mais recourant à des moyens illégaux. Il ou elle peut par exemple attaquer un réseau d'entreprise pour en tester les vulnérabilités, et prévenir la victime sans lui causer de dommages.

bondit, manque glisser d'un t-shirt... mais non, c'est bon, il se stabilise.

Nouveau soupir. Je regarde la fenêtre Firefox toujours ouverte sur Cr4cks4Cr4cks, sans vraiment la voir. Est-ce que je retourne me chercher un peu de thé ? Le mug vide posé sur le coin de la table me tend les bras avec tout le charme de la procrastination. L'idée de laisser tomber pour aujourd'hui, de me prendre ma soirée tranquille à... à faire quoi, d'ailleurs ? Zoner sur du streaming sans doute, ou jouer un peu, je sais pas, sur Minecraft peut-être... Et déprimer encore plus après, parce que j'aurai pas atteint mon quota de revenus quotidien minimum pour arriver à économiser un petit peu. En enlevant déjà le loyer (pourtant M. Davis fait un prix super bas, il est trop, trop gentil), les courses... Je m'avachis en arrière, mes cheveux humides balaient mes bras.

À quoi bon ?

Le plafond blanc me regarde, aussi vide que mes perspectives. Je sais pas combien de temps je reste vautrée là. Pas longtemps en général, c'est vite ennuyeux quand même. Alors comme à chaque fois je finis par m'y mettre. Raisonnable ? Résignée, ouais, plutôt. Je passe plusieurs onglets d'un peu tout et n'importe quoi. (Tutos de progra, news de failles, comptes Sparkles Links de Stanford, de Berkeley, de Harvard – rêves inaccessibles, pourquoi je me fais du mal ?) Et la voilà, la page de connexion PolyKeres, avec son logo de mains entremêlées. Pas celle de PolyVery, où on peut commander de la bouffe (ou même des chaussures, un téléphone ou un fer à repasser d'ailleurs) n'importe où et se la faire livrer à force de pédalage, non. Je connaissais même pas ce versant de la boîte avant de commencer à bosser pour eux. Enfin, pas *pour* eux. C'est *avec* eux, le slogan. Ils insistent sur ça dans leur présentation en plus, « mettre en avant le meilleur de l'intelligence collective et de l'humain, avec vous, chaque jour ». Leur nom aussi c'est un délire en grec ancien autour des mains, genre une armada de mains prêtes à cliquer. Ou à trimballer des half-smokes et des sushis.

Le grondement du train sur la voie ferrée qui traverse le pâté de maisons un peu plus loin me rappelle à l'ordre. C'est celui de 18 h 30. Il est temps de vraiment s'y mettre si je veux atteindre un quota acceptable avant 2 h du mat'.

C'est faux : je vais continuer jusqu'à 2 h du mat' quoi qu'il en soit. C'est bien pour ça que je loue cette chambre, pour bosser tard sans réveiller les frangins qui vont au collège le lendemain.

Alors, on y va, connexion, mot de passe (je l'ai choisi costaud celui-là, y'a quand même mon nom, mon adresse, mon téléphone, mon compte en banque là-dessus, de quoi remplir des listes de données en vente sur des marchés noirs quoi). Le bot d'assistance m'écrit dans la fenêtre de tchat sur le côté :

Bienvenue, Melissa !

Mon tableau de bord s'affiche avec toutes mes statistiques journalières, hebdomadaires, mensuelles. Le nombre de tâches accomplies, le montant gagné pour chacune, la comparaison avec la moyenne des autres… quoi, employés, travailleurs ? « Esclaves » comme dirait Josh ? Peu importe, les autres, quoi. Le prénom et l'initiale de celui ou celle qui a le top record du moment apparaissent sur un petit podium, suivies des classiques genre médaille d'argent et de bronze. C'est presque toujours les mêmes en ce moment. Comment ils/elles font ça ? À part en restant h24 à trier des images, corriger des phrases, vérifier des liens avec une moyenne de je sais pas combien par minute (j'ai commencé à faire le calcul une fois, puis j'ai eu la flemme). Par réflexe un peu maso je clique sur mon profil pour retrouver où je suis classée, moi. Et effectivement, ça met un coup au moral. C'est même pas l'excuse des journées à faire des livraisons. Je suis juste teeeeeellement lente. De plus en plus, selon les chiffres. La motivation qui s'enlise façon sables mouvants, petit à petit… La courbe montre quand même des sursauts. Ça sera pas le cas aujourd'hui…

Je repasse sur le tableau de bord, puis ouvre la liste des tâches actives, proposées par les dizaines de clients corporate de PolyKeres qui cherchent des yeux pour trier/vérifier/corriger et des doigts pour cliquer. Je prends la première demande. Confirmer des phrases pour l'assistant vocal de Sparkles, Ian, voir si la compréhension du sens est valide. OK, tant que c'est pas de la correction, ça me va (la dernière fois que j'ai essayé, j'ai rajouté quelques fautes…). Je branche vite fait mes écouteurs, car pour que l'IA ait un doute c'est souvent que le son est vraiment, vraiment pourri. Le lecteur audio du site apparaît, avec, dessous, la transcription texte de ce que l'IA maison a compris. Je lance. Grimace tout de suite. Un bruit de fond horrible genre mélange perceuse, bébé qui pleure, et musique à balle. Une voix se met à parler super fort, pas très loin du micro de l'assistant vocal.

— *Ian ! Arrête la musique !*

Une autre répond de plus loin, le raffut de perceuse s'interrompt.

— *Tu dis quoi ?*

— *Non, je parlais pas à toi ! Ian, coupe la musique !*

Fin de l'enregistrement.

« Ian, arrête la musique. »

« Ian, coupe la musique. »

Est-ce que l'assistant vocal doit interrompre la lecture musicale ?

Oui)

Non)

Problème détecté : précisez)

Une pensée pour les Ian de ce monde qui doivent devenir chèvre avec le choix de Sparkles de nommer leur assistant vocal par leur prénom. Je clique « Oui ». Là, à part le niveau sonore ambiant et la réponse du Ian humain qui a mis le doute à l'IA Ian, c'est vraiment clair. Je valide cette partie de la tâche et passe à la suivante. Deuxième enregistrement. Pas de bruit horrible cette fois, ouf. Juste une voix bien énervée :

— *… y'en a marre de ces conneries, j'en peux plus. La prochaine fois que je me pointe au bureau, ils vont comprendre !*

Son d'un choc, genre poing sur la table. Je sursaute. Quelqu'un répond :

— *On peut pas savoir, t'as aucune preuve, rien, si tu les confrontes comme ça, tout ce que tu vas faire c'est te retrouver à la porte.*

— *Tant pis, j'ai mon honneur, merde !*

— *Et moi toujours pas de boulot ! Réfléchis, faut que tu…*

Ça s'arrête là. Je me sens un peu gênée, comme à côté d'un couple qui se met à s'engueuler en public dans un bus ou quoi. Ça me rend super nerveuse ces trucs domotiques, les assistants qui écoutent en permanence tout ce qu'on raconte en attendant de détecter qu'on s'adresse à eux. Même M. Davis en a un dans son salon, alors que je crois pas qu'il s'en serve, seulement… Je pourrais peut-être lui suggérer de le virer, son application sur tablette suffit pour gérer ses quelques gadgets connectés.

Bref.

On dirait que c'est le « y'en a marre » qui a déclenché Ian alors qu'on l'avait pas sonnée.

« Ian a marre… »
Cette requête à l'assistant vocal était-elle valide ?

Oui)
Non)
Problème détecté : précisez)

J'hésite à juste mettre « Non ». L'algorithme va sentir qu'il y a une anguille sous roche (j'adore cette expression) à tous les coups, et ça va faire baisser mon score de pertinence. Allez, « Problème détecté ». J'essaye de résumer ça vite fait, j'imagine que les pauvres collègues cliqueurs qui vont vérifier derrière pour le remonter aux vrais employés qui font du vrai boulot technique ont autre chose à faire que lire des tas de détails.

Étape suivante. Tâche terminée, ah bon, c'est tout ? J'aurais cru voir au moins deux enregistrements de plus… Pas que je prenne goût à jouer la prof pour algorithme, mais c'est que le paiement à la tâche est proportionnel à ce que je dois faire…

Retour à la liste, alors. Rien ne s'affiche, enfin, pas de boulots disponibles. On dirait que je suis partie pour une de ces heures creuses… On est quoi, vendredi ? (Oui c'est ça… pfff, je perds totalement la notion du temps à me retaper tous les jours la même routine.) Possible qu'il y ait un rush de travailleurs qui viennent arrondir les fins de mois après une semaine de taf mal payé. Je charge et recharge la page, martelant F5 comme si cette pauvre touche de clavier y était pour quelque chose. Rien, rien, rien, toujours rien.

À force de m'acharner, un test de vérification apparaît pour s'assurer que je suis une humaine et pas un bot. Un bot qui viendrait faire de l'éducation de bot, c'est concept quand même. Je clique sur les images qu'il affiche, vite, non, ça c'est pas un pont, ça oui, ça c'est un feu rouge, oui. Un peu trop vite. Il m'en redemande une série. J'arrive pas à comprendre où était le piège. Il veut des vélos maintenant. Ces trucs servent à améliorer les voitures autonomes, mais je suis même pas payée… Clic. Clic. Clic. OK, valider.

Par mesure de sécurité, vous avez été déconnecté(e).

J'en reste le menton sur la table. Je viens vraiment de rater un test de Turing[5] ?

Putain.

La soirée s'annonce longue. Je ferme l'onglet.

Retour sur la fenêtre Cr4cks4Cr4cks avec l'annonce de ce gang RaaS et leur retraite dorée à nager dans la cryptomonnaie. Le compte du gang a répondu à un sceptique qui doutait de leur revendication. Une simple vidéo : une porte de garage qui s'ouvre sur une série de voitures de sport rutilantes. J'y connais pas grand-chose en bagnoles, mais assez pour imaginer combien de fric ils exhibent comme ça.

Je ferme le navigateur en écrasant le clic de ma souris comme si tout était de sa faute.

5 Test de Turing : de façon très résumée, un test qui vise à déterminer si l'on a affaire à une intelligence artificielle ou à un authentique être humain. Les CAPTCHA en sont un exemple courant.

Chapitre 2

— Mpffmmffff…

Les premières basses de *Zombie Night* me tirent d'un sommeil rempli de phrases à vérifier, de cases à cocher en face des images qui correspondent le mieux à la recherche d'un internaute et d'autres mélanges absurdes où je fais la même chose, mais à vélo tout en livrant des half-smokes. Dans mes rêves aussi, je fais des boulots de merde… Je roule sur le côté, à moitié enroulée dans le drap. Faut un grand effort de volonté pour que mes yeux s'ouvrent (c'est qu'il est tôt, 10 h quoi, oui c'est tôt…). Je laisse le beat de Dance With The Dead finir de me réveiller en douceur. Juste un tout petit peu de calme avant de recommencer à courir (enfin plutôt pédaler) partout. Samedi, ça devrait être bien lourd en commandes un peu plus étalées dans la journée normalement, y'a pas que les fédéraux au bureau, mais aussi les étudiants de l'université de Washington ou les lycéens qui se retrouvent entre amis pour souffler après la semaine de cours, passer du temps tranquille quoi…

J'adresse un soupir las au plafond, qui étrangement, ne montre pas le moindre signe de compréhension.

La chanson se termine, il faut me décider à bouger. Je dois être en centre-ville vers 11 h pour pas rater les petits déjeuners tardifs en lendemain de soirée et les pauses midi précoces.

Alors je me lève, et le rituel accéléré commence : déo, tenue de sport, un coup d'eau sur le visage pour finir de me sortir de l'état comateux (efficacité douteuse vu ma tête), casque… non pas de casque cette fois, trop chaud, tant pis ; le but c'est de pas se casser la gueule de toute façon. Portable, surtout pas oublier le portable (ça m'est arrivé de partir à la bourre totalement dans les vapes et de m'en apercevoir à mi-chemin une fois, l'horreur absolue).

En bas de l'escalier, je réalise que j'ai zappé mon sac PolyVery. Remonte et glisse sur une marche. Je me rattrape de justesse à la rampe avant de m'écraser le nez en avant, non sans me soulever un ongle au passage.

La vie qui me souhaite bonne journée.

De retour en bas, j'hésite à grignoter un truc, genre au moins une pomme… Mais pour quoi faire, la position sur la selle et le stress me coupent trop l'estomac, j'en croquerais deux bouts avant de la balancer.

Pas de signe de M. Davis. Il doit être dans sa chambre.

Il fait déjà super chaud dehors. Le ciel est noir. Je regrette pas le casque. Je sors le vélo du petit garage attenant, en faisant attention aux fleurs méticuleusement alignées le long de l'allée centrale. J'y mets un point d'honneur : pas touche aux plantes de M. Davis, il en prend tellement soin.

J'ouvre l'application PolyVery. Pas encore de nouvelle notif de Josh sur Signal, à cette heure si matinale, penses-tu…

Je réalise ce que je viens de me dire, là, et ça fait un peu mal. « Pas de message de Josh ». Il est cool, c'est mon cousin et un bon pote. Mais c'est ça ma vie maintenant alors, quand je reçois un texto, c'est forcément de lui vu que plus personne d'autre ne me parle ? Les amis du lycée partis en fac ou qui font de *vrais* boulots… Et se retrouvent tranquilles après la semaine, d'ailleurs, eux. Je vais peut-être finir par tomber sur Jenny, Olivia, Brandon, ou même Terrence. (Est-ce qu'il est toujours avec Jenny ? Il était pas mal, Terrence…) Qui sait ? Un jour ils vont commander une tournée de bagels et c'est moi qui vais sonner à la porte pour les leur apporter. En fait ça y est, je suis devenue la fille qu'on invite plus à force qu'elle dise « non, je bosse ». Je réalise d'un coup, comme ça, à quel point ça s'est passé de façon insidieuse, discrétos. Et à quel point ça fait mal.

*

De bonnes basses dubstep à fond dans mes écouteurs, je trace… des motifs abstraits sur l'écran de mon portable. L'attente, encore, compter les secondes qui passent. J'essaye de m'occuper mais j'arrive à rien. Les vidéos c'est pas trop possible, faut que je regarde sans arrêt PolyVery pour signaler que je suis toujours en ligne et prospecter les quartiers où le pourcentage de chances d'une commande s'adapte en temps réel… Aujourd'hui, je le sens pas. Trop la flemme de changer de spot plusieurs fois. Je suis pas trop mal là, en plus : un banc pour moi toute seule en bordure du Franklin Square. Vue sur le bâtiment du *Washington Post* rempli de potentiels clients, les journalistes sont plus fauchés que les fédéraux mais encore plus à la bourre pour manger vite fait entre deux deadlines d'articles à rendre. J'imagine. En fait je connais pas grand-chose à leur boulot. Ni à n'importe quel autre taf, c'est bien pour ça que je fais des livraisons à vélo au lieu d'être dans un bureau moi aussi. À développer des jeux trop cool, ou des programmes antivirus, ou je sais pas quoi. Bon, OK, ça, ce serait pas avant quelques années de fac ou d'école quand même… Je suis peut-être née trop tard. Genre trente ans en arrière, rien qu'en étant à fond sur la progra, ça aurait pu suffire je crois.

Je regarde le gribouillis sur mon application de dessin. L'efface pour en recommencer un autre, que je supprime aussi vite. Oui, j'en suis là.

Et puis la notification arrive.

Enfin.

Je repasse tout de suite sur PolyVery. Grosse commande, quatre menus nems et rouleaux de printemps chez AsiAI, ce restau ultra connecté dans tous les sens avec les recettes millimétrées sur algorithme ? Carrément ? Et… pour Allison M., je l'ai déjà livrée, cette cadre de startup dans je sais plus exactement quoi qui sous-traite des trucs pour le gouvernement (forcément, ici…). Une quinqua vraiment gentille, elle m'a donné de super pourboires, on avait discuté vite fait même s'il a fallu abréger pour que je continue mes livraisons… Ça fait plaisir de la revoir. AsiAI, ce n'est pas la porte à côté par contre, j'oubliais ce détail. Peu importe, si je dois écraser la pédale, j'ai l'habitude. Tout sera à l'heure et bien chaud (enfin, frais pour les rouleaux de printemps).

Sur cette perspective qui allège un petit peu la chape qui plombait la journée, je me lance. L'air tiède fait voltiger mes cheveux (avec mon front luisant et le survêt, c'est sans doute moins stylé qu'on pourrait le penser). L'avantage avec ce temps beaucoup trop mouillé c'est qu'il n'y a pas grand monde dehors, même un samedi. Je fonce allègrement sur les trottoirs dès qu'il faut esquiver un coin de circulation trop bouchée. Hasard de la playlist Sparkles Music, un de mes titres préférés de Perturbator démarre quand je prends bien de la vitesse, et là, pendant quelques instants, je me dis qu'il y a quand même des moments cool dans ce boulot (comme avoir une excuse pour tracer à toute blinde à vélo).

Tourner à droite sur l'avenue 43 Est, me dit la voix du GPS. Le feu est rouge, mais la voie est libre, alors j'oublie un peu la notion des couleurs. La route est à moi (très provisoirement). Je passe, braque au virage toujours bien à fond.

Au moment même de donner le coup de guidon, je sens que j'ai exagéré sur l'impulsion.

Le temps se ralentit genre bullet time, juste, quoi, une seconde. Comme pour me laisser apprécier l'angoisse, mon cœur qui rate un battement quand la roue dérape sur le goudron imbibé de pluie graisseuse. Mais l'effet disparaît presque tout de suite. Le ciel défile. Sol dur sous mon coude. Je glisse, roule. Un bruit de frein de voiture, le son de quelque chose qui se fait écrabouiller. En métal. J'attends la douleur d'une roue qui m'écrase à mon tour. Mais ça y est, je suis immobile et rien ne vient. Enfin, à part la brûlure qui me lance partout sur le côté, bras, jambe, épaule, le dos là où les fixations du sac PolyVery ont appuyé… Merde, le sac. C'est ce qui me fait me redresser, enlever une bretelle pour l'examiner. Putain, totalement râpé. Ils vont me griller ma caution. Cinquante dollars en l'air. C'est pas vrai…

Et puis mon cerveau se réactive et je remarque le sang sur ma manche toute déchirée. Le gros 4x4 genre Hummer arrêté sur la voie d'en face. Mon vélo qui dépasse en dessous. Et aussi un type qui sort de l'engin, se précipite vers moi. Il a un uniforme gris, pas flic, truc de sécurité privée.

— Eh, ça va ? J'appelle une ambulance ?

J'essaye de sourire, ça doit plus donner dans la grimace.

— Non c'est bon. Juste un peu de… aïe… peau en moins, j'crois.

— T'es sûre ? T'as pas de casque en plus…

— Ouais.

Je prends la main qu'il me tend, parce que je sens que je tremblote et je fais pas super confiance à mes jambes. Quand je dis trembloter, c'est carrément de gros frissons en fait. Un genre de sensation glaciale au creux du ventre, comme un vide, la conscience que ça aurait pu être vraiment, vraiment, vraiment pire qui se faufile dans ma tête et contamine tout le corps.

Le mec reste planté à côté de moi. Son air inquiet se renfrogne de plus en plus sous sa barbe bien taillée. Il ressemble à un militaire, et je remarque l'insigne sur sa chemise, ce logo avec un casque antique, NingirSecurity.

— Vous êtes complètement malades, les livreurs à vélo, de foncer comme ça ! Je suis sûr que t'as grillé le feu et tout, non ?

Il me fusille du regard, et j'arrive qu'à baisser la tête en marmonnant un :

— Euh…

L'explication ne le convainc bizarrement pas, et il continue :

— T'aurais pu finir sous mes roues comme ta bécane, bordel. Ou te fracasser le crâne contre le trottoir. Tu t'en sors bien là, mais t'as eu une chance pas croyable. Et ça pour quoi, pour livrer des sandwichs ? On doit vous payer une misère en plus. Ça vaut pas ta vie.

Comment dire que je demanderais qu'à faire autre chose moi, oui, que c'est pas exactement une passion, ce boulot ? J'ai même pas envie de me défendre, d'essayer de dire quoi que ce soit, trop sous le choc, trop blasée. Et puis c'est pas comme s'il avait tort. Un contractuel d'une armée privée (du genre qui va en opérations spéciales dans les pires coins chauds au Moyen-Orient) qui me fait comprendre que je risque ma peau pour rien. Quand on arrive à ce stade, c'est vraiment qu'il y a quelque chose qui cloche.

Il a l'air de se lasser de son sermon, ou de mon silence, ou des deux, et soupire. Penché sur ce qu'il reste de mon vélo, il le tire vers le trottoir. L'énorme pneu cranté est passé sur ma roue arrière et une partie du cadre, qui se tordent dans un angle improbable. Merde ! Que ce soit en réparations ou pour dégoter un nouvel engin, et la caution de ce foutu sac, c'est deux voire trois semaines de boulot qui vont partir en fumée. À moins que j'arrête là. Je laisse tomber. Fini de parcourir la ville dans tous les sens pour gagner des miettes.

OK, mais pour faire quoi d'autre ?

J'écarte la question, pas maintenant, pas envie.

Me jeter sur mon lit. Regarder le plafond, longtemps, longtemps, juste à rien faire. Me poser là sans penser aux livraisons. Sans penser à rien.

Le mec de NingirSecurity soupire.

— Je crois que ta bécane est foutue. Vu que t'étais en infraction, je sais pas si tu peux espérer grand-chose que ce soit de ton assurance ou de celle de mon boulot. Tu veux que je te ramène quelque part ? Il faudra faire attention au fauteuil par contre, ils tachent vite, et c'est une bagnole de la boîte…

Je regarde les gouttelettes de sang qui continuent de perler sur ma main, mon poignet, l'avant-bras là où j'avais retroussé la manche. Une longue zone où la peau est toute labourée. C'est juste en surface, mais ça fait super mal…

Je m'entends répondre :

— Non, ça va. Merci.

Et je sais même pas pourquoi je dis ça. C'était gentil de sa part de proposer. Il avait pas l'air spécialement louche. Et je vais devoir trimballer ce tas de ferraille pendant je sais pas combien de kilomètres (trois ou quatre je dirais, peut-être un peu plus). Mais j'imagine que j'ai besoin d'être seule. Juste, avancer. L'espace d'un instant j'ai l'impression qu'il va insister et que moi aussi je vais devoir répéter mon refus, puis au final non, il hoche la tête.

— C'est toi qui vois. Bon courage.

Il remonte dans son engin, repart dans un grondement de moteur. Je ramasse les restes de mon vélo, j'ai mal partout quand je me penche entre les tensions musculaires et la peau à vif (voire aux abonnées absentes par endroits).

Des passants me lancent des regards en coin, ça m'agace un peu, mais je les comprends. Je fais tache par rapport à leurs costards/tailleurs tout propres, et puis je suis pas à ma place : normalement les gens comme moi sont en train de foncer avec un sac de bouffe sur le dos. Pas de marcher avec leur bécane toute tordue sur l'épaule.

De ma main droite éraflée (aïe…), je pêche mon portable pour signaler à Allison M. que sa commande va devoir attendre un nouveau livreur. Découvre le superbe impact en étoile qui orne désormais l'écran. Et merde. Il s'allume malgré tout et je peux envoyer mon message d'échec cuisant.

Après quelques centaines de mètres comme ça, avec le cadre qui me rabote la clavicule et mon genou qui heurte sans arrêt la roue avant, je renonce. Avise une de ces ruelles qui semblent dédiées aux gros conteneurs poubelles. J'abandonne là mon vélo défunt. Libre-service pour les pièces détachées ou pour le vendre à la ferraille. J'ai des bons souvenirs avec, c'est quand même un peu triste. Mais la sensation qui domine, c'est celle de tourner une page.

Reste à savoir laquelle.

Et surtout, ce qui va suivre.

*

Salut plafond, mon vieil ami.

Le compagnon de mes moments de déprime, lui, avec mon lit et Kookie. Quoiqu'on pourrait dire aussi du reste du temps. Je suis allongée là, mon ordi posé à côté de moi, mais même pas sorti de veille prolongée. Mon bras me fait mal, j'ai imbibé des bandes de gaze avec du désinfectant tout à l'heure et maintenant je regrette cette idée, ça a dissous les croûtes et je saigne à nouveau par endroits. Alors dès que je bouge, j'ai peur de déplacer les bandages, parce que je ne voudrais pas tacher mon pyjama. Sang sur pilou gris perle, bof.

Oui, il est même pas 16 h.

La télé de M. Davis résonne très fort dans le salon en bas, comme souvent quand il pleut. Ça m'a bien arrangée de pouvoir passer discrètement. Il se serait inquiété pour rien et je sais pas si j'aurais réussi à le convaincre de ne pas appeler le 911 pour m'envoyer direct aux urgences.

Et maintenant ?

Je compte bien rester vautrée jusqu'à ce que la culpabilité de ne rien faire de productif (comprendre d'un point de vue purement capitaliste : qui ne rapporte pas d'argent) me fasse bouger. Le problème c'est qu'elle est déjà là, sournoise, à ramper dans les tréfonds de mon crâne. Sous la forme de mon ordi fermé. Du regard accusateur du sac PolyVery tout abîmé posé sur mon tas de linge à laver (toujours pas signalé l'incident, ma caution est dans un sursis aussi temporaire qu'illusoire). De l'écran fissuré de mon smartphone. De l'image de mon vélo plié en deux contre une poubelle.

De mon hypothétique année universitaire future dans une grande fac.

Les souvenirs amers d'une lettre de refus de mon dossier de bourse reviennent ruiner un peu plus mon humeur. À deux dixièmes de points près sur ma moyenne je suis sûre que ça serait passé. Deux petits dixièmes qui m'auraient épargné… tout ça. Bon, pendant un temps au moins. Mais ça aurait toujours été ça.

Je sens que la boucle de pensées négatives m'enveloppe peu à peu, resserre ses griffes sur mon pauvre cerveau. Alors je cède. OK, au boulot. Je peux plus livrer de rouleaux de printemps, mais apprendre à des IA comment interpréter les bêtises que peuvent dire les humains, ça, c'est encore faisable.

Je me redresse un peu contre le ventre doux de Kookie le koala et mon oreiller. Mon coude me lance, une douleur électrique et sourde en plus de celle des éraflures. Je vais pouvoir compter mes bleus demain. Il faudrait que je me remette au bureau pour être vraiment efficace.

Mais la flemme.

J'ouvre l'ordi posé sur mes cuisses. Ma session démarre sur une vidéo Sparkles Video que je ne me rappelle même pas avoir regardée, hier. Le hasard de la perdition de contenu en contenu, zapping version clic au fil des suggestions que l'algorithme sélectionne pour mon profil. Un challenge de progra pendant une convention de hacking. La procrastination me pousserait à la lancer, mais j'ai déjà dépassé ce stade. Alors je pars en quête de mon onglet PolyVery, celui dédié aux travailleurs à la tâche, pas aux clients qui veulent commander des half-smokes ou n'importe quoi d'autre. Login, mot de passe. Le tableau de bord m'accueille avec toutes ses statistiques déprimantes. Non, cette fois je n'irai pas regarder qui est en tête de classement ni chercher ma position dans la liste interminable. Ni me faire du mal à contempler la courbe de mon efficacité horaire moyenne en chute libre. Droit au but, j'affiche les tâches disponibles. Un petit F5 réflexe pour rafraîchir alors que la page s'affiche tout juste. Ou plutôt, n'affiche que du vide. Aucun boulot à faire. Sérieusement ? Je F5 encore quelques fois pour la peine. Mais non, ce n'est pas un problème de chargement. VRAIMENT aucune tâche de libre.

Y'a des jours comme ça…

Puisque le monde veut que je procrastine, je retourne sur la vidéo du hackathon et la lance. Mais mon attention est captée par une vignette sur le côté dans les suggestions personnalisées Sparkles Video (c'est tellement flippant d'ailleurs, ce ciblage…) :

VRAI cybercrime – Le type attaque un distributeur et fait pleuvoir de l'argent

Le titre est racoleur genre putaclic. L'image aussi, avec cette silhouette à capuche bien sombre. Mais on dirait que ça marche puisque, eh : je clique.

C'est un enregistrement de vidéo surveillance passé sur une chaîne d'info télé, on voit le bandeau en bas qui reste d'un mauvais recadrage pour le découper. La caméra est en hauteur et filme un petit hall vide avec une porte vitrée au bout. Il semble faire nuit dehors. D'accord, c'est une de ces banques dont l'entrée est ouverte 24 h sur 24 pour laisser l'accès au retrait automatique. Une silhouette pousse le battant, capuche de sweat rabattue sur une casquette à longue visière. Il (ou elle) approche du distributeur, tranquillement, la tête soigneusement baissée. Je remarque le sac de sport en bandoulière. Il y récupère quelque chose, une… ah oui, une mini perceuse, carrément ! On ne voit pas exactement ce qu'il fait avec. Un trou quelque part en bas du distributeur, sans doute. Il branche quelque chose à la place, clé USB je pense, le vecteur d'attaque. Et ça commence, sur le bas de l'écran on peut voir les billets qui sortent. La main gantée attrape une première liasse, puis une autre, une autre, et encore. Il les rassemble vite fait au fur et à mesure et les fourre dans son sac. Les gestes calmes, toujours caché par sa capuche et casquette. Sans jamais un regard en arrière. Et voilà, il reprend sa clé USB et repart avec combien, des centaines, des milliers de dollars en poche ? Wow. Juste, wow. J'ai déjà entendu parler de ça, les attaques sur des distributeurs pour les faire, euh… justement, distribuer. Mais le voir comme ça tranquille, là, comme s'il venait retirer de quoi acheter quelques trucs à l'épicerie de nuit du coin… La lecture automatique enchaîne sur une vidéo du même style. Caméra de surveillance aussi, un autre hack. Là c'est beaucoup moins subtil : deux types cagoulés qui démontent la façade de l'engin pour brancher un ordi portable direct dedans avec un câble. Ça a dû déclencher des alarmes dans tous les sens, mais ils ont l'air de s'en foutre pas mal. Ils font leur truc et la machine se met à balancer ses billets, là aussi, comme ça. Dans une autre, c'est encore plus cool à voir : apparemment, c'est une vulnérabilité exploitée à distance. (Y'a vraiment des banques qui connectent leur distributeur sur internet, sérieux ?) C'est totalement la classe ! Le mec qui rentre juste comme ça, se plante devant la machine, les mains dans les poches. Et hop, tout le fric commence à sortir sans qu'il touche quoi que ce soit. Pas de brutalité, tout en finesse. C'est limite… ouais, magique ! La description de la vidéo dit pas grand-chose par contre, s'il a pu faire ça tout seul ou s'il y avait un complice derrière un ordi en mode méchant hacker à capuche (forcément hein, un hacker criminel il a une capuche même tout seul devant son écran, tout le temps). C'est une de ces chaînes Sparkles Video qui récupèrent juste du contenu un peu « choc » à droite à gauche et le balancent pour attirer des vues. Et ça marche : je suis là à me balader dans ses vidéos à chercher s'il y a quelque chose d'autre en rapport avec le thème. Verdict : non.

Et presque une heure est passée. La magie d'internet pour aspirer le temps et le cerveau. Il faudrait que je retourne vérifier si des tâches sont apparues pour moi sur PolyKeres… Mais j'ai plutôt envie de creuser cette histoire de distributeurs. Surtout le dernier. Tellement dingue comme attaque ! Il doit bien y avoir quelque chose à ce sujet sur Cr4cks4Cr4cks. Je m'assure d'avoir bien activé mon VPN[6] avant, sur une de mes fenêtres de terminal. Ouais, c'est bon. Les pages super sobres du forum m'accueillent avec un gif aléatoire quand j'entre mes identifiants. Je passe par la fonction recherche interne au site, en hésitant un peu sur les termes. Mais à force de tests, je finis par trouver des sujets de discussion qui ont l'air de correspondre. Beaucoup, même. Pas que ça m'étonne. Forcément, un truc pareil, ça fait partie des questions qu'ont postées plein de noobs en débarquant ici : « comment je fais pour attaquer un distributeur ». Et c'est vrai que c'est…

Tentant ?

Je savoure l'idée, un moment, plantée là devant mon écran.

Ça serait ça, *la solution ?*

Toutes mes galères, ces boulots minables à ne plus avoir de vie, économiser un tout petit peu chaque mois pour espérer me payer *peut être, un jour*, des études dans un domaine que je kiffe ? Tout ça, résolu en… quoi, deux, trois distributeurs automatiques… prélevés, on va dire ? C'est des banques quoi, ils en sont pas à quatre, cinq mille dollars près… Putain, ils peuvent jouer ça en bourse en un dixième de seconde et regagner je ne sais combien de fois plus ! Et avec tout ce fric, ils investissent dans des exploiteurs genre PolyKeres, main dans la main avec le gouvernement qui favorise toujours plus ces gros amas capi-

---

6 VPN : Virtual Private Network, dans ce contexte, est utilisé afin de complexifier le traçage de l'adresse IP de la machine, car elle accède à internet par le biais d'un autre ordinateur distant.

talistes. Même la guerre est privée maintenant, comme ces mecs de NingirSecurity qui empochent autant en un mois que ce que j'ai touché toute ma vie (OK, j'ai que 19 ans, mais bon)...

Je parcours un des topics. Un tutoriel complet proposé par un mec qui a l'air de s'y connaître pas mal, avec un pseudo chelou (je crois que c'est par rapport à un acteur dans des films super vieux...), JDEAN. Il explique tout, genre, de A à Z. La discussion ne date que d'un an, mais ils parlent de ces distributeurs qui sont toujours sous Windows XP... Je comprendrai jamais comment une entreprise aussi énorme et friquée qu'une banque peut se dire que c'est une bonne idée de laisser en service des trucs obsolètes à ce point. Ils cherchent les problèmes.

J'arrive à la fin du thread.

Et vous pouvez nous retrouver sur ce marketplace [TOR[7] *uniquement attention ! Si vous ne savez pas utiliser TOR, Wiki est votre ami] pour l'intégralité de la suite logicielle, et quelques autres packs également tout prêts à l'emploi. Service client compris ;)*

Ah, mais d'accord, c'est pour ça qu'il s'est embêté à proposer un guide aussi précis en fait. Il représente son gang. Des fournisseurs de Malware-as-a-service. C'est incroyable ce concept. Genre quoi, ils font des mises à jour des virus, ils ont un téléphone et un tchat d'assistance en cas de panne, on peut acheter des extensions de garantie et tout ?

Sans même que mon cerveau ait décidé quoi que ce soit rationnellement, j'ai ouvert une fenêtre de navigation TOR. Entre l'adresse en .onion typique. La page de la boutique ressemble à n'importe quel site de vente en ligne. C'est ça qui est dingue

7 TOR : de façon très résumée, un outil qui permet à la fois d'anonymiser sa navigation sur le web classique, mais également d'accéder à des sites qui ne sont disponibles que sur ce réseau alternatif (qui fait partie de la sphère des « darknets »). Ces sites ont des adresses particulières qui se terminent en .onion.

avec ces marchés noirs, ça me fait bizarre à chaque fois (enfin, pour les deux fois et demie où je suis passée vite fait juste par curiosité quoi, je ne suis pas une habituée non plus). C'est eBay ou Amazon, mais version cheval de Troie, ransomware[8], boîte à outils d'attaque complète, packs de données volées à utiliser pour des casseurs de mots de passe… En quelques clics, je dégote un programme du même genre que celui utilisé dans la vidéo.

Et bien sûr, un joli bouton d'achat. Avec assurance d'une garantie entre client et vendeur.

Ils acceptent les CryptoDenarii. Cette cryptomonnaie se lance à peine, ça vaut rien (pour ça que j'ai investi dans un petit fonds, des fois que ça grimpe comme le Bitcoin…), mais ils la prennent quand même.

C'est limite un signe.

J'ai l'impression de flotter dans un rêve quand je récupère la clé USB qui me sert de cryptoportefeuille, cachée dans le dos de Kookie là où la couture a cassé il y a longtemps. Pauvre koala, il faudrait que je le répare, mais pour l'instant il m'aide à garder mon cryptomagot à l'abri (de quoi ? Je sais pas).

Je crois que j'ai cliqué.

Même pas vraiment réalisé avoir tapé mes codes de sécurité.

Le téléchargement est en cours.

Je lève un peu le nez de l'écran, il y a une éclaircie dehors, quelques rayons de soleil sur le mur en face de la fenêtre. Je me sens bizarre, limite calme. Paisible ?

Le pack est chargé.

Je décompresse l'archive, le terminal liste les fichiers.

Je pense au message de Josh, juste hier.

« bah faut t'y mettre »

Alors c'est comme ça qu'on devient black hat.

---

8 Ransomware : un type de virus qui bloque l'accès aux fichiers voire le fonctionnement d'un ordinateur et exige le paiement d'une rançon pour restituer l'accès à son utilisateur légitime.

En pyjama, un samedi après-midi, avec une peluche à côté. J'attrape mon portable. Envoie rapidement un message :

Melissa : t'as peut-être raison
Josh : toujours !
Josh : mais euh
Josh : pour quoi ??
Melissa : laisse tomber

Chapitre 3

Vingt-deux heures. Il fait encore chaud, j'étouffe avec mon sweat, la capuche, la casquette, le foulard jusqu'au nez. Deux heures que je marche avec tout ça, j'en peux plus. Je m'essuie une fois de plus les mains sur mon jean, les paumes plus moites que jamais, mais là c'est pas que la température ambiante. Oui, j'ai carrément le trac, enfin, je sais pas si le mot est approprié. Un putain de stress de fou plutôt, le cœur qui bat tellement vite et fort que ça doit pouvoir se repérer aux mouvements imperceptibles de ma tête si les caméras du coin sont équipées des bons algorithmes (j'ai vu ça dans un article du MIT, ces mouvements involontaires liés à la circulation du sang). Et puis ça fait je sais pas combien de temps que je suis pas sortie aussi tard. Probablement depuis que j'ai plus de vie, donc depuis la fin du lycée. Les vieilles habitudes de faire gaffe partout dès que la nuit est tombée reviennent, même si avec mon look de braqueur de banque je pense que j'attire moins l'attention des relous potentiels. Mais je suis quand même ultra tendue. Le sac me pèse sur l'épaule, je commence déjà à sentir les courbatures d'avoir trimballé la carcasse de mon vélo. J'ai vraiment aucune force dans les bras…

Je lutte contre la tentation de revérifier compulsivement si j'ai bien tout. Gants, sweat d'une autre couleur : au cas où, j'ai fait suivre le bleu tout délavé que j'ai eu au lycée avec l'équipe de sport. Et puis la clé USB avec le malware qui doit redémarrer le distributeur sur le petit système d'exploitation embarqué, sur lequel j'aurai tous les droits administrateur. Le tout prévu pour se commander avec l'interface du distributeur, important, ça.

Et la perceuse. C'est ça le plus pesant.

Je revois ce gros lourd du pawnshop avec son regard surpris/narquois quand j'ai acheté cet engin (parce que c'était le moins cher d'occasion, avec une batterie annoncée comme chargée). Genre j'ai pas une tête à me servir d'une perceuse, avec mes petits bras ? J'ai cru qu'il allait m'expliquer comment l'utiliser sans que je lui demande quoi que ce soit. Bon, OK, ça fait pas si longtemps que j'ai appris, M. Davis ne déplace pas le miroir de son salon sans arrêt non plus.

J'essaye de me recentrer, j'arrive dans la rue de ma cible. Les termes un peu militaires comme ça, c'est pas mal, ça aide à se distancier des choses. Je ne vais pas braquer un distributeur de billets, mais mener une opération sur une cible. Ça change tout ! En vrai, j'ai quand même une putain de boule au ventre.

Et tellement chaud !

Le distributeur est juste en face. C'est un de ces modèles abrités dans un hall de banque aussi. C'est peut-être mieux, plus discret pour… pour faire le boulot, quoi, hors de vue des passants qui pourraient se demander ce que je suis en train de fabriquer.

Il faut que je me bouge. Si je reste plantée là avec ma tenue qui hurle « je suis louche » à toutes les caméras du coin je vais finir par faire sonner une alerte sur un algorithme quelque part au Washington Police Department. J'ai l'impression d'être au ralenti quand je traverse la rue. Limite les sons se déforment, celui de mon souffle, super fort, le bruit de la porte vitrée que je tire d'une main gantée. Tête baissée, surtout bien garder la tête baissée, comme un mantra que j'applique tellement que je vais sans doute me cogner au distributeur en avançant. J'ai l'impression que la caméra me douche avec un truc brûlant, genre laser, ou gaz corrosif, et que si je relève ne serait-ce qu'un tout petit peu le nez de sous mon armure de tissu, je vais mourir instantanément, atroces souffrances incluses.

Je suis devant la machine.

J'arrive même pas à ouvrir le zip du sac tellement je tremble.

Merde. Merde. Merde.

Et s'il y a une alarme ?

Et si un système verrouille la porte derrière moi ?

Je vois trop la scène. La sirène qui déchire l'air, genre bombardement aérien. Pas le temps de me retourner, le bruit de la grille qui se referme, comme une herse qui tombe du plafond ou je sais pas d'où.

Ma main se serre sur la poignée de la perceuse dans le sac.

Les flics qui déboulent en trombe, et moi qui attends prostrée dans un coin de ma cage, à attendre.

J'arrive limite plus à respirer. Je transpire tellement que le foulard est imbibé, il se colle à ma peau et m'étouffe comme ces techniques de torture de la CIA pour simuler la noyade.

Je prends une inspiration. Allez.

Mais je peux juste pas bouger. Mon bras refuse de répondre. Comme si la perceuse pesait des tonnes, d'un coup, ou tout mon corps.

Comme au ralenti, je sens une goutte de sueur perler de mon front, se détacher du haut de mon nez.

Ploc.

Sur le carrelage, entre mes pieds.

Merde. De l'ADN.

Ma vue se trouble. Faut pas que je tombe dans les pommes.

Sortir. Sortir de là. Tout de suite.

Je sais même pas comment mes jambes arrivent à suivre, mais ça y est, quelques pas, je pousse la porte – m'écroule contre plutôt – et je suis dehors. Et je cours, en titubant à moitié comme si j'étais bourrée, vers où ? Aucune idée. Loin.

Je me laisse tomber sur les marches d'un porche quand j'en peux plus. Pause. Enlever ce putain de foulard juste une seconde. L'air me paraît limite frais, j'aspire de grands coups. Je réalise que j'ai encore mes gants. Les roule en boule au fond du sac, posé par terre devant moi. Mes écorchures un peu partout me lancent.

Un bruit de vélo qui approche. Un livreur PolyVery, les bandes réfléchissantes de son sac et de son gilet accrochent un instant la lumière du lampadaire. Je baisse immédiatement la tête, des fois que ça serait quelqu'un que je connais.

Éviter les témoins…

Ça y est, les réflexes de criminelle.

*

Le jet brûlant de la douche en pleine figure, puissance maximum. Il y a tellement de buée dans la pièce que je vais finir par me noyer. Les images tournent en boucle dans ma tête, j'étais à deux doigts, putain. Littéralement. Deux doigts sur le bouton de la perceuse. Qu'est-ce qu'il se serait passé si j'avais essayé, commencé à forer le trou dans la coque en plastique…

Je veux plus y penser, laisser l'eau gommer tout ça, l'embarquer dans les égouts.

Une petite goutte de sueur sur le carrelage…

C'est tout ce qui fait que le monde physique, c'est la merde à gérer. Trop de paramètres, trop de variables qu'on peut pas contrôler, genre ce foutu corps qui fait n'importe quoi.

Arrête, c'est pas sa faute, c'est que t'avais la trouille.

C'est tout.

Je suis une couarde.

Faut que j'assume.

Les sirènes des flics, et moi coincée, enfermée dans ce hall de banque…

Je sais pas si c'est ça, « assumer ».

La bouteille fait un glouglou limite cliché quand je verse le whisky. Un demi-verre.

Rien que l'odeur m'agresse le nez.

Une grande rasade. Ce truc m'attaque la gorge.

Je tousse.

Quelle tache.

Même pour ça je ressemble à rien.

Pauvre cloche en pyjama à 2 h du mat dans la jolie cuisine de M. Davis.

Qu'est-ce que je suis en train de faire ? Je déteste l'alcool.

Sérieux, dans les films c'est mieux.

Mais la chape arrive, cette espèce de coton qui enveloppe tout… Les angoisses qui tournent en boucle se calment un petit peu. Pas encore assez.

J'avale le reste cul sec. Enfin c'était l'idée ; en fait, je m'étouffe avec la deuxième gorgée, je sens les vapeurs âcres jusque dans mes sinus.

Le monde tangue.

Je jette le fond du verre. Range la bouteille dans le placard où Davis (pardon, M. Davis) garde ses apéritifs pour je sais pas quelle occasion. Probablement pas celle-là en tout cas.

Vautrée sur le lit. Retour à la case départ.

J'ai chaud. Peut-être le temps, l'alcool ou les deux.

Bilan de la situation : catastrophique. Pas comme si ça changeait des bonnes habitudes après tout.

J'ai perdu :

- encore un peu de confiance en moi
- du temps
- de l'argent surtout !

Mais oui, putain ! La moitié de mon portefeuille CryptoDenarii est passée dans cette histoire. Plus la perceuse. Qu'est-ce que je vais faire de ça moi ? Peut-être que le mec du pawnshop fera pas trop de problèmes pour la reprendre. Y'avait pas quelque chose sur un de ses panneaux en carton écrits à l'arrache, sur son service clientèle, tout ça ?

Service client…

L'image de la boutique de JDEAN sur le marché noir me revient.

Satisfait ou remboursé.

Je crois pas vraiment l'être, là. Satisfaite. Mon koala est d'accord avec moi, vu sa tête.

(Mais qu'est-ce que je raconte…)

J'attrape mon ordi. Rouvre un onglet de navigation TOR, tâtonne un peu pour retrouver la bonne adresse .onion, finis par repasser par le sujet sur Cr4cks4Cr4cks que j'avais toujours dans un coin.

Contacter le vendeur. Y'a même une demande de tchat intégrée. Faut créer un compte, là encore, exactement comme sur un site de vente classique. Je balance un de mes e-mails jetables. Un nom maintenant… On va pas changer les habitudes idiotes, comme sur Cr4cks4Cr4cks, je vais encore taxer le nom de mon cher koala. Goût du contraste troll, ou pure flemme ? Ouais, les deux.

Kookie.

Déjà pris. Pfff.

Allez, K00kie.

OK.

Requête d'assistance. Une petite fenêtre s'ouvre tout de suite.

t-Sup : Bonsoir, ou bonjour ! JDEAN n'est pas présent sur cet horaire, je le remplace. Est-ce que je peux faire quelque chose pour t'aider ?

K00kie : salut

Mes doigts s'arrêtent au-dessus du clavier. « Salut », oui c'est bien, et maintenant… Je reste plantée sans savoir quoi dire pendant quelques secondes. Et puis une sorte d'élan me prend, courage liquide ou inspiration bourrée, on peut voir ça comme on veut…

K00kie : j'aimerais demander un remboursement
K00kie : pour la transaction HX149875138963956

J'arrive pas à croire que j'aie demandé ça. Quelque part sous l'insouciance alcoolisée, une petite voix essaye de me rappeler que je parle à un gang de cybercrime, pas au SAV de Walmart.

Et pourtant, à cet instant précis, j'en ai limite rien à foutre.

Il y a un blanc du côté de t-Sup, il est peut-être scié par ce que je lui raconte, ou alors il vérifie dans les transactions de cryptomonnaie récentes.

t-Sup : OK, je vois que tu as effectivement acheté l'un de nos kits Drill&Cash

t-Sup : Est-ce qu'il y a eu un problème avec ce programme ? Je suis désolé de l'apprendre : /

t-Sup : Peut-être que je peux t'aider à résoudre ce qui ne va pas.

t-Sup : Explique-moi le problème

Comme si elles répondaient toutes seules, mes mains improvisent un énorme bobard. Le genre que j'aurais jamais osé sortir dans mon état normal (je pense) :

K00kie : j'ai suivi toutes les instructions du tuto

K00kie : pour trouver le modèle de distributeur vulnérable, et tout

K0Okie : mais quand j'ai branché la clé
K0Okie : BOOM
K0Okie : alrme
*K0Okie : alarme**
K0Okie : y'avait un message d'erreur à l'écran
K0Okie : mais j'ai pas eu le tmps de le lire
*K0Okie : temps**
K0Okie : pas attendu que les flics arrivent lol

Je cille devant ce que je viens moi-même de raconter. Ouais, ça passe ou ça casse, hein.

Le tchat indique que t-Sup est en train d'écrire. Puis s'arrête. Puis reprend.

t-Sup : Zut…
t-Sup : C'est un problème qu'on nous a signalé
t-Sup : Probablement une différence de série au niveau firmware, ou la mise à jour de l'OS[9]
t-Sup : Navré que cela soit tombé sur toi :/
t-Sup : En compensation, je peux te proposer une ristourne sur un autre kit pour des distributeurs plus récents
t-Sup : -30 % du prix affiché =)

Oh non. Une ristourne (WTF ce mot) pour un autre truc d'attaque de distributeur, très peu pour moi.

K0Okie : non
K0Okie : merci
K0Okie : trop chaud les distributeurs
K0Okie : il y en a pas assez dans mon coin
K0Okie : ça serait trop flag

---

9 OS : Operating System, ou système d'exploitation, le logiciel de base d'un ordinateur, qui permet l'utilisation d'autres applications. Par exemple : Windows 10, Android, Mac OS, Ubuntu…

La petite fausse information qui brouille les pistes géographiques, au passage… On sait jamais qui pourrait intercepter un échange par écrit, même via TOR et sous VPN et ce que tu veux.

Faudrait que je tourne au whisky plus souvent en fait. C'est peut-être pour ça que les méchants de films en boivent ?

t-Sup : Je te comprends =/

t-Sup : Laisse-moi voir ce que je peux te proposer…

t-Sup : Ransomware, ça t'intéresse ?

t-Sup : Là je peux te garantir le résultat, c'est notre cœur de métier ;)

Ransomware. Ça, c'est une idée. Pas de truc chelou à faire en physique avec une perceuse, tout gérer depuis mon ordi. Bien en contrôle. C'est ça qui est important, le contrôle, avoir tous les paramètres en main. Et c'est ce qu'on peut faire avec du code et un programme, pas avec le monde « réel »…

Je me redresse un peu sur mes coussins. J'ai l'impression que la chape du whisky est retombée d'un coup. Mon cerveau recommence à tourner, mais bien, de façon rationnelle, calme (autant qu'il peut quoi, mon cerveau restant mon cerveau).

K00kie : ok ça me va

K00kie : vous proposez quoi ?

t-Sup : Formidable !

t-Sup : Notre offre ransomware est de type RaaS

t-Sup : Tu connais le principe ?

K00kie : je crois

t-Sup : C'est aussi simple qu'un service cloud chez Sparkles, LOL t-Sup : Nous mettons à ta disposition la toute dernière mouture du programme via une interface accessible sur l'un de nos serveurs dédiés

t-Sup : Tous les paramètres sont ajustables selon tes préférences : montant de la rançon, durée de la campagne, et des outils de diffusion adaptés

t-Sup : Moyennant un abonnement modulable en fonction d'extensions que tu peux choisir (la puissance du botnet[10] *notamment, et les vecteurs d'infection choisis), et une part de 35 % des gains obtenus.*

t-Sup : Je te propose deux semaines de test sans abonnement, nous prendrons seulement notre part de 35 %

Une période d'essai gratuite ? Ouais, OK, mais si jamais j'ai pas assez pour payer l'abonnement après, je fais comment moi ?

J'allais lui répondre, mais il se remet à composer un message.

t-Sup : Ou sinon…

t-Sup : Si tu te sens de bidouiller un peu au contraire

t-Sup : On a un nouveau programme spécial pour attaquer la domotique…

t-Sup : C'est tout récent, on l'a construit sur la vulnérabilité Semper Caerule

t-Sup : (si tu connais)

t-Sup : Donc ça rigole zéro ! Plus de 80 % des maisons connectées sont concernées et tu sais à quel point ces appareils sont mal fichus, bonjour le déploiement des mises à jour pour corriger la faille, LOL

10 Botnet : réseau de machines (ordinateurs, objets connectés, serveurs…) compromis par un malware (logiciel malveillant) spécifique qui permet au cybercriminel de les utiliser pour, par exemple, des attaques coordonnées afin de submerger de requêtes un site web (attaque DDoS)

t-Sup : Il suffit d'un point d'entrée à un appareil sur le réseau wifi qui connecte toute la domotique, et boum

t-Sup : Tous les gadgets sont littéralement briqués pour l'utilisateur, y'a que toi qui reste en contrôle

t-Sup : Et le message de rançon apparaît sur tout ce qui a un écran

t-Sup : Il est encore en beta, ce programme, alors on est bien intéressés d'avoir des testeurs

t-Sup : Tu gardes tous les gains pour toi

t-Sup : Et nous on apprend un peu plus comment exploiter ce malware

t-Sup : Gagnant-gagnant ! ;)

t-Sup : Je te laisse choisir =)

Ah ouais… bloquer tous les smartmachins d'une super villa riche et demander une rançon pour redonner le contrôle ?

C'est énorme, ça.

Autant, des fichiers, on peut faire des sauvegardes, mais ton frigo qui veut plus s'ouvrir ou le four qui s'éteint alors que tu comptais faire cuire ta dinde du dimanche… Là, rien à faire, imparable.

(Je n'aime pas raisonner comme ça. Mais c'est eux qui m'y poussent, tous ces super riches qui exploitent les pauvres qui sont juste pas nés avec assez de fric ! Et puis tout ce que je veux, c'est me payer de quoi tenir en fac… C'est tout. Limite c'est un serment, là. Promis.)

Et puis, cette vulnérabilité dont il parle… Semper Caerule… le nom me dit quelque chose. C'est pas cet outil d'attaque gouvernemental qui a fuité et s'est retrouvé en vente un peu partout sur les marchés noirs ? La vache !

t-Sup finit par indiquer qu'il me trouve lente, mais toujours à sa façon polie :

t-Sup : Prends ton temps pour réfléchir ;)

J'avale un peu de salive. C'est peut-être juste le whisky, mais j'ai la bouche horriblement pâteuse.

J'ai l'impression de sceller un genre de pacte en écrivant ma réponse. Pourtant s'il y avait un accord avec un diable quelconque, c'était déjà tout à l'heure en achetant le kit Drill&Cash, que je l'ai passé.

Les dés dix sont jetés.

K00kie : dsl

K00kie : je prends le 2ème

K00kie : le truc pour la domotique

t-Sup : Bon choix ! Plein de potentiel

t-Sup : J'ai regardé vite fait le code aujourd'hui, ce malware est un bijou

t-Sup : Laisse-moi juste un petit instant…

Alors, je lui laisse un petit instant.

Et effectivement après quelques secondes, une nouvelle transaction apparaît, cette fois directement dans mon historique d'achats (j'arrive toujours pas à me faire à ce design d'interface tellement… normal). Comment ils l'ont appelé ? *Domolockee*. Je suis le lien de téléchargement du pack, une adresse IP perdue au fin fond du web clair, pas sur un site TOR quoi, mais j'ai mes anonymiseurs en marche.

t-Sup : Et voilà !

t-Sup : Si jamais tu as besoin de le télécharger à nouveau mais que l'adresse IP ne marche plus, tu me le signales

Méthode classique, ça m'inquiète pas trop, stocker ses outils sur des serveurs piratés à droite à gauche, c'est la base. Mais forcément ça tient pas éternellement.

K00kie : ok

K00kie : merci

t-Sup : Pas de quoi ! C'est normal

t-Sup : Si tu n'as plus besoin de moi, je te laisse, j'ai du monde dans la file d'attente, LOL

K00kie : non c'est bon.

t-Sup : À bientôt !

t-Sup : Et bonne chance !

t-Sup : On attend de tes nouvelles ;)

Session de tchat terminée.

Je lance une de mes machines virtuelles pour commencer à examiner ce Domolockee sans qu'un piège à neuneu caché n'infecte tout mon ordi (JDEAN, t-Sup & compagnie ont l'air de gentils black hats, mais faut pas être une quiche non plus).

Un bâillement s'efforce de me faire craquer les mâchoires. Bientôt 3 h du matin.

Bonne heure pour aller me faire un café bien costaud. Ou peut-être deux ou trois.

*

Le salon de M. Davis, le son de la télé est fort comme d'habitude, c'est une page d'infos. Il est dans son canapé avec une tasse de café, sa place habituelle.

Breaking news : cybersécurité

Les CEO de plusieurs multinationales parmi les plus puissantes au monde, dont le géant du web Sparkles, le numéro 1 de la livraison à la demande, PolyVery, et une firme de sécurité privée, NingirSecurity, victimes de ransomwares domotiques sur leurs luxueuses villas personnelles.

Tous ont décidé de payer la rançon exigée, sans divulguer le montant, précisant simplement « qu'ils ont bien assez d'argent pour ça après tout ».

D'après le communiqué publié anonymement en ligne, l'essentiel de ces fonds aurait été reversé à différentes associations d'aide aux étudiants défavorisés.

M. Davis se tourne vers moi, il a l'air impressionné. Comme s'il savait. Peut-être qu'il sait ?

— Melissa… Melissa ? (Des bruits à la porte, quelqu'un toque.) Excuse-moi de te déranger…

Hein ? Ah, d'accord, en fait c'est un rêve. Je me réveille à regret, et surtout en sursaut. Le bord de mon bureau me comprime la joue. Je vais avoir une super marque.

Pffff…

Quelle heure il est ?

Pas les yeux en face des trous. La lumière du jour qui se déverse par la fenêtre m'aveugle. Il a l'air d'être tard. Je réponds à M. Davis qui doit toujours attendre derrière la porte :

— Vous pouvez entrer, M. Davis !

J'articule comme si j'avais une gueule de bois monstre subtilement mêlée de la torpeur d'une nuit blanche à me casser la tête sur du code. Ce qui correspond plutôt bien à la réalité. Je me redresse sur ma chaise, me frotte le visage pour essayer de réactiver mon cerveau par la même occasion.

Le gentil papy entrouvre à peine la porte, comme toujours, super poliment.

— Melissa, excuse-moi, j'ai un problème… avec les volets, en bas, tu sais, ce système qui les contrôle…

Il me faut un instant pour saisir de quoi il parle. Et un autre pour calmer mon cœur qui s'emballe. Encore à moitié perdue dans mon rêve et la nuit passée à décortiquer du code malveillant, un doute horrible me vient. Est-ce que j'aurais fait une connerie sur le réseau local de la maison ?

— Qu'est-ce qu'il se passe, M. Davis ?

Il a l'air penaud.

— Je n'arrive plus à ouvrir les volets… Tu sais, c'est cette commande, là… Avec mon téléphone…

Portable qu'il brandit comme si c'était une machine étrange tombée récemment d'une météorite.

Son explication me rassure déjà pas mal, c'est pas une infection échappée de ma séance d'expérimentations, mais juste ce brave M. Davis qui se perd dans les applications qui permettent de gérer les appareils connectés.

— J'arrive, M. Davis.

Je me lève pour le rejoindre à la porte. Il fait un effort perceptible pour ne pas regarder le bordel général qui encombre ma chambre.

Son téléphone est un chaos d'icônes réparties aléatoirement selon ses manipulations hasardeuses. En fouillant via le menu qui liste toutes les applis installées, je finis par retrouver celle qui contrôle ses volets roulants FriggHouses. Remets le raccourci sur le premier écran d'accueil, en plein milieu d'un espace dégagé, et lui montre.

— C'est bon, regardez, c'est celle-ci !

Il hoche la tête, contrit.

— Merci, Melissa. Je ne comprends pas comment je fais pour la perdre, à chaque fois… Je préférais quand je pouvais juste les contrôler avec une petite télécommande !

J'avoue que je ne saisis pas moi-même comment il s'est retrouvé avec des volets connectés. Mais je crois que c'est ce que presque toutes les entreprises du bâtiment installent par défaut maintenant.

Il appuie sur le bouton virtuel, et j'entends le léger bruit des moteurs, en bas, dans le salon. Je réalise soudain l'heure qu'affiche son portable. Bientôt 13 h. Ah, quand même.

— Vous êtes resté dans le noir tout ce temps ?

Un sourire embarrassé.

— J'avais la lumière électrique, tout de même !

Je me masse les paupières.

— Désolée, M. Davis… J'vous marquerai comment faire pour retrouver la bonne appli, sur un papier, ou quoi…

— Ce n'est pas grave, Melissa, je ne voulais pas te réveiller… Tu as l'air fatiguée…

J'imagine bien ma gueule de zombie, effectivement. Je mens tout de même, en y mettant de l'entrain :

— J'ai pas très bien dormi, mais j'étais réveillée, vous inquiétez pas.

M. Davis hoche la tête, le regard triste derrière ses lunettes. Je sens qu'il n'est pas dupe de mes grands sourires forcés ces derniers jours et qu'il se fait du souci pour moi. Je crois qu'il n'a pas de famille, ou du moins pas de petits-enfants, et parfois j'ai l'impression qu'il me voit un peu comme ça. Je reprends :

— C'est pas trop facile avec le boulot en ce moment, vous savez.

J'hésite. Puis finis par ajouter, parce que j'ai besoin de dire un peu la vérité, quand même :

— Je laisse tomber les livraisons en vélo… C'était trop fatigant.

Il opine, compréhensif.

— Ils ne vous payent vraiment pas assez. J'ai vu une émission l'autre jour… Ce sont des escrocs ! Tu fais bien d'arrêter.

L'indignation qu'il met sur ces derniers mots me touche. Il est tellement attentionné. Je m'en veux de devoir rester évasive pour la suite (le fardeau du crime, et pourtant je suis une noob encore) :

— J'ai trouvé un autre truc dans l'informatique, je vais bosser depuis mon ordi, à domicile.

Son visage s'éclaire.

— Oh, c'est ce que tu voulais… De la programmation, c'est ça ?

Je sens ma gorge qui se serre.

— Oui. (J'ai la sensation de devoir tirer mes joues sur les côtés pour sourire.) C'est un peu ça.

J'ai l'impression qu'il va me prendre par l'épaule, en mode papy fier, mais il hoche juste encore la tête, réjoui.

— C'est bien, c'est très bien. Je ne vais pas te déranger plus longtemps Melissa, merci beaucoup de m'avoir aidé. Je ne sais pas comment je me débrouillerais si tu n'étais pas là, je crois que je serais sans arrêt chez le réparateur.

Il s'éloigne et redescend l'escalier de son pas précautionneux.

Je referme la porte et m'affale sur mon lit (oui, pour changer).

Je sens venir l'ombre d'un dilemme technico-moral, déclenché involontairement par M. Davis et son smart-rideau-roulant. Les installations domotiques que je veux frapper, c'est celles des gros portefeuilles corporatistes de ce monde. Genre comme dans mon rêve, quoi. Pas celles des M. Davis, ou de l'appartement de mes parents, ma pauvre maman qui fait aussi des petits boulots pour apprendre aux IA de PolyKeres à comprendre et analyser le comportement des humains, avec mes trois frères et ma sœur dans les pattes. Le problème, c'est que les vulnérabilités sont les mêmes un peu dans tous les appareils en général, tous ces engins qui embarquent des systèmes Linux conçus avec les pieds et sans mise à jour possible. Presque tous aussi catastrophiques les uns que les autres niveau sécurité – parce que bon, qui s'intéresse aux risques d'infection de sa machine à laver, de ses rideaux, de sa sonnette d'entrée, de sa télé, ou d'un putain de grille-pain ? Spoiler : personne.

En tout cas pour Domolockee, t-Sup m'a pas vendu du rêve pour rien. Ce truc a l'air meurtrier. Code super propre, soigné au millimètre, avec même une interface graphique pour gérer les paramètres si on veut, et la prise de contrôle à distance. OK, ça c'est vraiment grave flippant comme fonctionnalité. Je pense bien que ça doit pouvoir aider à mettre la pression pour décider les occupants d'une baraque à payer la rançon, si on commence à jouer avec le thermostat (clim à fond de balle en plein hiver ou chauffage en mode four en été), balancer de la musique ou allumer la télé en pleine nuit. Ou l'accès aux caméras aussi… Mais là, stop, c'est vraiment trop glauque, je ferai jamais ça.

Reste à trouver un vecteur d'attaque. Assez précis pour cibler sans faire de dégâts collatéraux (putain, non, surtout pas ce foutu écran de rançon sur les appareils de M. Davis…), mais suffisamment large pour tout de même attraper quelques… clients, on va dire.

C'est un peu comme des bateaux de pêche en fait, avec les quotas de taille des prises, j'avais vu ça dans une émission je sais plus quand.

Si j'utilise un botnet pour scanner au hasard les machines connectées dans le monde entier à la recherche de celles qui sont vulnérables, je vais faire un massacre de petits poissons. Donc : non.

Hameçonnage[11]. C'est la solution. Au moins là, je peux choisir l'appât et le gabarit de filet pour… Pff, qu'est-ce que je raconte avec mes poissons ? Bref, reste à trouver une bonne liste d'adresses e-mail à qui envoyer les messages. Genre cette chaîne d'hôtels cinq étoiles qui a laissé fuiter les données de dizaines de milliers de clients l'an dernier… Encore une de ces boîtes qui sécurisent mal les serveurs sur lesquels elles stockent les infos que les gens leur filent en toute confiance (ou juste en s'en foutant royalement en fait). Résultat, ces énormes amas d'adresses e-mail, de mots de passe, de pseudos, d'identités civiles même aussi qui se baladent en vente au marché noir ou dans des recoins de forums. Précisément ce que je cherche,

11 Hameçonnage, ou phishing : attaque qui vise à faire croire à une cible qu'un message provient d'un expéditeur légitime afin de lui faire cliquer sur un lien ou télécharger une pièce jointe qui infectera son ordinateur.

donc. Des clients de chambres à 300 dollars la nuit, ça peut être que des putain de gros poiscailles.

Maintenant que j'ai repéré mon banc de poissons, il faut le bon appât.

Je me lève du lit et commence à marcher en rond dans la pièce, trop d'énergie pour rester vautrée, le genre de tension nerveuse post nuit-blanche. Et puis, même si ça fait bizarre de le reconnaître, c'est super excitant d'être du côté des méchants… Enfin, mais pas trop non plus, méchants, plutôt un peu Robin des Bois quoi. Des gros riches comme ça, ils vont pas remarquer la différence sur leur compte en banque. Et peut-être que ça leur fera comprendre qu'il serait temps que les constructeurs de domotique se réveillent et pensent un minimum à la sécurité. En plus, parmi ces portefeuilles bien remplis, y'aura probablement des cadres d'entreprises high-tech. Donc des gens bien placés pour changer les choses. Si on le voit comme ça, je rends un service au monde, non ?

Enterrer la culpabilité, c'est fait. Plus ou moins.

Je disais, maintenant : l'appât. Un bon hameçonnage, il faut que ça éteigne le cerveau, qu'on ne réfléchisse plus, sinon on cliquerait jamais sur ce lien douteux dans un e-mail louche, alors que tous les informaticiens qu'on connaît nous rabâchent de ne surtout pas l'ouvrir. Et pour mettre un cerveau en mode off, qu'est-ce qu'on peut faire :

1) Le tenter

2) Lui faire peur

3) Utiliser un implant de contrôle mental à distance

Le 3) c'est mal parti (ah, le mélange café-nuit-blanche et ses délires…).

Le 1) je sais pas, comment susciter l'envie chez quelqu'un qui peut se payer tout et n'importe quoi à grands flots de dollars, cash ? Genre « Bravo, vous avez gagné le dernier iPhone »… Bon déjà, j'arrive pas à croire qu'il y ait encore des neuneus pour se faire avoir. Mais quand on a de quoi s'en acheter un nouveau par semaine sans même le sentir passer, je pense qu'on s'en fout un peu.

Reste le 2). Frapper directement à… je sais plus comment s'appelle cette partie du cerveau qui gère la peur… l'amygdale ? Bref. Faire flipper. Annoncer que leur compte en banque a un problème, c'est sans doute trop flag'. Ils doivent y veiller de près.

Et là, l'illumination.

Sparkles. Genre, le géant dont les services sont utilisés par littéralement plus de la moitié des internautes DU MONDE. Bon d'accord, c'est pas exactement la révélation du siècle. En hameçonnage, faire croire que ton compte Sparkles Links a été victime d'une intrusion, d'une tentative de connexion malveillante, ou je sais pas quoi, c'est vraiment basique. Mais ça marche toujours sur quelques randoms qui n'ont pas compris l'importance de vérifier l'adresse de l'expéditeur d'un e-mail, même quand il y a tous les jolis logos officiels. Alors statistiquement, sur les milliers de gros poissons auxquels mon botnet va envoyer le message, y'en a forcément qui vont mordre.

Je retourne m'installer au bureau. Tire le rideau, parce que bon, un truc pareil ça se complote dans le noir, faut respecter un minimum les clichés. Sur un coin de la table, mon téléphone clignote de notifications Signal. Une avalanche de textos de Josh, sans doute. Il attendra un peu.

Dormir ? Plus tard. Je me sens carrément électrique, vivante. Qu'est-ce qui m'a pris de jouer avec l'attaque de distributeur hier ? Derrière un écran, comme ça, c'est là mon vrai domaine.

En contrôle.

Mon sourire doit être machiavélique à souhait. Mais à part ma peluche, pas grand monde pour le voir.

Chapitre 4

Un « ding » de notification me tire d'un sommeil brumeux, cette impression d'oublier instantanément un rêve qui avait l'air particulièrement chelou, mais porteur d'un vague sens logique pendant qu'on était dedans, malgré tout. Pas envie d'ouvrir les yeux. Fatiguée. Non, c'est même plus le bon terme. Lessivée. Morte.

Pfff.

On dirait qu'il fait jour.

Mon cerveau note machinalement le bruit du train qui fait son ramdam en passant. Celui de quelle heure ? Je sais plus trop si on est encore… hier, si ça a un sens.

Peu importe : les priorités d'abord.

Café ou notification ?

La logistique pour une expédition caféine implique de se lever, de passer un truc plus décent que ce débardeur deux fois trop grand (M. Davis n'est pas du genre vieux pervers à reluquer au mauvais endroit, mais quand même) et de se mouvoir jusqu'à la cuisine, en bas.

Mais surtout, surtout de se lever.

La conscience professionnelle voudrait que je regarde d'abord le message. C'est peut-être juste un spam d'un autre pauvre black hat à la manque qui lance ses filets de pêche aussi. Probablement même, j'en reçois tellement (oui, arroseuse arrosée, je crois que c'est à cause de mon inscription sur Cr4cks4-Cr4cks en plus, la base de données des comptes utilisateurs s'est fait siphonner à deux reprises depuis que j'y suis, attaque signée par deux forums rivaux, évidemment…).

Mais c'est peut-être un message d'un… euh, client, sur l'adresse e-mail spéciale (intraçable, jetable, tout ce qu'il faut) préparée… hier, je suppose. Ou ce matin, cette nuit, pas d'importance.

Mon professionnalisme tout fraîchement né tranche la question à ma place (à moins que ce soit la flemme).

Je tâtonne pour attraper mon ordi sans avoir à trop décoller les paupières. Il est encore ouvert, et surtout, beaucoup trop chaud, faut que j'arrête de m'endormir avec lui allumé sur les draps. Je vais avoir l'air fin s'il prend feu, ou même si je le fais tomber du matelas.

La session s'est verrouillée automatiquement pour inactivité, tu m'étonnes, je me suis mise en veille avant mon PC.

L'écran affiche tous les restes de la nuit de préparatifs frénétiques. Des images me reviennent, les galères, les recherches de tutos, les moments de gloire quand les lignes de commande et les retouches de code répondent correctement. Les doutes. (Est-ce que le serveur « emprunté » pour le lien d'infection dans le message va tenir assez longtemps sans que l'usage détourné soit grillé par son proprio légitime ?)

Je passe tout ça, avec la fierté d'y être arrivée tout de même, au moins à lancer mes filets déjà.

Pour les prises, on verra bien.

Pas d'e-mail dans ma boîte perso, sous quelque alias jetable que ce soit.

Un nouveau non lu sur mon adresse (encore plus) sécurisée.

Coup au cœur.

En objet de message, un numéro d'identification attribué par Domolockee à un réseau infecté, quand le « client » lance l'interface de contact.

C'est donc bien réel. Ma première prise.

J'ouvre tout de suite pour accéder à mon tour au tchat chiffré. Le nom du client », généré aléatoirement, s'affiche en :

USER154668 : J'arrive pas à vous payer
USER154668 : Votre lien de merde ne fonctionne pas
USER154668 : Ou je ne sais pas m'en servir
USER154668 : Comme si cette journée démarrait pas assez mal, bon dieu, c'est pas vrai
USER154668 : Il y a quelqu'un ????

Ah oui, tout ça débité en quelques minutes. Le poisson n'apprécie pas trop de se retrouver dans mes filets (bon, je peux comprendre).

J'essaye de réveiller mon cerveau pour analyser le problème rencontré par rapport au paiement. Probablement un utilisateur lambda pas spécialement au fait des sites où se procurer de la cryptomonnaie. On va bien voir. En envoyant ma réponse, je réalise que j'ai remis le même pseudo ici aussi, K00kie. Pfff, je devrais trouver autre chose quand même (sans vouloir offenser mon koala).

K00kie : vous avez suivi les instructions ?
USER154668 : Ah vous répondez
USER154668 : Enfin
USER154668 : Vous n'avez pas un moyen plus simple pour que je vous paye ?
USER154668 : Je peux même vous donner plus si vous voulez
USER154668 : J'en ai rien à foutre
USER154668 : C'est mon assurance qui va passer à la caisse
USER154668 : Foutus branleurs avec leur « « « garantie réparation domotique en 2 h » » »
USER154668 : le tehcnicien met déjà plsu d'1 h à se ramener
USER154668 : et résultat après toute la matinée à faire je ne sais quoi sur l'ordi

USER154668 : sur le réseau
USER154668 : sr la télé
USER154668 : sur tout
USER154668 : tou tce qu'il truove à me dire c'ets
USER154668 : « désolé monsieur, je crois que vous allez devoir les payer »
USER154668 : « c'est ça ou remplacer toute votre installation »
USER154668 : TOUTE
USER154668 : VOTRE
USER154668 : INSTALLATION
USER154668 : bordel, je viens de tout faire refaire dans cette baraque
USER154668 : le meilleur de chez FriggHouses
USER154668 : tu parles
USER154668 : bon dieu
USER154668 : pour un peu j'aurais presque plus la haine contre eux que contre vous
USER154668 : PRESQUE
USER154668 : au moins vous êtes des salauds qui font le boulot correctement
USER154668 : J'ESPÈRE
USER154668 : bon comment je vous paye
USER154668 : qu'on en finisse ?

Je reste scotchée devant le flot du tchat qui défile à l'écran, les mains au-dessus du clavier, je dois avoir la bouche à moitié ouverte même. Je ne suis pas encore réveillée, en fait, si, je rêve là ? Dans le doute, je vais malgré tout chercher un tuto pour guider les noobs à l'achat de CryptoDenarii.

K00kie : voilà allez sur ce lien
K00kie : vous me dites si vous n'y arrivez toujours pas
USER154668 : J'espère que c'est pas trop long

USER154668 : J'ai perdu toute la matinée avec ces conneries
USER154668 : Génial le jour de congé
USER154668 : Quelle merde

Je le laisse à ses manipulations qui doivent lui sembler tellement ésotériques, en tant que profane. En l'imaginant jurer et marmonner dans sa barbe, en costard de trader, dans un salon design où tout, télé, four de la cuisine intégrée, écran de contrôle central, affiche la fenêtre Domolockee avec la demande de rançon.

Même pas eu le réflexe d'ouvrir mon propre côté de l'interface d'ailleurs. Je fais remonter le terminal avec le processus en cours. Quatorze appareils infectés et verrouillés sur le réseau à l'adresse IP de la victime. Pas mal ! Mon cœur bat un petit peu plus vite. Vu que la rançon est proportionnelle au nombre d'objets domotiques contaminés (histoire de ne pas dissuader en demandant de payer plus cher que le coût de l'installation), le montant devrait déjà être…

Nouveau versement reçu
Code de transaction…

Là, j'ai carrément raté un battement.

Putain. En quoi : un message, un lien, deux minutes de « service clientèle » (oui bon, je trouve pas d'autre terme qui corresponde mieux) je viens de gagner autant qu'en six mois à me tuer en livraisons à vélo.

Comme ça.

Là.

Maintenant.

C'est. Énorme.

J'ai un mélange d'envie de sautiller, de me pincer pour me réveiller et de verser une petite larme en même temps. Tout à la fois, oui.

Usermachintruc se manifeste dans le tchat et me tire de ma béatitude avec des considérations pragmatiques (mais nécessaires, je dois le reconnaître).

USER154668 : C'est fait vous avez votre fric

USER154668 : Vous allez me rendre ma baraque maintenant ???

K00kie : merci

Je me sens immédiatement très stupide d'avoir écrit ce mot. Pourtant sur le moment, je ne sais pas, ça me semblait logique…

USER ne réagit pas, étonnamment. Il est peut-être scié par le culot. J'ai un peu honte.

K00kie : je vais déverrouiller vos appareils

K00kie : 2 min

USER154668 : bon dieu

USER154668 : Je vais jamais pouvoir préparer à temps

USER154668 : Il va falloir que je commande quelque chose

USER154668 : Bordel pourquoi je vous raconte ça ??

USER154668 : c'est bon ????

Je me demande aussi « pourquoi » oui, effectivement. Préparer quoi, le repas ? Je réalise qu'il est 14 h ici, que je n'ai pas mangé, ni déjeuné, ni quoi que ce soit, et que je commence à avoir un peu faim. Alors M. Usermachintruc a quelques heures de décalage. Côte ouest peut-être, un Californien avec villa-piscine, genre cadre de la tech ? Ça serait drôle, tiens (je conviens que l'humour de la situation lui échappe probablement).

Je repasse au terminal, les commandes me reviennent en tête à force de les avoir testées et retestées hier. Je dois avouer que j'ai le trac, si j'ai foiré quelque chose, d'autres victimes pourraient apprendre que même s'ils paient, Domolockee ne redonne pas l'accès aux appareils contaminés. Et je doute très fortement que JDEAN & co apprécieraient la mauvaise pub. Je n'y avais pas pensé jusqu'à présent, mais il y a vraiment une gestion de l'image « de marque » en ransomware, en fait !

J'appuie sur « Entrée » avec la boule au ventre. Le terminal affiche tout le détail de l'opération et… c'est bon ! La gangue de chiffrement qui bloquait les firmwares d'origine des appareils disparaît. Domolockee efface les traces de son passage, bien gentiment, à part une petite backdoor[12] (mais je me promets solennellement de ne jamais m'en servir).

Je reviens tout de suite au tchat.

K00kie : ok c'est bon
K00kie : tout devrait fonctionner

USER154668 a quitté la session.

Je prends ça pour une confirmation. Sinon il aurait râlé, non ?

Je pousse l'ordi sur le côté du lit, et me laisse aller la tête en arrière sur mes coussins. Dépassée par la vitesse à laquelle tout vient de se passer ? Oui, tout à fait. Encore à me demander si je ne suis pas en train de rêver ? Totalement.

Étendue à regarder mon plafond, ce vieil ami d'où pour une fois semble émaner quelque chose de positif, je m'autorise à ti-

12 Backdoor : Accès dissimulé dans un logiciel ou sur un ordinateur, par ses développeurs eux-mêmes ou par un acteur malveillant, qui permet des actions diverses à l'insu de l'utilisateur (espionnage, prise de contrôle…)

rer quelques plans sur la comète. Depuis le temps que je ne m'en permets aucun, j'estime avoir le droit, là.

Juste quelques heures après mon premier envoi de spam, première prise qui tombe. Statistiquement, combien de chances qu'au moins une petite dizaine d'autres cibles mordent à l'hameçon sur les milliers de messages que mon botnet a balancés ? Un pourcentage plutôt pas mal non ?

Seulement dix de plus pour ne pas trop tirer la ficelle non plus, ce serait déjà top. Bien assez pour me payer les frais d'inscription, voir venir pour le logement… Où est-ce que j'irais, Carnegie Mellon, Stanford ? Pas très grave les distances, ce qu'il y a dans ma chambre n'est pas bien lourd à déménager… J'ai embarqué quoi, trois gros sacs quand je suis partie de chez maman ? Mais elle avait encore sa voiture. Là ce sera taxi, puis train, puis re-taxi – ou un VTC pour donner un peu de sous à d'autres ex-collègues de l'esclavage à la tâche.

Stanford… La Silicon Valley, c'est quand même le grand mythe pour la tech. Me payer ma place à coup de ransomwares, uniquement le temps de me trouver un vrai boulot à côté de la fac… Ils doivent bien prendre des stagiaires salariés chez les géants du web ? Je verrais plus trop mes parents et les frangins… mais toutes les vacances, hop, retour par le train, avec plein de trucs à raconter et le bronzage de Californienne qui va avec… Ah ah, tu parles. Quoique je sais même pas si j'aime la mer, maintenant que j'y pense. Impossible de me souvenir quel âge j'avais lors de la seule sortie plage en famille à Chesapeake Beach. Cinq ou six ans ?

Ouais, la Californie, ça pourrait être pas mal. « Pas mal ». Genre la fille qui se monte déjà des films sur un des coins les plus plébiscités par les nerds, et qui arrive à dire que ce serait juste « pas mal ».

Je me redresse d'un coup et récupère mon PC. Trop envie de vérifier s'il n'y a pas de « client » qui m'aurait envoyé un message. Je dois trouver un moyen de mettre une notification sonore pour chaque nouvelle infection, et encore une différente pour les paiements reçus. Oui, il me faut carrément ça. Sinon je ne vais plus lâcher le terminal Domolockee des yeux… En vérité je crois que je ne vais pas réussir à faire autre chose que le guetter non-stop pendant quelques jours. Question job, on va dire que j'ai connu pire que rester là allongée tranquille à attendre que les poissons arrivent !

Je n'espère pas grand-chose (c'est faux), mais je rouvre quand même ma fenêtre d'administration du malware. Vérifie les données d'un œil aussi détaché et professionnel que possible (c'est également faux, je suis tellement survoltée qu'il me faut relire deux fois chaque ligne).

Rien. La patience, Mel, la patience.

J'allais pour reposer mon ordi, peut-être pour décider de finalement me lever, ou plus probablement pour continuer de rêvasser étalée en étoile de mer sur le lit, quand une nouvelle entrée apparaît. Juste quelques infos techniques, de petites lettres et chiffres en blanc grisé sur le noir du terminal Unix. Et…

COMBIEN

D'APPAREILS

INFECTÉS ?

Attends attends attends.

Soit Domolockee me raconte n'importe quoi, soit c'est carrément un palace, là.

Je tape la commande pour afficher l'interface graphique avec la cartographie du réseau de la maison connectée. Le chargement prend des plombes, on dirait que le calcul galère à se finaliser. Quand la fenêtre finit par apparaître, les chiffres de la rançon agrippent mon regard comme s'ils m'avaient planté des grappins oculaires. J'en tressaille.

Wow.

Wow.

WOW.

Juste.

Wow.

On se calme, on réfléchit une seconde. C'est normal que la somme soit complètement dingue, le montant est établi sur le nombre d'appareils contaminés et donc mis hors d'usage. Voilà, déjà, ce point est éclairci.

Reste le second point. Celui qui consiste tout simplement en « MAIS QU'EST-CE QUE C'EST QUE CETTE BARAQUE DE OUF ? ».

Je repasse sur le terminal, qui rame beaucoup moins que l'interface graphique, et demande un listing des adresses MAC connectées. Le déroulé dépasse deux fois mon écran. Putain.

Des caméras. Énormément de caméras. Pas de petits modèles grand public en plus vu les marques, mais qui ont tout de même la vulnérabilité Semper Caerule, visiblement. Je me perds un moment à examiner cette accumulation improbable, ou plutôt à alterner entre la liste, un autre terminal de données techniques et ma messagerie pour guetter le moindre signe de vie des occupants de ce… cet endroit.

Pas de tentative de contact. Pas de réaction. Rien.

Il faut que je me lève. Je peux juste pas rester plantée là à attendre sans rien faire. Je vais finir par essayer de m'amuser avec leur domotique sinon, comme un chat avec une proie, et je pense que c'est une mauvaise idée si rapidement après l'infection. Ils n'ont peut-être pas encore réalisé, qui sait ?

Récupérer du café. Et quelque chose à manger. Voilà de bons objectifs pour patienter. Dire bonjour à M. Davis aussi, il doit s'inquiéter de ne presque pas m'avoir croisée de toute la journée hier, et encore moins ce matin. Trop la flemme de m'habiller carrément, de toute façon je vais repasser en mode pyjama dès que je remonte. J'enfile un jean propre qui traîne, un sweat léger par-dessus mon débardeur déglingué. Un petit coup de peigne manuel, doigts écartés, histoire de me donner l'illusion de réduire un minimum le chaos capillaire.

Et je descends. La télé est allumée dans le salon, avec son volume sonore habituel. Il fait un peu plus frais en bas, le carrelage est froid sous mes pieds nus, ça fait du bien. La voix d'un flash d'info genre breaking news annonce des trucs d'un ton dramatique, je n'y fais qu'à moitié attention.

« … attaque encore non revendiquée… ce qui semble être un acte terroriste… »

J'entre dans le séjour, M. Davis est debout près de la télé, comme s'il avait été happé par les images en passant, un mug de café vide à la main. À l'écran, une journaliste devant un portail (vaguement familier, mais d'où est-ce que je connais cet endroit…) où des policiers armés font sortir des rangées de costards-cravates affolés.

Je lance à mon logeur, avec ma voix la plus enthousiaste :

— Bonjour, M. Davis !

J'espérais ne pas lui faire peur, c'est raté. Il sursaute, tiré de l'hypnose télévisée. Se retourne vers moi, l'air perdu, choqué :

— Melissa… C'est incroyable… La Maison-Blanche est attaquée !

La… Quoi ? Sérieux ?

Je m'approche de la télé en grimaçant sous le volume sonore. Je reconnais ces grilles, les guérites, ça y est : c'est l'une des entrées latérales du parc sur Pennsylvania Avenue.

« C'est ce qui, d'après nos sources, constituerait une cyberattaque de grande ampleur ciblée sur le cœur même de l'édifice le plus sécurisé de notre pays, la demeure de monsieur le président des États-Unis d'Amérique, qui a suscité l'activation de l'alerte maximale et l'évacuation des employés fédéraux de l'ensemble du complexe de la Maison-Blanche. »

L'affichage se divise en duplex entre le studio et des images de terrain qui montrent plusieurs des entrées en cours de fermeture par des cordons du Secret Service[13]. Pistolets-mitrailleurs en main, bruit de fond de sirènes de police hurlantes.

Quelque chose de froid se tord dans mon ventre. Cyberattaque… Pas possible, imagine, si c'était…

Le présentateur intervient, regard sévère rivé à l'objectif :

« Sait-on si le président est à présent en sécurité ? Le déploiement du dispositif semble avoir été immédiat, puisque l'alerte n'a commencé que depuis quelques minutes, et nous voyons déjà… »

Retour sur la journaliste, qui opine avec le même sérieux dramatique :

« Oui, bien entendu, Philips, la sécurité du président et de sa famille, ainsi que de ses collaborateurs directs, a été la priorité dès que l'incident a été détecté. Si la localisation du président demeure… »

Son collègue en studio la coupe net :

« Pardon de vous interrompre, Linda : nous venons de recevoir les premières images exclusives de l'intérieur même de la demeure présidentielle, qui montrent ce qui semble être un écran, l'un de ces panneaux de contrôle domotique, présentant… »

Le monde tourne. Attendez. Je cille. Manque d'air, tout à coup.

« … une annonce spécifique, du même type que l'on retrouve sur les infections par ces logiciels malveillants que l'on appelle ransomwares… »

Une photo prise au portable affichée en plein écran.

Sur la dalle murale, l'annonce Domolockee.

Mon annonce.

Le montant de la rançon.

Le…

---

13 Secret Service : agents en charge de la sécurité du président américain, et autres personnalités officielles.

Le temps ralentit. S'étire. Devient du caoutchouc fondu. Les mots n'ont plus aucun sens. Oh merde merde merde. Ma vision se trouble. L'écran, M. Davis, tout disparaît dans un brouillard fourmillant.

Retour au réel. Le son revient. La vue aussi. Des bras m'ont tenue debout, gentiment, en douceur. M. Davis qui me regarde de tout près, inquiet, ses yeux ridés et tristes derrière ses lunettes.

— Melissa… Melissa, ça va ? Assieds-toi, tu n'as pas l'air bien du tout…

Il m'aide à m'installer sur le canapé, je suis le mouvement en mode automate.

— Tu es toute pâle… Pauvre petite, tu as l'air vraiment fatiguée ! Je te le disais hier, tu devrais voir un médecin… Je vais te chercher quelque chose à boire. Tu sais, ça m'a fait un choc, à moi aussi. La Maison-Blanche ! Dans quel monde vit-on…

Je l'entends à peine. Des larmes plein les joues, ma gorge serrée à en crever. Il tapote gentiment ma main, en brave papy attentionné.

*

Les images tournent dans ma tête, en boucle, en même temps que j'erre au hasard en slalomant dans le peu d'espace de ma chambre. Une sorte de rétrospective en marche arrière accélérée. Ces photos fuitées avec des captures d'écran d'unités de contrôle domotique toutes verrouillées par Domolockee avec (merde merde j'y crois pas merde) exactement le montant de ma demande de rançon dessus. L'infection avec beaucoup trop d'objets connectés tout à l'heure, moi qui me disais même que c'était un vrai palace. Les déblatérations de Usermachintruc. La nuit à mettre en place le serveur piégé, le faux e-mail d'alerte

Sparkles Links balancé par mon botnet de spam à toute la liste de clients de l'hôtel cinq étoiles.

Des clients riches. Puissants.

Des clients du genre des fédéraux qui peuvent traîner dans l'entourage du président.

J'arrive même pas à y croire. Est-ce que quelqu'un dans cette foutue Maison-Blanche a vraiment consulté ses e-mails perso, ouvert mon pseudo-message Sparkles Links de merde et cliqué sur mon putain de lien infecté ? C'est pas possible. Juste non. Statistiquement, c'est… c'est absurde. Je veux dire, NON ! Un truc pareil c'est inimaginable. C'est le Problème Entre la Chaise et le Clavier version mythologique, c'est…

C'est ce qui est aux infos.

Avec ma demande de rançon.

Qui est là à l'écran.

Sur mon bureau, l'ordi est ouvert sur cette fichue fenêtre de contrôle Domolockee.

J'ai des nausées et les litres de café incendient encore plus mon ventre. Qu'est-ce que j'ai foutu. Merde. QU'EST-CE QUE J'AI FOUTU ?

Envie de tout annuler, de faire Ctrl + Z, de revenir quelques secondes avant d'envoyer ce message, une sauvegarde dans la vie réelle.

Le téléphone à la main, le numéro du FBI déjà entré. Je suis à deux doigts de passer l'appel. Et puis alors quoi ? Je me balance, j'explique, je suis pas une terroriste ou quoi que ce soit qu'ils pensent d'autre putain je voulais juste du fric ET NON PAS CELUI DU DÉPARTEMENT D'ÉTAT. Non. Je jette mon portable sur le lit. Ils ont pas encore de piste, c'est ce qu'ils ont dit à la télé (putain, mais tu crois les chaînes d'info en continu maintenant ? Bien sûr qu'ils vont pas tout révéler sur une enquête en cours, ils ne veulent pas griller leurs investigations).

Il faut réfléchir. Être logique, rationnelle… Qu'est-ce qu'ils pourraient faire pour remonter, tracer les IP de connexion derrière Domolockee, retrouver les serveurs infectés… J'ai plein de couches de protection pour cacher ma vraie localisation, normalement…

Y'a pas de normalement pauvre conne, on parle du FBI, du Secret Service, du DoD[14], de la NSA[15], des putains de plus gros budgets du monde avec des geeks d'élite qui cassent du code h24 contre les autres meilleurs hackers de Chine de Russie d'un peu partout. T'es cramée c'est tout.

Cramer. Ça c'est une idée tiens. Tout détruire, lancer des wipes[16] de tous mes serveurs, des machines de mon botnet (tant pis pour les proprios légitimes qui n'ont rien demandé à personne), foutre mon PC à la poubelle ou mieux, vraiment flinguer les trucs. Je devrais pouvoir fracasser la coque par terre, sortir les mémoires et le disque dur… les griller un bon coup au micro-ondes façon Elliot dans *Mr. Robot* ? Non, je peux pas faire ça devant M. Davis et exploser son four.

Les rails du train. Je l'entends assez souvent pour être sûre qu'il passe pas loin. Alors quoi, deux-trois rues à traverser, je balance tout là-bas, mon ordi, mon téléphone, mes clés USB.

Nettoyage par le vide.

Plus rien.

Plus que cette putain de trouille qui me bouffera vivante jusqu'à ce que… jusqu'à ce que quoi ? Jusqu'à ce que rien.

Me foutre sur les rails…

Non. Non. Non.

J'essuie les flots de larmes. Je veux pas mourir. Juste, non.

---

14 DoD : Department of Defense, équivalent du ministère de la Défense.

15 NSA : National Security Agency, service de renseignement électronique américain, connu pour ses capacités d'attaque informatique et de surveillance de masse.

16 Wipe : effacement sécurisé, généralement par un programme qui génère des données aléatoires pour écraser les données que l'on veut supprimer afin qu'un tiers (cybercriminel, concurrent, forces de l'ordre…) ne puissent plus – ou plus difficilement – les récupérer.

Encore des gorgées de café. Je sais même pas pourquoi je continue à en boire. Je vais finir par gerber pour de bon.

Il faut que je fasse quelque chose. Ne plus rester plantée là.

Une sirène qui passe à fond de balle quelque part dehors me fait tressaillir. Pas possible que ce soit pour moi, c'est absurde, ils peuvent pas avoir été aussi rapides. Elle s'éloigne, d'ailleurs. C'était pas pour moi. OK. C'ÉTAIT PAS POUR MOI.

Les rails. Détruire tout.

Est-ce que j'ai le temps ?

Bien sûr que tu as le temps.

Rien d'autre à faire de toute façon. Le tout pour le tout.

Faute de me rassurer, l'adrénaline pulse. Électrise mes nerfs. Une énergie dangereuse, mais qui au moins me pousse à agir. Je chope mon sac PolyVery. C'est le plus grand sac à dos que j'aie, et qu'ils aillent se faire foutre avec leur caution. Mes mains tremblent tellement que j'ai du mal à ouvrir le zip. Mon ordi, mon portable, mes deux clés USB qui ont servi aux tests cette nuit, et celle qui a contenu l'outil d'attaque du distributeur.

C'est parti.

Plus aucun bruit dans la maison quand je sors de ma piaule. Je ne sais pas où est passé M. Davis, mais ça m'arrange qu'il…

— Melissa ! Tu te sens mieux ?

Il se tient dans l'encadrement de la porte de sa chambre. Son air inquiet me fend le cœur. Qu'est-ce qu'il va penser quand il va apprendre qu'il a logé une terroriste ?

PUTAIN.

Je fais taire cette voix intérieure qui cherche à m'enfoncer encore plus.

Force un sourire tellement faux qu'il doit limite être plus flippant qu'autre chose.

— Oui, ça va mieux, M. Davis. Merci. Je vais faire un tour.

Il a l'air d'hésiter à ajouter autre chose, dit finalement :

— Le père Hanneth va passer me prendre tout à l'heure pour l'office ce soir, avec le chœur… Tu pourrais venir avec nous.

— Merci, M. Davis. Mais je pense que j'aurai du travail…

— Tu es sûre que ça ira ? Tu…

Je dévale déjà les marches sans le laisser finir. Mode sourde oreille. Réalise que je n'ai pas respiré une seule fois depuis que je suis sortie de mon antre. C'est une nécessité laborieuse, l'étau de mes côtes serre tellement fort que j'ai l'impression d'avoir un corset ou je sais pas quoi qui m'écrase.

Enfiler les premières baskets qui traînent. Pas besoin des lacets.

Je suis dehors. Le ciel toujours aussi sombre depuis deux jours, les nuages, les maisons de la petite rue tranquille autour, tout se détache avec une netteté étrange et presque inquiétante. Une sorte de HD anormale de mon cerveau activé en « détection de menace imminente ». Je vais machinalement vers le garage avant de me souvenir que je n'y trouverai pas mon vélo.

Alors je marche. Me retiens de courir. Des caméras partout, chaque angle de rue, « pour notre sécurité », qui me suivent, m'observent. Les algorithmes décortiquent mon visage, ma silhouette, ma démarche et compilent tout ça quelque part avec des bases de données obscures. Je rabats ma capuche. Il fait chaud, poisseux, j'entends l'orage qui gronde au loin ou alors c'est juste mon sang qui bouillonne jusque dans mes tympans. Je suis en nage. Un type me regarde sur le trottoir d'en face quand je passe à son niveau et je baisse la tête. Je sens qu'il ne me lâche pas des yeux. Je réalise que je pleure toujours. Putain. J'essuie tout ça d'un revers de manche. Essaye de me concentrer sur le chemin à suivre. Les rues. De ne plus penser, de…

Crissement de pneus. Une ombre massive à ma droite.

Une portière coulissante qui s'ouvre. Un van, un gros van noir.

Mon cœur s'arrête (c'est l'impression que j'ai) avant même que les types ne commencent à hurler.

— FBI !

Des mains gantées m'empoignent.

Tordent mes bras, me plient en deux.

Projetée en avant, soulevée, portée, le plancher du van heurte mes genoux, je m'effondre.

Je ne comprends plus, ne veux plus comprendre. Mon cerveau déconnecte. Trop peur, trop mal, trop tout.

J'arrive à penser à M. Davis un instant. Qu'est-ce qu'ils vont lui dire ?

Il va être tellement triste.

Un moteur gronde en fond, on me maintient à genoux, la tête baissée. Derrière le rideau de larmes, je vois des chaussures militaires noires.

J'essaye de lever le regard mais on fait un truc avec mon bras et le brouillard de douleur éclate.

Une voix au-dessus de moi grogne furieusement.

Je crois que j'ai vomi sur les bottes.

J'arrive plus à me redresser quand on me tire pour m'extirper du van. Le temps d'apercevoir une façade quelconque, une silhouette en fringues tactiques sombres, et une main rabat ma capuche – ma tête aussi par la même occasion. On me porte plus qu'on me tient, j'essaye de marcher mais ils me traînent trop vite. On passe une entrée. Sous la traction bien brutale, mes épaules et mes coudes tordus ne crient même plus grâce, ils hurlent carrément. Je transmets leur message :

— Vous me faites super mal !

Les deux fédéraux qui me trimballent en mode sac de linge sale ont l'air de s'en foutre royalement.

Dans le bout de vision qui me reste entre le tissu de la capuche et mes cheveux en vrac j'entrevois un lino beige.

J'essaye de redresser la tête, surtout pour soulager ma nuque, mais une grosse main m'en empêche instantanément et je me retrouve encore plus tordue en avant.

On entre dans un ascenseur. Avant que les portes se referment, je réalise que le bâtiment est totalement silencieux.

Sortie de la cabine, toujours pas un mot des flics. Ils doivent pas me lire mes droits ou un truc ?

Un bruit de serrure. Ils me font asseoir sur une chaise, m'attachent à la table devant.

Et repartent.

Je suis seule.

Chapitre 5

J'en peux plus. Plus. Plus. Sortez-moi de là. Venez me dire que je vais prendre vingt ans de prison. Que vous allez m'envoyer à Guantanamo, n'importe quoi, mais dites-moi quelque chose putain ! J'essuie les larmes même s'il y en aura d'autres dans pas longtemps – quoique la réserve est peut-être sèche à force. Des coulures de vomi sur le menton. J'ai froid, chaud, je tremble en même temps. J'ai peur. Je craque. Pitié, que quelqu'un vienne m'écouter. Mon nez se met encore à couler. Merde. Je tente d'attraper le mouchoir qu'ils m'ont gentiment laissé dans la poche, mais je peux pas. Je sais bien que je peux pas et je ne sais même pas pourquoi j'essaye toujours. Les chaînes des menottes tintent contre la table, se tendent. Trop courtes.

Pas de fenêtres, pièce vide, la caméra qui me regarde pleurer et me noyer dans ma morve. Ils m'ont pas lu mes droits comme dans les films. « Détenue », pas « suspecte ». J'ai entendu le terme aux infos déjà.

Pour les terroristes.

Les terroristes.

Merde.

Des images de camps d'internement me viennent en tête. Des combinaisons orange.

L'angoisse serre tellement ma gorge que je vais étouffer d'une seconde à l'autre. Ou éclater en sanglots à nouveau. Je sens que ça monte. Putain. Ça y est…

Et la caméra qui me fixe… ça vous amuse ? Venez, faites ce que vous voulez, mais dites-moi quelque chose…

Un déclic, je sursaute, un bond sur ma chaise. La porte s'ouvre, une silhouette entre, elle est floue derrière mon rideau de larmes. Je cille et ma vision se dégage, un mec en costard apparaît, sans cravate, col défait comme un commercial en pause, une carte du FBI attachée à une dragonne. Il est brun genre métis, pas très vieux, austère, une lueur de colère dans son regard. Sans rien dire, il balance une liasse de feuilles devant moi, souffle longuement, on dirait qu'il se contient. Je baisse les yeux sur les papiers presque par réflexe.

Des captures d'écran. De mon ordi, avec les deux terminaux de commande de Domolockee. La tentative d'afficher l'interface graphique. Tout.

J'ai envie de vomir à nouveau.

Le fédéral dit :

— Je pense qu'on sait tous les deux pourquoi t'es là. On va gagner du temps.

C'était clairement pas une question.

Je réponds juste rien, parce qu'il n'y a rien à dire, et je doute que le moindre son passe ma gorge tellement elle est serrée.

Il appuie les mains sur la table, brusquement.

— Avec qui tu bosses ?

Cette fois j'arrive à couiner (ou plutôt gargouiller) un vague :

— P… pardon ?

— Ton réseau. Tes commanditaires.

Qu'est-ce qu'il raconte ? Il insiste :

— Vous êtes qui ? Groupe, affiliation, motivations ?

Mon cerveau plante à essayer de trouver un sens, quelque chose qui…

Il frappe du poing sur la table, et je sursaute encore.

— Vous. Êtes. Qui ? C'est quoi le message ? Vous êtes anti-gouvernement, vous emmerdez l'État fédéral, c'est ça ?

Je balbutie :

— Mais y'a pas de groupe…

— Te fous pas de ma gueule, tu vas me faire avaler que t'as fait ça seule ? De toute façon, on a ton PC et ton portable, que tu nous files les mots de passe de tes sessions chiffrées ou non, c'est qu'une question d'heures avant qu'on ait tout.

L'espace d'un instant, une toute petite partie de mon cerveau encore capable de raisonner se demande d'où il tient ces captures d'écran s'ils n'ont pas déjà accédé à mon ordi. Un nouveau coup de gueule du flic détruit toutes mes velléités de réflexion.

— Réponds, bordel ! Tes connexions TOR, les VPN que tu utilises, tes messageries chiffrées, tu crois que je vais avaler que c'est juste pour aller poster des photos de petits chats sur Sparkles Links ou faire les soldes ?

Il étale les feuilles devant moi. Il y a des logs[17] et des journaux système de mes sessions. Des photos aussi. De… Oh merde. Merde. Merde.

Josh.

Au milieu d'une meute aux masques Guy Fawkes[18], pendant une manif d'occupation de bâtiments fédéraux quelconques.

— Et lui, tu vas me dire que tu le connais pas ? Et sa clique de petits cons d'anarchistes ? Vous ne vous envoyez pas des messages tous les jours via Signal ? Vous vous racontez quoi là-dedans ? Tu sais quoi, ça tombe mal, je peux pas encore les lire, vu que – oh, surprise ! – vous chiffrez toutes vos communications ! Si tu me sors que c'est pour échanger des mèmes à la con, cherche pas, je vais pas te croire. On fait pas ça si on a rien à se reprocher…

Je sens la panique revenir à flots. Dites-moi qu'il n'est pas sérieux, putain, le chiffrement maintenant ?

---

17 Logs : fichiers dans lesquels un serveur ou un ordinateur liste de façon plus ou moins détaillée son activité, par exemple pour un serveur, les connexions entrantes, etc.

18 Guy Fawkes : masque rendu célèbre par le film *V pour Vendetta*, devenu emblème des courants hacktivistes Anonymous et du mouvement de protestation Occupy.

— Josh… c'est… c'est mon cousin, on se textote, c'est tout, et…

— En utilisant un programme de messagerie chiffrée, ouais. Vous vous racontez quoi pour avoir besoin de ça ?

— Mais rien du tout, de la merde ! Enfin, je veux dire, rien de spécial, on se donne des nouvelles, on déconne, on…

— Et c'est pour ça que vous avez passé la journée à vous bombarder de textos la veille de ta cyberattaque sur la Maison-Blanche. Pour vous « dire de la merde ».

J'arrive plus à réfléchir, la panique revient, paralysante. C'est foutu, ils vont jamais avaler que j'ai pas cherché à hacker la résidence présidentielle, bordel, en même temps qui croirait que c'est juste un putain de hasard ?

Je sens que je vais me remettre à pleurer. Mes yeux brûlent. J'inspire doucement. Là…

Le fédéral tourne en rond autour de la table. Autour de moi. Maintenant, son intonation est basse, glaçante :

— Je peux te garantir que tu vas remercier Dieu d'être née au bon endroit. Sans ta citoyenneté américaine, tu prenais un aller simple pour un joli camp de vacances à l'étranger. C'est pas que pour les barbus, tu sais, et y'en a même pour les filles… Mais te crois pas tranquille, vu comme tu pars, Américaine ou pas t'en as au moins pour vingt ans, minimum. C'est long, vingt ans, tu trouves pas ? Et encore ton procès va pas se tenir avant un petit bout de temps, avant qu'on rassemble tout ce qu'il faut… Laisse-moi te dire que la détention provisoire ultra-haute sécurité tu vas bieeeen en profiter. J'espère que t'aimes la déco style béton lisse et murs blancs. On prendra soin de toi, tu verras. Quelqu'un passera toutes les heures te demander gentiment si tout va bien, et vérifier si t'es en forme pour ton jugement. Oui, la nuit aussi, pas de raison. Vous êtes choyés, les petits terros !

Je suis hébétée. Je sais même pas si le mot est assez fort. Sonnée. Même plus de larmes. Abattue. Tout est trop…

Trop.

Je m'entends juste lui dire, avec une voix minuscule que je me reconnais à peine :

— Je suis pas terroriste.

Revenu près de la porte, il se retourne une dernière fois, la main sur la poignée.

— Je te laisse bien réfléchir à tout cela.

Il sort.

Je suis seule.

Ma bouche répète dans le vide, comme si elle prenait ses décisions séparément de mon cerveau :

— Je suis pas terroriste…

*

Vide.

Amorphe.

Je suis juste là. Une chose vaguement consciente qui fixe des feuilles sur une table. Les images et les lettres qui y sont imprimées n'ont plus vraiment de sens. Des gribouillis de teintes et de nuances différentes.

Pas mal de temps s'écoule. Je suppose.

Probablement, ouais.

La porte se rouvre, je ne regarde même pas qui entre.

Je crois que c'est le type de tout à l'heure. Il approche lentement. J'entends sa voix de très loin, derrière des méandres de désespoir.

— Est-ce que vous reconnaissez les faits à présent ?

La réponse vient toute seule :

— Oui.

— Vous avez commis un acte de cyberterrorisme sur une cible gouvernementale critique ?

Je veux juste en finir.

Je suis juste foutue.

— Oui.

L'agent marmonne, et son intonation est beaucoup plus calme :

— Il n'aura pas fallu bien longtemps…

Délicatement, il attrape mes mains et détache les menottes.

— Venez avec moi, s'il vous plaît.

Il me prend par le bras et je me lève en suivant le mouvement. Quand on sort de la pièce, je commence à émerger un petit peu des brumes de l'accablement. Qu'est-ce qu'il se passe, là ? Où est-ce qu'on va ?

Peu importe, rétorque ma part la plus pessimiste.

On remonte un petit couloir vide, beaucoup de portes entrebâillées et de lumières éteintes. Ça sent super fort la peinture, comme si le bâtiment était neuf.

Pas un bruit. On dirait qu'il n'y a personne, mais *vraiment* personne. L'étage a l'air désert. Pas du tout comme ça que j'imaginais l'intérieur du Hoover building.

Il me lâche pour ouvrir une porte métallique avec ce système de poignée bizarre comme sur les issues de secours, ou les accès d'urgence au toit. La deuxième option s'avère la bonne.

— Venez, mademoiselle, nous montons.

Le ton protocolaire secoue encore un peu ma torpeur, et commence presque à faire revenir l'angoisse. La peur de l'inconnu, au moins quand il me gueulait dessus, c'était logique. Me balader dans les couloirs (tellement… vides) en me donnant du « mademoiselle », non, quelque chose ne colle pas.

Il ne semble pas vouloir bouger, alors je passe la première. L'impression de soulever des jambes en plomb à chaque marche. Des douleurs se réactivent dans mon dos, mes bras, mes genoux, là où on les a frappés/tordus/heurtés par terre. Je suis pas très rapide, mais il ne me pousse pas, limite respectueux tout d'un coup.

L'air nocturne m'accueille dehors. Il fait déjà nuit, ma notion du temps est totalement larguée. Une brise douce agite les mèches grasses qui entourent mon visage. On est sur un bâtiment assez haut. Aucune idée de quel quartier, si ce n'est que je ne reconnais pas du tout Pennsylvania Avenue.

Il me faut quelques secondes pour remarquer le type qui se tient au bord du parapet, il nous tourne le dos, bras croisés. Il finit par se retourner et nous rejoindre à pas lents, tranquilles. Je le distingue mal dans la pénombre. Il ressemble lui aussi à un agent fédéral, costume, cravate, coupe courte quelconque. La diode d'une e-cigarette s'éclaire quand il tire une bouffée. Le nuage qu'il souffle sent le tabac, en plus sucré. Je peux voir qu'il sourit.

— Mademoiselle Melissa Allen. Je suis navré que nous nous rencontrions dans de telles conditions. Vous comprendrez toutefois que les circonstances nous ont obligés non seulement à agir vite… Et je tenais également à ce que vous soyez pleinement consciente des enjeux de votre situation.

Je le fixe sans piger un mot de ce qu'il raconte. Il poursuit sans sembler se formaliser de mon air largué :

— Vous faisiez depuis quelque temps partie de nos listes de… candidats, pourrait-on dire, mais jusqu'à ce jour rien ne vous démarquait des autres noms de notre petite sélection. Vous imaginez bien qu'avec l'attaque d'aujourd'hui…

Il marque une pause, qu'il cherche ses mots ou qu'il joue l'effet dramatique.

— Vous êtes vraiment passée à une tout autre échelle. Coup de génie, ou coup de chance, peu m'importe en vérité, je vous laisse cette aura de mystère. Votre profil était établi depuis longtemps : vous avez les compétences, nous avons besoin de vous, et… je pense pouvoir estimer que c'est réciproque.

Mon cerveau a des difficultés au rallumage.

Je le lui fais savoir, parce que je ne vois pas quoi dire d'autre.

— Je ne comprends rien.

— J'admets que de votre point de vue, tout doit sembler très confus. Je vais tâcher d'en venir à l'essentiel.

Nouvelle bouffée de vapote, une bourrasque l'emporte.

— Le microtâcheronnage pour PolyKeres, comme on l'appelle, ici, les livraisons, l'apprentissage d'IA… Et même vos tentatives récentes dans le ransomware. Pas vraiment une vocation, n'est-ce pas ? Vous avez de l'ambition. Vous auriez pu vous inscrire dans une université de seconde zone, quelque part, vous en sortir financièrement en prenant un petit job à côté, en vous serrant la ceinture comme tous les étudiants qui ne sont pas… quelle est l'expression déjà, nés avec une cuillère d'argent dans la bouche ? Mais vous voulez davantage, vous visez plus haut. Stanford, Carnegie Mellon, Harvard ? Vous n'espérez pas trouver *un* travail dans la tech. Vous voulez avancer, faire carrière…

Je l'écoute sans rien dire, sidérée autant par tout ce qu'il sait sur moi (enfin, plus probablement juste sur mes consultations de sites web, mais c'est super désagréable de voir ma vie sur internet en mode portes ouvertes comme ça) que par l'interprétation qu'il en fait. Comme s'il cernait mieux ce qui se passe dans ma propre tête que moi. En se fourrant totalement le doigt dans l'œil jusqu'au fond du crâne au passage. Ambitieuse, moi ? Sérieux ?

Il soupire.

— De très beaux projets. Je crains néanmoins que votre situation actuelle ne vous permette plus de caresser de tels espoirs.

Sans déconner.

J'aurais envie de le dire à voix haute, mais ces types commencent à me faire encore plus flipper que quand ils voulaient me jeter en prison. Je prends conscience des bruits de la ville en fond, les sons de la circulation, le hurlement d'une sirène au loin, comme une sorte de plan de caméra qui s'éloignerait de moi jusqu'à ce que je ne sois plus qu'un tout petit point isolé sur ce toit. Et je me sens seule. Très, très seule.

J'aimerais que ma voix ne tremble pas pour dire ces mots, faire genre que j'assure :

— Vous voulez quoi, en fait ?

Échec total.

Les hypothèses défilent dans ma tête, ils cherchent une taupe, une indic, que j'infiltre un réseau d'anarchistes, d'hacktivistes ou je sais pas quoi. Peut-être le groupe de Josh. Putain, j'espère qu'il est pas trop impliqué dans les conneries qu'ils font. Je me berce d'illusions. Josh étant Josh, bien sûr qu'il est jusqu'au cou dans leurs trips…

Le mec reprend tranquillement, et je remarque pour la première fois son accent étranger, très léger. Ou peut-être seulement d'un autre État, mais impossible d'identifier cette modulation particulière, à peine perceptible.

— Est-ce que la Californie vous tente toujours ?

Je m'attendais pas à ça. Ni lui à une réponse apparemment, car il continue :

— Connaissez-vous le programme d'universités d'été de Sparkles ?

Ces stages rémunérés pendant trois mois à goûter la vie en mode Silicon Valley chez le géant des moteurs de recherches, des réseaux sociaux, du stockage cloud, bref, de tout le web ? Ben tiens, et j'imagine qu'il sait très bien combien j'aime me faire du mal et me balader sur les pages de présentation. À regarder d'autres gens de mon âge s'éclater dans un truc que je pourrai jamais vivre.

Je dis juste :

— Je connais…

Un avion passe, très haut. L'homme le suit des yeux un instant, soufflant sa fumée vers le ciel.

— Vous allez participer à la prochaine édition.

Je cille.

— Attendez… quoi ?

— La période de candidature n'est pas terminée, et le stage ne commence que dans trois semaines. Cela sera suffisant pour vous mettre à niveau.

— Mais… mais mais mais, vous savez que j'ai, j'ai euh, pas de résultats, je suis pas inscrite dans une fac, ni rien… Ils prennent que des étudiants !

J'en bégaye. Il ne se démonte pas le moins du monde :

— Cela ne sera pas un problème.

— Mais… pourquoi ?

À l'entendre, la réponse semble limite couler de source.

— Nous espérons qu'une fois présente sur le campus de Sparkles, vous serez en mesure de nous transmettre certaines informations.

Wow. Qu'est-ce que…

Quoi ?

Je ne sais plus.

Je ne comprends plus.

Les mots sortent tout seuls :

— Mais vous êtes qui ?

Et je regrette aussitôt. Bien joué, Melissa.

Il y a un silence, littéralement de plomb. Je ferme les yeux.

Finis par les rouvrir quand il répond sans le moindre signe d'agressivité :

— Votre question est tout à fait légitime, ne vous inquiétez pas. Mon collègue et moi travaillons pour un gouvernement étranger qui s'intéresse tout particulièrement à certains secteurs d'activité de Sparkles.

Putain.

Un déclic dans ma tête.

Cette prononciation de certains mots…

C'est pas possible ?

— Vous êtes russes ?

Il sourit.

— C'est l'accent ? Je pensais vraiment qu'il ne se remarquait plus. (Il redevient plus sérieux.) Je suis navré pour cette petite mise en scène un peu plus tôt, mademoiselle Allen. Nous devions vous faire comprendre tout l'enjeu de votre situation et notre… proposition. Figurez-vous que ce que mon collègue vous a présenté est, grossièrement, ce qui vous attend si jamais votre propre pays venait à vous identifier comme responsable de l'attaque de ce matin.

Oui, je me le figure beaucoup trop bien même.

Ma gorge recommence à se serrer, beaucoup trop. Je déglutis.

— Comment… comment vous pouvez être sûrs qu'ils sont pas déjà remontés jusqu'à moi eux aussi ? J'veux dire vous… vous m'avez trouvée, vous…

Il secoue la tête, sa voix se radoucit, comme s'il voulait rassurer une gamine.

Ça me fait mal de reconnaître qu'il est pas loin du compte.

— Nous ne sommes pas *remontés* jusqu'à vous. Comme je vous en ai informée, vous faisiez partie depuis quelque temps d'une liste de, disons, candidats possibles, pour cette opération. Nous avions un œil sur vous, de *très* près, mais guère plus que pour d'autres personnes de situation similaire. Oh, si vous vous posez la question, un programme casseur de mots de passe que vous a proposé l'un de vos contacts sur ce forum, Cr4cks4-Cr4cks, il y a plusieurs semaines, était légèrement… retouché, par nos soins.

Oh merde. Un cheval de Troie[19], tout bêtement. Quelle conne !

Il a un sourire en coin qui m'enfonce encore plus dans ma honte.

---

19 Cheval de Troie : un logiciel malveillant (malware) dissimulé sous la forme d'un programme qui semble inoffensif (cas fréquent avec, par exemple, les logiciels crackés), l'utilisateur installe donc lui-même le malware sans le savoir.

— Vous n'avez pas tous les bons réflexes. C'est normal à votre niveau. Pour être honnête avec vous, nous n'aurions jamais imaginé que vous seriez à l'origine d'un tel… chaos. Pour avoir observé votre attaque, le spam ciblé sur la liste de clients fortunés… Les chances de tomber sur, que sais-je, le vice-président ? Un proche ami ou conseiller ? L'un de ses fils ? Étaient… pour le moins…

Je complète pour lui. Éteinte.

— Improbables…

— Le mot est encore faible !

Il tire une nouvelle bouffée.

— C'est comme si vous étiez avec votre petit bateau de pêche, en pleine mer. Vous avez jeté votre humble filet pour attraper quelques poissons, mais c'est un sous-marin qui s'est pris dedans. Sauf qu'au lieu de vous entraîner sous les flots et de couler votre embarcation, comme cela aurait dû se produire, c'est votre tout petit filet qui a bloqué l'hélice, fait griller un moteur, déclenché une panne de courant au passage… Et ce sous-marin nucléaire, prévu pour la guerre, se retrouve en état d'alerte à envoyer des messages d'urgence, et contraint de remonter à la surface en vidant ses ballasts. Tout cela, parce que votre minuscule filet de minuscule barque de pêche s'est enroulé dans son hélice.

Il laisse cette image flotter quelques secondes avant de reprendre :

— C'est précisément le caractère *improbable* de votre attaque qui nous permettra d'assurer votre protection. L'hypothèse d'un cybercrime crapuleux est bien la dernière que les fédéraux vont envisager vis-à-vis d'autres pistes beaucoup plus… tentantes, politiquement. Et moins ridicules, médiatiquement. Comme celle, disons, de l'intervention d'une puissance étrangère habituelle parmi leurs boucs émissaires commodes. Le gros sous-marin chercherait un sabotage avant de penser que ces restes déchiquetés de filet peuvent avoir causé son avarie.

Ses yeux se rivent aux miens dans la pénombre. Sourire amusé.

— Nous allons nous assurer de leur donner du grain à moudre dans cette direction. Avec le thème de la cybersécurité qui revient pour les élections, il leur en faudra peu pour sauter sur l'occasion.

Il marque une pause, puis ajoute avec un léger haussement d'épaules :

— Et dans le pire des cas, s'ils s'avéraient plus rapides que nous le prévoyons à retrouver votre petit bateau de pêche… Moscou est une belle ville, vous savez. Nous avons toujours besoin de gens qui ont du potentiel comme vous. Que pensez-vous de notre proposition, mademoiselle Allen ?

J'ai envie de me réveiller dans mon lit, dans ma chambre chez M. Davis. Que tout ce délire s'arrête, c'est bon, là, stop.

Mais non.

Je sens encore venir des larmes, mais je sais même plus pourquoi. Même plus de peur, d'angoisse, plus réellement…

Du vide.

Je crois que je craque juste.

Le mec me regarde comme s'il attendait vraiment une réponse. Comment si j'avais le choix. Entre… quoi, devenir une taupe, je sais pas ce qu'ils veulent que je fasse chez Sparkles, et… quelle autre possibilité ?

Je m'entends poser la question :

— Genre, vous me jetez du toit si je dis non ?

Il a l'air choqué, ou il le joue bien du moins.

— J'aime les vues en hauteur, voilà tout… (Sourire en coin.) Et puis, on peut se permettre un peu de mise en scène. Vous êtes parfaitement libre de refuser. Je vous souhaiterais juste bonne chance.

Il hausse à nouveau les épaules.

— Ce serait dommage pour vous.

Il semblerait presque sincèrement triste pour moi.

Le « presque » étant le mot clé.

Je hoche la tête. C'est tout ce que j'arrive à faire, et apparemment c'est tout ce qu'il attendait aussi.

— Vous faites le bon choix, Melissa.

Il me tend une main que je serre en mode automatique. Sourit à nouveau, comme si on concluait un business entre traders.

— Vous pouvez m'appeler Mike.

Mike l'agent russe.

Dans un autre contexte, j'aurais presque trouvé ça drôle.

Chapitre 6

— Je vous assure que tout va bien se passer. Concentrez-vous seulement sur l'ordre de votre petite liste mentale.

Je hoche la tête, ce que je fais en boucle depuis plusieurs minutes, depuis le début du trajet à suivre les instructions. Écouter. Attendre. Les rues nocturnes du Downtown défilent autour de nous, la circulation est lente comme toujours. Mike (puisqu'il insiste pour que je l'appelle par ce prénom) conduit tranquillement, sans se presser, comme si je n'étais pas une fugitive Top 10 Wanted du FBI en puissance et lui un espion russe en maraude. Et pour autant je ne suis même plus vraiment étonnée. Un état second qui rappelle le brouillard flou d'un rêve ou de mes médocs antihistaminiques. Alors je suis le mouvement, presque en témoin passif, comme si toute cette histoire ne me concernait pas directement. Comme si c'était pas vraiment moi, là, assise à la place passager de cette voiture aussi quelconque que le costard « gris fédéral » de Mike.

Il reprend avec toujours cette voix feutrée qu'il veut sans doute apaisante, et qui (même si ça m'énerve) me calme un petit peu :

— Pouvez-vous me répéter ce que vous devez faire s'il vous plaît, Melissa ?

Les mots viennent tout seuls, une litanie :

— Je dois ranger mes affaires, tout embarquer. Ne rien oublier, je ne pars pas dans la précipitation, c'est un déménagement. Comme quand je suis partie de chez maman.

— Mhm, hmm. Tout à fait. Et ensuite ?

— Laisser la lettre sur la table, pour M. Davis. Avec le thé bergamote de sa marque préférée.

J'ai le papier plié dans ma poche. Et sur le siège, contre ma cuisse, la petite boîte en métal avec ses jolis décors qui font très…

Russe.

Il prend un virage tout en douceur. Je retrouve des repères familiers du quartier. On dépasse le snack où j'ai (beaucoup trop) souvent acheté de quoi grignoter vite fait en revenant d'une journée de livraison PolyVery, les cheveux gras et les jambes en compote.

— Et si jamais M. Davis rentrait plus tôt que prévu ? Il est surpris de vous voir sur le départ, si soudainement. Il vous demande ce qu'il se passe.

— J'ai eu un entretien… Je veux dire, j'ai un entretien à passer demain pour une formation chez Sparkles. C'est une chance incroyable et l'entretien n'est qu'une formalité : je suis sûre d'être prise et mon chauffeur VTC m'attend déjà.

Je récite avec la conviction du message d'excuses publiques d'un politicien grillé dans ses magouilles. Mais Mike opine malgré tout, apparemment satisfait, et répète :

— Tout va bien se passer, Melissa.

Il ralentit devant la petite maison qui a été mon « chez-moi » presque un an.

— Il n'y a pas de lumières.

Effectivement, comme prévu, M. Davis ne semble pas être là. Je l'imagine entouré de ses amis du chœur, leurs costumes impeccables, chantant et frappant des mains sur le rythme gospel. Il aurait vraiment aimé que je vienne, un jour.

— Allez-y, Melissa.

Un instant de flottement avant que mon cerveau comprenne que Mike ne parle pas du temple du révérend Hanneth. Il me regarde avec son air compatissant.

Je remonte la petite allée comme dans un rêve pâteux. Dépasse la porte du garage avec sa peinture bien propre, là où je rangeais mon vélo. L'image de la carcasse toute tordue abandonnée près d'une poubelle fuse dans ma tête avec un goût de regrets tristes. Je fais tourner la clé dans la serrure, ce cliquetis de métal familier.

Le hall est obscur, mais je n'allume pas, passe directement au salon, devant le canapé avec ses coussins bien arrangés et la grande télé éteinte. Je continue jusqu'à la cuisine pour déposer la boîte de thé et la lettre bien en vue sur la table. Il reste des trucs à moi au frigo mais je ne prends rien, l'estomac noué c'est même plus une image à ce stade.

Je reviens dans le couloir, me déchausse avant de monter l'escalier (parce que sinon on risque d'abîmer le bois, dit tout le temps M. Davis).

Et entre finalement dans ma chambre. Premier objectif : me changer, enfouir au sale le débardeur-pyjama que j'ai toujours sous mon sweat depuis ce matin. Plein de sueurs froides. Je pêche un haut propre et noir, qui s'avère être mon vieux t-shirt *Call of Duty : Modern Warfare 2*. Celui avec l'attaque russe sur la Maison-Blanche. Un gloussement m'échappe, nerveux et assez flippant.

Parmi mon fourbi de fringues étalées un peu partout, une absence étrange, inhabituelle : mon ordi qui ne trône ni sur le lit ni sur le bureau, puisqu'il est resté dans mon sac à dos. Qu'est-ce qu'ils en ont fait d'ailleurs ? Il me manque déjà, en bonne geek accro. Et pourtant j'ai une appréhension en même temps. La peur panique qui me vrillait plus tôt dans la journée… J'étais partie pour tout détruire, le processus a été interrompu, il y a quelque chose d'inachevé, cette impression d'oublier un truc super important – voire vital, et c'était limite le cas… Des images fusent, le van noir qui s'arrête… L'interrogatoire…

Le vide.

Je me secoue, essaye de penser à la liste, comme disait Mike. Un espion russe. Pourquoi est-ce que j'écoute un espion russe ? Je suis seule, là, c'est le moment de réfléchir à un plan, de trouver un moyen de m'en sortir sans trahir mon pays (pour ce que ça vaut). Pour ne pas finir en prison (surtout). Pour ne pas disjoncter complètement (pas gagné). Considérer les perspectives.

Il n'y en a pas.

Je me sens mal, la tête qui tourne.

Putain, qu'est-ce que j'ai fait ?

À peine le temps de le voir venir, j'éclate en sanglots. M'écroule sur le lit. Un instant. Juste un instant. Contre Kookie.

K00kie.

Pourquoi j'ai pris ce nom ?

J'ai l'impression absurde d'avoir trahi ma peluche. Son innocence.

Le plafond me regarde avec sa neutralité habituelle, et je le fixe en retour à travers mes larmes, en attendant que ça passe. Car oui, c'est en train de passer. J'en avais juste besoin, de me rouler en boule et pleurer. Un moment de craquage. Je crois que la situation me l'autorise de façon légitime.

Et puis il faut reprendre la liste, alors je me relève en essuyant mes joues. L'état second revient, et avec le détachement, cette neutralité d'un esprit mort à l'intérieur.

Enfouis au fond de mon placard je retrouve les grands sacs avec lesquels j'ai transporté l'essentiel de ma vie une première fois.

— Vous êtes sûre qu'il y a toute la liste ?

Mike place mon deuxième bagage dans le coffre. Je hoche simplement la tête.

— Et la lettre ?

J'opine à nouveau. Ça lui suffit. Je remonte en passager avant. Il me regarde un instant dans la lumière de l'habitacle, je sens qu'il s'attarde sur mes yeux qui doivent être un peu rouges.

Il récupère quelque chose dans sa veste. Me tend un portable. Je le prends après une hésitation, sans comprendre ce qu'il veut que j'en fasse.

— Votre nouveau téléphone. Vous êtes plutôt Samsung, n'est-ce pas ?

— Euh… ouais.

— Vos contacts ont été transférés. Votre numéro reste le même.

Je fixe cet appareil encore inconnu, étranger. Il n'y a pas les repères de l'habitude, la texture familière de la coque… Je le déverrouille, pas de mot de passe actif, forcément.

Mike démarre la voiture et on repart, toujours en douceur. Je ne me retourne pas pour voir la maison de M. Davis s'éloigner parce que je sens que je vais me remettre à pleurer. Le russe reprend :

— Si vous vous posez la question, vous recevrez également un nouvel ordinateur, à San Francisco. Nous ne pouvions pas nous permettre de prendre le risque que vos appareils aient été compromis par une tierce partie.

Et surtout parce que vous vouliez y coller vos propres backdoors pour me tracer et surveiller tout ce que je fais dessus… Le téléphone semble un objet hostile dans ma main, d'un coup. Presque menaçant. C'est la routine pourtant qu'un smartphone enregistre et espionne toute ma vie (c'est le fonctionnement par défaut), mais là… c'est direct. Ciblé. Personnel. Même une appli ultra chiffrée, pour envoyer des messages ou quoi, genre Signal, c'est mort. S'ils sont bien implantés dans le système d'exploitation en niveau administrateur (et bien entendu qu'ils le sont) ils peuvent voir mon écran en temps réel si ça les amuse. Et la caméra, enfin *les* caméras, y'en a combien sur ce truc, une en selfie, trois de l'autre côté avec ce design de plaques de cuisson qu'ont les objectifs sur les portables récents. Le petit rond noir perdu sur le haut de l'affichage m'observe d'un air sombre et froid (même pour une caméra selfie). Je pourrais y mettre un sticker comme sur mon ordi… mon *ancien* ordi, Mike et consorts comprendraient peut-être un besoin minimal d'intimité ? Ben tiens. Les espions et la vie privée, c'est bien connu que c'est une association logique…

— Est-ce que quelque chose ne va pas, Melissa ?

Mike me lance un regard en coin, et je prends conscience que je suis toujours en arrêt devant le portable ouvert sur l'écran d'accueil.

— Non, non. Rien.

Je le mets en veille et le pose sur le fauteuil, forme et poids inhabituels contre ma jambe. Dehors, les avenues du Downtown s'enchaînent dans la lueur des lampadaires. Quelques enseignes et devantures familières, même si d'habitude je passais à vélo à moitié sur la route, à moitié sur le trottoir… À esquiver les voitures, les piétons, les autres cyclistes (parfois des collègues esclaves-livreurs).

Comme s'il trouvait le silence pesant lui aussi, Mike dit doucement :

— À votre arrivée à San Francisco, vous serez attendue à l'aéroport. C'est une personne qui travaille également dans votre domaine. Très spécialisée. Je pense que vous vous entendrez très bien.

J'ai du mal à voir de quoi il parle exactement. J'ai un domaine où je suis spécialisée, moi, à part celui de m'attirer des emmerdes ? Il continue :

— Vous passerez trois semaines ensemble, elle sera chargée de renforcer votre maîtrise et vos connaissances afin que votre niveau corresponde aux attentes de Sparkles dans le cadre de ce stage. En particulier vis-à-vis des résultats affichés par votre dossier universitaire.

Je ne peux pas m'empêcher de réagir :

— Je n'ai pas de dossier universitaire…

— Vous le récupérerez dans quelques jours.

— Sparkles ne va pas détecter un faux ?

— Un dossier signé par la direction et portant les seaux de l'université, peut-on vraiment toujours dire que c'est un faux ?

Attend… il veut dire que…

— Vous avez quelqu'un qui…

Il élude d'un geste de la main.

— Des arrangements.

J'ai peur du sens qu'un service de renseignement peut donner à ce terme. Et ça fait taire toute envie d'en savoir davantage. Pour quoi faire, de toute façon ?

Toujours sur le ton d'une conversation banale, comme s'il n'était pas en train de parler d'infiltrer une taupe absolument pas professionnelle chez un géant de la Silicon Valley, il reprend :

— Nous ne remettons pas en doute vos compétences actuelles, mais vous comprendrez que nous devons nous assurer que vous serez en mesure de donner le change. Votre inscription a été ciblée sur le domaine de l'analyse de données. Vous devrez donc présenter une maîtrise de certaines bases des algorithmes de big data.

« Algorithmes de big data » ? Rien qu'à sa façon d'en parler je crois que lui, par contre, n'y connaît pas grand-chose. Il semble en avoir conscience :

— 3NOddity connaît tous ces aspects techniques.

Il sort ce… nom de code ? pseudo ? comme s'il était censé m'évoquer quelque chose. C'est raté. Je n'ose pas lui demander de qui il s'agit, si c'est celui/celle qui m'attendra à San Francisco. Je suppose que si je dois savoir, il le dira. C'est comme ça que ça fonctionne chez les espions, non ?

Rien ne vient.

Je déverrouille mon nouveau téléphone, surtout histoire de m'occuper les mains et le cerveau. Qu'il arrête de tourner en boucle sur tout ce qui cloche horriblement dans ma situation présente. Ouais, je pourrais prévenir Josh que j'ai pas encore pu lire ses derniers messages, il faudrait que je réinstalle Signal pour les récupérer.

Mike a un regard en coin.

— Si vous ne vous sentez pas prête, vous n'êtes pas obligée de mentionner d'ores et déjà votre déménagement à vos proches. Rien ne presse, il y a du temps pour cela.

Pas comme si Josh avait besoin de le savoir pour le moment. Mes parents par contre… Si M. Davis s'inquiète et prend l'initiative de leur demander des nouvelles, ça va pas le faire. Putain, je déteste mentir à maman. Je sens un truc froid dans mon ventre. Il faudra que je le fasse, ne pas pleurer pendant l'appel. Rester zen. Faire genre que tout va bien.

Plus tard.

L'interface de l'appli SMS de base se lance avec le thème « clair » qui défonce les yeux. Rien que pour pouvoir mettre un fond sombre, Signal me manque. J'imagine qu'il faut que je demande à Mike si je peux. On verra plus tard, ça aussi.

En attendant, je tapote vite fait un texto classique en me battant avec le dictionnaire d'autocorrection qui n'a pas encore profilé ma manière d'écrire :

Melissa : Désolée j'ai changé de tel j'ai pas encore reçu tes messages de cette après-midi

Melissa : Il faut que je réinstalle Signal

Josh : Raté, M. ou Mme Agent Fédéral Infiltré

Josh : Melissa Allen utilisant des textos sans chiffrement

Josh : Vous me prenez pour un bleu

Putain. Il peut pas savoir à quel point sa blague tombe mal. Mais mal.

Je souffle. C'est pas sa faute s'il débarque au pire timing.

Melissa : Ha ha ha --'
Josh : Lol
Josh : T'as fait quoi avec ton portable ?
Melissa : Je l'ai pété
Josh : C'était toujours celui que t'avais quand on s'est vus l'an dernier ?
Melissa : Oui
Josh : Pauvre vieux machin
Josh : Ses souffrances sont terminées
Josh : Qu'il repose en paix 😵
Josh : 😭

Je peux pas m'empêcher de sourire. Je vois sa gueule et ses grands airs rien qu'en lisant ses textos. Un peu de normalité banale (enfin, aussi normal et banal que Josh peut l'être) dans cette journée de dingue. Limite je pourrais me croire tranquille à rentrer chez M. Davis en taxi ou en VTC, le truc que je fais jamais. Avec un chauffeur russe. Sous fausse identité.

Josh peut pas s'en douter, mais ça me fait tellement de bien. Au moins pendant quelques secondes.

L'espace d'un instant, l'émotion déborde et j'ai envie de lui écrire que je l'adore et qu'il est trop cool même s'il me soûle avec ses monologues politiques. Je me retiens. Là, il se demanderait *vraiment* ce qu'il se passe.

Alors je réponds juste :

Melissa : 😆

Et soupire.

Comme quoi, quand on dit qu'il faut un événement tragique pour retrouver les plaisirs simples… Genre échanger des messages à la con. L'esprit vide. L'humour débile à base de mèmes.

Josh : C'est quoi ton nouvel engin ?

Melissa : Tu t'y connais en portables maintenant ?

Melissa : C'est pas très anticapitaliste tout ça

Josh : Tututut mademoiselle

Josh : Pas de ça entre nous

Josh : C'est un OUTIL

Josh : Sans ordi ou sans portable je peux pas troller les pages Sparkles Links des gros corpos pourris ou des fédéraux

Josh : Ni t'envoyer des conneries toute la journée pour te convertir à la cause du peuple

Josh : D'ailleurs t'aurais dû me dire que t'avais besoin d'un nouveau tel

Josh : Je t'en aurais envoyé un…

Josh : J'ai des potes qui… tu sais…

Melissa : CHUT

Melissa : STOP

Melissa : Texto non chiffré tu te souviens ?

Josh : Roh ça va on est pas les fils de Ben Laden

Josh : Bon jvais prendre mon petit déj

Josh : Oui oui il est 21 h et je viens de me lever

Josh : Pas de commentaires

Melissa : Bon app

Josh : Bol de céréales devant la 3e guerre mondiale numérique c'est pas mal

Melissa : Hein ?

Josh : J'allume la télé et je vois la foutue maison blanche sur toutes les chaînes

Josh : Avec ce piratage énorme là sur la domotique ou je sais pas quoi

Je ferme les yeux parce que je sens que je vais encore pleurer sinon. J'essaye de respirer doucement malgré ma gorge serrée à faire mal.

Je vois trouble quand je réponds :

Melissa : Ouais
Melissa : C'est fou

Et dehors justement, l'espace d'un croisement, les lumières du grand parc du Capitole se mêlent aux couleurs criardes des gyrophares.

Mike trouve péniblement une place en bordure du parking du Washington Dulles International Airport, la sécurité est sur les dents ici aussi (en mode alerte attentat) et ça fout en l'air tout le système de stationnement. Je sais même plus à quand remonte la dernière fois que je suis venue. Six ou sept ans au moins, avec maman et papa, pour chercher ma tante ou mes grands-parents. Le grand hall en forme de vague, ou de crête, selon l'angle de vue, m'avait paru tellement immense. Écrasant, presque. Avec tous ces avions au décollage, à l'atterrissage, dans un sens, dans l'autre, je m'étais sentie minuscule, perdue dans un monde qui devenait inimaginablement vaste. Des années plus tard, c'est toujours autant le cas.

Chapitre 7

La sonnerie de mon Signal fraîchement réinstallé interrompt ma déambulation en mode zombie dans ce hall immense, inconnu. Numéro d'appel non enregistré. Une voix à l'accent peut-être vaguement californien :

— Melissa ?

Qu'est-ce qu'il se passerait si je raccrochais, là, maintenant, pour disparaître dans un taxi, partir… quelque part ? Prendre un vol pour… où ? Ailleurs. À l'étranger ? Pour faire quoi ? Compliquer la traque avec mes petits moyens du bord. Me faire arrêter dans deux semaines. L'extradition sous des caméras d'info en continu.

Je repousse encore l'idée pour la ixième fois de ces dernières heures. Les délires d'évasion et de fuite qui m'ont suivie jusque dans l'espèce de sommeil comateux pendant les… combien, cinq heures, six heures d'avion ? Notion du temps en vrac. À chaque fois que je regarde, il est trois heures plus tôt que mon cerveau ne veut bien le croire. À peine une heure du mat ? À d'autres, tu parles, on me la fait pas à moi. Ça, c'est ce que se dit ma cervelle en bouillie. Et mon corps, surtout. Envie de prendre un café. Deux ou trois même. Plus tard.

La voix trouve que je ne réagis pas assez vite :

— Allô ?

— Ouais.

— Ah ! Le vol s'est bien passé ? (La question ne demande pas de réponse, elle enchaîne tout de suite.) Je t'attends dans le grand hall à l'entrée, je suis près du Starbucks.

Je regarde autour de moi, les passagers par dizaines malgré l'heure tardive, les devantures de boutiques et de snacks, les guichets de billets.

— Euh…

— Continue tout droit, puis ça sera sur ta gauche, tu le verras pile en face de toi.

D'accord, elle me suit en mode traqueur en temps réel, et tout. Autant direct me mettre dans l'ambiance. Je ne relève pas. (Pourquoi faire ?) Demande sans trop savoir pourquoi non plus :

— Vous êtes… euh, 3Nodee…

3NOddity, putain, j'arrive même plus à prononcer un pseudo.

— Tu peux juste m'appeler NoD, ou Nod, c'est bon.

— Ouais, OK.

Je me remets en marche avec tout mon barda de sacs qui me démontent les épaules, le dos, les bras. Si elle me dit qu'il faut encore qu'on prenne un transport en commun jusque je sais pas où, j'en abandonne un en cours de route. Non, en vrai je le ferai pas. Mais l'intention y est.

— J'arrive.

Je dépasse un îlot flanqué d'un pan d'exposition de peintures des collections du San Francisco Museum. Une œuvre plus expérimentale s'étire du plafond à l'angle de la cloison qui sert de support, un réseau de fibres optiques tendues dans un entrelacs qui évoque une toile d'araignée, style piège version cyber. Il y a un disque dur démonté là où pourrait se trouver la bestiole prédatrice. Bizarrement, le message me parle.

Et puis l'enseigne familière à l'autre bout du hall. Qui me donne encore plus envie d'une dose de caféine.

— Je vois le Starbucks.

— Et je crois que je te vois. Tu as l'air chargée.

— Ouais…

Je scrute les voyageuses autour du café, à la recherche de… de qui, au fait ? J'élimine les plus âgées par pur stéréotype avant de me dire que c'est idiot et de les inclure à nouveau. Il me faut un instant pour réaliser que cette fille blonde chicos, là-bas, agite son portable à mon intention. Trentenaire, look de corporate décontractée en jeans-blazer-talons. OK, je crois que mes clichés cherchaient plutôt un autre sweat à capuche (comme le mien quoi). Elle me serre la main avec un sourire tout aussi businesswoman.

— Salut, Melissa. Je vais prendre un de tes bagages.

Ce n'est pas une proposition, elle me confisque le sac de sport avant même que je le lui tende.

— Allons-y. J'imagine que tu dois être crevée.

Le mélange d'épuisement nerveux, du stress, de l'angoisse de la journée et du fait qu'il est 5 h du matin pour mon organisme rend la réponse plus complexe qu'elle ne devrait. Je dis juste :

— Ouais. Un peu.

Elle opine, marchant d'un pas rapide que j'ai du mal à suivre avec le barda qu'il me reste. J'ose pas demander si je peux m'arrêter commander un café au Starbucks. Tant pis pour moi, je vais me débrouiller sans soutien psychoactif. Dehors, l'absence de nuit sous les rampes de lampadaires à diodes me fait cligner des paupières. Il fait frais, un vent humide, marin, vient remuer des mèches de mes cheveux gras. Malgré l'épuisement, et tout le reste, mes yeux cherchent la nouveauté, analysent le lieu inconnu (comme si ça allait me rapporter des points d'expérience en exploration façon MMORPG). Des phares de voitures qui tournent sur les virages complexes d'un périphérique. Les lumières de bâtiments industriels. En fond, les bruits de n'importe quelle grande ville, la nuit : grondements de moteurs, sirènes qui s'éloignent dans le lointain. On pourrait être n'importe où, y compris toujours à Washington. Je sais même pas ce que j'imaginais trouver, mais je suis un peu déçue.

Je suis 3NOddity vers un genre de mini-tram en train de s'immobiliser à un arrêt. On monte avec quelques autres voyageurs noctambules, un couple de Japonais très chic, des costumes-tailleurs-cravates fatigués. Tout le monde silencieux, le nez sur les portables. NoD a le sien en main, mais ne le regarde pas, elle reste fixée sur la baie vitrée face à nous. Dont le reflet me rappelle à quel point je ressemble à rien (surtout à côté d'elle). Ou plutôt, si : à une ado paumée trimballée par sa grande sœur qui a réussi dans une startup deep tech quelconque.

Notre tram miniature s'engage sur un genre de piste sur pilotis qui domine un périphérique à quatre voies flanqué d'une autre large route qui borde une de ces zones indéfinies entre cambrousse et ville. Ponctuée de lumières clignotantes des lignes haute tension et d'entrepôts éparpillés avec leurs lampadaires qui font des trouées dans la nuit. Et derrière nous, enfin, par rapport à la vitre contre laquelle on est adossées, les derniers bâtiments de l'aéroport avant une soudaine bande noire qui se confond avec le ciel à l'horizon. Ma géographie est pourrie, mais je ne dois pas trop prendre de risque si je dis que c'est probablement la baie.

Le trajet dans ce… AirTrain, d'après ce que je vois sur les logos, commence à traîner. J'enlève mon sac à dos et le laisse tomber à mes pieds, un rien trop brutalement, le bruit fait sursauter les deux Japonais et hausser les sourcils de NoD. Quitte à passer pour une geignarde, tant pis, je demande :

— Je suis vraiment crevée, on va jusqu'où comme ça ?

— J'ai réservé une voiture au Car Rental Center. Mike t'a fait le topo ?

Je lance un regard en coin aux autres passagers, qui ne semblent pas spécialement se douter qu'on trahit gaiement le pays pour un service de renseignement étranger. En même temps il n'y a pas grand-chose pour nous vendre, entre Miss Silicon Valley (son accent hurle tellement la soirée apéro dînatoire entre développeurs et investisseurs dans un bar à smoothies branché, au sommet d'un immeuble avec vue sur la baie bien sûr) et sa stagiaire qui a l'air de sortir d'une nuit blanche sur Netflix. Mike aurait la tête de l'emploi, par contre.

— Ouais. Il m'a fait le topo.

— Tu verras, la location est sympa.

— La location ?

— Oui, c'est du Airbnb.

— Du…

Là, c'est peut-être trop demander de détails. Je ne finis pas ma phrase. Mais n'en pense pas moins. J'imaginais plutôt qu'on allait se planquer dans un immeuble de bureaux en construction ou je sais pas trop quoi. Genre celui où Mike et son pote m'ont joué la scène en mode interrogatoire.

— OK…

Je repousse les questions qui émergent du magma de mon cerveau à moitié mort de fatigue, et laisse aller ma tête en arrière contre la vitre fraîche. À regarder les points lumineux qui défilent comme plein de constellations électriques, jusqu'aux formes sombres qu'on devine à l'horizon, qui doivent être des montagnes.

Un ultime effort pour soulever mes sacs et les empiler dans le coffre du break, avant d'enfin m'écrouler sur le fauteuil passager. Le monde flotte dans un nuage vaporeux, et je me sentirais presque… bien. Absurdement détendue. Je claque la portière dans une nouvelle sollicitation musculaire intense, en essayant de ne pas penser qu'il faudra encore me lever de là-dedans pour sortir mes affaires et les poser là où NoD me trimballera.

Je ferme les yeux juste une petite seconde, pendant qu'elle démarre le moteur dans un grondement rond, cossu. Disons qu'après les engins que conduisaient ma mère et mon père, n’importe quelle voiture un minimum récente atteint le top du confort. Celle de Mike était pas mal aussi.

Quand je rouvre les paupières dans une espèce de sursaut, on est sur une quatre voies genre périph, peut-être dans la continuité de celle qui s’étirait en contrebas du AirTrain. Question trop philosophique pour mon état comateux. J’aurais qu’une envie : me renfoncer dans ce sommeil plein de vide. Mais c’est quand même un peu la honte, alors je me redresse pour faire genre, non, non, tout va bien. 3NOddity a le regard rivé sur la route. Elle conduit vite, tout en nervosité souple. Quand on passe sous un pont, les phares éclairent un panneau vert, South San Francisco. Je colle le nez à la fenêtre pour essayer de repérer une vue iconique, comme, je sais pas, le Golden Gate Bridge illuminé dans la nuit. Tout ce que je distingue, c’est d’autres zones commerciales.

— Tu n’es jamais venue à San Francisco ?

J’imagine que ça se voit que je débarque, effectivement. Je réponds juste :

— Non.

Avant d’ajouter :

— J’ai jamais trop bougé de Washington, la dernière fois c’était, genre, y’a trois ans, pour un mariage.

Pourquoi je raconte ça, elle doit s’en foutre de ma vie. La fatigue, on va dire, mais je me retrouve quand même un peu conne. Il y a un silence, puis elle demande :

— Tu as quel âge ?

— Vingt. Presque. Vous savez pas déjà tout ça ?

— Je ne sais pas grand-chose. Juste le programme que tu dois maîtriser.

— Vous êtes pas avec eux, je veux dire, euh… les Russes ?

Faut que je fasse gaffe quand je suis crevée comme ça, je pose des questions douteuses.

Elle secoue la tête sans particulièrement tiquer.

— Je suis avec personne. Je bosse pour Mike de temps en temps, des contrats. Lui bosse pour quelqu'un. Peu importe qui, j'ai pas demandé leurs papiers.

Sur l'écran de l'ordinateur de bord, l'annonce d'accueil s'affiche encore en bandeau. *Bienvenue chez Car-2-Rent, Mme Nancy Adam.*

Nancy Adam, ouais. Une identité volée achetée quelque part sur le dark ?

Elle reprend après un moment, alors que je commence à nouveau à m'affaler sur mon fauteuil. Un flou comateux nimbe le défilé de touffes de végétation obscure autour d'entrepôts et d'autres bâtiments quelconques.

— J'avais à peu près ton âge quand je suis venue ici la première fois.

Je m'entends demander, totalement vaseuse :

— Vous étiez étudiante à Stanford ?

— Oui.

— Vous êtes d'où au départ ?

— Je peux pas te dire.

— Ah… OK. C'était en quoi ? Vos études ?

Sur le bord de la route, un grand panneau lumineux annonce la sortie du nouveau terminal domotique FriggHouses. Avec l'assistant vocal Sparkles inclus, en partenariat de développement avec (bien entendu) PolyKeres. D'un point de vue technique et nerd, c'est stylé : Sparkles met un beau budget de recherche dans les objets connectés, et PolyKeres niveau développement IA, c'est le top (merci à l'armée de cliqueurs anonymes qui payent le prix en migraines et tendinites).

— Cryptographie.

— C'est cool ça !

Un sourire dans sa voix :

— Ouais, c'était pas mal.

— Et vous avez fait quoi après ?

— Je peux pas te dire non plus…

On dirait qu'elle a envie d'en parler malgré tout. Un léger soupir.

— J'ai bossé dans une grosse boîte IT.

— Grosse ?

— Un des géants, on va dire, ouais.

Quand même !

Elle continue :

— Mais ça me plaisait pas.

— Pourquoi ?

— À choisir, je préfère l'attaque à la défense.

Je repense au frisson, à cette sensation de puissance en préparant mon coup foireux avec Domolockee…

Et je comprends.

Même carrément.

— Je crois que moi aussi.

J'en reviens pas d'avoir osé le dire.

Elle hoche la tête. Sourit.

Face à nous, la masse d'une montagne parsemée de points lumineux qui suivent d'autres lignes électriques, comme des petites diodes rouges. Sur notre droite encore au loin, les premiers immeubles de la ville, l'horizon illuminé. Je me laisse à nouveau aller contre l'appuie-tête.

Je finis par comprendre qu'on est arrivées quand la voiture ralentit et que le garage d'une petite maison s'ouvre sur une commande du téléphone de NoD. La façade est d'un rose saumoné étrange sous les lampadaires, et ressemble à peu près à n'importe quel pavillon dans cette rue dont les couleurs doivent être vives en plein jour.

Les néons du garage me font cligner des yeux. Le silence total quand le moteur s'arrête paraît presque lourd, bizarre, je sais pas si c'est une différence de la tessiture de l'air, un matériau local ou juste que je suis complètement claquée. Je sors comme un zombie, laisse NoD prendre un sac et récupère laborieusement les deux restants.

On traverse un petit hall vers un escalier en bois qui grince à peu près autant que chez M. Davis. Des images mentales se superposent, là je tourne à droite, tout de suite c'est ma piaule, puis… Non, ici c'est d'abord une salle de bain (porte entrouverte sur la baignoire derrière un rideau fantomatique) puis une autre porte, et la dernière que NoD ouvre, on dirait que c'est pour moi. Une chambre avec un lit sans draps, une penderie, une grande fenêtre à petits carreaux comme ils ont l'air d'aimer dans ce quartier.

NoD pose mon sac, me regarde.

— J'imagine que tu as besoin de te reposer, on peut dire qu'on commence à 10 h, demain.

Ugh, d'accord. En comptant qu'il est je sais pas quelle heure là, ça laisse… de quoi dormir un petit peu quand même, au moins plus que mes six ou sept heures de sommeil en quoi, trois jours ? Mais je me vois mal négocier comme une ado flemmarde.

— OK.

— Bonne nuit.

Elle sort en refermant la porte.

Je regarde la pièce très vide (à peu près autant que mon énergie actuellement). Il faudrait retrouver dans quel sac j'ai fourré mes draps. Me doucher et balancer mes affaires d'aujourd'hui à la désinfection anti-sueurs froides. Je m'affale sur le matelas, la tête dans un oreiller qui sent le neuf.

Juste une petite pause, promis, après je fais tout ça.

Dans… un petit instant…

Chapitre 8

Un truc me rentre dans les côtes.

— Aïe…

J'ouvre les yeux péniblement. Il fait bien jour dehors, je vois un peu de ciel bleu entre les stores. L'espace d'un instant je m'attends à retrouver le bordel habituel de ma chambre, le bureau avec mon PC, des vêtements empilés, Kookie installé sur la chaise.

Mais non.

Je suis bien vautrée sur un matelas sans draps dans mes fringues de la veille, avec mes vieilles sneakers défoncées aux pieds. Mal partout. Je dois plus avoir un seul ligament ou tendon en bon état après le convoi façon sac à patates par les deux Faux-Fédéraux-Vrais-Russes hier… Ouais c'était hier. Sans compter la cascade à vélo deux jours avant. Ma vessie hurle, mais elle va patienter encore un peu le temps que je récupère des jambes pour la traîner jusqu'aux toilettes. J'attrape mon portable (le tout nouveau sans écran cassé, mais malwares de tracking made in Moscow inclus) qui essaye traîtreusement de s'implanter dans ma cage thoracique.

Marmonne en m'étirant, à moitié (ou un tiers) réveillée :

— Merde…

Je ne saurais pas dire moi-même si c'est un constat de mon état, de la situation, ou de la vie en général. Quitte à avoir empêché mon téléphone de me transformer accidentellement en cyborg, je le sors du mode veille. 8 h 43. Merde bis. Quatre, cinq, six heures ou carrément une nuit de sommeil en plus auraient pas été de refus.

Je fixe le plafond avec l'énergie d'une boîte de hamburger abandonnée dans un coin de rue. Il ne daigne même pas m'accorder un regard en retour.

Allez.

Bouge.

Opération : retrouver dans quel sac j'ai quelques affaires propres. Mes trucs de salle de bain, gel douche, tout le reste. Un coup d'œil par la fenêtre en me redressant. Un soleil aveuglant dehors. Ma chambre est plus haute que les maisons en face (toutes peintes en couleurs pas possible, rouge, bleu, orange…). Au-dessus des toits, il y a… Oui, c'est la baie. Une toute petite bande bleu sombre, séparée du ciel par un peu de brume blanche. C'est minuscule et pas impressionnant du tout, mais ça me fait quelque chose. La mer. Enfin l'océan, je me comprends.

Je me secoue des souvenirs qui essayent de revenir par vague (… jeu de mots accidentel) d'une unique expédition à la plage en famille il y a super longtemps. Mais là, ce ne sont pas mes parents et mes frangins qui m'attendent en bas, juste une cryptographe black hat compromise avec des espions.

Juste.

Le jet de la douche en pleine figure m'aide à accélérer la procédure de réveil. Enfin, on va dire qu'il ne la ralentit pas au moins.

En m'habillant, je regarde les bleus et les éraflures récoltés quand je me suis plantée à vélo. C'est vrai que mes bras manquaient de couleurs cheloues avec les marques de bronzage déjà… Je m'attendais à trouver des hématomes bonus là où les potes de Mike m'ont chopée pour me trimballer comme un sac. Mais non, rien. Je ne sais pas si ça veut dire que je suis solide, ou qu'ils ont été plus soigneux qu'ils en avaient l'air. Avec beaucoup de guillemets.

Le reflet de ma gueule en manque de sommeil critique me regarde comme si le destin du monde libre pesait sur cette pauvre fille fatiguée. Ou si elle avait attaqué la présidence de son propre pays ?

Ah ah ah.

Je descends en frottant mes cheveux dans une serviette, flemme de les sécher, et il fait déjà assez chaud. J'entends une musique étouffée quelque part en bas. À part l'entrée et l'accès au garage, il n'y a qu'une porte, entrebâillée. En approchant, je distingue un peu mieux le son, guitares électriques et voix énervée qui gronde en allemand, ça me rappelle quelque chose, mais j'arrive pas à trouver quoi. J'allais ouvrir, me retiens au dernier moment, opte pour toquer avant. Le volume diminue un peu, NoD lance par-dessus :

— Vas-y, entre.

Il faut un instant pour que mes yeux s'habituent à la pénombre des stores à moitié baissés, comme on préfère en général quand on bosse longtemps sur PC. Et il y en a pas mal, des ordis, enfin genre, quatre ou cinq portables déployés sur la table, dont un au bout, sur lequel NoD est penchée. La musique vient d'une enceinte Bluetooth posée à côté d'un mug fumant. Mon cerveau détecte l'odeur salvatrice de café qui flotte dans la pièce. Nancy-NoD me lance un regard rapide. À la lumière bleutée de l'écran qui l'éclaire par en dessous, elle a l'air un peu plus vieille, ou plus fatiguée.

— Il y a des céréales dans le placard, du lait au frais, jus d'orange, quelques autres trucs. Et du café. Tu prends ce que tu veux, on se mettra au boulot après.

Elle dit ça avec ce ton mêlé de décontraction et de tension pro qui dans ma tête sonne toujours aussi californien, ou aussi startup. Un mélange qui réussit à me mettre à la fois la pression (et il y a de quoi, je pense, si j'ai bien compris je dois creuser un an de formation en fac en trois semaines) et un sentiment bizarre de faire partie d'une équipe. Elle ne me parle pas comme si j'étais la gamine ou l'élève. Plutôt une partenaire de business. Je remplis vite fait un bol de Fruit Loops avec un fond de lait, le truc que je fais jamais d'habitude, parce qu'il faut que je coure pour commencer mes livraisons, alors une barre granola c'était quand même plus rapide. Et surtout, l'essentiel : grand mug de café brûlant. Un peu trop rempli d'ailleurs, maintenant qu'il faut le rapporter à la table je sens que je vais en foutre partout et ça le fait moyen comme premier jour avec ma… formatrice, coach, je sais pas quel mot utiliser. Quand je pose tout sans trop d'incidents, une notification de message perce par-dessus la musique et NoD regarde son portable. Petit sourire.

— Mike vient de m'envoyer ça.

Elle fait glisser le téléphone vers moi, et je manque renverser mon bol pour le rattraper en sursautant. Eh bien, ça se voit qu'elle ne paye pas le matos. À l'écran, un document PDF qui affiche…

Wow.

Une validation d'année universitaire par correspondance, complète, avec toutes les notes détaillées. Tous les sceaux de l'université de Stanford, la signature de la direction des études à distance…

Première année obtenue.

À mon nom.

Juste. Wow.

C'est d'ailleurs ce que je finis par dire :

— Wow !

NoD a un petit reniflement amusé.

— C'est ce qui est parti ce matin avec ton dossier d'inscription pour l'université d'été de Sparkles.

— C'est dingue… Comment vous avez fait si vite ?

— Pas moi. Mike. Et j'en ai aucune idée, c'est pas ma partie du boulot, j'ai pas à le savoir. Tout ce que je sais c'est que tu vas récupérer ton dossier complet à la fin de notre petite séance de rattrapage.

Ce qu'il me disait avant l'aéroport me revient en tête petit à petit. Des arrangements avec quelqu'un à la fac… Pas mécontente que NoD ne puisse pas m'en dire plus au final. Je réalise qu'il y a un point dont il n'a pas parlé :

— Mais c'est pas garanti qu'ils me prennent pour leur université d'été, Sparkles, non plus…

— Mike a l'air sûr de lui. J'imagine qu'il a ses raisons. Avec les résultats qu'ils t'ont mis, ça devrait quand même bien passer. Et je crois que Sparkles tient aussi compte des critères sociaux pour donner une égalité des chances à des étudiants qui ne sont pas trop à l'aise financièrement. D'après ce que je sais, tu devrais bien te placer par rapport à ça.

— Ouais. Je devrais.

— La contrepartie de la première année en béton envoyée à Sparkles, c'est que tu vas devoir assurer derrière. On a trois semaines pour que ce soit le cas. D'après ce que Mike m'a transmis, tu pars avec des bases très correctes. Il va tout de même falloir te mettre au point et approfondir sur certains domaines. Il veut que tu puisses présenter quelques notions sur les algos d'analyse big data.

— Sérieux ?

— Oui. À un niveau première année, mais que tu sortes du lot des autres stagiaires tout de même.

— Pourquoi en big data spécialement ?

— Je n'ai pas à le savoir. Mike te le dira si besoin.

Tout le côté « opération de renseignement » du délire remonte à ces simples mots. J'arrive pas à décider si ça me fait stresser davantage, ou si je trouve ça… assez cool, en fait.

Putain, qu'est-ce que je raconte ?

NoD vient récupérer son portable et me montre l'un des ordis.

— On va s'y mettre progressivement. Déjà, faire un bilan pour que je puisse situer précisément où tu en es. À partir de là, on verra par où commencer.

Elle a un geste vers l'enceinte Bluetooth.

— Au fait, ça te dérange, Rammstein, en fond sonore ?

Ah voilà, c'est ce nom de groupe que je cherchais. Je la regarde une seconde, avec son chemisier blanc sur un jean sombre, toujours aussi corporate. J'aurais pas misé sur du métal dans sa playlist. Oui, je sais, c'est cliché.

— C'est pas trop ce que j'écoute, mais ça va, ça me gêne pas.

— J'ai du mal à bosser sans musique.

Elle ajoute avec un petit sourire :

— J'espère que tu as bien profité du soleil printanier, on va pas le revoir avant un moment.

*

Vautrée dans le canapé, je termine les dernières lignes de commande de test. L'ordi me tient super chaud sur les genoux, je sens des perles de sueur sur mon front. Je souffle, lève un peu les yeux de l'écran. Une brise agréable entre par la porte-fenêtre que NoD a ouverte, avec l'odeur de sa vapote électronique (parfum citron vert, aujourd'hui). Sa silhouette se découpe en contre-jour devant la baie vitrée du jardin, la lumière d'un ciel bleu vide foudroie mes rétines. J'essaye de me souvenir comment ça fait de sortir au soleil plus longtemps que trois minutes entre deux sessions de progra.

Bon, j'exagère.

Allez. Juste une dernière vérification.

Je compile en *-Wall -pedantic*, puis lance un linter sur le programme[20], histoire de (vraiment) bien chercher la petite bête.

C'est parti.

---

20 -Wall, -pedantic, linter : de façon très très résumée, outils permettant d'effectuer une sorte de « correction orthographique » du code d'un programme. Ils ne garantissent pas l'absence d'erreurs, mais permettent d'en détecter un grand nombre.

L'exécutable répond gentiment, je regarde les lignes défiler à mesure que le processus avance. L'attention fixée sur le moindre détail, à m'en sécher les yeux encore plus qu'ils ne le sont déjà. OK. Propre.

Et le soulagement, la fierté finale, bonne vieille satisfaction du devoir accompli. Je me laisse aller en arrière sur le canapé, et… Putain, l'ordi a failli glisser, le tissu du survêt est trop lisse. Histoire de prévenir toute catastrophe, je le pose délicatement sur la table basse en dégageant un coin du fatras de canettes et de cartons de plats chinois, coréens, japonais, italiens, et je sais même plus quels autres on a enchaînés. Mais rien de russe, tiens. Je reste un moment à savourer la sensation de triomphe. Faut bien que j'en profite, peut-être que NoD va trouver des tas de problèmes et me faire reprendre à zéro… Mais j'en doute, là, je le sens bien. Vraiment bien. Je regarde dans le vague le foutoir qu'on a laissé s'installer dans ce petit salon vieillot. La tour de cartons de pizza que j'ai montée moi-même pour servir de support à une multiprise trop courte. On a beau se dire que les geeks bordéliques, c'est un cliché, sauf qu'en fait, pas totalement. Enfin moi j'assume, le rangement par l'entropie c'est ma seconde nature. Mais NoD et ses chemisiers impeccables… j'aurais pas cru. Bon, en même temps elle n'est pas là pour faire le ménage de l'ado de service.

Justement, elle a fini sa vapote et revient vers la table où des ordis portables émergent parmi trois semaines d'emballages de plats préparés. Toujours aussi stylée genre marketing manager, ça fait décidément tache dans le décor. Moi non, ça va, je dois bien m'y fondre. Je regarde le trou effiloché au niveau du genou de mon survêt. Ouais.

NoD me jette un coup d'œil interrogatif, très probablement car je n'ai plus le nez sur le PC. Je souris :

— Terminé !

Elle hoche la tête, vient s'installer sur le canapé, je me décale et me dé-vautre pour lui laisser la place. Sans rien dire, elle observe un moment le résultat de commande, les détails du linter. Relance elle-même le processus avec quelques arguments différents, puis ouvre directement l'éditeur de script. Pendant qu'elle déchiffre mon code, j'essaye de faire pareil avec ses expressions. Elle a toujours cet air assez snob (alors qu'en réalité elle est vraiment cool), sourire en coin imperceptible… ça ne m'éclaire pas du tout. J'aimerais bien pouvoir lire le code source du cerveau des gens, parfois, ça serait vachement pratique. Bon… et super glauque en fait, on oublie.

Au bout d'un moment qui me semble très long (pourtant j'ai confiance, si, si), mais qui ne doit pas l'être autant, elle se redresse et opine, les commissures de ses lèvres s'étirant un peu plus :

— Je n'aurais pas procédé comme toi pour l'implémentation de la dernière fonction, mais tu as pris en compte tous les corner cases sans que ton code devienne un plat de spaghetti pour autant. L'ensemble est vraiment propre.

Je hoche juste la tête à mon tour, en sentant un air béat se peindre sur ma tronche. L'aboutissement d'une dizaine d'heures de boulot cumulées, ouais, ça fait plaisir.

NoD récupère son téléphone sur la table, tapote un truc à l'écran. Et moi je la regarde faire sans même savoir ce que j'attends exactement. Elle lève les yeux vers moi, demande sur un ton parfaitement anodin :

— Thaï, ce midi ?

OK, ça, je m'y m'attendais pas.

— Hein ? Euh…

— Qu'est-ce que tu voudrais plutôt ?

— Non non, ça va. C'est juste… on fait quoi, là… après ?

— Mike ne devrait pas tarder à t'appeler.

Ah, mon portable… Je tâte mes poches machinalement, où il n'est pas, je m'en suis débarrassé tout à l'heure pour m'étaler plus confortablement… Le voilà, sous un paquet de chips de légumes vide (quand je dis que NoD est le genre apéro dînatoire bobo californien…). J'ai à peine le temps de l'attraper qu'il se met à vibrer. Appel Signal entrant, un numéro américain. (Bien sûr, tu t'attendais à quoi, ligne directe depuis Moscou ?) Dès que je décroche, la voix de Mike se fait entendre. J'ai l'impression qu'il a un peu plus d'accent au téléphone.

— Bonjour, Melissa. Il semblerait que tout se soit très bien passé, ces dernières semaines. Je ne suis pas étonné. Je vous l'avais dit : nous avions remarqué votre potentiel. Comment vous sentez-vous ?

Je pèse mes mots comme si ma réponse allait changer le cours de je sais pas trop quoi. Et c'est peut-être vraiment le cas. Je tente :

— Bien. Fatiguée… Un peu.

— C'est tout à fait normal. Avez-vous suivi les actualités ces derniers jours ?

J'allais mentir, prétendre que non, puis je me souviens que mon portable est probablement truffé de backdoors et de trackers. Je hasarde la demi-mesure :

— Pas trop…

— Les déboires en matière de pratique de sécurité informatique personnelle de votre président ressortent sur le tapis dans les discours électoraux de l'opposition. Le renforcement des lois de sécurité nationale et des pouvoirs de surveillance électronique revient au cœur des programmes des deux camps. Mais votre président sortant et son administration sont ridiculisés par… l'affaire. Les agences de renseignement éclaboussées par la même occasion.

Ma gorge se serre. Où est-ce qu'il va avec tout ça ? Il continue avant que j'aie le temps de poser une question débile :

— Ce qui signifie que la Présidence, comme les agences fédérales, ont plus intérêt que jamais à trouver un coupable *crédible*. Certaines pistes semblent avoir confirmé leurs soupçons vers les *autres* boucs émissaires habituels : Chine, Corée du Nord, Iran…

Je respire.

— Je vois…

Est-ce que je me sens reconnaissante envers un espion d'être en train de foutre encore plus le bordel dans la géopolitique de mon pays pour me sauver la peau ?

Une note de satisfaction dans la voix de Mike :

— Je vous disais bien que le grand sous-marin ne voudrait pas accepter qu'un petit bateau de pêche l'ait envoyé par le fond.

Je souris presque. *Presque.*

Il reprend, m'épargnant de trouver un truc à répondre :

— Votre inscription au programme de Sparkles a été validée. Vous irez dès cette après-midi à l'université de Stanford pour finaliser les derniers éléments de votre dossier de première année d'études par correspondance, au cas où l'on vous demanderait une vérification plus poussée.

Je le sens mal à nouveau.

— Finaliser… quoi ?

— Tout le dossier qui confirme votre année d'études à l'université de Stanford. Vous avez rendez-vous avec M. Anderson, de la direction de la scolarité, à 15 h.

— Faudra que je fasse quoi ?

— Juste des documents à signer.

J'essaye de chasser la boule d'anxiété dans ma gorge. Et de raisonner logiquement. D'abord, qu'est-ce que je dois savoir ?

— OK. J'ai suivi mes cours par correspondance, c'est bien ça ?

— Oui. Le programme d'enseignement à distance.

— Est-ce que je suis censée être déjà venue… IRL[21], physiquement ?

— Oui, une fois en début d'année à la période des inscriptions. M. Anderson toutefois, sait que ce n'est pas le cas. Mais

21 IRL : In Real Life, tout ce qui n'est pas en ligne. Certains appellent ça « vie réelle »…

c'est la réponse que vous donnerez si jamais quelqu'un d'autre vous posait la question.

— OK…

Mon cerveau tourne à fond, si c'était un disque dur le voyant d'activité serait allumé en continu. L'angoisse reflue, je sens une sorte de lucidité fiévreuse, avec un stress sous-jacent qui pousse à analyser le moindre détail… Je retrouve l'excitation de la préparation de mon attaque ransomware. Je suis vouée au crime, en fait ! D'accord, c'est pas spécialement drôle. Même plutôt flippant.

Mike trouve le temps de réflexion un peu long.

— Avez-vous d'autres questions, Melissa ?

La fermeté de ma propre voix me surprend :

— Oui. Est-ce que je dois mentionner ce que j'ai fait cette année, en vrai, je veux dire, mon boulot avec PolyVery, tout ça ? Genre chez Sparkles si un autre stagiaire ou quoi me demande, je lui dis, « ouais, j'ai fait à la fois une année de ouf par correspondance à l'université de Stanford, et à côté je livrais des half-smoke » ?

Son intonation amusée m'irrite instantanément :

— Ne vous inquiétez pas pour cela maintenant. Nous en reparlerons plus tard.

— Mais plus tard quand ? C'est lundi que…

— Vos premiers jours chez Sparkles se dérouleront tout à fait convenablement, j'en suis certain. Je vous recontacterai. Bonne journée, Melissa. Ne rappelez pas, ce numéro ne sera plus valide.

Il raccroche avant que j'aie le temps de… de quoi d'ailleurs ? Je pose mon portable sur l'accoudoir. NoD remarque la frustration qui doit se lire sur ma tronche, hausse les épaules.

— C'est Mike. Il est occupé.

— Mais je sais même pas ce que je dois faire !

— De ce que j'ai compris, suivre ton stage à Sparkles de la façon la plus normale du monde. Comme une étudiante enthousiaste pour son université d'été.

Je hoche la tête, soupire.

— D'accord…

NoD contourne le sofa pour rejoindre le coin cuisine. J'entends la porte du frigo s'ouvrir.

— Et tu sais quoi ? Ce soir, tu as ton propre appart.

— Hein ?

Bruits de décapsuleur. Elle revient avec deux bières couvertes de condensation.

— Loué par la bourse que Sparkles verse à ses stagiaires, pour pallier le problème du prix du logement dans la Valley. Quand tu auras terminé à la fac, on ira t'installer là-bas.

Je prends la bouteille qu'elle me tend. Elle trinque du goulot avec son petit sourire en coin :

— À ta première année obtenue haut la main !

— Ouais. « Obtenue »…

— Tu l'as méritée. C'est le système qui n'a pas daigné t'en donner la possibilité. Et ce système, on l'a hacké comme il faut.

Je peux pas m'empêcher de sourire tellement l'expression fait cliché.

— *Hack da world!*

Elle lève sa bière, narquoise. Je prends une gorgée. D'accord, c'est de l'alcool, mais frais comme ça, là, j'aime bien. Bon, et puis c'est pas la même chose que le whisky du placard d'apéritifs de M. Davis quoi.

On ne parle plus pendant un moment, à juste boire côte à côte dans le canapé.

Pas du whisky, certes, mais sur la fin de la bouteille, le monde commence à tourner un peu… Les idées pas super claires non plus. Je repense à Mike, à ce que me disait NoD…

Et la question sort toute seule (j'accuse l'alcool…) :

— Tu bosses avec lui depuis longtemps ?

— Trois ans. Mais je ne bosse pas « avec » lui. C'est des contrats ponctuels, en quelque sorte. Je ne dépends de personne.

— Et genre… pour former des noobs comme moi, à chaque fois ?

— Tu es loin d'être une noob. Et non, pas que. D'autres demandes un peu plus techniques aussi.

— Et moins légales ?

Son sourire en coin.

— Et moins légales.

J'y crois pas, elle n'a pas répondu « je ne peux rien te dire » ? Cette réponse est tellement devenue une blague genre mème entre elle et moi, en trois semaines.

Alors, c'est bien ce que je pensais, un genre de black hat mercenaire. Freelance. D'en prendre conscience, elle m'impressionne encore plus. Est-ce que je l'envie un peu, aussi ?

— Mais t'étais dans une entreprise avant, non ?

— Oui, après mes études. Je ne te dirai pas quelle boîte, par contre.

— Ouais. OK. Et tu es partie, donc, comme c'était pas trop ton truc ?

— Non.

Ah.

Je ne pense pas que j'aurais osé lui en demander davantage sur le sujet, mais elle continue toute seule :

— J'ai perdu ce job après mon procès. En plus du boulot, je continuais de fouiner un peu de mon côté. Plutôt dans le gris. J'ai trouvé une faille exploitable chez une autre entreprise, mais ils n'ont pas apprécié.

— Aïe… Tu la leur as signalée ?

— Oui. Mais toutes les boîtes ne réagissent pas de la même manière.

— Et donc, eux…

— Ils ont porté plainte. Dix-huit mois à la Federal Correction Institution. J'en ai fait que douze, mais ça suffit pour ne pas plaire aux employeurs pour des postes qui impliquent des accès sensibles.

Je digère l'info. NoD en combinaison beige ? J'aurais tellement jamais imaginé. Elle s'est légèrement assombrie, et bizarrement, je compatis.

Envie de lui demander comment c'est vraiment, la prison fédérale…

Mais non.

Je prends une gorgée de bière à la place. Elle fait de même.

Je change de sujet.

— Et 3NOddity, tu peux me dire ce que c'est ?

— C'est le surnom donné à une station de nombres en allemand, qui avait un signal musical spécial en début de transmission. *Three Notes Oddity*.

Je cille.

— Station de quoi en allemand ?

— Tu chercheras sur Sparkles. C'est de la crypto à l'ancienne.

— À l'ancienne, genre ?

— Genre ondes radio *analogiques*.

Rien que le mot « analogique », d'accord, là, c'est vieux.

Elle me tend son portable en changeant totalement de sujet :

— Thaï, donc, ça va ?

L'application PolyVery est ouverte à l'écran.

— Tu pourras mettre ton gros pourboire au livreur comme d'habitude. C'est pas moi qui paye.

J'ai une hésitation quand même, après trois semaines à bombarder de l'argent.

— Tu crois que Mike dira rien ?

— J'ai déjà eu des notes de frais beaucoup plus impressionnantes.

— Vous faites carrément des notes de frais ?

— Façon de parler.

Je regarde distraitement les menus à l'écran.

— C'est quoi qui t'avait coûté cher, du matos spécial ?
— Tu sais ce que je vais te répondre…
— Que tu ne peux pas.
— Exactement.

*

J'émerge de la maison comme une taupe de sa grotte (bon, non, pas de sa grotte, de son trou ou je sais pas quoi, c'est pareil) : en clignant des yeux dans la lumière, l'air un peu hébété. Depuis l'encadrement de la porte, NoD me lance :

— Sois prudente, amuse-toi bien à l'école !

Ha, ha, ha. Il aura fallu trois semaines pour que je découvre qu'elle a un humour à la Josh, tiens.

Par réflexe j'aurais envie de lui balancer ce que je lui aurais sorti, à lui. Mais je me retiens. Opération russe, tout ça, quand même. Alors je dis juste :

— Ouais, m'man.

Et en route. Oreillettes. Ma playlist Sparkles Music de heavy dubstep. L'itinéraire jusqu'à… comment déjà, ah voilà, Bayshore Station en guidage Sparkles Way.

Impression irréelle en descendant cette rue de petites maisons bizarres et probablement, assez typiques (j'en sais rien en fait). Le ciel bleu totalement vide derrière les lignes de câbles aériens, un vent frais qui souffle droit depuis l'océan (je suppose) et me refait découvrir combien c'est agréable de sortir IRL, quand même. Je me verrais bien avec mon vélo, là, à tracer dans ces quartiers résidentiels.

Une petite partie de mon cerveau essaye de me rappeler de ne pas me fier à ce bien-être de jour d'été, ce truc qui doit être reptilien ou je sais pas quoi en nous qui nous détend quand il fait soleil. Essaye de me remettre dans le crâne que je suis pas du tout en train de vivre le rêve nerd de Californie, à deux jours d'entrer dans le QG Sparkles (je me demande s'il est aussi dingue en vrai qu'en photo), que je suis surtout une fugitive en sursis qui s'enfonce encore plus en ajoutant la trahison à sa liste d'inculpations.

Mais je fais taire tout ça : mode off.

Je veux juste marcher, de la musique dans les oreilles, le vent dans ma tignasse.

Juste ça.

Chapitre 9

J'essaye de me souvenir quand j'ai vu autant d'arbres bien verts pour la dernière fois, à part dans des parcs (celui autour d'une certaine résidence présidentielle notamment). Réponse : longtemps. Je m'attendais pas à ça en sortant de ce tunnel pour piétons après la gare Caltrain. Si j'avais pas le GPS de Sparkles, sous les yeux je penserais limite me tromper complètement de chemin. Donc non, on dirait que c'est bien là. Et Palo Alto, Sparkles doit bien connaître quand même. J'ai l'impression d'avoir quitté la ville pour émerger dans une zone de cambrousse intermédiaire (parce que je suis quand même en train de traverser le pont d'une double trois voies – est-ce qu'on dit six voies ? – et une autre grande route la croise en dessous). Il commence à faire vraiment chaud quand j'arrive à ce genre de trottoir qui longe Palm Drive (et effectivement, des palmiers, il y en a), flanqué d'arbres qui coupent le vent.

Face à une si belle ligne droite, le spectre de mon vélo revient me hanter. J'aurais traversé tellement vite ce... je sais même pas trop ce que je vois autour de moi, plus que la campagne de bord de ville on dirait plutôt un énorme parc maintenant. Avec pas grand-chose d'autre que des petits arbres sur un sol super sec. Est-ce que c'est déjà le campus, tout ça ? Je zoome et dézoome sur la carte en essayant de la distinguer à travers le gras que j'étale sur l'écran et la luminosité qui trucide mes rétines. Parce qu'en plus j'ai évidemment oublié de prendre mes lunettes de soleil. Un cycliste me dépasse à fond histoire de me narguer un peu.

Le portable vibre dans ma main, petite notification de message.

Josh : Insomnie…
Josh : Si t'es en train d'écrire « Oui mais Joshua il est 14 h passées c'est normal »
Josh : Sache que je t'e…
Josh : T'en voudrais beaucoup, voilà
Melissa : Mais Joshua
Melissa : Il est 14 h passées
Melissa : C'est normal
Josh :

C'était trop tentant…

Josh : Au moins tu réponds cette fois
Josh : Miss je suis en formation et je snobe mes messages
Melissa : Tu sais plus ce que c'est de bosser dur, normal…
Josh : Poooooo
Josh : Tu m'as tué
Josh : Je suis vaincu
Josh : Tu fais quoi là sinon ?

J'hésite un bref instant avant de répondre. Bizarrement le mensonge passe pas trop mal, il n'est pas si loin de la vérité, il faut dire.

Melissa : Truc administratif
Melissa : Enfin là je marche au milieu des palmiers…
Josh : Ah oui pour ton stage à Capitalismland
Josh : Ça va t'as bien lu les CGU qui précisent que tu donnes ton âme comme les gogos
*Josh : Pardon les utilisateurs**

Josh : Filent toutes leurs données pour que la boîte touche de bons gros dollars
Josh : Conditions générales d'usurpation ouais

Wow. Ça c'était du Josh inspiré. Je peux pas m'empêcher de me dire qu'il n'a pas tort. Mais c'est pas exactement le moment d'y penser.

De toutes manières, le flot Joshien se poursuit :

Josh : En parlant de hacker des cerveaux
Josh : Si t'as rien à faire là tu pourrais m'aider ?

Oulah, cet enchaînement… Je le sens pas, d'un coup…

Je tape plusieurs variantes avant d'opter pour un simple :

Melissa : ?
Josh : Je vais me mettre à la progra moi aussi
Josh : Au hacking et tout
Josh : T'aurais des conseils pour un noob ?

Putain, Josh et l'art de mettre les pieds dans le plat.

Melissa : Je fais pas de hacking
Melissa : Enfin pas d'attaque quoi
Melissa : Que de la progra…
Josh : Lol ouais c'est ça
Josh : T'inquiète on est sur Signal là tu peux me dire

Oui, mais non, pas si ton portable est direct surveillé avec un cheval de Troie ou quoi de l'autre côté, Josh… Et ça m'étonnerait pas, du tout du tout du tout.

Josh : C'est quoi déjà le forum dont tu m'avais parlé ?

Je soupire tellement fort que ça fait lever le nez de son propre téléphone à une fille qui arrive en face. On échange un regard aussi embarrassé que bref avant de repartir chacune sur notre écran.

Melissa : Je sais plus
Melissa : Faut que je te laisse
Melissa : J'arrive au bureau

Je referme l'appli une seconde avant qu'une nouvelle vibration indique le début d'un flux Joshien.

J'arrive au bureau. La ligne droite continue loin, loin, loin, sous le soleil de plomb.

C'est juste pour réfléchir à ce que je vais lui répondre, c'est tout.

Ouais. C'est ça.

*

C'est grand.

Carrément immense.

La première chose qui me vient en tête après avoir traversé les parkings interminables, en arrivant aux premiers petits bâtiments en pierre claire. Avec cette tour qui ressemble à un clocher (et qui est sans doute vraiment un clocher) sur le côté.

La deuxième : il me faut un plan, au minimum, ou encore mieux, une appli guide s'ils en ont prévu une, ce qui serait quand même logique pour LA fac de la Silicon Valley.

Je m'arrête en plein milieu de cette entrée entourée d'arches et de colonnes, qui font penser à un bâtiment antique (de ce que je connais des bâtiments antiques, soit pas des masses). Galère un moment à trouver la bonne appli au milieu de tous les « Stanford » quelque chose, clubs de sport, de musique, départements d'enseignement, actualités, événements… et puis enfin, voilà, l'app d'accompagnement pour étudiants paumés qui débarquent. Même si on doit pouvoir encore se perdre pendant toute la durée de son cursus vu la taille du campus.

Me mettre à chercher le bureau de ce fameux M. Anderson me replonge dans le stress de la « mission ». J'ai l'impression de retomber dans le rôle, ou plutôt justement dans le fait que j'endosse un rôle… Mal à l'aise en croisant les groupes d'étudiants, ces gens qui ont plus ou moins mon âge et qui sont là *pour de vrai*. Qui ont vraiment suivi des cours, qui passent toute une partie de leur semaine ici, qui doivent se retrouver à parler développement d'algos autour d'un smoothie frais quelque part dans le coin.

Et pourtant en même temps il y a quelque chose d'excitant à être là en mode embrouille, fraude.

Genre limite infiltration.

Cette petite tension, à chaque regard que je croise (ou plutôt que j'essaye d'éviter de croiser, je fixe droit devant moi en alternant avec mon portable). Comme si l'étudiant lambda allait deviner que je suis venue pour récupérer de faux papiers pour une opération de renseignement russe. Alors j'avance comme ça, la tête un peu baissée et les épaules voûtées, genre tout est normal, je n'ai rien à cacher… La fille oubliable autant que possible. Et ça tombe bien : c'est à peu près mon état naturel, je crois. Être oubliable.

Le bureau est à l'étage d'un bâtiment administratif que je n'aurais jamais réussi à trouver sans l'appli. En remontant le couloir, je sens la pression qui grimpe de quelques crans, aussi. La porte est devant moi, et je suis en avance. Seize minutes. Je tends la main pour frapper, la retire, la tends à nouveau puis renonce pour de bon. On a dit, quinze heures.

Je m'adosse au mur, me débarrasse de mon sac qui est en train de fusionner avec mon dos (j'ai bien fait de mettre un t-shirt noir qui cache les auréoles de sueur…).

C'est fou comme le temps est long quand on est plantée à regarder ses baskets sur fond de lino institutionnel.

Des éclats de voix, conversations enthousiastes. Un petit groupe arrive de l'autre côté du corridor, ils discutent en gesticulant, perdus dans leur bulle. En tête, un blond à l'allure d'étudiant modèle, baraqué, t-shirt de l'équipe Stanford de je sais pas quel sport sur torse bombé. Il a son petit auditoire, et ça parle progra :

— Tu aurais vu la gueule du script, sérieux, j'y croyais pas… Le truc codé pire qu'avec les pieds !

Vu qu'ils ont l'air pris dans ses explications, je me tasse pour leur laisser la place. La fille qu'on ne remarque pas, toujours. Un des trois mecs, un brun latino piercé, semble quand même faire un effort pour occuper moins d'espace, il esquisse un geste pour rabattre son gros sac à dos qui pendait sur sa droite, et…

Son coude entre en collision avec mon portable, que j'avais encore bêtement en main comme l'accro que je suis.

Le gars tressaille et fait un petit bond de côté en sentant l'impact, mais c'est trop tard. Dans un genre de ralenti surréaliste, mon téléphone tout neuf Hacked in Moscow quitte la sécurité de mes doigts pour un vol tournoyant en aller simple pour le sol.

Je réagis de façon calme et tempérée.

Dans ma tête du moins.

Ma bouche décide autrement :

— Putain de merde, le con !

Avant de me jeter presque à genoux au chevet de mon portable tombé écran contre terre, le pire en plus.

Les trois mecs se sont arrêtés et le grand baraqué a interrompu son speech. Ils me regardent, les deux premiers n'ont pas l'air de comprendre ce qu'il vient d'arriver. Le coupable s'accroupit tout en se confondant en excuses :

— Oh, merde, je suis vraiment désolé… Il est pas cassé au moins ?

C'est ce que je vérifie en le tournant dans tous les sens pour faire jouer la lumière sur la dalle tactile, les angles, partout. Il y a peut-être une microrayure sur le haut, là… Non, c'est juste une saleté qui part en frottant. Je me relève et lui aussi. Il tend les mains comme pour examiner le téléphone lui-même, mais se retient tout de suite en réalisant sans doute que ça ne serait pas exactement bienvenu. Demande d'un ton piteux :

— Il marche encore, ça va ?

Je lève les yeux vers lui. Il semble tellement confus que mon coup de colère (enfin celui de mon corps, ma bouche, etc., j'étais zen intérieurement, bien entendu) retombe tout de suite. Je soupire.

— C'est bon, t'inquiète. Y'a rien.

On dirait qu'il respire à nouveau. Il hoche la tête, recoiffe nerveusement une mèche de son undercut bien coupé.

— Ouf. Excuse-moi, en plus je voulais pas te gêner avec mon sac, et puis en fait… Pfff, je suis trop maladroit…

J'essaye de sourire un minimum.

— T'inquiète, ça va.

Les deux autres ont commencé à s'éloigner, il les rejoint après un dernier sourire contrit.

Bon.

On va dire que ça aura tué le temps sur la fin de mon attente. Et même un peu plus… Quinze heures deux.

Je toque au battant et m'apprête à saisir la poignée en guettant le « Entrez » de circonstance, mais la porte s'ouvre brusquement sur un type en chemise. L'air pas très réjoui. Il me fixe un instant sans un mot, et sa mine s'affaisse encore plus. Je bégaye :

— M. Anders…

Il s'avance d'un coup vers moi et je m'écarte par réflexe. Agité, nerveux, il regarde de chaque côté du couloir. Gronde ce que je devine comme :

— Venez.

Je le suis dans la pièce qui me rappelle vaguement le bureau du proviseur au lycée. Il referme sèchement derrière moi, m'indique une série de papiers étalés sur le plan de travail, d'un geste.

— Allez-y.

Il y a un paquet de documents : attestation d'assiduité aux évaluations à distance, de règlement des frais par une bourse d'études (ah ah, la blague), inscription en première et… en deuxième année, sérieux ? Avec toutes les informations remplies, ma photo d'identité, et tout. Manque juste la signature.

M. Anderson se tient à l'angle opposé de la pièce comme s'il me fuyait, bras croisés, maussade. J'ose à peine lui dire :

— J'ai pas de stylo…

Comme prévu, il le prend mal, soupire très fort et en jette un sur son bureau. Je le rattrape de justesse avant qu'il tombe.

Je signe vite fait, et très approximativement. J'ai la main qui tremblote un peu. Le regard d'Anderson me crible sur place comme une mitrailleuse pendant tout le temps. S'il me faisait parapher un contrat qui vend mon âme au diable et mon corps pour servir de cobaye à des expériences scientifiques cheloues, je le remarquerais même pas. Impossible de me concentrer ni de lire quoi que ce soit dans ces conditions, putain.

Il s'est remis à faire les cent pas derrière moi. Je pose le stylo. Anderson grogne plus qu'il ne demande :

— C'est bon ?

— Ou… oui.

Il soupire encore, bien fort, et me pousse limite pour récupérer un tampon encreur dans un tiroir. Il l'applique sous chaque signature, ajoute la sienne, avant de rassembler les feuilles en deux paquets et de me tendre un des deux comme s'il voulait que je le débarrasse d'un déchet immonde.

Je balbutie quand même un :

— Merci.

Ce qui n'a pas l'air de lui plaire, mais du tout. Je recule instinctivement.

— Vous leur direz que j'ai fait ce qu'ils voulaient.

— Je suis désolée…

Il me ferme la porte au nez avant que j'aie le temps de finir ma phrase.

Je réalise tout ce que ça implique maintenant, ces faux officiels. Un chantage, une taupe involontaire… Je vois que ça pour qu'il réagisse aussi méchamment. Eh oui, c'est le problème avec les entourloupes : il y a quelqu'un qui perd d'un côté.

Logique, mais ça n'enlève pas le malaise.

Je sors du bâtiment dans une sorte de torpeur lasse, pour me retrouver devant une série d'étals. Littéralement, j'ai pas d'autre terme, genre marché aux légumes. Sauf qu'au lieu de carottes ou je sais pas quoi, ce que je regarde, ce sont des dépliants et des kakemonos Sparkles. En gros titre : l'université d'été, photos de groupe d'étudiants sur le campus Sparkles à l'appui.

OK, alors soit ils ont placé ça vraiment TRÈS rapidement pendant que j'étais dans le bureau, soit… non, d'accord, je me suis plantée de sortie et j'ai abouti dans une énième de ces cours à colonnes comme il s'en trouve partout sur ce campus. Je penche plutôt pour la deuxième option. C'est pas le seul géant de la tech à faire son marché de ressources humaines en plus, il y a un peu tout le monde : Microsoft, Apple, PolyKeres, Oracle… Manque WPS tiens, pas leur coin, la Silicon Valley ? Le mec derrière le stand vient de terminer sa conversation avec un étudiant, il porte son attention sur moi, sourit :

— Je peux te renseigner ?

Il n'a pas l'air bien plus vieux que le groupe sur les photos. Style geek branché, t-shirt au logo Sparkles arboré fièrement. J'étire mes lèvres sur le côté moi aussi, histoire d'être polie.

— Non, c'est bon, merci.

Dans un élan soudain, j'ose ajouter :

— Je suis déjà prise pour l'université d'été.

Ça fait se retourner l'autre étudiant qui traînait encore plus loin à regarder une brochure.

Attends…

Sidecut le Frappeur de Portable ? Sérieux ? Il est scié lui aussi. Sourit, l'air de pas trop savoir quoi dire. Alors je prends les devants – oui, moi – en mode réflexe internaute :

— Re !

On dirait qu'il se ressaisit un peu, peut-être rassuré que je ne lui fasse pas la gueule après l'Incident du Téléphone. Instinctivement, j'ai des mécanismes barrière qui se lancent en toile de fond. Ne pas non plus être *trop* gentille pour pas qu'il se fasse des idées d'un autre style… Quoiqu'il est plutôt pas mal, après…

— Re, oui ! C'est dingue ça, tu vas être au stage d'été Sparkles aussi ? On est pas très nombreux de Stanford à avoir été acceptés.

Une petite pointe de stress. OK, tout va bien. Tu as fait tes cours à distance, t'es de Stanford aussi, t'es à ta place, y'a pas de problème.

Je la joue décontract', hausse les épaules.

— Ouais, c'est dingue.

Une fille s'approche du stand pour demander un truc au mec de Sparkles, alors on s'écarte pour la laisser passer.

Sidecut a l'air de réfléchir à quelque chose. J'attends sa question. Je la sens venir.

— Mais t'es en première année aussi ? En info ? J'arrive pas à me souvenir qu'on se soit déjà vus ici… enfin, à part… (Grimace d'excuse.) Tout à l'heure, quoi.

J'essaye de ne pas déglutir.

— Ouais, par correspondance. Je suis de Washington, D.C.

— Ah quand même, c'est pas à côté ! Tu viens exprès pour le stage chez Sparkles ?

Ma réponse se forme toute seule. Mon cœur qui bat toujours trop vite, mais je suis peut-être pas si nulle en baratin, au final…

— Ouaip, heureusement qu'ils nous payent d'ailleurs, j'aurais jamais pu me loger sinon…

— C'est méga cher la Silicon Valley… Tu as loué dans quel coin ?

Il a l'air gêné de sa question d'un coup, rougit.

— Enfin te sens pas obligée de me dire hein, j'veux pas passer pour le mec relou qui… (Il secoue la tête, rit.) Je m'enfonce encore plus là, hein ?

J'aurais pu me marrer aussi si j'étais pas en train de réaliser que je n'ai aucune idée de ce que je peux lui dire, NoD m'a donné l'adresse, mais j'ai pas pensé à regarder…

Je hasarde un truc qui semble crédible :

— Je sais pas le nom du quartier… Je suis arrivée genre, hier !

Sidecut hoche la tête sans avoir l'air de douter, OK, ça se passe pas trop mal.

— Ah d'accord, ouais, c'est sûr. Mais j'y pense, tu as dû cartonner niveau notes dis donc. Ils ont pris que des dossiers en béton, et c'est chaud les cours à distance ! Bravo, franchement.

Je souris, enfin, j'essaye.

— Merci.

— Au fait, moi c'est Tony.

Il me tend une main bronzée, ornée d'un anneau noir. Je la serre en maudissant mes paumes moites.

— Melissa.

— Enchanté ! Tu as demandé quel domaine pour le stage ? Moi j'ai pris Interface Homme-Machine. J'aime bien bosser sur les applis mobile.

— Plutôt dans le big data…

Tony opine avant de regarder l'heure sur un bracelet connecté.

— Oups, faut que j'y aille. Bon, je pense qu'on se reverra chez Sparkles alors ? Même si on est pas dans les mêmes équipes y'a pas mal de troncs communs, je crois.

— Ouais, OK !

Il sourit en levant la main pour un check.

— Et promis, je ferai plus tomber ton portable, ou quoi que ce soit. Je voudrais pas que tu te venges en revendant mes données que tu vas trouver avec les algos de Sparkles !

Il me faut une seconde pour me mettre dans le crâne qu'il plaisante.

*

NoD pose mon sac au milieu de la pièce.

— Et voilà, t'es chez toi.

Je me débarrasse de mon fardeau de bagages pour examiner le studio sans avoir l'impression que mes bras vont se décrocher et tomber.

C'est propre, refait récemment avec murs gris et plafond blanc, lino sombre par terre. Un peu plus grand que les chambres que j'ai eues jusqu'à présent, et très vide (un canapé dépliable, un coin cuisine avec le frigo).

NoD pose les clés sur la table.

— Je te laisse t'installer. Bonne chance pour demain. Tu vas gérer.

— Ouais, je sais même pas ce que je vais faire, mais…

— Mike te l'a dit, pour le moment, tu fais ce que Sparkles te demandera. Tu es juste une stagiaire tout à fait normale – sauf que tu vas tout défoncer.

— Mouais. Comment tu peux en être aussi sûre…

Son sourire en coin réapparaît.

— Parce que tu as eu une bonne prof.

— Ouais, ça, c'est vrai.

Je réalise que ça m'embête de me dire que c'est peut-être la dernière fois qu'on se voit.

— Qu'est-ce que tu vas faire, toi ?

— Je peux *toujours* pas te dire.

— Mais si jamais genre, je sais pas, y'a un truc que je galère à faire chez Sparkles, tu pourras m'aider ?

Elle soupire, comme si elle s'attendait à la question, mais espérait que je ne la pose pas.

— Je ne sais pas ce que Mike a prévu sur ce point. Mais je ne vais pas te laisser en plan. Tu m'appelles avec Signal sur le numéro que je t'ai donné.

— C'est cool, merci !

— Si j'ai bien fait mon boulot, tu n'auras pas besoin de moi.

— Ou alors, je suis pas douée, c'est une raison plus probable !

NoD a un reniflement amusé.

— Allez, je te laisse.

La porte se referme derrière elle, et j'entends le claquement de ses talons qui s'éloignent dans le couloir.

Je remarque un détail que j'avais loupé en arrivant. L'écran tactile de l'interface domotique, carrément intégré au mur. OK, qu'est-ce qu'il y a là-dedans ? Contrôle des stores roulants, de la température, des lumières… Et une putain de caméra de sécurité. Ouais, je la vois, dans la petite entrée. Bien envie de tout couper, le chauffage c'est plus trop la saison et j'ai déjà trouvé les interrupteurs pour l'éclairage, mais je vais quand même vérifier s'il y a un autre moyen d'ouvrir les volets pour demain matin.

Il n'y en a pas.

Je désactive l'interface malgré tout.

Chapitre 10

Le temps est long quand on stresse.

Ou alors, est-ce que c'est ce trolleybus qui est super lent ?

La fille en reflet dans l'application « miroir » me regarde avec des yeux maquillés et même un peu de rouge à lèvres. Je résiste à la tentation de sortir le tube de mon sac à dos pour ajuster un bord.

Un truc s'est câblé différemment dans mon cerveau pendant les trois semaines à coder comme des brutes avec NoD, c'est pas possible. Ou alors c'est elle qui m'a contaminée, voilà, oui, ça doit être ça.

Je bois à ma gourde de vélo (souvenir de ma période PolyVery) pour la troisième fois, et pour la troisième fois j'ai envie de vérifier compulsivement s'il n'y a pas eu de dégât sur ma peinture labiale. Mais cette fois je résiste, ça suffit. Si Mike ou je sais pas quel Russe me surveille par les caméras de mon téléphone, ils doivent bien se foutre de ma gueule.

Pourtant j'ai mes raisons de stresser. C'est pas comme si mes tentatives de me présenter à des boulots en physique s'étaient vraiment bien soldées jusque là… S'il y avait eu un entretien d'embauche même pour, genre, les livraisons PolyVery, j'aurais pas été prise. J'en suis sûre. Je dois avoir un truc qui cloche, je sais pas. Pourquoi Mike a cru que c'était une bonne idée de m'envoyer moi chez Sparkles, putain ? Ou alors… c'est peut-être ça leur plan en vrai, ils veulent juste que je foire tout dès le premier jour et que… Que quoi ? À quoi ça leur servirait ?

On se calme. C'est un stage, j'y vais pas pour devenir la CEO et faire un discours devant tout une convention de géopolitique et de cyberdéfense comme le vrai patron, Kenneth Geary, récemment. Le flip que ça doit être. J'avais de la peine pour lui en voyant le live sur Sparkles Video, le geek au milieu de tous les généraux à rangées de médailles.

OK, mais il va quand même falloir faire des trucs efficaces. Parler, collaborer avec des gens, suivre des directives, plein de choses… plein de choses comme au lycée, ouais.

Sauf que là c'est que ce que j'aime, de la progra, et même en big data, j'aurais pas cru, mais c'est vachement cool. Donc c'est bon.

Zen.

*

La voix robotique du trolleybus n'a même pas besoin d'annoncer l'arrêt « Sparkles Plaza » (wow, ils ont carrément leur propre PLACE !) pour que je sache que c'est là que je descends.

L'hologramme qui la domine a déjà l'air énorme en photo, mais j'étais loin du compte.

Il est…

Juste.

Bah, énorme.

Un gigantesque globe terrestre d'un bleu que je n'arrive même pas à décrire, entre océan et ciel d'été (un peu comme au dessus de la ville, en ce moment). Et surtout, ces myriades de points de lumière qui fourmillent en permanence, comme une sorte de peinture abstraite des continents. Enfin, presque tous les continents, l'Antarctique disparaît du tableau. Mais c'est logique, vu que chacun de ces points représente (c'est complètement dingue à imaginer) un autre être humain actuellement connecté à l'un des services de Sparkles, en temps réel.

Je ne résiste pas : je fais ma touriste et je prends des photos. Et je suis pas la seule. Vu l'âge moyen des autres photographes improvisés, je parierais sur des collègues de stage. Machinalement, j'essaye de repérer si Tony est des leurs. Mais lui est de San Francisco si j'ai bien compris, il a dû passer par là un jour ou l'autre et déjà immortaliser la Chose.

Une bonne partie des nouveaux poursuit le rituel en mode selfie. Je suis tentée, mais non. Même si c'est vrai que mettre en profil une photo devant ce cybermonde version Sparkles, ça a un certain charme limite rétrofutur synthwave.

Par instinct grégaire, on se retrouve en petit troupeau à avancer vers les premiers buissons du complexe et ses bâtiments blancs et bas cachés derrière, qu'on a probablement tous regardés sur Sparkles Way avant de débarquer IRL, « en vrai ». Si on peut dire ça pour moi, avec un faux dossier…

Mais même sans Mike et les autres, j'aurais dû avoir ma place ici. Après une bonne année universitaire. NoD a raison sur ça. Bon, elle a sans doute dit ça pour me motiver plus qu'autre chose… Mais elle avait l'air sincère. Juste que j'ai envie, ou besoin, ou les deux, d'y croire. Juste un minimum.

Du béton peint, du verre et du métal, tout en teintes très claires, limite éblouissantes. On arrive devant cette enfilade interminable qui dessine une forme assez stylée en vue aérienne.

J'entends des rires, des commentaires de ceux qui sont en tête de peloton. En me décalant (parce qu'un type d'un mètre quatre-vingt-dix et quelque avec des épaules de footeux – US, pas le soccer – me bloque la vision), je repère le…

Attends, c'est le prototype de robot domotique annoncé par Sparkles au dernier CES, ça, non ? Une sorte de grande dalle-écran quasi monobloc qui englobe les roues aussi pour afficher la texture qu'on veut et personnaliser l'apparence, et…

— Bienvenue chez Sparkles ! L'accueil des stagiaires de l'université d'été se trouve sur votre droite. Vous pouvez également suivre les marquages de votre application Sparkles Internship. Passez une agréable journée !

Oui, c'est bien cette voix ! Je savais même pas qu'ils avaient commencé à déployer ce… Comment le nom, déjà… SafeDen. Oui, c'est ça. Est-ce qu'ils vont profiter de cette fournée de geeks enthousiastes qui débarquent en terre sacrée pour faire un coup de promo par la même occasion ? Avec toutes les images qui vont se balader sur tous les réseaux sociaux, c'est tout gagnant pour eux.

Justement, c'est reparti pour une nouvelle tournée de photos au passage, solo ou en groupe (certains ont l'air de se connaître, ou ils disposent de compétences en sociabilité d'un niveau qui m'échappe). J'aimerais bien en prendre une, si possible sans personne qui pose à côté en mode duckface ou V de victoire ou cornes façon métalleux ou quoi que ce soit d'autre. Puis je réalise l'heure, et comme je préférerais éviter d'être en retard dès le premier jour, alors, tant pis.

Il parlait d'une appli… J'avais pas cherché à la charger, je corrige l'oubli en suivant la direction renseignée par le robot. (Et d'ailleurs rien que cette idée : wow. Carrément SF. Je suis en train de suivre les indications d'un ROBOT !)

L'installation est encore en cours quand j'entre dans le bâtiment. Je m'attendais à un genre d'accueil qui ressemble à, justement, un accueil avec un bureau arrondi et des gens occupés sur du boulot administratif derrière. Verdict : pas du tout. À la place, une salle plutôt grande, vitrée côté jardin, avec des canapés où des employés de Sparkles (du moins, je le devine aux cartes autour du cou) sont posés avec des ordis portables et des tablettes. Ils parlent entre eux avec l'air à la fois décontracté et concentré de geeks cool en plein taf. Même si j'ai du mal à dire s'ils peuvent vraiment travailler avec ce défilé de noobs en arrière-plan. D'accord, je bossais bien pour le lycée avec mes frangins qui jouaient à imiter des personnages de Fortnite juste à côté. Mais bon, c'était pas top…

Je remarque une silhouette vaguement familière un peu plus loin, en train de prendre des photos dans tous les sens. Oui, tiens, c'est bien Tony. Sans vraiment réfléchir, je lui lance :

— Eh, salut !

Il lève la tête de son portable, presque en sursaut.

— Oh, salut, Mel !

Il me rejoint avec son sourire toujours timide, renvoyant en arrière son côté long du sidecut. Le tic que je trouve insupportable chez 99 % des gens, mais sur lui… C'est plutôt chou.

Il s'arrête à deux mètres, planté comme un I, et lance :

— Oulà, tu as ton portable, vaut mieux pas que je m'approche trop…

Je me marre un peu, secoue la tête. On se fait un check – ce qui m'arrange davantage que le serrage de mains oldschool avec mes fichues paumes toujours moites. Tony ne tient pas en place, limite survolté :

— Tu as vu ce robot à l'entrée, c'est dingue ! Et le guidage en réalité augmentée avec les easter eggs[22] et les émojis et les filtres photo et tout en bonus à récupérer, c'est super cool comme idée !

Son enthousiasme est communicatif, mais j'ai l'impression d'avoir raté la moitié de l'histoire.

— Des filtres à récupérer ?

— Tu n'as pas installé l'appli Sparkles Internship ?

— Je viens juste. Je l'ai pas encore lancée.

Il brandit son portable et me le tend. L'écran affiche ce que filme la caméra devant nous, avec une flèche en 3D flottante, très design, qui indique la même direction que celles imprimées à l'ancienne sur la petite feuille scotchée au mur avec mention « Regroupement stagiaires ». OK, ça sert à rien, mais c'est quand même plutôt sympa.

---

22 Easter eggs : petits éléments souvent humoristiques dissimulés par les développeurs parmi les fonctionnalités d'un programme, d'un site, etc.

— Regarde, on a tout direct en scannant autour, et là…

Près d'un des fauteuils style salon confortable, une sorte de token lévite à un bon mètre du sol. Un point d'interrogation apparaît sur les facettes en rotation, genre tirage de lot au hasard classique. Tony le rejoint à grands pas, comme si on risquait de le lui piquer sous le nez, et je le suis bêtement. Arrivé à côté, il esquisse le geste de l'attraper en gardant bien son mouvement dans le champ de la caméra. Le truc disparaît avec un effet visuel très rétrogaming, et une emote typique Sparkles pop en bas de son écran. Il sourit, tout fier :

— Et voilà ! J'aurai cette emote accessible dans le tchat et les posts Sparkles maintenant. Tu as dû remarquer depuis les dernières mises à jour, y'en a tout un tas en grisé et non disponibles par défaut ? Faut croire que certaines sont réservées pour nous, et peut-être pour les employés aussi, avec ce genre de mini-jeu.

Je sonde notre position avec ma propre appli, mais rien ne se passe, à part que la fille dans le fauteuil près duquel on s'agite lève le nez vers nous et enlève une oreille de son casque.

— Si tu cherches à choper le même token que lui, laisse tomber. Ils sont générés aléatoirement sur votre itinéraire d'aujourd'hui, et c'est au premier qui les trouve ! Et tous les bonus gagnés pour les applis Sparkles sont des séries limitées.

Tony me lance son regard contrit.

— Ah zut, désolé, Melissa, j'aurais dû te le laisser quand même… Je savais pas que c'était unique…

— T'inquiète. Je euh… j'en aurai d'autres.

J'ai envie d'ajouter que je me sers jamais de mon compte Sparkles Links (ni d'aucun autre réseau social), et idem pour l'appli de messagerie liée… Mais quelque chose me retient (le quelque chose en question étant probablement le fait de me trouver justement dans le siège de l'entreprise). Enfin c'est pas comme si c'était un secret, ils ont bien dû le voir en étudiant ma candidature – qu'ils n'essayent pas de me faire croire qu'ils n'ont pas fouillé dans les bases de données monstrueuses qu'ils ont sur TOUT LE MONDE.

La fille nous regarde en souriant, s'apprête à replacer son casque. Je lui dis juste avant :

— Désolée, au passage… On doit pas être les premiers à vous embêter, à moins que la génération aléatoire n'ait encore rien mis… euh, ici.

— Il n'y a pas de problème, je sais ce que c'est, je suis passée par là moi aussi.

— L'université d'été ?

Elle opine.

— J'étais en première année à Harvard, étudiante boursière vraiment limite niveau financier… Je savais pas trop ce que je voulais faire en poursuite d'études, et avec le stage ici en développement marketing, j'ai trouvé. Et tout de suite après mon master : voilà où j'en suis !

OK, c'est presque suspect, est-ce qu'elle est là pour nous vendre du rêve, comme tout le reste de ce que le programme annonce, ou bien ?

Mais non. Quand je dis « nous », c'est « leur ».

Je ne suis pas dans leur cas.

Plus.

Et plus jamais, peut-être ?

Putain, pas le moment de commencer à déprimer et tirer la gueule.

Alors je souris par défaut, j'essaye du moins, et hoche la tête. Heureusement Tony parle à ma place :

— C'est super cool ! Peut-être qu'on sera là nous aussi dans quelques années, à expliquer le prochain mini-jeu en réalité augmentée de la promo de stage…

— D'ici là, ce sera carrément sur lunettes ou lentilles connectées !

Elle n'a pas l'air de plaisanter totalement, et je veux bien la croire.

On la laisse bosser pour retourner à notre fléchage, que je suis sur mon propre écran, ça y est. Comme ça on peut avancer côte à côte tels des accros au portable, le nez dans nos smartphones.

Alors qu'on remonte un petit couloir qui se détache du hall en diagonale (Sparkles semble avoir quelque chose contre les angles droits, j'ai envie de trouver une blague à ce sujet, mais rien ne me vient), un token apparaît littéralement devant moi. Je l'attrape instantanément par réflexe, en mode chat avec un bout de laine.

— Ah ha !

Tony en sursaute.

— Wow ! Là tu m'as eu. Qu'est-ce que tu as looté ?

C'est vrai qu'on gagne un gadget virtuel pour le réseau social de Sparkles. Puisque je l'ai…

Je m'attendais à rien, mais je suis un petit peu déçue quand même.

— Un filtre photo. On dirait qu'il ajoute euh… le pont de San Francisco, en fond. Et la baie.

Il a un rire incrédule.

— Bon ! T'auras même pas à aller trouver un bon point panorama pour frimer avec ton séjour en Californie !

— Ouais… Je peux te le filer, sinon ? Je prends genre, *jamais*, de selfie.

— Je crois pas non… Tu veux pas te voir en photo, ou tu as peur du grand Big Brother de la reconnaissance faciale ?

Avant que je puisse répondre et passer pour une parano (j'ai l'habitude) ou jouer la fausse modestie (j'aime bien ma tête ça va, enfin, je m'en plains pas, on va dire), un autre robot Safe-Den émerge de la porte où la flèche virtuelle nous dirigeait.

— Bienvenue, Melissa Allen et Anthony Hernandez ! Je vous prie d'entrer et je vous souhaite un excellent stage.

Récité avec cette même voix neutre et ces yeux d'animation qui ont, sans que j'arrive à dire pourquoi, l'air de nous observer tous les deux en même temps… (Ou peut-être que je divague, c'est possible aussi.)

Tony a un sourire en coin.

— Pour échapper à Big Brother, c'est trop tard on dirait. Ils sont énormes ces robots, tu trouves pas ?

— J'avoue, c'est impressionnant de les voir en vrai.

— Tu peux me prendre en photo avec lui ? Y'avait trop de monde autour du premier…

Il me donne son portable et pose à côté de l'engin. On dirait qu'il a envie de passer un bras autour comme si c'étaient de vieux amis, mais il n'ose pas finalement. C'est vrai que cet écran omniprésent sur toute la surface, ça fait bizarre. Un réflexe par rapport au tactile j'imagine, on a l'impression qu'on va toucher ce qu'il ne faut pas et déclencher je sais pas trop quoi…

Je lui montre les images, il a l'air content.

Et là, l'hésitation…

Allez.

Exception à la règle.

Je lui tends mon téléphone à mon tour.

— Tu m'en prends une aussi ?

Une petite voix dans ma tête me rappelle que les Russes ont accès à mon smartphone de fond en comble. Une autre lui réplique qu'ils doivent avoir autre chose à foutre que regarder mes photos de touriste chez Sparkles.

Mais le robot s'active d'un coup et approche d'un groupe de stagiaires qui suivent les flèches virtuelles, comme nous. Il leur fait le speech de bienvenue personnalisé en nous plantant là.

Tony me rend mon portable.

— Je t'en ferai une après…

— On devrait peut-être pas trop traîner non plus.

Je viens de réaliser que la salle d'où est sorti le SafeDen est bondée, un brouhaha de voix basses en émerge en un bourdonnement continu.

On entre pour rejoindre la foule des autres jeunes noobs comme nous, en train de graviter comme un essaim autour d'un gros buffet garni de plein de trucs à grignoter et à boire. C'est une salle de conférence, assez immense, dont on a poussé les ensembles chaises/pupitres pour laisser plus de place. Le logo Sparkles est projeté sur le mur derrière la scène où se tient un micro sur pied solitaire.

Est-ce qu'on va avoir droit à un discours du grand patron, carrément ? Même en étant pas aussi à fond sur Sparkles que certains stagiaires semblent l'être vu les logos sur les t-shirts et tout, Kenneth Geary en personne, ça fait quelque chose !

Mais non, il va pas venir perdre son temps pour de peut-être-futurs-employés-dans-quatre-ou-cinq-ans, non plus, il a autre chose à faire. Comme préparer ses discours pour promettre qu'il n'y aura plus de fuites de données d'utilisateurs, ou assurer que Sparkles va garantir des débats sains sur ses plateformes pour les prochaines élections, cette fois, juré.

Pourquoi je suis cynique comme ça ?

Je blâme la déformation professionnelle : j'ai vu trop de données Sparkles vendues au marché noir. Et puis je suis moi-même là pour espionner à la solde d'un gouvernement étranger…

À force de slalomer entre des geeks enthousiastes, intimidés, ou déjà en mode corporate-mon-temps-est-précieux, on arrive à gratter des boissons et des barres de céréales bio et maison (d'après le panonceau du plat). Tony lève son écocup, on trinque, Coca light contre smoothie.

J'aurais pas cru, mais le mélange coco-kiwi-citron rend super bien.

Tony semble sur le point de parler, mais les lumières s'abaissent brusquement, effet salle de cinéma, et ça le coupe net. Les conversations suivent jusqu'à devenir un murmure de fond. La scène reste éclairée, toujours avec le logo projeté derrière.

J'entends Tony chuchoter à mon oreille :

— Tu crois que Geary va venir nous faire un discours d'accueil ?

Avant que j'aie le temps de dire quelque chose d'aussi utile que « je sais pas », une silhouette émerge de la pénombre sur le côté de la scène et s'avance rapidement dans le halo.

Et on a notre réponse.

Un Kenneth Geary tout sourire salue la salle, en tongs et t-shirt-survêt, et sa coupe iconique d'otaku, énormes lunettes connectées assorties. Je me joins aux applaudissements sans même y penser, parce que, QUAND MÊME, c'est un des dieux de la Silicon Valley ! Bon OK, je m'emballe, un mythe quoi, enfin, un géant…

D'accord, je dois me l'avouer : je suis en mode fangirl devant une légende vivante. Mais vraiment juste un tout petit peu. (La honte.)

Geary nous regarde à la cantonade et écarte les bras comme s'il ne savait pas quoi dire.

— Quand je vous vois tous et toutes, je me souviens que j'étais à votre place il n'y a pas si longtemps. À peine entré dans la vie universitaire, des perspectives encore plus ou moins incertaines, pas toujours beaucoup d'argent en fin de mois… Mais déjà avec un goût, celui du code, de programmer, de créer avec ces outils complètement dingues qu'on a la chance d'avoir à notre époque. Ou plutôt, je devrais dire : l'équivalent totalement dépassé et primitif sur lequel on a commencé !

Une photo d'un Kenneth Geary tout jeune apparaît sur le mur. Attablé devant un bureau équipé d'un ordi fixe à écran cathodique gris foncé, et d'un portable épais comme un bottin. Un rire collectif dans la salle, et je souris aussi. J'ai de très vagues souvenirs que mes parents avaient un ordi avec un de ces énormes écrans, dans le salon, quand j'étais petite…

Il continue :

— Mais déjà, je savais que je ne voulais pas juste coder pour coder. Juste écrire des programmes dans mon coin, ou même pour des entreprises qui avaient besoin d'automatiser des paiements ou le traitement de je ne sais quel processus d'administration interne… Non. Je voulais coder pour les gens, pour que ça serve à de vraies personnes. Des geeks comme moi, mais pas que. Que cela serve à tout le monde… J'avais pas forcément les mots en tête encore, mais oui : connecter les gens entre eux, leur offrir l'accès à l'information, en somme… *l'accès au monde !* Leur permettre de créer du lien, d'apprendre des choses, de se retrouver, de communiquer. C'est l'esprit qui a été à l'origine de Sparkles – si vous connaissez le premier logo qu'on avait dessiné sous Paint à l'époque, vous savez pourquoi on a choisi ce nom.

Un logo très… artisanal (dans le mauvais sens du terme) apparaît au mur, une sorte de globe terrestre mal foutu avec des petits bonhommes bâton dessinés dessus, genre citoyens du monde version revue par un gosse de sept ans.

Faut dire ce qui est : c'est moche.

Nouvel éclat de rire dans la salle.

Kenneth Geary se marre lui aussi, en montrant l'œuvre d'un geste consterné.

— Eh oui, on était qu'une bande de codeurs à l'époque. Personne qui sache tenir un stylet graphique par le bon bout, et… ça se voit. Mais la machine était lancée : on programmait un service qui allait aider les gens dans leur vie de tous les jours. Que ce soit simplement pour trouver leur chemin, gérer la playlist de leur soirée, ou pour s'instruire, s'informer, se rencontrer… Surtout s'ils sont comme moi super timides quand ils ne sont pas derrière un écran.

Ceux qui ont de l'autodérision et ceux qui ne sont pas concernés rigolent. J'accompagne parce que je fais plus ou moins partie de la première catégorie, même si c'est la honte. C'est tellement cliché de nerd, quoi…

— Et c'est ce dont vous allez faire partie, ce à quoi vous allez contribuer pendant ces deux mois parmi nous. Car si vous êtes ici, je pense que c'est cette même volonté qui vous pousse, chacune et chacun dans votre spécialité : construire ensemble un projet qui fasse du monde un endroit meilleur, plus ouvert sur l'art, la culture, plus social, qui renforce le goût de la découverte, d'apprendre, le goût de l'échange, du partage… Et qui vous aide à trouver le meilleur bar à smoothie de la ville. (Petits rires dans la salle.) Durant ces deux mois, vous aurez l'occasion d'apporter votre pierre à ce grand édifice. Quelques briques de plus. Qui, je l'espère, pourront vous donner l'envie par la suite, à la fin de vos études, de vous joindre à cette aventure à nouveau. Je vous remercie d'être là aujourd'hui. Merci beaucoup !

Il s'incline dans un salut à l'indienne, et quelqu'un commence à applaudir pour lancer le crescendo d'acclamations.

L'assemblée est galvanisée par le discours, une énergie incroyable vibre dans toute la salle. Ou peut-être que je leur prête mon propre ressenti, moi aussi, alors même que je me dis en boucle que Geary a « oublié » de préciser que Sparkles, c'est aussi à présent le moissonnage de tout ce qu'on fait sur leurs services pour nous cibler avec des pubs de chaussures ou de voyage à l'étranger.

Les lumières reviennent et le brouhaha reprend pendant que des employés Sparkles arrivent avec des paniers pleins de badges.

Nos badges.

Tony me regarde avec (presque littéralement, vraiment) des petites étoiles dans les yeux.

— Wow, j'aurais tellement pas cru que Kenneth Geary lui-même allait venir nous accueillir ! C'est génial !

Je hoche la tête sans rien dire, parce que je ne sais même pas ce que j'en pense. Enfin, si, toujours ce dédoublement de personnalité entre me laisser porter par l'enthousiasme corporate de notre mission de socialiser les gens, tout ça, tout ça, et…

Le reste.

Le profilage totalement flippant et les fuites de sets de données qui se retrouvent en vente pour des criminels (comme moi, putain).

Et *mon* reste.

Qui a un accent slave.

Les instructions de Mike qui doivent arriver d'ici la fin de la semaine. Et je n'ai toujours pas la moindre idée de ce qu'il va me demander de faire.

Un employé tout souriant en t-shirt Sparkles me tend un badge plastifié avec son tour de cou irisé.

— Bienvenue chez Sparkles, Melissa !

Je le prends en essayant d'avoir l'air contente moi aussi.

— Merci.

Je flotte plus que je ne marche d'une salle improbable à l'autre en suivant les deux guides. Je crois qu'on doit tous être dans cet état, des nuances d'hébétude fascinée et d'excitation plus survoltée.

C'est.

Tellement.

Immense.

Et high-tech à un point pas possible.

Je perds le compte des robots de nettoyage, de service, de sécurité, de tout et n'importe quoi. Des imprimantes 3D à pâtisseries bio allégées en sucre. Des distributeurs de fruits et pressoirs à smoothies (j'arrive pas à finir le mien, le troisième d'affilée c'était peut-être pas une si bonne idée).

Tony en oublie sa timidité (que je trouve toujours un peu craquante), il me donne des petits coups de coude, me montre des trucs qu'il vient de repérer avec un air exalté. Et j'avoue que je fais un peu pareil.

J'assume toujours pas totalement pourtant, d'être en admiration comme ça, béatement.

On est en train de se faire manger le cerveau. C'est ce que me répète la part de mon esprit qui tient du côté Josh de la famille. L'antisystème. La conscience que Sparkles nous en met plein la vue pour nous convertir corps et âme à la corpo. Le pire c'est que ça marche, et je me laisse faire quand même, c'est tellement cool de se laisser impressionner et porter par l'enthousiasme de groupe.

Une salle de sport en réalité virtuelle. Putain, le guide est en train de nous montrer une salle de sport en réalité virtuelle. Des dimensions de plus ou moins deux fois le gymnase de mon ancien lycée.

Et surtout : en VR !

D'accord, on peut se dire, pour quoi faire ? Une salle de sport c'est pour faire du sport. Mais l'escrime médiévale sans réellement se mettre de coups dans la tête, ça n'a pas l'air mal. J'ignorais jusqu'à l'existence de ce hobby, et que des gens se frappent vraiment avec des armes en métal pour reconstituer les combats anciens. Je préfère la version virtuelle.

En plus on peut manier des sabres laser ?

Je ne sais pas pourquoi ça m'étonne, mais : wow.

Un énorme projecteur mural style cinéma montre l'action telle que le petit groupe de combattants la vit alors qu'ils se tournent autour et frappent le vide avec des contrôleurs sans-fil. Le contraste est toujours aussi chelou avec la VR : en réel ils ont l'air très cons, et sur l'écran, c'est la classe absolue.

Nos guides nous laissent admirer (ou saliver) un moment. Puis le mec dit, complice :

— Bien entendu, dans le cadre de votre stage, vos accès sont les mêmes que ceux des employés : vous pourrez venir ici pendant votre temps de pause !

Tony me glisse à l'oreille :

— J'crois pas qu'il faudra nous le répéter !

Je souris.

Oui, béatement, je dois avouer.

J'ai l'impression que je me sépare plus de ce sourire niais jusque devant l'open space où je vais bosser avec les équipes big data.

Dans un nuage.

Cloud… nuage…

Hahaha.

Je regarde la guide faire passer un fichier de l'écran à… au bureau sur lequel il est posé ?

Les bureaux sont des dalles tactiles qu'on peut convertir en interface pour chaque poste de travail. D'accord.

Les bureaux !

Je m'y vois, un truc comme ça chez moi, un clavier discret dans un rack tiroir en dessous, et sur le verre de la table, des terminaux de processus. Et puis un écran avec le wiki pour les fonctions avancées en C++, un avec Discord, un avec un live de Dance With The Dead et un avec… quoi d'autre ? Une fenêtre sur mon compte Sparkles Links peut-être.

Wow, c'est la première fois depuis, quoi, un an, que j'ai envie de revenir sur un réseau social. Un petit coup de dépoussiérage sur mon profil, ça pourrait être pas mal. Mais c'est pour le boulot bien entendu, c'est tout, c'est que ça ferait bizarre de bosser ici sans avoir un compte un minimum actif quand même, non ?

Je glisse doucement à Tony :

— Faudra qu'on retrouve un robot SafeDen tout à l'heure.

— Hein ? Pourquoi ?

— J'ai besoin d'une nouvelle photo de profil.

Attends, je viens vraiment de dire ça ?

Y'a un truc contagieux dans l'air chez Sparkles, c'est pas possible.

L'enthousiasme notamment.

On commence pas le véritable boulot avant cette aprèm je crois…

J'ai vraiment, vraiment hâte.

Chapitre 11

Mon plateau chargé de trucs bio et locaux entre les mains, j'esquive le va-et-vient de geeks affamés pour essayer d'atteindre les distributeurs de boissons (tellement de smoothies différents, ils changent les parfums tous les jours, c'est dingue). Un visage brun caché derrière une mèche longue attire mon attention, dans la file inverse. Un Tony concentré sur son avancée, je le croyais pas quand il disait être maladroit, mais on dirait bien que lui en est convaincu.

Je souris, l'interpelle au passage :

— M. Hernandez !

Il sursaute presque, heureusement qu'il ne renverse rien, je m'en serais voulu…

— Mel ! Désolé, tu m'as surpris, j'étais, euh, ailleurs.

— La semaine est difficile ?

— Moui, enfin, ça va, mais on a vu un peu grand avec les autres stagiaires du groupe, et on se casse les dents sur notre propre ambition.

J'hésite un peu trop avant de dire :

— Ouais, effectivement, j'ai vu que vous restiez ensemble pour bosser même pendant la pause de midi. Mais…

En le tournant en mode troll, je pense que ça passe mieux :

— Si tu veux faire une pause et rejoindre l'élite du big data, le temps d'un repas… Pour changer des *marketeux.*

Il a un sourire fatigué.

— Eh oh, m'insulte pas, on a bossé une fois avec les équipes marketing pour définir les emplacements des posts publicitaires sur le nouveau design, mais c'est tout !

— C’est déjà plus que nous !

— Mais rappelez-moi, Mlle Melissa A. (il vient de vérifier le A. sur mon badge), qui donc fournit les données de profils d’utilisateurs ciblés pour ajuster les pubs des marketeux, justement ?

Je pose mon plateau pour remplir mon verre de smoothie banane-fraise, tout en réfléchissant à la pire réponse de mauvaise foi que je puisse trouver :

— Les données sont pures, les algorithmes, un outil ! Ce qu’en font les équipes de la pub, ça les regarde. Nous, on travaille juste l’excellence.

Wow, je suis sûre que dans quelques années je pourrais remplacer Kenneth Geary pour les speechs corporate. Tony hoche la tête, moue impressionnée :

— Pardon, pardon, c’est vrai.

Il chasse sa mèche longue, il est super mignon quand il fait ça.

Pas que quand il fait ça d’ailleurs…

Je demande, en reprenant mon plateau :

— Et même si c’est un peu difficile, ça te plaît quand même ?

— Oh oui, oui, c’est super, ce qu’on fait ! Enfin des applications pratiques qui sont vraiment… bah pratiques, quoi. Je sais pas vous, mais là on est pas en train de coder des petits programmes expérimentaux juste pour montrer qu’on sait se débrouiller : on est devant le code source de la prochaine mouture de l’appli Sparkles, et on fait partie intégrante de la démarche de conception centrée utilisateur. Bon, là on a pas encore *vraiment* mis les mains dans le code, on en est encore à interviewer des utilisateurs et à brainstormer des idées, mais on va carrément nous confier la réalisation de prototypes, après ! On a pas l’impression d’être des gamins à qui on montre comment gérer trois variables, on fait partie de l’équipe.

C'est exactement mon impression aussi. Et je suis d'accord, vivre ça déjà en première année… enfin… À notre âge, quoi !

Je lance un regard à Tony.

— Alors, tu es des nôtres ce midi ?

Il hésite, puis hoche la tête.

— Allez, ça marche. Je dois juste prévenir les autres.

Son plateau tangue dangereusement quand il sort son portable, je le stabilise de justesse, du coude. Il n'a même pas l'air de tilter. Ah, Tony…

On arrive à ma table, où Hollis, Brad et Kelsey sont déjà occupés à décortiquer l'idée d'implémentation qu'on va proposer à la cheffe de projet. Enfin, surtout Kelsey, elle parle à fond et sa tignasse bleu électrique genre punk s'agite en rythme. J'ai à peine le temps de poser mon plateau qu'elle me prend à témoin :

— Mel, je leur disais, si on veut essayer une approche moins centrée sur les catégories classiques, âge, sexe, tout ça, il y aurait moyen de…

Elle s'interrompt en remarquant mon camarade. Je le leur présente :

— C'est un ami qui est chez les devs sur mobile. Il pourrait squatter avec nous, ça vous dérange pas ?

Forcément, c'est aussi Kelsey qui répond :

— Non, aucun souci !

Les autres approuvent tacitement et lui laissent une place. Je fais un tour des prénoms avec l'impression, comme toujours, que je m'y prends très mal.

— C'est donc, euh, Tony. Et voilà Kelsey, Hollis, Brad. Voilà.

Un silence flotte après notre interruption, je me sens obligée de relancer la conférence kelsienne.

— Tu disais, alors ?

— Ah, oui ! Mais euh… (Elle regarde Tony.) Je veux pas t'emmerder avec nos trucs…

Il sourit :

— Tu peux y aller, je kiffe bien les algos aussi. Et t'inquiète, à moins que ça permette de trancher le grand débat sur la nouvelle police de caractère qu'on aimerait ajouter sur l'appli Android, je ne risque pas de vous piquer l'idée !

Kelsey se relance allègrement sur son explication en même temps que mon portable commence à vibrer dans ma poche.

Message Signal entrant. Numéro inconnu.

Je sens ma gorge qui se serre. Avale un peu de salive. J'ouvre en essayant de maintenir mon écran hors de vue de Tony et Hollis, assis à côté de moi.

Numéro inconnu : Bonjour Melissa. Nous devons parler. Ce soir, 20 h. Confirmez, et je joindrai la localisation. Mike.

Je déglutis à nouveau. J'ai l'impression que le temps ralentit, le son est plus sourd, comme si j'étais dans un film d'espionnage et qu'il y avait un coup de tension.

Putain, mais c'est un film d'espionnage.

Sauf pour la partie « film ».

Je réponds rapidement :

Melissa : OK

J'ai à peine le temps d'appuyer sur « Envoyer » que le message de Mike s'efface tout seul. Faudrait peut-être que je mette le réglage de suppression automatique moi aussi.

[Numéro Inconnu] vient de partager des coordonnées de localisation avec vous.

Melissa : Reçu

Brusquement, je regrette d'avoir répondu. C'est normal que ce soit juste par message ? Il appelait, d'habitude, Mike, non ?

Comment je peux savoir que c'est vraiment lui de l'autre côté d'un numéro random ? OK, il a signé « Mike », mais n'importe qui pourrait le faire. N'importe qui au courant de l'opération… Genre qui alors… Les fédéraux ? Il s'est peut-être fait choper et ils sont en train de remonter toute la filière ? Et moi comme une conne je viens de mordre à l'hameçon bien comme il faut en acceptant un rendez-vous avec un espion étranger…

Merde, merde, merde.

Je me sens mal. Nausées.

Tony me lance un regard vaguement inquiet. Je dois tirer une drôle de gueule. Je souris, genre : c'est rien, tout va bien.

Spoiler : non, pas du tout.

Mais s'ils tiennent Mike et qu'ils ont compris qu'on est en business (la blague, comme si j'avais vraiment eu le choix… mais oui, j'ai bien eu le choix, et j'ai intentionnellement opté pour la trahison pour échapper à la justice…), pourquoi aller essayer de me piéger comme ça ? Ils pourraient juste venir en mode SWAT et me choper en traçant mon portable, non ? Oui, forcément, c'est ce qu'ils feraient (en fait j'en sais rien).

Mais si.

Donc Mike ne s'est pas fait griller. C'est bien lui qui envoie le texto. Un message écrit c'est même plus logique au final, un appel en plein siège de Sparkles il aurait fallu que je m'isole dans un coin, que je fasse super gaffe que personne n'entende, qu'ils n'aient pas foutu des micros dans tous les coins pour surveiller les employés (bon d'accord, là je vais loin)…

Kelsey me sort de mon bug cérébral en agitant une main garnie de bagues devant moi.

— T'es avec nous, Mel ?

Je range vite fait mon portable, me secoue comme si je me réveillais.

— Désolée, j'étais à l'ouest. Je suis un peu crevée… (Je fais genre de bâiller et me sens tout de suite complètement ridicule.) J'ai raté quoi ?

C'est Hollis qui récapitule, avec son accent paisible de l'Oklahoma :

— On se disait : ce soir après le taf, on trace direct chez ce Coréen dont Brad parle sans arrêt, et on se pose là-bas pour la soirée pour essayer de revoir la partie de l'algo qui foire.

Brad a déjà son portable en main, navigateur ouvert sur le site du restaurant.

— On réserve pour quelle heure, 19 h, 19 h 30 ?

Et merde. Je réponds un peu trop vite :

— Je vais pas trop pouvoir ce soir, enfin… Je pourrai vous rejoindre plus tard, mais allez-y je veux pas que ça vous bloque, enfin…

Kelsey lance un regard à Tony, puis revient à moi.

— Ton pote peut venir, hein, il a l'air pas mal en progra en plus.

C'est quoi ce petit air, elle sous-entend que… Pfff, elle peut penser ce que bon lui chante, j'ai autre chose à gérer. Je me force à sourire.

— C'est cool, j'espère que le restau sera bien et qu'on pourra y aller tous ensemble une autre fois, mais je peux vraiment pas pour cette heure-là. Je suis désolée…

La déception flotte, Kelsey hausse les épaules.

— C'est toi qui vois.

Et voilà, je regrette la manœuvre… J'aurais dû accepter, et filer à 20 h en mode imprévu urgent, plutôt ? Putain, je suis pas pro de l'embrouille, moi, surtout avec des gens que j'aime bien… Au moins déjà je me sens pas mal de leur mentir, puisque techniquement, je n'invente rien, j'ai vraiment un truc à faire dont je peux juste VRAIMENT pas leur faire part…

C'est tout.

Mouais, « c'est tout », tu parles.

En plus ils savent que je débarque de la côte est et que je connais personne ici.

Pfff.

La conversation reprend, le genre dont je rêvais quand j'espérais m'inscrire en fac, avec des potes qui aiment la progra.

Et je ne me sens pas des leurs. Je ne *suis* pas des leurs.

Je repense à la conférence d'hier, sur le syndrome de l'imposteur des stagiaires en grande entreprise. C'est pas ça mon problème, il faudrait un autre nom.

Syndrome de l'infiltrée.

Je soupire.

*

J'attends de m'être écartée de l'entrée du complexe Sparkles, et même de l'hologramme géant de la Plaza, avant d'ouvrir à nouveau Signal pour vérifier la localisation envoyée par Mike. Déjà, c'est à l'opposé de l'arrêt de trolleybus que voulaient prendre Kelsey et les autres. Et Tony.

Le point de rendez-vous n'a pas l'air si loin que ça. En remontant cette avenue qui longe Hunter's Point, je devrais y être vite.

J'ai l'impression de sentir mon cœur battre un peu plus sourdement à chaque pas. L'adrénaline qui pulse, une sorte de tension dans les muscles. Qu'est-ce que Mike & co vont vouloir que je fasse chez Sparkles, putain ? Il va peut-être juste me dire de continuer, c'est bien, reste en sous-marin tranquille… Ce serait peut-être pire en fait. Poursuivre comme ça dans le flou… Et puis, je suis pas du tout une espionne, qu'est-ce qu'ils peuvent espérer que je fasse ? Une partie rationnelle de mon cerveau me susurre qu'il doit y avoir un lien avec ces histoires d'élections… Kenneth Geary a fait de grandes annonces récemment à propos de tout ça, la propagande des Russes pour foutre le bordel dans les débats, des armadas de trolls qui postaient en masse des sujets chauds ou même de l'infox pure… Il en a parlé lors d'une convention de géopolitique cyber, du devoir de

Sparkles de protéger et maintenir un espace de discussion politique « sain », etc., etc.

Une voiture ralentit pour stationner à ma hauteur.

Je vérifie instinctivement les coordonnées GPS. La vitre fumée se baisse et Mike me regarde avec son absence de sourire.

— Bonjour Melissa. Montez derrière.

Le parfum tabac de sa cigarette électronique flotte à l'intérieur. Je referme la portière sur le bruit de la circulation. Mike continue, en s'engageant sur la file :

— Je suis votre VTC. Une réservation à votre nom et sur cet itinéraire a été validée. Vous avez décidé de faire un peu de tourisme.

— Où est-ce qu'on va ?

— Christmas Tree Point. Twin Peaks. Point de vue sur la ville, très connu. Vous prendrez un autre VTC sur le retour.

J'attends qu'il continue, donne des instructions, quelque chose. Il roule juste sans rien dire, tranquillement, comme pour le trajet vers l'aéroport, à Washington. Même s'il fait super chaud dehors, il a toujours son blazer gris. Il garde peut-être un flingue caché là-dessous. Je chasse l'idée pas très rassurante.

La radio passe des tubes d'été. Dès les premières notes de *Calma*, de Pedro Capó & Farruko, Mike commence à tapoter le volant en rythme. À plus de la moitié de la chanson, je finis par (oser) demander :

— Je dois faire quoi là-bas ?

— 3NOddity va vous remettre du matériel et préciser quelques instructions concernant son utilisation, sur un plan technique. Vous ne pouvez vous rencontrer qu'en prenant certaines précautions.

Est-ce qu'il sait qu'elle m'a donné un numéro pour la contacter directement par Signal ? Je laisse ça de côté pour le moment.

— Je voulais dire, chez Sparkles.

Il me lance un regard dans le rétroviseur.

— Comment s'est passée cette première semaine ?

Forcément, il fallait que cette question arrive. J'essaye de retrouver tout le speech que j'avais imaginé la nuit dernière, un compte-rendu pro sans en faire trop, propre.

Mon cerveau refuse de repêcher la moindre de ces jolies phrases. À la place, je balbutie comme une conne :

— Euh… Bien… je crois.

— Avez vous été intégrée aux équipes ?

— Oui, je bosse avec… euh, plusieurs employés, et d'autres stagiaires, il y a Kelsey, Brad, Hollis aussi…

Le pire rapport d'espionnage. Faut dire, je sais même pas si je dois vraiment faire ça, espionner, justement !

Mike ne se démonte pas.

— Avez-vous rencontré Sagma Bhatt ?

— C'est, euh… le responsable du département big data, oui, on a des réunions avec lui.

Je fouille ma mémoire pour trouver des trucs utiles à rajouter :

— Son bureau est juste au bout de notre open space.

— Quel était le thème de ces réunions ?

— J'ai pris des notes sur mon ordi… Vous voulez que je vous les passe ?

— Dites-moi l'essentiel.

Je sors mon portable de mon sac à dos, le déplie. Rien que ce geste me rassure, me remet dans… je ne sais pas, en contrôle, dans l'impression de faire quelque chose de précis.

Et ouais, un terme existe pour ce « quelque chose ».

Espionnage industriel. Bon, à toute petite échelle. Mais techniquement, je crois que c'en est déjà.

J'arrive pas à décider si l'idée me fait flipper, ou si je trouve ça un peu… cool.

C'est horrible de penser comme ça, putain.

Je retrouve mes notes, chasse les réflexions parasites, et commence à lire les gros titres. Meilleur affinage des profils, prise en compte de données beaucoup plus larges pour éviter d'en avoir qui traînent en stock sans servir à quoi que ce soit, et possiblement étendre les perspectives à une clientèle d'entreprises plus large… C'est assez vague, conceptuel, j'essaye de bien résumer malgré tout. Mike écoute en hochant la tête de temps en temps.

Quand j'ai terminé, un silence flotte. J'arrive pas à lire sur son expression s'il est satisfait de ce compte-rendu, ou si je suis totalement à côté de la plaque, et ça me stresse.

On s'engage sur la route des Twin Peaks sur le flanc d'une des deux collines, qui serpente au milieu de la végétation très basse de ce vert terne. La terre est orangée dessous et semble très sèche.

Mike a l'air encore plus pensif qu'en début de trajet. Il demande :

— Savez-vous dans quel domaine M. Bhatt a fait ses études ?

— Psychologie, je crois…

— Exact. Un double cursus : psychologie et marketing, plus précisément. Ses bases solides en matière d'algorithmes découlent du travail sur le terrain, en particulier au cours de ses années chez Sparkles.

Je vois pas trop où il veut en venir, alors je dis juste :

— OK…

— Sa thèse portait sur les capacités de prédiction algorithmique des comportements en fonction de critères culturels spécifiques. Notamment, religieux et politiques. Vous parliez d'élargir le champ des données traitées. Aucun critère plus précis n'a été évoqué ?

— On a bossé sur des modèles assez théoriques pour le moment… Mais je crois pas qu'on ait le droit de se baser sur ce genre de trucs pour, euh, pour la pub ciblée…

Mike a un regard amusé dans le rétro.

— C'est, effectivement, ce que prétend la communication de Sparkles en matière d'utilisation des données à des fins *publicitaires*.

Il insiste sur le dernier mot, et je me sens comme une brave petite corporate naïve. Je demande tout doucement :

— Vous pensez que Sparkles veut vendre, je sais pas, des chaussures, en se basant sur le parti politique des gens ? Ou s'ils sont, chrétiens, musulmans, juifs, athées ?

Mike hausse les épaules.

— Pas nécessairement leur vendre des choses.

Je crois que je tilte.

— L'élargissement de la clientèle… S'ils en font autre chose que de la pub, c'est pas *totalement* contre leurs propres mentions légales.

Je croise le regard de Mike dans le rétro, à nouveau, et l'espace d'un bref instant, j'ai l'impression d'y voir… de la fierté ?

— Nous sommes intéressés d'en apprendre davantage à ce sujet, Melissa.

J'avale ma salive.

La question m'échappe juste une seconde avant que je me dise que je devrais la fermer.

— C'est par rapport aux élections ?

Il sourit, et je comprends que j'en saurai pas plus.

— Nous sommes *très* intéressés.

Je sens ma gorge se serrer. L'adrénaline commencer à monter, même si là, maintenant, tout de suite, elle ne va pas servir à grand-chose.

— Vous voudriez que je gratte plus d'infos sur ce qu'il fait ?

— Je ne pourrai confirmer vos instructions qu'après votre rencontre avec 3NOddity.

— Vous avez peur que je lui en parle ?

Au moins il ne cherche pas à enrober ça pour épargner mon ego…

— Votre aptitude à compartimenter convenablement les informations est encore à évaluer, Melissa, vous imaginez l'importance que cela représente pour nous.

— Ouais. Je sais.

Il aurait presque l'air embarrassé.

— À titre personnel, je pense que vous en êtes parfaitement capable.

Je ne vois pas quoi répondre à ça, alors je ne dis rien. Il reprend après un silence :

— Nous avons créé pour vous un compte client sur la plateforme de livraison PolyVery. Un service que, je pense, vous devez bien connaître.

Je soupire.

— Ah, ça…

Il continue sans se démonter :

— Ce nouveau compte vous servira à me signaler si vous rencontrez des difficultés dans l'exécution de vos instructions. Ou si au contraire, vous êtes parvenue à l'objectif avec succès.

Attends, sérieusement ?

Je garde le commentaire incrédule pour moi, voyons la suite.

— Dans le cas d'un problème particulier, vous retirerez un élément de la liste des articles, produit alimentaire ou plat à emporter, peu importe, placés en favoris sur l'application. Pour indiquer le succès de votre consigne, vous ajouterez un nouvel article dans cette même liste.

— OK…

Le scepticisme doit littéralement dégouliner de ma réponse, vu le regard qu'il me lance. Sa voix prend ce ton rassurant qu'il avait sur le toit de l'immeuble, ce qui me semble super longtemps en arrière. Alors que ça fait genre quoi, trois semaines ?

— Si vous vous posez la question, Melissa : oui, la plateforme PolyVery fait bien évidemment l'objet d'une surveillance algorithmique. Toutefois, étant donné le nombre d'utilisateurs et la diversité des usages, il est difficile d'isoler et de catégoriser des comportements qui pourraient attirer des soupçons raisonnables, à l'exception bien entendu de certains schémas de recherches particulières parmi les articles et les offres de restauration. Utilisez simplement le site comme vous le feriez normalement, si vous repériez des achats quotidiens pour plus tard, ou votre menu du soir.

— Mais… pourquoi… je veux dire, pourquoi pas juste utiliser Signal comme on a déjà fait ?

— Chaque utilisation d'une messagerie chiffrée est repérable par votre fournisseur d'accès, je ne vous l'apprends pas, Melissa. Jusqu'à présent, votre pattern de connexions à ces serveurs suit celui que vous avez adopté depuis plusieurs mois pour vos conversations avec votre cousin. Nous devons éviter autant que possible d'apporter des changements perceptibles à ce schéma.

Le bordel aléatoire qu'on échange avec Josh, il forme quand même un pattern ? D'une façon particulièrement bizarre, ça a du sens. Je sens un léger vertige.

— Est-ce que tout ceci vous semble clair, Melissa ?

— Je, euh… Ouais. Je pense. Juste… c'est quoi les identifiants du compte ? Et puis, faut que j'installe l'appli PolyVery sur ce téléphone, aussi…

— Ce ne sera pas nécessaire, nous l'avons déjà fait. Vous pouvez vérifier dès à présent, si vous le souhaitez.

Mais oui, forcément, un RAT[23]. C'est ce qui manquait pour me mettre bien à l'aise, tiens.

Je me souviens d'avoir lu des trucs sur Twin Peaks quand je bavais sur l'idée d'immigrer à San Francisco un jour. Mes rêves californiens sur la comète. À part plein de mentions d'une vieille série des années 90 qui n'a aucun rapport, je me rappelle

23 Remote Access Trojan : un type de malware qui permet de contrôler à distance un ordinateur, et d'accéder à tout son contenu.

de photos de paysages qui m'avaient pas semblé si fous que ça. Une vue sur une grosse ville quoi. Et pourtant maintenant, je comprends pourquoi plein de monde en parle, y'a pas à dire, IRL ça rend mieux.

Le panorama de San Francisco s'étend jusqu'à la baie, immense, et se déroule au fur et à mesure qu'on remonte cette petite route qui passe derrière deux grandes antennes de téléphonie mobile, télé satellite, ou je sais pas trop quoi. Il y a carrément un parking avec pas mal de voitures, d'ailleurs, et un belvédère en béton avec ces jumelles payantes fixées sur des trépieds. Beaucoup de gens, je m'imaginais un point de rendez-vous désert en bordure d'un chemin paumé sur la colline, mais en fait, pas du tout. Perdus dans la masse, c'est peut-être encore mieux pour se planquer. Mike s'arrête sans chercher à stationner à une place libre.

— 3NOddity va vous remettre plusieurs éléments que nous vous indiquerons comment employer par la suite.

— J'en fais quoi en attendant ?

— Ne gardez pas tout avec vous pour vous rendre sur votre lieu de stage. Nous prendrons le temps d'établir quel protocole sera utilisé en amont.

— NoD m'expliquera à chaque fois comment m'en servir ?

— Vous ne rencontrerez à nouveau 3NOddity qu'en cas de nécessité précise.

Il s'est assombri. Rajoute :

— Raisons de sécurité. Vous devez y aller, maintenant. Bonne soirée, Melissa.

Je sors. Une bourrasque fraîche me fait frissonner et je regrette immédiatement de ne pas avoir embarqué un sweat. Il faisait super chaud en bas… Mike repart et me laisse là, paumée au milieu des touristes. Il y a un peu tous les âges, des groupes avec des sacs à dos de rando et des looks plus citadins de Franciscanais venus admirer leur ville. Je finis par repérer la grande silhouette de NoD, avec un blouson genre militaire qui arrive à avoir l'air chic sur elle. Elle est accoudée tranquillement au garde-fou du belvédère, pas loin d'un muret qui sert plutôt de banc. Je me retiens de tracer bêtement droit vers elle et sors mon portable pour me balader façon détente, moi aussi. Entrer dans le rôle. Je prends des photos en évitant quand même que NoD se retrouve dans le champ, parce que je doute que ça plaise à Mike. « Raisons de sécurité ». Ma partie nerd high-tech ne peut pas s'empêcher de remarquer que l'appareil photo de ce smartphone est vachement meilleur que sur mon vieux machin. Je fais des zooms sur la skyline qui se perd dans une brume blanche et fine au loin. J'essaye de trouver le siège de Sparkles, mais on n'est pas à Washington, j'ai pas encore assez arpenté les rues en livrant des half-smokes pour arriver à me repérer.

Je viens m'accouder pas loin de NoD, toujours en mode touriste. Elle ne se tourne pas, fixant l'horizon derrière ses lunettes style pilote de chasse, mais dit à voix basse :

— Le sac en papier, au pied du muret. Pose ton sac à dos à côté. Tu le prendras en même temps quand tu partiras.

— OK.

— Il y a plusieurs clés USB avec différents exploit kits[24]. Sniffeur de wifi, keylogger[25], casseur de mot de passe, un USB killer[26] au cas où. La micro SD, tu la mettras dans ton téléphone, il y a un répertoire chiffré. Le mot de passe c'est le

24 Exploit kit : outil de piratage « clé en main » qui détecte les vulnérabilités d'une machine pour l'infecter, quel que soit l'objectif final (prise de contrôle, botnet, vol de données…)

25 Keylogger : un malware qui permet d'espionner à distance tout ce qu'un utilisateur saisit au clavier sur son ordinateur, voire d'autres activités (pages internet visitées, fichiers ouverts…)

26 USB killer : dispositif camouflé sous la forme d'une clé USB, capable de détruire physiquement un ordinateur par une surtension électrique envoyée dans ses circuits.

checksum en MD5[27] du morceau que tu as en sonnerie de téléphone.

Une clé de chiffrement basée sur du Dance With The Dead, c'est la classe quand même. Et c'est rigolo comme manière d'utiliser un truc aussi dépassé que le MD5.

— Le Raspy a déjà une charge d'attaque spécifique, mais il faudra peut-être adapter en fonction des consignes de Mike.

Un Raspberry[28] de hacking comme dans *Mr. Robot* ? Wow !

— Ce sera seulement quelques lignes à éditer, je sais que tu géreras ça parfaitement.

Je demande sur le même ton très conspirateur :

— Mike m'a dit que c'était compliqué pour qu'on se revoie si j'ai un souci ?

Elle a un imperceptible mouvement de tête vers moi. Soupire doucement.

— J'ai possiblement un profil plus chaud qu'on pensait.

— Comment ça ?

— Agences à trois lettres. En principe ils n'ont pas grand-chose pour me tracer. Mais pour éviter tout risque, on va essayer de pas trop se recroiser. (Elle ajoute après une pause.) Si tu as vraiment un gros problème, tu me dis quand même. Je verrai ce que je peux faire.

J'avale l'info un peu difficilement (sens propre comme figuré…). L'épée de Damoclès fédérale qui revient me piquer en mode traître dès que j'arrive un minimum à l'oublier. Et Mike

27 Checksum : de façon très résumée, calcul permettant d'obtenir une sorte « d'empreinte numérique » d'un fichier, utilisée habituellement pour vérifier son intégrité après une copie ou transmission. Ici cette « empreinte » composée d'une longue série de caractères est utilisée comme mot de passe. MD5 est un type de calcul.

28 Raspberry : un tout petit ordinateur basse consommation et peu onéreux, à peine plus grand qu'une carte de crédit (l'épaisseur des composants en plus). Très apprécié des adeptes du bidouillage, car il peut s'intégrer aux montages les plus farfelus (domotique ou robotique amateur par exemple).

qui me sort tout à l'heure « Ne vous inquiétez pas pour ça. » Ben si, quand même.

Je réalise que je suis plantée dans la même position avec mon téléphone à moitié levé vers le panorama depuis quelques minutes, alors je fais genre de mitrailler ailleurs pour changer. NoD tire une bouffée sur sa e-cigarette avant de continuer.

— La clé USB en forme de casquette Mario, c'est pour une attaque spécifique. Mike a dû t'en parler.

En forme de…

Le ton sur lequel elle dit ça rend le concept encore plus improbable.

— Pas plus que ça… Je dois en faire quoi ?

— Pas la moindre idée. Tout ce que tu fais là-bas chez Sparkles, ça vous regarde, lui et toi.

La réponse était sèche. Elle tire une nouvelle latte et se radoucit sensiblement.

— J'imagine qu'ils ont repéré une cible d'intérêt qui se sert d'une clé identique sur une machine pro ou perso. Si on la branche sur un ordi, elle apparaîtra comme dysfonctionnelle, système de fichiers irrécupérable, et le cheval de Troie s'exécutera automatiquement en se faisant passer pour un processus légitime.

Je me retiens de hocher la tête.

— OK, compris.

J'aimerais bien lui parler de mes théories sur la curiosité de Mike & (Mos)co(w) pour ces histoires de profilage hors de la zone d'acceptabilité déjà très large que s'alloue généreusement Sparkles sur les données d'utilisateurs. Avoir son point de vue.

Mauvaise idée, j'imagine.

NoD sort son portable, regarde quelque chose à l'écran.

— Questions ?

Si je cherchais, j'en aurais beaucoup trop. Alors je renonce.

— Non, je crois pas.

— Prends le sac, continue de jouer la touriste encore un peu, tu fais un tour.

— Et après j'appelle un VTC. Enfin, un *vrai*, quoi.

Son petit sourire apparaît.

— Il est bon chauffeur Mike, ça va. Juste un peu lent…

— Voilà, s'il arrête, il saura dans quoi se reconvertir !

Elle a un reniflement amusé. On échange un regard en coin.

— Bonne chance, Melissa. Ça va le faire.

— Merci. À… à plus.

C'est tout ce que je trouve à dire…

Comme si c'était tout à fait normal, je ramasse mon sac à dos et le sachet de NoD en même temps. Commence à m'éloigner, portable levé, avec une nonchalance quasi parfaite si on oublie la collision avec un groupe de randonneurs et la jumelle sur trépied que je manque faire tomber.

— Désolée…

Une femme me répond un truc en français, très énervée.

Je continue en essayant d'éviter de nouvelles catastrophes. Quoique, s'il faut que j'aie l'air naturelle, logique que je fasse des bourdes…

Arrivée de l'autre côté de l'arc de cercle que forme le belvédère, je me pose sur un banc pour ranger le sachet dans mon sac à dos.

Mon téléphone vibre au même moment. Message Signal du numéro du jour de Mike. Une simple image se charge.

Sagma Bhatt, tout sourire dans son bureau chez Sparkles. Près d'un ordi portable sur station d'accueil avec le mur d'écrans typique des développeurs, un smartphone, un portefeuille, des clés de voiture et…

Une casquette de Mario miniature. L'angle de la photo n'est pas bon, mais on peut distinguer le bout d'une prise USB qui dépasse.

Chapitre 12

— Dommage que tu n'aies pas pu nous rejoindre hier, elle est super intéressante, l'idée de Kelsey !

Effectivement, j'étais un peu trop occupée à fixer le plafond de mon studio quasi vide dans le noir, pour essayer de digérer que je vais devoir remplacer la clé USB du chef de mon département par une copie vérolée à mort. Comme je ne peux (bizarrement) pas dire tout ça, je hoche juste la tête sans oser le regarder directement. J'opte pour me concentrer plutôt sur l'imprimante 3D qui est en train de synthétiser mon pancake. Processus fascinant s'il en est (sans déconner).

— Elle m'a tout résumé à peine je suis arrivée ce matin, t'inquiète ! Ils veulent remettre ça ce soir, histoire de présenter un projet déjà bien propre lundi.

Tony a une moue impressionnée.

— T'es tombée sur des bosseurs, dis ! (Il redevient plus sérieux.) Mais t'es sûre que tout va bien ? Tu avais l'air bizarre hier…

— Non, non, c'est rien.

— Bon. Si jamais… enfin, on se connaît pas depuis longtemps, et tout, mais… si tu as besoin de parler…

Il hausse les épaules, et un silence flotte, parce que s'il est comme moi, il doit se sentir bête et se traiter de tous les noms. Et moi je sais pas quoi répondre. Alors je dis juste :

— Merci.

Mon pancake est… fini, je ne vois pas d'autre terme. Je le récupère, tout chaud, et laisse la place à Tony.

Il y a une télé dans un coin de la salle de repos. Chaîne d'info en continu, ça détonne avec l'ambiance Sparkles, j'aurais imaginé un truc high tech ou une émission de science quelconque. Le son était coupé, mais quelqu'un le réactive en voyant le bandeau du gros titre.

Je manque de m'étouffer avec ma bouchée de pancake.

Breaking News : La cyberattaque sur la Maison-Blanche attribuée, selon des sources proches de la communauté du renseignement, à la capacité offensive d'un État hostile. Le porte-parole du Department of Defense, Henry Barnes, a réaffirmé aujourd'hui que « toutes les mesures » seraient envisagées en représailles de ce qui constitue « une agression intolérable » du symbole représenté par la Présidence pour notre pays. M. Barnes n'a pas précisé la nature de cette réplique, diplomatique ou militaire, mais rappelons que les frappes balistiques ont été approuvées comme proportionnelles dans le cadre de…

Putain de…

Des miettes profitent de ma stupeur pour s'immiscer dans ma trachée. Je me mets à tousser, très fort. Tony tend une main comme pour me tapoter dans le dos, renonce au dernier moment, l'air de pas trop savoir si le geste serait approprié. Je bois une gorgée de café pour faire passer, et ça se calme.

— C'est dingue cette histoire, hein ? J'arrive pas à comprendre la logique derrière cette attaque… N'importe quel pays qui fait ça, ils vont bien s'attendre à ce que ça barde pour eux si on les retrouve, alors… Pour quoi faire ?

La fille qui a remis le son de la télé se greffe à la conversation sans bouger du gros pouf souple où elle est affalée :

— Je pense que c'est politique. Aussi près de l'ouverture de la campagne présidentielle, quelqu'un veut mettre Charles Kayne dans la sauce.

Tony glousse avec un cynisme inhabituel chez lui.

— Il a pas besoin qu'on l'y aide, il se débrouille bien tout seul…

— Oui, mais là, c'est un niveau au-dessus. Il passait déjà pour un boulet en infosec avant ce hack, ils vont avoir beau justifier que toute la puissance de frappe cyber du monde leur est tombé dessus, y'aura toujours l'idée que Kayne a fait de la merde, encore, pour changer.

Pendant tout l'échange, je reste comme une conne avec mon mug en suspension devant mes lèvres, pancake dans l'autre main. Tony finit par se tourner vers moi et je prends une gorgée de café pour ne pas avoir à intervenir. Il a l'air de voir ce silence pour une approbation tacite, opine.

— Il se passe de ces trucs en info quand on y pense. On en parlait avec mes parents l'autre jour, c'était de la science-fiction y'a quoi, 20, 25 ans en arrière encore.

Là, ça me fait réagir.

— Tu parles trucs d'infosec avec tes parents ?

Il sourit.

— Oui ! Ils sont tous les deux dans l'informatique aussi. Ma mère plus spécialisée en sécurité. (Son sourire s'élargit, en mode taquin.) D'ailleurs, tu as le nom d'un virus qui a foutu un beau bordel ! Elle a bossé dessus à l'époque, pour l'identifier et sur l'enquête qui a suivi…

Heureusement que je mangeais pas un autre morceau de pancake.

— Qui… moi ?

— Eh oui, Melissa… Et même, attends… (Il tapote sur son téléphone.) Melissa A. !

— Sérieusement !

Tony lit à l'écran :

— C'est un macrovirus qui se répandait par e-mail, genre ver. Il s'envoyait lui-même à tous les contacts de l'ordi victime. Le nom, c'est par rapport à… Euh…

— À quoi ?

— À une danseuse érotique, apparemment. Bon… désolé, je m'attendais pas à ça…

Je hausse les épaules.

— Bah, c'est un boulot comme un autre, hein.

Ça a l'air de le souffler. Il hésite, puis :

— Ouais, c'est vrai après tout. Enfin bref, tu as le nom ad hoc si tu voulais bosser dans la sécurité en tout cas, ça rappellera des souvenirs aux plus anciens.

Moi, dans la sécurité. Je sais pas trop si c'est cliché dans le style black hack repentie, ou ironique d'une façon particulièrement cheloue ?

Plus que devenir traîtresse à la nation et faire de l'espionnage industriel pour sauver sa peau ?

Ha, ha.

Il faudrait commencer à réfléchir à un plan, peut-être observer la routine de Sagma, quand est-ce qu'il sort de son bureau, s'il fait des pauses café… Mais si je suis en plein boulot avec l'équipe pile au même moment, comment je suis censée m'éclipser genre, l'air de rien, et sans qu'on me repère en train de rentrer discrétos alors que tout l'open space a une vue dégagée dessus ?

Tony m'effleure l'épaule, d'un coup, et j'en sursaute presque.

— Pardon, Mel, je crois qu'on gêne !

— Ah oui, désolée…

Je m'écarte de l'imprimante 3D avant de réaliser qui attendait son tour. Je manque lâcher mon mug.

Sagma.

Je sens la clé-USB-casquette-de-Mario contre mon ventre dans la poche du sweat. Tellement présente, j'ai l'impression qu'il y a limite un gros voyant rouge dessus.

Je le fixe comme une conne et Sagma sourit, toujours bienveillant, un peu interrogatif.

— Je ne te prends pas la place, au moins ?

Je m'arrache une réaction de sociabilité polie, et un sourire par la même occasion.

— Non, du tout.

Il est là. Donc il n'est pas dans son bureau. Logique implacable. Mais je suis avec Tony. Et Kelsey & co m'attendent. Putain. L'impression de voir une minuscule fenêtre d'action s'ouvrir, et qu'elle est en train de se refermer façon porte blindée qui descend lentement à chaque dixième de seconde qui passe.

Si j'étais espionne. Genre dans un film d'action. Je ferais quoi ?

Me jeter dessous avant qu'elle touche le sol.

Mouais…

Je croise le regard de Tony.

— Tu peux me prendre ça ? (Je lui tends mon mug.)

— Euh, ouais… Tout va bien ?

— C'est…

Mon cerveau tourne à fond. Surchauffe du processeur imminente.

L'idée émerge. Le truc qui gêne encore beaucoup trop les mecs (même s'il n'y a pas de raison).

Je touche mon ventre, grimace un peu, entre douleur et embarras.

— Mes règles…

Le vide se fait sur son visage, comme s'il fallait un reboot avant qu'il n'accepte de comprendre.

Bien visé.

— Oh ! OK, euh, pas de soucis. Je te le garde.

— Merci !

Je le lui refile et m'enfuis avant que la culpabilité me rattrape si je croise son regard.

Ne pense pas.

Concentration sur l'étape suivante.

Je longe l'open space comme si tout était parfaitement normal. Comme si j'étais pas en train de mourir de trouille intérieurement.

Et s'il revient alors que je suis dans son bureau ?

Et si quelqu'un me voit entrer et vient me demander ce que je fous là ?

Et si…

Oh, ta gueule, mon cerveau.

J'ai envie de jeter un œil du côté du cubicule où Kelsey, Hollis et les autres doivent bosser en m'attendant. Vérifier qu'ils ne se tournent pas par ici. Je me retiens, résiste. Si je le fais, c'est là qu'ils vont me remarquer. C'est limite télépathique, tu regardes quelqu'un, il le sent.

Je crève de chaud sous mon sweat. Le seul truc que j'aie avec des poches assez grandes pour cette clé USB énorme. C'est quoi le délire de Bhatt de se trimballer un engin pareil ?

Et voilà la porte de son bureau. Entrouverte. L'espace d'un instant absurde je manque renoncer en m'imaginant essayer de lui expliquer pourquoi je me pointe ici alors qu'on vient de se croiser à la salle de repos.

Chut, on a dit, plus de pensées.

On agit.

Un réflexe idiot fait que je toque à la vitre. Oui, c'est bien en fait, si quelqu'un regarde, ça fait mieux. Je pourrais toujours dire que je voulais… euh…

Stop. Je trouverai un truc. Peut-être.

Je repousse le battant derrière moi. Vive ces stores qui atténuent la visibilité de dehors. À moins que je me goure totalement et qu'on me voie à dix mètres à la ronde.

Trop tard.

Comme s'il y avait un genre de téléguidage, je repère direct la clé. Elle est là, à côté de son ordi verrouillé sur l'écran d'accueil, comme il faut faire quand on a des données sensibles sur un PC pro. Mes mains attrapent la casquette de Mario miniature (est-ce qu'on peut parler de miniature techniquement, sait-on quelle taille fait réellement Mario, sur console portable il peut être très petit, alors…), font l'échange avec l'autre dans ma poche. C'est limite comme si elles n'étaient pas rattachées à mon corps. Elles agissent toutes seules. J'ai l'impression qu'il y a un ralenti quand mes doigts lâchent la copie de la clé sur le bureau. C'est le moment où Sagma ou n'importe qui va rentrer et me griller en flag'. Forcément.

La casquette de Mario fait un bruit de plastique en touchant le verre du plan de travail tactile.

Je retiens mon souffle en attendant le « Eh, qu'est-ce que tu fabriques là ? » qui va arriver, là, tout de suite. Ferme même les yeux, je crois.

Mais non.

Personne ne rentre. Personne ne m'interpelle.

La vraie clé de Sagma est dans ma poche.

Le clone vérolé made in Moscow à sa place.

Maintenant ce sont mes jambes qui prennent le relais des mains. Elles pivotent d'elles-mêmes. Je regarde le sol de lino végétal défiler sous les semelles de mes sneakers comme si c'était le truc le plus fascinant du monde. Elles passent la porte, moi avec. La main droite reprend l'initiative, tire le battant pour le remettre à peu près comme il était.

Et on est de retour dans l'open space tous ensemble. Quelques pas de plus pour s'éloigner des lieux du crime, et je reviens petit à petit à ma place de maîtresse à bord dans cette embarcation d'un peu plus d'un mètre soixante. Je tremble, alors je glisse les mains dans mes poches. Sauf que ça me fait toucher la clé volée et je peux juste pas encore. Je les ressors.

L'adrénaline pulse. J'ai l'impression de la sentir pompée par le cœur. Remonter chaque artère…

Tout en poursuivant vers la salle de repos, j'ouvre l'appli PolyVery. Lance la première requête qui me passe en tête. *Super Smash Bros. Ultimate* sur Nintendo Switch, tiens. Mon pouce reste en suspens un instant avant d'appuyer sur la petite étoile qui permet d'ajouter en favori.

C'est toujours possible de tout annuler, de retourner dans le bureau de Sagma (putain à quel point ce serait flag'), remettre sa vraie clé USB à sa place et bazarder la saloperie vérolée dans une poubelle je sais pas où.

Assumer mes conneries au lieu d'en collectionner encore d'autres.

L'angle de mon doigt effleure l'écran et le jeu se retrouve dans mes favoris.

Et voilà. Je viens d'officialiser mon statut de traîtresse en plus de celui de cybercriminelle et d'espionne industrielle.

Juste en cliquant sur une petite étoile. (Presque.)

*

Besoin de marcher. Besoin de prendre l'air.

Je ne fonce pas avec Kelsey et les autres pour choper le premier trolley. « J'ai quelques courses à faire » avant de les rejoindre au même restau qu'hier. Ça me fait drôle d'avoir menti aussi facilement. Pas un « drôle » dans le bon sens.

Une énergie bizarre dans les veines. Les nerfs en pelote. Un sentiment de puissance. J'arrête pas de vérifier si la clé volée à Sagma est toujours dans ma poche. C'est obsessionnel à ce stade.

Je me force à prendre une grande inspiration. Puis une autre. C'est censé aider à se calmer, non ? L'astuce marche moyennement chez moi. Ma main tripote encore la casquette miniature sous le tissu de mon sweat. Ça ne fonctionne même pas du tout.

J'avance vite. Vers où ? Bonne question, la direction globale du centre-ville, vu les buildings qui dépassent des bâtiments plus bas.

Je sors mon portable histoire d'arrêter de triturer cette foutue clé USB. Il faut que je réponde à Josh, j'ai toujours pas lu sa dizaine de messages du jour. Et que je retrouve le tuto qu'il voulait pour apprendre à programmer en C, aussi. Il va se décourager dix minutes après avoir ouvert l'article, mais bon, puisqu'il demande…

Le smartphone vibre à peine je l'ai déverrouillé. Un texto classique, cette fois, non chiffré.

Tony : Ça va mieux ? =/

C'est vrai que j'étais censée subir la torture mensuelle de mon utérus tout à l'heure.

Melissa : Oui tkt ça se calme ;)
Tony : Super, tu vas pouvoir épater Kelsey ce soir
Tony : Je suis sûr que tu vas trouver direct la solution à ce qui les coinçait hier !
Melissa : C'est déjà fait :p
Tony : :O
Tony : Eh bien GG
Melissa : merci

Je tapote une autre réponse puis hésite.
Allez, tant pis, j'envoie.

Melissa : Tu reviens ce soir ?
Melissa : Cette fois j'y serai c'est sûr
Tony : Non, je vais pas pouvoir
Tony : On va faire comme vous avec ma team de devs pour l'appli
Tony : On est pas en avance sur le projet =(
Tony : Mais c'est gentil de m'inviter
Melissa : Tkt

Je sais pas quoi répondre d'autre qu'un « t'inquiète » déçu. Depuis quand j'écris « tkt » dans mes messages, moi, d'ailleurs ? Oh, ça sent la contamination par quelqu'un… C'est pas Brad qui multiplie le langage SMS abrégé sur notre Discord ?

La sonnerie d'appel entrant me fait sursauter. Cette fois, c'est sur Signal. Un nouveau numéro inconnu, pile quand je m'éloigne un peu de Sparkles. J'imagine Mike en train de suivre le petit point clignotant du traçage GPS sur un ordi militaire blindé, à l'arrière d'un van noir. En vrai il est peut-être posé dans un transat avec un smartphone et une Vodka-Martini.

— Oui ?

— Bonjour Melissa. Vous avez été particulièrement rapide. Je suis impressionné.

— Je sais pas. J'ai eu du bol.

— Je ne vous demanderai pas de détails. Je vous fais confiance.

Et il doit surtout guetter que la charge d'attaque de la clé vérolée fasse je ne sais quoi sur l'ordi de Sagma.

Je regarde autour, plus par réflexe parano qu'autre chose, et baisse la voix :

— Je fais quoi de…

— Débarrassez-vous-en dès que vous en avez la possibilité.

— Vous voulez pas que je la garde pour voir s'il y a des trucs dessus ?

— Nous ne pouvons pas prendre de risques pour le contenu d'un seul support.

L'idée de fouiner moi-même dans des documents corporate confidentiels me plaisait plutôt bien, j'avoue…

— OK.

— Comme je vous en faisais part hier, nous ne pouvons multiplier les prises de contact.

— J'ai été trop rapide alors… désolée…

Un sourire dans sa voix :

— Non. Ne commettez pas d'imprudences, prenez le temps d'évaluer vos possibilités d'action. Pour votre propre sécurité, c'est ce qui importe. Mais si vous parvenez à être aussi efficace, eh bien, je n'ai rien à redire. Je vais simplement vous adresser une liste d'instructions plus complète. Vous nous tiendrez informés par le biais de l'application PolyVery. À moins que vous ne rencontriez des difficultés particulières, je ne vous recontacterai qu'une fois l'ensemble des tâches effectuées.

Mon pouls s'accélère. Qu'est-ce qu'il entend par « plus complète » ? Je le sens pas trop…

Je joue quand même les pros :

— Compris.

— Lors de votre visite du campus de Sparkles, nous avons repéré plusieurs appareils de domotique reliés localement aux réseaux sur site, mais fermés en l'état à toute connexion extérieure.

Lors de ma visite… Ah oui, d'accord, par le wifi de mon portable, quoi.

— En préparant l'ordinateur Raspberry que nous vous avons fourni, vous devriez être en mesure d'ouvrir des accès pour nous.

J'avale ma salive, ça passe pas super bien. (Une petite partie de mon cerveau relève quand même le manque de précisions techniques typique du mec qui sait pas trop trop de quoi il parle.)

— Je… d'accord.

— Bonne chance, Melissa. Votre téléphone ne va pas s'auto-détruire dans cinq secondes, mais vous connaissez la fameuse phrase…

Je peux pas m'empêcher de sourire bêtement.

Il raccroche.

Le message en question (qui lui va bien s'auto-effacer, par contre) arrive à peine quelques secondes après.

Qu’est-ce que c’est que…

Une série de chiffres. Enfin, de nombres. Trois colonnes. Et un genre de long code. Je m’attendais à une carte ou je sais pas trop quoi, un plan d’architecture volé en interne, un truc stylé, pas à…

Attends.

J’ouvre l’appli guide Sparkles Internship.

Des coordonnées. Des points localisés à différents endroits, près de l’open space de Tony et des développeurs d’appli, du nôtre, de la partie des administratifs…

Et l’autre truc c’est…

Un coup de StartPage me donne la réponse. Des numéros de série d’objets connectés, ampoules, cafetières, bouilloires, grille-pain… un matelas ? (Sérieux ?)

Beaucoup, BEAUCOUP, d’objets connectés.

D’accord.

Pas de panique.

Là, pas besoin de jouer le baratin, de rentrer dans le bureau des gens, ni rien. Il faut juste préparer le Raspy, se balader aux endroits stratégiques en le planquant dans mon sac avec une bonne batterie externe. Un terminal de contrôle sur mon téléphone pour balancer les commandes.

Genre *Watch Dogs*, ou *Mr. Robot.*

Et puis, c’est pas comme si j’allais faire du mal à qui que ce soit, enfin, aux employés ou quoi. Sagma… ils doivent en avoir juste après ses données de recherche, c’est tout.

L’adrénaline revient. Et je crois que je commence à kiffer ça.

Chapitre 13

Le programme me renvoie ENFIN un retour, ça y est, la sortie indique que j'ai bien les droits d'accès administrateur sur… c'est quoi déjà, celui-ci ? Ah oui, une bouilloire. Je fais rapidement afficher quelques infos supplémentaires, un seul appareil connecté à part le mien. Pfff, bien ma veine, c'est la smart-bouilloire perso de… anna-kerrey-workphone, du nom dudit appareil. Allez, maintenant, changer les réglages. Faut rester concentrée, à force de répéter les mêmes lignes de commandes la connerie d'inattention me pend au nez. Genre, lancer la bouilloire d'un coup, alors que Anna Kerrey n'a rien demandé, ce qui pourrait un petit peu susciter ses soupçons… ou lui faire débrancher l'engin, déjà. Et voilà, mode d'administration distant activé. Et vu que l'appli de gestion de ce truc s'arroge par défaut le droit d'accéder à la connexion internet mobile du smartphone, il est en ligne, disponible pour le monde entier. Un gadget de plus dans l'océan des machins connectés et mal sécurisés, merci moi.

Quelqu'un pousse brutalement la porte de la cabine où je suis installée, assise sur le couvercle des toilettes rabattu avec mon sac sur les genoux et le Raspy avec son antenne wifi par-dessus. Heureusement, j'avais fermé. Mais ce coup au cœur ! Une voix marmonne un « Désolée… », puis des pas s'éloignent. Le bruit d'un autre verrou qu'on tire. Pfiou.

Je range le Raspberry, tire la chasse histoire de sous-tendre une activité plus normale vu le lieu. Et je sors. Une trentenaire avec un t-shirt *Starcraft 2* se lave les mains, j'ai l'impression de sentir son regard dans le miroir quand je la rejoins aux éviers pour faire de même. Donner le change, sourire poliment. Et forcément, je flippe pour rien. Comme si elle pouvait avoir deviné que j'étais en train d'ouvrir des backdoors pour le renseignement russe.

Retour dans le couloir. Ce bol que j'ai eu quand même, l'open space des relations clientèle est vraiment pas juste à côté. Restent les caméras, putain, les caméras m'angoissent. Pas de raison pourtant, je fais rien de mal en me baladant dans les zones du campus accessibles à tous les employés. C'est pas comme si j'étais en train de forcer le passage, ou quoi. Et puis la vidéosurveillance, ça sert surtout après coup, pour identifier les problèmes… Ouais, d'accord, aussi avec des algos qui détectent les comportements louches. Style, j'imagine, traîner trop près du bureau d'un cadre, mettre une clé USB dans un ordi discrétos… D'accord, je l'ai fait une fois. Mais j'ai toqué avant d'entrer.

Ah, stop, cerveau.

Faut que je me bouge pour rejoindre l'équipe avant la fin de la pause, par contre. Tant pis pour la démarche pépère de stagiaire touriste en balade. Je contourne par les jardins en périphérie du complexe. Les buissons sont hauts, bon combo avec mon petit mètre soixante-deux. Si je peux pas regarder les objectifs des caméras les yeux dans les yeux, c'est qu'elles ne me voient pas (trop) non plus…

Et hop, retour dans ma partie vraiment légitime. J'ai quand même une boule au ventre. Impossible d'effacer cette scène façon film qui se joue dans ma tête, des vigiles en gris NingirSecurity (tiens, comme mon écraseur de vélo en Hummer) qui débarquent alors qu'on est en plein brainstorm avec Kelsey et les autres. Ou quand je suis en pause avec Tony. Ils arrivent et me chopent par le bras pour m'emmener direct devant Kenneth Geary qui attend dans son bureau avec deux agents fédéraux en costard noir…

Mais comme ces trois derniers jours de petit jeu de hacking avec le Raspy de NoD, il va rien y avoir du tout, je le sens (comment tu peux), je le sais (ah bon).

Je passe les premiers cubicules. Je vois déjà le dos baraqué de Kelsey, en débardeur comme toujours, avec sa tignasse typique au-dessus, Hollis et…

C'est qui, ça ?

Un mec leur parle, moins grand que Brad, plus vieux aussi, lunettes et crâne rasé qui brille.

Je me fige à l'angle de la rangée. Mon cœur commence à taper un rythme hard tek. Arrête, il n'a même pas d'uniforme ni rien. C'est pas un type de la sécurité, c'est sans doute juste…

Il lève les yeux vers moi, et je regarde par terre comme si ça allait changer quelque chose.

— Melissa ? Je vous attendais. Pouvez-vous venir avec moi, s'il vous plaît ?

Merde.

Merde.

Merde.

— Je… (Je me tourne vers Kelsey, qui n'a pas l'air plus troublée que ça. Ma voix est minuscule, complètement étranglée.) Il faut qu'on… qu'on finisse un truc, c'est…

— Je vous assure que cela ne sera pas très long.

Il indique la sortie vers les couloirs avec un sourire encourageant.

OK, on se calme. C'est probablement TOUT sauf… sauf ma mauvaise scène de film là. Hein ?

J'ai l'impression de décoincer mes jambes d'une sorte de croûte de rouille ou de je sais pas quoi. Un pas, puis l'autre. Je suis le mec. Il a son badge autour du cou, et… putain, j'ai bien lu « Affaires internes » ou je délire ? Non, y'avait un reflet, c'est autre chose…

Je demande quand on sort de l'open space :

— C'est… c'est pour quoi, en fait ?

— Une simple vérification de routine, Mlle Allen, ne vous inquiétez pas. Protocole de sécurité, pour l'accueil de stagiaires, juste une formalité.

J'aime pas son regard quand il dit ça, l'impression qu'il me jauge, et c'est vraiment ce qu'il doit faire en plus. Gorge super sèche. J'arrive même pas à avaler ma salive.

— Vous êtes sûr que ça peut pas attendre ?

Il a ce sourire à nouveau, m'indique une porte. *Sécurité.*

Merde.

Il ouvre, me laisse entrer. Déjà deux personnes : un mec avec des lunettes connectées installé dans le coin, une femme en blazer derrière le bureau. Des dreads impressionnantes (je sais même pas pourquoi je remarque ça).

— Voici M. Rob Dewell, de la sécurité IT, et Mme Anita Renford, Chief Security Officer.

Le type qui m'a accompagnée sort en fermant doucement la porte.

Merde merde merde merde merde.

En plus je tremble. Que ça ne se voie pas. Pitié, que ça ne se voie pas…

C'est rien, l'autre l'a dit. Une formalité. J'ai lu des articles sur les géants de la tech qui surveillent le parcours de leurs employés de près, ils vont… peut-être juste me demander pourquoi mon compte Sparkles servait qu'à partager des trucs de hacking, quand j'étais ado, et pourquoi je l'utilisais plus depuis des mois ?

Anita Renford me sourit. Ce qui ne me réconforte absolument pas.

— Asseyez-vous, Mlle Allen.

Je le fais en essayant de ne pas m'écrouler sur la chaise. Renford me fixe, sans hostilité. Je soutiens son regard (au moins quelques dixièmes de seconde). Elle soupire doucement.

— Autant aller droit au but, n'est-ce pas ?

J'arrive à hocher la tête.

Elle pousse une tablette devant moi. Tous les appareils que j'ai attaqués avec le Raspberry apparaissent sur un plan du bâtiment. Points rouges sur blanc, dangereux, agressifs.

Je ferme les yeux parce que je sens venir des larmes. Putain, c'est pas juste « venir ». Ça y est, je chiale.

J'aurais peut-être pu contester, nier, jouer l'innocente, je sais pas, quelque chose…

À quoi bon ?

Foutue.

J'imagine l'interrogatoire avec des fédéraux.

Trahison. Espionnage.

Cellule. Combinaison orange.

Quelque chose craque dans ma tête. Comme un barrage, carrément.

Qui explose.

Ma bouche s'ouvre toute seule et parle. Parle. Parle. Entre deux sanglots je balance des mots, des bouts de phrases. Je crois que je parle de Mike. De Russes. Des recherches de Sagma Bhatt. De moi.

Renford me dit des trucs, mais je comprends plus rien. Elle répète, ajoute mon prénom, insiste.

— Melissa. Melissa. S'il vous plaît, écoutez-moi. Respirez. Doucement.

Mal partout. Je tremble.

Gorge serrée à étouffer.

J'essaye de faire ce qu'elle me demande.

Souffle. Inspiration. Les sanglots se calment, j'arrive à reprendre de l'air.

— Là, très bien. Rob, tu peux aller lui chercher de l'eau ? Merci. Écoutez-moi, Melissa. Restez avec moi. Très bien.

J'essuie les larmes, la morve. Mes yeux brûlent, je la vois floue. Elle continue, la voix toujours aussi posée :

— Laissez-moi récapituler, Melissa. D'accord ?

Impossible de dire un mot. J'opine juste.

— Vous avez été contrainte de livrer cette attaque sur nos installations, car vous faites l'objet d'un chantage, d'une pression de la part d'une personne ou d'un groupe. Qui serait affilié aux services de renseignement russes.

Elle hoche la tête pensivement.

Je sens le monde tournoyer, le vide abyssal m'aspirer à nouveau. Elle va jamais me croire.

Elle va m'envoyer chez les feds.

Ils vont me faire avouer tout le reste.

Foutue.

— On dirait que vous aviez vu juste, à l'IT.

Je réalise qu'elle s'adresse à Rob, qui vient de revenir avec un verre d'eau. Il demande :

— C'est *eux* ?

Renford hoche la tête. Comme si ça faisait sens, parfaitement logique, tout.

L'autre a l'air satisfait :

— Bingo. Vu la sophistication du code, c'était un niveau étatique, au moins. Pas de caractères cyrilliques cette fois. Ils se raffinent.

Attendez. Quoi ?

Ils me croient ?

Le petit bateau et le sous-marin…

Sauf que là le petit bateau était vraiment pas tout seul dans le coup.

Renford se penche vers moi, les coudes sur le bureau.

— Vous n'avez ni l'âge ni le profil d'une clandé en infiltration. Je ne pense pas que vous auriez craqué comme ça si vous étiez ici pour l'argent. Je crois plutôt qu'ils vous tiennent directement à la gorge. Qu'est-ce qu'ils ont sur vous ?

Je déglutis.

Mon cerveau recommence à fonctionner. Il tombe à pic.

— Vous allez me balancer aux flics…

Ma voix s'étrangle, mais j'arrive à finir quand même :

— Pourquoi je vous dirais ?

Putain, j'ai osé.

Rob ricane.

— T'es pas exactement en position de négocier, tu sais…

La CSO soupire à nouveau, reprend la tablette.

— Il n'est pas exclu de trouver un arrangement.

J'essaye d'assurer un minimum, de me redresser. Le résultat doit être pathétique.

— Du genre ?

— On verra bien. Répondez à ma question, s'il vous plaît.

Une grande inspiration.

OK.

Allez.

— J'ai hacké des trucs…

— Hacktivisme ?

— Non. Je voulais juste du fric.

— Malware bancaire ? Phishing de comptes ? Ransomwares ?

J'avale ma salive.

— Attaque sur un distributeur.

Elle fronce un peu les sourcils.

— C'est tout ?

Le mec de l'IT intervient :

— Y'en a déjà pour deux-trois ans de taule, selon sur qui elle tombe.

J'ajoute trop vite :

— Et euh… Cheval de Troie keylogger. Pour voler des cartes bleues.

— Plutôt cinq ans, alors…

Renford a l'air plus ou moins convaincue. Ou peut-être que c'est juste pour me déstabiliser.

— J'imagine qu'ils détiennent les preuves de votre implication ?

— Ouais. Ils euh… ils me surveillaient.

— Pourquoi ?

— Pour ça. Pour venir chez vous.

Elle hoche la tête. Un silence.

Je me sens vide, flottante, perdue, comme dans un genre de rêve (plutôt cauchemar, en fait, genre vicieux, une menace fourbe, latente…). Limite, j'aurais l'impression que c'est pas vraiment mon problème, tout ça. Qu'on parle de quelqu'un d'autre. Melissa Allen ? Non, connais pas.

Je demande, ou plutôt cette dénommée Melissa A., demande :

— Et maintenant ?

— Vous allez poursuivre votre opération pour le compte des personnes qui vous ont envoyée ici.

Je la regarde. Passe au mec aussi. Je devrais être sidérée, je sais même pas si je le suis. Elle continue :

— Une agence gouvernementale ne s'arrêtera pas à un échec. Ils sont après nous, car on a mis des bâtons dans les roues de leurs campagnes de désinformation. S'ils vous perdent, ils trouveront quelqu'un d'autre. Si ce n'est pas déjà le cas. (Son regard acéré me fixe.) Vous nous donnez une petite longueur d'avance.

J'ai l'impression d'une révélation. Sandbox[29]. Putain, mais c'est ça. Quand j'ai revérifié les appareils que j'ai compromis, rien n'avait l'air anormal (enfin de mon côté quoi). Ils les ont isolés dans un faux réseau. Ma question sort toute seule :

— Vous allez simuler un accès au réseau interne ?

Le techos regarde Renford, qui semble l'autoriser à parler :

— Machine virtuelle et sandbox, oui. On va leur laisser assez de marge de manœuvre pour qu'ils se croient sur un véritable réseau avec différents postes de travail. Ce qui est mieux

29 Sandbox : de façon très résumée, un système qui permet de lancer un programme dans une sorte de compartiment virtuel isolé du reste de l'ordinateur, ou du réseau, pour éviter que d'éventuelles fonctions malveillantes ne puissent faire de dégâts.

pour toi aussi. Ça leur évitera d'avoir envie de te couler dans le béton de fondations quelque part s'ils comprennent qu'ils sont grillés.

Renford s'assombrit.

— Soyons clairs : il n'est absolument pas dans votre intérêt d'informer vos *employeurs* de la situation. Vous ne serez plus d'aucune utilité pour leur opération dès lors que votre couverture chez nous est compromise. Votre meilleure chance est de donner le change pour l'instant. Nous pouvons probablement vous aider, si vous nous en laissez la possibilité.

Je hoche la tête.

Forcément qu'elle va me dire ça.

Est-ce que c'est vrai ?

Peut-être. Je ne sais pas.

Je ne sais plus.

— Pourquoi vous voudriez m'aider ?

— Si vous collaborez, cela va dans notre intérêt.

J'ai l'impression qu'elle n'a pas terminé, marque juste un temps pour accentuer l'effet…

— Je vois pas où vous voulez en venir.

— *Vous* pouvez nous aider à éclaircir une situation qui nous préoccupe particulièrement.

— Moi ?

— Oui. Ce serait très simple, et dans la continuité de votre stage, sans remettre en question ce que vous devez faire pour vos « employeurs ». Vous allez effectuer une partie de votre stage, disons, trois jours par semaine, dans les locaux d'une autre entreprise avec laquelle nous avons accepté un partenariat depuis quelques mois.

Putain. C'est pas vrai. Cette sensation de déjà-vu…

Je vois même pas quoi dire. Alors j'attends.

— Le partenariat en question comprend un accès à nos données et profils ciblés d'utilisateurs. C'est l'offre que Sparkles propose pour développer son réseau d'annonceurs. Depuis quelques semaines, nos algorithmes ont détecté des requêtes d'informations particulièrement sensibles, dont les motivations avancées semblent assez peu cohérentes.

— Genre, des trucs sur la politique, la religion, tout ça ?

Renford cille, on dirait qu'elle s'attendait pas à ce que j'intervienne sur le sujet. Merde. Parlé un peu vite.

— Cela vous semblerait un problème légitime ?

— Il paraît juste que ce serait pas terrible pour votre image…

— C'est le cas.

— Mais pourquoi vous leur demandez pas directement, genre… voilà quoi, vous êtes Sparkles, quand même !

Je suis vraiment curieuse, pour le coup… La mégacorpo de la Silicon Valley qui a peur de… quoi, une petite boîte de marketeux ?

La CSO soupire, ça a l'air de lui faire mal de répondre :

— C'est un partenariat, pas un sous-traitant ou une branche sur laquelle on aurait autorité… Les contrats de Sparkles assurent une importante marge de liberté et de confiance réciproque.

Ils sont sérieux, là ? Autant dire qu'ils sont en mode « faites ce que vous voulez, tant qu'on le sait pas, c'est bon, on s'en lave les mains »…

— Et genre vous me faites confiance pour euh… aller… vérifier ce qu'ils font ?

— Pour simplement nous rapporter quels sont leurs projets. Écouter. Discuter. Une stagiaire curieuse et motivée, discrète, qui se rapproche plutôt facilement des gens… Vous avez le profil, d'après ce qu'on a vu ici.

Je me rapproche facilement des gens, moi ? Ah bon ? Quoiqu'avec l'équipe, Kelsey, Hollis et les autres… ça va pas trop mal, c'est vrai. Et Tony. Bon, avec Tony, c'est pas encore le genre de rapprochement que je voudrais, mais…

— Quant à vous faire confiance… (Elle grimace.) Je dirais surtout que vous n'avez pas vraiment le choix. Bien sûr, on va vous demander le silence absolu sur cet arrangement. Et je crois que vous n'avez aucune raison de ne pas le respecter.

J'allais répondre, mais elle me coupe net :

— Pour récapituler : vous parlez à vos employeurs russes, ils vous laisseront tomber devant vos emmerdes judiciaires, et Sparkles viendra s'ajouter à la liste des parties civiles. Vous essayez de faire un scandale sur notre arrangement vis-à-vis de notre partenaire : Sparkles vous envoie directement au FBI avec les preuves de vos attaques sur nos installations et de la collusion avec des espions étrangers. Croyez-moi, vous ne voulez voir arriver aucun de ces deux cas de figure…

Je sens un genre de chape sur mon dos.

— En gros, vous me tenez comme les Russes…

— C'est plutôt une entente qui vous arrange, et nous aussi, vous ne pensez pas ?

C'est limite ce que m'a sorti Mike. Je ferme les yeux.

— Ouais. Si vous voulez.

— Je vous reverrai demain pour plus de détails. Vous pouvez y aller, Mlle Allen.

Je me lève. Je sais pas comment mes jambes arrivent encore à me soulever. Le monde tourne un peu, et j'ai l'impression de peser mille tonnes.

— Je dis quoi aux autres… les autres stagiaires… les employés avec qui je bosse ?

— La vérité. Votre stage se déroulera partiellement chez un partenaire.

— C'est quoi le nom de la boîte ?

— OmniSee Analytics.

Ça ne m'évoque rien du tout.

— Ils sont spécialisés dans le raffinement de profils marketing extrêmement pointus et ciblés, dans l'idée « d'ouvrir de nouveaux marchés et perspectives ». La domotique comme canal publicitaire, notamment.

— Genre de la pub affichée sur les écrans de… d'un four, d'une machine à laver, tout ça ?

— Non. Le CEO, Christophe Delcourt, a fait sa thèse en neuropsychiatrie. Sur les effets des sons, lumières et odeurs sur les perceptions émotionnelles.

Ah ouais. Quand même.

Chapitre 14

Un silence gêné (et gênant) quand je rejoins les autres au cubicule. Cette impression désagréable qu'ils étaient en train de parler de moi et se sont arrêtés juste à mon arrivée… (Qu'est-ce que tu veux qu'ils disent, c'est idiot de penser ça.)

Ouais.

La parano doit venir en prime avec l'espionnage. Forcément. C'est un pack, offre tout compris.

Je prends mon fauteuil habituel, entre Brad et Hollis, face à Kelsey. Ils sont tous en train de tapoter sur leur clavier, bien concentrés. Trop concentrés.

Aaaah, stop, cerveau, arrête d'imaginer des trucs !

J'essaye de leur sourire, lance un petit :

— Re, les gars.

Qui sonne pas du tout convaincant, tentative d'un ton léger catastrophique au possible. Kelsey me regarde comme si elle ne m'avait pas vue arriver. Son sourire est aussi maladroit que le mien.

— Hey, Mel.

On dirait qu'elle hésite, l'avantage avec les gens exubérants c'est qu'on peut deviner direct leur état d'esprit… Enfin, je pense.

— Ils te voulaient quoi ?

Les deux autres lèvent discrètement les yeux de leur ordi. J'avale mon absence de salive.

— Juste une vérification…

Ils attendent la suite, j'ai mal géré l'intonation de ma phrase, elle était en suspens. Allez, faut assumer maintenant, continuer, en ayant l'air tranquille…

— J'ai été sélectionnée pour un stage spécial. Chez un partenaire de Sparkles.

Ne tremble pas, ne rougis pas. C'est même pas totalement un mensonge, y'a aucun souci (tu parles).

Kelsey ouvre des yeux ronds.

— T'es sérieuse ? Tu vas pas continuer avec nous alors ?

— Si, si, si, enfin, oui, mais pas tout le temps.

Réponse merveilleuse de clarté. Parfait, Melissa, parfait. J'essaye de rattraper ça :

— Je serai une partie de la semaine avec vous, une partie avec eux.

Brad a l'air mi-admiratif, mi-perplexe.

— Eh ben, ça va t'en faire, du boulot.

— Ouais. (Je demande à mes muscles faciaux de bien vouloir sourire en mode « c'est cool ».) Mais on est venus pour ça, non ?

Je déglutis encore, j'espère que ça se voit pas trop.

— Et puis je suis sûre que je vais apprendre des trucs super utiles. Je veux dire, qui nous serviront aussi pour le projet !

— Ils voulaient vérifier quoi, alors ?

Hollis et son sens du détail. Qui ne m'arrange pas du tout, là, maintenant, tout de suite…

— C'était euh… Au niveau sécurité. (Je baisse la voix d'un ton, façon confidence.) La boîte en question est pas mal parano.

Elle se penche aussi sur la table en m'imitant peut-être inconsciemment :

— C'est qui ?

Merde, je l'avais pas déjà dit ? Ça fait bizarre…

— OmniSee Analytics.

Je retrouve dans les yeux de mes camarades l'ignorance qui devait se lire chez moi y'a pas dix minutes. J'ajoute, même s'ils sont sans doute tous en train de taper le nom sur Sparkles (notamment Brad, qui a l'air hypnotisé par son écran) :

— Ils développent leurs propres algos pour cibler des pubs. Et ils bossent sur les applications dans la domotique.

— Ah ouais, dans la domotique ?

Hollis me regarde comme si j'allais dévoiler une vérité sacrée. C'est vrai qu'elle est à fond sur tout ce qui est trucs connectés. J'allais ressortir ce que m'a dit Renford, mais Brad ne me laisse pas le temps de commencer :

— Wow, les filles. Wow, wow, wow. Ça devient complètement dingue, cette histoire.

Je cille, demande stupidement :

— La domotique ?

— Non. Le hack de la Maison-Blanche.

J'essaye de ne pas avoir l'air de me prendre un grand coup dans le bide, comme à chaque fois que quelqu'un en parle (soit extrêmement souvent dans ce milieu nerd à souhait). Et comme à chaque fois j'ai l'impression d'échouer lamentablement. On dirait que Brad le remarque, mais Kelsey détourne son attention en venant s'accouder sur lui pour lire par-dessus son épaule.

— Quoi ? Il s'est passé quoi, encore ?

— Y'a une énorme embrouille entre le président Kayne et… plein de gros pontes. Une directrice du Cyber Command de la NSA a insinué qu'il y avait dû y avoir une connerie faite en interne, à la Maison-Blanche quoi, pour qu'une attaque pareille puisse fonctionner. Et ça a relancé d'autres critiques sur les boulettes de Charles Kayne niveau infosec, divulgation d'informations, les trucs qu'il dit aux journalistes pour se la péter, tout ça… Même le secrétaire du DoHS s'y met, et des « sources anonymes » un peu partout, Department of Defense et tout… Et maintenant Kayne menace de virer tout le monde.

Kelsey roule des yeux.

— Quel bordel. Remarque, c'est toujours mieux que la semaine dernière quand ils voulaient commencer à balancer des missiles sur la Corée, la Chine, et je sais pas qui au pif juste histoire d'être sûrs de toucher les « potentiels responsables ».

— Ouais, mais ça craint vachement quand même. C'est pas nouveau que Kayne se frite avec les agences fédérales qui sont un peu moins euh… qui ont plus de jugeote (Brad et sa modération en toutes choses). S'il vire une officière de haut rang comme ça, sur un coup de colère, alors qu'en plus il arrive en fin de mandat… Il devrait penser à éviter de foutre le dawa pour la prochaine présidence s'il est pas réélu. Et puis, je sais pas si vous avez vu sur Wikileaks le…

Je transpire à grosses gouttes. Hollis me regarde, elle s'inquiète tout le temps. Ou alors est-ce qu'elle devine quelque chose ? Je dois être blanche comme les papiers éparpillés sur le bureau. Mal au ventre. Elle demande :

— Ça va, Mel ?

Désolée Brad, faut que je t'arrête avec cette histoire de Maison-Blanche. J'essaye de faire genre de pas avoir entendu la question de Hollis et lance, narquoise :

— Tu devrais faire gaffe à ton historique de navigation, si tu veux toujours bosser… là-bas !

Brad tressaille un peu, regarde autour comme si on allait nous écouter (encore qu'ici, ce ne serait pas impossible…).

— Ouais, t'as pas tort…

Kelsey ruine tout son effort de discrétion :

— Tu veux entrer à la NSA ?

Il soupire. Je réponds à sa place :

— C'est pas comme s'il l'avait déjà dit plusieurs fois – ce qui est assez contre-intuitif d'ailleurs…

Je me déteste de le troller comme ça. Et de les lancer sur un terrain glissant à mort.

Kelsey a l'air estomaquée.

— Je dois avoir un filtre auditif pour m'éviter d'entendre des trucs pareils… Putain, Brad, sérieusement ? C'est quoi qui t'attire là-bas ? Tu veux espionner tout le monde ?

— Il en faut, des gens qui font leur taf !

— Ouais, ben tiens. Je pense plutôt qu'on s'en passerait bien.

— Arrête, tu as vu où on fait notre stage ? Ça te paraît bien plus correct ?

— Au moins, on contribue à un service qui aide les gens, à échanger, à… à se connecter, à s'amuser, à créer des liens…

— Et nous (il parle déjà en s'y incluant, c'est dingue), on vous protège pour que vous puissiez continuer à faire tout ça tranquillement ! Sans… sans avoir peur de euh, d'un attentat, ou de…

Ils sont partis pour un moment comme ça. Je me penche vers Hollis :

— Bon… On se remet au boulot, nous ?

Elle hoche la tête, trop contente de ne plus avoir à suivre le débat de la punk corporate et du zélote fédéral. Oubliés le hack de la Maison-Blanche et ma gueule de déterrée quand le sujet vient sur la table.

Je crois qu'on appelle ça PSYOPS[30].

Quel que soit le nom, je suis pas fière de moi.

*

Le trolleybus approche de Sparkles Plaza, mais j'ai encore du temps. À force, je commence à retrouver mon habitude d'estimer les distances avec ces nouveaux repères urbains. Je me débrouillais pas mal à Washington, alors, pas de raison.

J'envoie un petit message à Josh. Son silence devient étrange…

---

30 PSYOPS : opérations psychologiques, terme militaire qui désigne la déstabilisation de l'ennemi par la manipulation, de fausses informations, etc.

Melissa : ping Josh
Melissa : T'es toujours vivant ?

J'attends pas de réponse à cette heure-là, 8 h 30 du mat'… Et pourtant mon portable vibre direct.

Josh : Moi oui
Josh : Mon portable moins
Josh : 
Josh : Il arrive plus à se recharger
Josh : Je crois que la prise est morte
Josh : Bon je l'ai un petit peu fait tomber d'un étage
Josh : Tu as toujours la messagerie Sparkles Links?
Josh : Il va pas tenir longtemps là

Josh est en train d'écrire un message…

Je l'attends. Le trolley s'arrête au niveau de la place à l'énorme main en OK, je descends. Ah, la mention du correspondant en train de rédiger a disparu. Une notification apparaît sur mon appli Sparkles Links fraîchement installée.

Josh A. Narchy : et voilà il est en rade
Josh A. Narchy : je sais pas si tu reçois les messages ici
Josh A. Narchy : on dirait que tu as ressorti ton compte Sparkles de la poussière dis donc
Josh A. Narchy : y'a ton vrai nom et tout :o :o :o
Josh A. Narchy : nouvelle photo de profil :o :o :o
Josh A. Narchy : c'est quoi ce robot ?

Lui aussi il a remis un coup de frais, avec Wrench de *Watch_Dogs 2* en avatar (je comprends, il est super cool ce perso). Et…. Ouais, il a imité mon vieux pseudo, enfin moi c'était

A. Nonyme. Faut dire qu'en s'appelant « Allen », on peut faire pas mal de blagues à la con avec les initiales…

Melissa Allen : Dis donc, t'as pas un peu repompé mon idée de nom ? =p

Josh A. Narchy : ça va ça reste dans la famille ;p

Melissa Allen : Tu sais que tu peux installer Signal sur ton ordi au fait ?

Josh A. Narchy : ah ouais ?

Josh A. Narchy : ok

Josh A. Narchy : je le ferai

Melissa Allen : Je t'indiquerai comment faire si tu veux

Josh A. Narchy : merci

Josh A. Narchy : mais meuf

Josh A. Narchy : c'est Sparkles qui t'a fait changer ton profil comme ça sérieux !!!?

Je commençais à écrire :

Melissa Allen : Eh ouais, j'ai vendu mon âme au diable

M'arrête avant d'envoyer. Même si c'est juste une blague à la con, on est sur le service du diable en question, alors…

Ouais. Je supprime.

Recommence :

Melissa Allen : C'est pour faire pro

Mieux.

Alors, j'en suis là. Je m'autocensure pour le taf. Heureusement que Josh ne peut pas le savoir, il me lâcherait plus avec ça.

Melissa Allen : Va falloir que je te laisse

Melissa Allen : J'arrive au boulot

Melissa Allen : Mais comment ça se fait que t'es déjà réveillé au fait ???

Josh A. Narchy : je suis pas encore couché

Josh A. Narchy : nuance

Ah, je me disais aussi… Là, c'est davantage Josh.

Josh A. Narchy : j'ai passé la nuit à coder

Melissa Allen : Sérieux ?

Josh A. Narchy : oui oui oui

Josh A. Narchy : j'ai terminé mon jeu du plus ou moins

Josh A. Narchy : et il fonctionne 😍😎

Melissa Allen : C'est cool ! 😄

Et je le pense vraiment, j'aurais pas cru qu'il arriverait à s'y mettre, wow ! D'accord, c'est juste un « Plus ou Moins », le tuto de noob par excellence, mais il faut bien commencer quelque part.

Josh A. Narchy : t'as vu 😎

Josh A. Narchy : bientôt moi aussi je ferai du hacking

Et le revoilà à la charge avec ces histoires de hacking, via messages pas du tout sécurisés… J'opte pour rester dans un flou artistique.

Melissa Allen : Mdr

Oui bon… voilà, quoi. Je finis rapidement en passant les portes du bâtiment d'accueil.

Melissa Allen : Je te laisse

Melissa Allen : Retour au taf

Melissa Allen : ++

Je referme l'appli sans attendre sa réponse, car le Joshua est une créature qui oublie facilement les signaux de fin de conversation.

Je glisse à peine mon portable dans ma poche arrière qu'un robot SafeDen roule vers moi, son visage en smiley de pixels tout réjoui. Par réflexe, je souris en retour, et je me sens un peu conne (mais un jour ils auront des sentiments aussi, il faudra être gentils avec eux).

— Bonjour, Melissa Allen. Vous êtes attendue au bureau de Mme Anita Renford. Les informations d'accès sont chargées sur votre application Sparkles Internship.

Eh oh, j'aime pas ça moi, les trucs qui se chargent tout seuls sans rien me demander.

Passons.

Renford veut me revoir, déjà ?

Mon cœur s'accélère. Mais non, c'est pas parce qu'ils ont changé d'avis et comptent me balancer aux fédéraux finalement. Ils n'auraient pas besoin de me convoquer à son bureau. J'aurais eu les flics en train d'exploser la porte de mon appart à 6 h du mat'. Le vrai de vrai swatting, même pas pour un canular de merde. Celui qui revient dans mes cauchemars depuis le début de tout ce bordel.

Allez, on se calme, pas la peine de stresser. (Enfin si. Mais pas particulièrement maintenant.)

Les flèches de réalité augmentée de l'appli me guident jusqu'à l'un des bâtiments de la partie plus administrative. Cette fois je ne cherche pas à aller ramasser les tokens à la con dispersés partout sur mon chemin. En vrai, si j'étais moins flippée et en mode journée de stage tranquille, j'en aurais sans doute glané quelques-uns au passage. Oui, je suis bon public.

Renford m'ouvre presque immédiatement après que j'ai frappé. En entrant, je peux pas m'empêcher de buguer devant une des photos encadrées sur le mur. Parce que je m'attendais à peu près à tout comme déco, mais pas à ça, ici, avec elle. Un groupe, pas mal de mecs, quelques femmes, armures d'intervention avec ces énormes pare-balles marqués en jaune « FBI ». Une putain d'équipe du SWAT, fusils d'assaut en main et tout. Renford pose au premier plan, bras musclés et rictus en coin de rigueur. Avec le casque, on ne voit pas si elle a déjà ses longues tresses.

Elle vient à côté de moi, et maintenant que j'y fais gaffe, c'est vrai qu'elle est encore vachement baraque. En plus de me dépasser d'une bonne tête.

— Parce que je travaille maintenant dans une boîte qui se la joue « cool » question image, ça ne veut pas dire que je renie ce que j'étais avant. Quinze ans en tant que Special Agent, dont cinq avec le SWAT.

J'arrive juste à dire :

— Wow.

Renford retourne à son bureau. Le mur derrière elle a l'air bizarre. Un écran, carrément, tout le pan entier ? Elle désigne une chaise où je m'installe.

C'est quand je sors mon portable de la poche arrière de mon jean que je réalise. Qu'il est là, justement. Mon portable.

Avec des Russes en train de tout écouter en temps réel. J'ai l'impression que je vais tomber du fauteuil. Renford hausse un sourcil.

— Melissa ?

J'ose plus rien dire, je lève mon téléphone, le désigne. Merde. Merde. Merde. La conne, pourquoi je l'ai gardé sur moi, j'aurais pu… quoi, faire un détour pour le laisser à Tony, à Kelsey ou…

— Ne vous inquiétez pas pour ça. Cette pièce est totalement isolée des réseaux sans-fil.

— OK… mais ils… ils peuvent voir que je suis venue jusqu'ici, jusqu'à votre bureau… (Ma voix s'étrangle.) C'est eux qui m'ont filé ce téléphone.

Je sens des larmes monter. Putain.

Renford ne se trouble pas :

— Lorsque vous informerez votre contact que votre stage se déroulera partiellement dans les locaux d'une autre entreprise, vous annoncerez qu'il y a eu une vérification de sécurité, dans le cadre de l'accord avec OmniSee Analytics. Ils doivent très bien savoir que nous avons des protocoles assez drastiques. Ça ne les étonnera pas si vous en parlez la première.

Je hoche la tête. Je le sens pas du tout, mais qu'est-ce que je peux faire d'autre ?

— Avez-vous un protocole spécifique pour les contacter ?

— Ouais. Je euh, dois signaler avec une liste d'achats sur PolyVery, si j'ai réussi ce qu'ils m'avaient demandé ou… ou si j'ai un problème.

— Pas de ligne directe pour joindre un contact, donc ?

Je pense à NoD. Mais non. C'est pas vraiment le cas. Et j'ai pas envie de la balancer.

— Non.

— Quand vous avez terminé une assignation, comment vous recevez les consignes suivantes ?

— Il m'appelle. Mike. Par Signal. Le numéro n'est jamais le même.

— Et si vous avez un problème ?

— Je sais pas. J'imagine qu'il m'appellerait aussi.

Renford se penche en arrière dans son fauteuil.

— Vous devez opter pour l'un de ces deux signaux de contact, pour les informer de votre changement de programme.

Et je dois décider… *moi ?*

— Euh…

— Vous connaissez votre contact, mieux que moi du moins. Et vous vous connaissez, vous-même… Votre réaction doit correspondre à celle que vous auriez réellement, si nous n'avions pas eu cet entretien ni le précédent. Si l'on vous informait simplement que votre stage serait partagé sur un autre site, alors que ce n'était pas prévu au départ.

Elle attend. J'ai limite l'impression que c'est un test. Si je choisis l'option la plus pourrie, elle va quand même me le dire, non ? J'ai pas fait le FBI, le SWAT et tout, moi…

Réagir de façon crédible… Ce serait quoi, le premier truc que je ferais ? Stresser à mort, probablement. Ouais. Un changement de plan comme ça en dernière minute alors que c'était pas ce qu'attendait Mike : aïe.

— Je signalerais un problème.

— Hmm, hmm ?

— Je… Ouais. Si j'attends d'avoir terminé d'infecter la liste d'appareils pour leur dire, et s'il… enfin, il va forcément me demander depuis quand je suis au courant, quand est-ce que je commence, tout ça, ça ferait chelou. Et puis… (Je dois avoir l'air tellement minable…) Je stresse vite… Mike le sait. Ils étudient mon profil depuis je sais pas combien de temps. Si je panique pas direct comme… comme je le ferais quoi, il va se poser des questions.

Verdict, maintenant. Est-ce que j'ai dit de la merde ? Je pense que ça se tient, mais bon…

Renford opine.

— Je pense que vous avez raison. Pour simplifier les choses de votre côté : vous avez appris votre poursuite de stage chez OmniSee Analytics ce matin, lors de cet entretien.

Je sens mon ventre se tordre à nouveau.

— Je… je sais plus si j'avais mon téléphone hier. Quand vous m'avez dit… enfin…

— Vous ne l'aviez pas. Nous vous aurions demandé de le laisser.

— Comment vous…

— IMSI catcher[31]. Il y en a dans chaque bâtiment du campus. D'ordinaire, ils ne servent qu'en cas d'incidents de sécurité, ou de fuites, pour la recherche de preuves. (Elle hausse les épaules.) On était dans un usage légitime. C'est précisé dans les contrats d'embauche, de toute façon. Y compris pour les stages.

OK, je m'y attendais pas. Enfin pas vraiment. Quoique…

Bref. J'avais pas de micro ouvert en direct vers Moscou hier, c'est tout ce qui compte.

Renford tapote sur la dalle tactile de son bureau, et le mur s'allume, pas genre lampe, c'est bien un écran. Des photos. Trois personnes, un gars plus vieux limite boomer, quinqua au moins, une femme et un autre homme autour de la trentaine. Ce sont des profils qui ressemblent aux comptes Sparkles Links ou pour d'autres services de la boîte, mais pas avec l'affichage que je vois d'habitude… beaucoup plus de fonctions autour, historique, statut de compte, des commandes admin… Sparkles de l'intérieur quoi, au cœur du royaume, avec si c'est pas les pleins pouvoirs, déjà des prérogatives impressionnantes. Wow.

— Elona Riden, Richard Wayne et Derek Hills. Ils travaillent tous les trois à OmniSee Analytics en tant que développeurs ou experts big data.

Elle fait apparaître des diagrammes accompagnés de ces indicateurs comme en utilise aussi Sagma Bhatt avec ses slides sur les données psychographiques, qui forment un acronyme, OCEAN.

— Ces trois profils combinent des accès importants au sein de l'entreprise et des caractéristiques psychologiques qui les rendent plus susceptibles d'être à l'origine de fuites d'informations. Volontaires ou non. Haut niveau d'Ouverture et Neuroti-

31 IMSI catcher : appareil d'espionnage qui imite une antenne relais de téléphonie mobile pour intercepter les communications transmises par les téléphones portables dans une certaine zone.

cisme[32], solitude, tendance à l'introspection, à l'usage d'alcool ou de médicaments…

Je me sens un peu mal. Tout ça, c'est juste à partir des données que Sparkles ramasse sur… tout le monde, en gros. Juste parce qu'on clique sur « j'accepte » ces foutues conditions générales d'utilisation.

— Mme Riden est une personne isolée, aux problèmes familiaux importants. Son réseau relationnel est très limité. Elle…

J'ai une nausée qui monte. Elle continue à détailler d'autres caractéristiques, encore et encore. Passe aux autres. Wayne boit trop, prétend que c'est pour faire la fête, mais il est clairement en train de virer alcoolique… Il est célibataire, cherche désespérément quelqu'un (putain, elle espère quand même pas que je vais… non, non, non, là c'est NON direct)… Derek Hills se sent vieux, incompris, passionné par son boulot, mais insatisfait, il a une fille de mon âge qu'il ne voit presque jamais, qui…

Arrêtez tout, je veux pas aller manger le cerveau des gens, moi, c'est pas ce que je sais faire, c'est pas…

Je lève la main, un peu tremblante. Renford interrompt son briefing d'agent secret.

— Je… vous… vous voulez pas juste qu'on fasse comme… euh, comme je devais faire chez vous, des backdoors, des…

Elle secoue la tête.

— Si une stagiaire qu'on envoie chez OmniSee Analytics est repérée en train d'installer des malwares d'espionnage, l'image renvoyée à tout notre réseau de partenaires serait catastrophique. Je ne vous demande pas de recruter ces gens comme des taupes, Melissa. On est pas la CIA. Ce sont simplement des personnes avec qui vous pourriez envisager de prendre contact, dans le cadre de vos activités sur place. M. Derek Hills ou

32 Neuroticisme : trait de personnalité du modèle « Big Five » caractérisé par la tendance aux émotions négatives, dépression, anxiété, colère…

Mme Elona Riden, par exemple, seraient probablement très enclins à vous assister ou vous donner conseil pour votre stage.

Je dois toujours avoir l'air super mal à l'aise (et c'est bien le cas), car elle rajoute :

— Il s'agit de laisser traîner une oreille, tâter le terrain. Tout ce dont Sparkles a besoin, c'est que vous confirmiez les soupçons pour qu'on puisse justifier de leur demander des comptes ouvertement. Dit autrement, votre présence sur place va servir de levier pour pousser notre board à passer à l'acte.

— Mais… pourquoi moi, alors, si… Vous devez avoir plein de données sur moi aussi, vous voyez bien que je suis pas la bonne personne pour aller faire parler des gens !

Renford appuie les coudes sur le bureau, masse lentement ses mains.

— Je vais être honnête avec vous : parce qu'on vous tient. N'importe qui d'autre pourrait se laisser tenter par une proposition d'emploi ultérieure chez eux, ou même, admettons, si l'on payait grassement un autre stagiaire pour ça. Il y aurait toujours une possibilité pour qu'il ou elle déclare les choses franco à M. Christophe Delcourt, le CEO de OmniSee Analytics. « Votre partenaire Sparkles m'a proposé tant pour leur signaler toute utilisation douteuse que vous faites de leurs données utilisateurs, combien vous me donnez pour que je me taise ? »

Elle marque une pause comme pour accentuer l'effet dramatique.

— Vous, Melissa, n'avez pas cette option.

Je ne dis rien. Hoche juste la tête. Parce qu'elle a raison. Je suis coincée jusqu'au cou, non, c'est trop faible comme image à ce stade, c'est carrément par vingt mètres de fond que je suis coulée dans la merde.

— Comme vous le constaterez demain, le dress code de OmniSee Analytics… n'est pas vraiment le même qu'ici.

Je cille. Elle précise ça sur le même ton que pour décrire les détails de la manipulation psychologique des employés. En mode tout est normal.

Je regarde mon jean prétroué partout, genou, cuisse. Mon t-shirt avec un Cthulhu kawaï.

Elle ajoute, l'air aussi blasée que moi à cette idée :

— Beaucoup plus formel, quoi.

*

L'appel Signal entrant vibre dans ma main. Numéro inconnu comme d'habitude. J'attends deux sonneries, par principe, pour faire plus vrai (je suppose).

La voix de Mike, nuance plus inquiète :

— Bonjour Melissa. Pouvons-nous parler ?

Autrement dit, pas d'oreilles à proximité ? Je croise le regard de Renford, assise juste à côté de moi sur le muret de ce recoin du parc Sparkles bizarrement désert.

— Oui.

— Bien. Que se passe-t-il, Melissa ? Un problème par rapport au matériel transmis ?

— Non… C'est…

Ma gorge se serre. Putain, ce que j'aime pas baratiner. Même un espion qui me manipule pour une opération d'ingérence ou je sais pas quoi.

Au moins, ça rend mon angoisse crédible.

— Il y a un euh… contretemps. (D'où je sors ce mot que je n'utilise jamais ?) Pour le stage.

Sa voix devient plus froide, attentive :

— Comment cela ?

— Sparkles… Ils veulent que je continue avec un partenaire à eux. Apparemment c'est nouveau cette année, et ils disent que euh, que pour mon domaine, ça sera un gros plus.

Un silence. Long. J'ai l'impression qu'un truc se tord dans mon ventre et qu'on fait des nœuds avec. Je finis par ajouter :

— Enfin ce serait genre, la moitié du temps, chaque semaine, en fait.

— Quel est le nom de ce partenaire ?

— OmniSee Analytics. Ils font du marketing ciblé de pointe, et des trucs sur la domotique aussi, pour s'en servir pour de la pub.

— Avez-vous le choix de refuser ?

Je cherche un signe quelconque du côté de Renford, mais elle se contente de me regarder, attentive. J'improvise :

— J'imagine, mais… je sais pas, c'était sur sélection et tout apparemment.

— Faites ce qu'ils vous demandent pour le moment. Vous avez été rapide jusqu'à présent, si vous continuez comme cela, ces quelques jours hors du campus ne devraient pas poser de problème.

— OK… J'y vais, donc ?

— Allez-y. Je vous recontacterai. Tenez-moi au courant de tout autre contretemps.

(Ah, c'est peut-être de lui que j'ai chopé ce terme.)

Il raccroche. Je fourre le téléphone au fond de mon sac, bien au creux d'un sweat roulé en boule. Isolation sonore à l'arrache…

Renford se lève, je fais pareil, en guettant son expression.

— Vous pensez qu'il m'a crue ? Je veux dire… qu'il n'aura pas senti un truc foireux ?

— Je ne sais pas.

Frisson froid. Elle le dit comme un aveu. Au moins, c'est honnête…

J'aurais limite préféré qu'elle ne le soit pas.

Chapitre 15

Ce moi en version chemise et chaussures de ville vernies (sans talons, pitié) me regarde dans le reflet de la double porte vitrée. À part le sac à dos, c'est que j'aurais presque l'air crédible. Et plus vieille aussi. Ça fait bizarre.

Je lève le nez vers le petit immeuble, qui ne ressemble pas à grand-chose. Ou plutôt à n'importe quel autre. Pourtant j'ai vérifié dix mille fois la localisation sur Sparkles Way. Histoire de, j'ajoute une dix mille et unième. Et, oui, c'est bien là. OmniSee Analytics San Francisco Offices. Au quatrième étage (le dernier, je crois).

J'entre dans un hall vétuste. Personne derrière le comptoir d'accueil. Deux ascenseurs au fond, la porte de l'escalier à côté. Bon… Je suis censée monter direct, comme ça ?

Dans le doute je me plante devant le bureau, attends.

Regarde mon téléphone.

Pose mon sac par terre.

Ouvre l'appli Sparkles Links machinalement, la referme tout de suite.

Toujours personne.

Mon niveau de stress n'aime pas ça.

Et merde.

J'approche des ascenseurs. Appuie sur le bouton de celui de droite, pour réaliser quelques secondes plus tard le voyant « en panne » sur l'écran au-dessus de la porte. Qui s'affiche aussi sur l'autre. OK. D'accord. Très bien.

Il me faut m'écraser contre la porte de l'escalier pour l'ouvrir, le blount couine de protestation quand j'arrive à écarter assez le battant pour passer. Et c'est parti. Quatre étages, donc.

Voilà le palier. Nouvelle porte dans laquelle je rentre de tout mon poids en m'attendant à la même résistance qu'en bas sauf que…

pas du tout.

Le battant s'ouvre à la volée, et je trébuche à moitié à l'intérieur. Un vigile amorphe et une secrétaire tressaillent. La honte.

— Désolée…

Le garde NingirSecurity (encore eux) m'oublie une fois qu'il semble considérer que je ne représente pas une menace et retombe dans la contemplation du vide devant lui. La femme derrière le bureau d'accueil, non. Elle s'éclaircit la gorge.

— Est-ce que je peux faire quelque chose pour vous, mademoiselle ?

— Bonjour, je euh, oui…

Je m'avance jusqu'à son bureau. Derrière elle, une grande vitre sur un open space. La vue est bouchée par des armoires en métal et des meubles qu'on a alignés tout le long.

— Melissa Allen, je suis en stage ici.

Elle cille, plisse le front.

— En stage, ici ? Vous êtes certaine de ne pas vous tromper ?

Je sens que je panique. Qu'est-ce que c'est que cette histoire encore ?

— N-non… Vous êtes bien, enfin, c'est OmniSee Analytics, ici, c'est ça ?

Elle opine sans rien dire, attend la suite.

— Je viens dans le cadre du partenariat avec Sparkles.

Invoquer le géant la fait tout de suite davantage réagir. Elle vérifie quelque chose sur son écran, clique à répétition. Ce qu'elle lit a l'air de bien la surprendre.

— D'accord, je retrouve votre nom, effectivement. Excusez-moi, Mlle Allen, c'est que, c'est bien la première fois que je vois une stagiaire ici. Vous avez de la chance d'être passée par Sparkles, je ne pense pas qu'on vous aurait prise sinon.

J'essaye d'avoir l'air enthousiaste, ce qui est un probable échec.

— Eh bien, super.

— Vous pouvez entrer, la porte sur votre droite.

— Merci.

Je pousse le battant vitré, doucement cette fois. Quelques regards se lèvent vers moi, il y a pas mal de monde par rapport à la taille de la salle. Des cubicules étroits, serrés. Des cliquetis de claviers et de souris en nappe sonore, une sonnerie de temps en temps, des voix étouffées. Une employée traverse en m'ignorant, concentrée sur un appel, dans le bruit typique des talons d'escarpins. Je reste plantée avec mon sac à dos à la main, à cligner des yeux sous la lumière bleutée pénible (des rangées de néons au plafond, à part au lycée, je croyais pas que ça existait encore, ces trucs). En parlant du plafond, il y a des trous. Littéralement, des dalles d'isolant qui manquent. Wow. C'est pas exactement ce à quoi je m'attendais.

Et je glande là, à me sentir de plus en plus conne.

Il y a des bureaux séparés un peu plus loin, sur le fond, de ces aquariums de cadres comme on voit partout. Il faudrait peut-être que j'aille me manifester, ou… (Oui, auprès de qui ?)

Un type sort d'une de ces portes. Le pas pressé, vif, il remonte l'allée vers moi, concentré sur sa tablette. Un vague espoir avant qu'il ne tourne pour traverser la salle, me jetant un coup d'œil en coin au passage.

Et s'arrêtant net.

Ah.

Demi-tour rapide, il vient à ma rencontre. La quarantaine, crâne rasé et barbe impeccables, lunettes connectées qui ont l'air d'afficher énormément de choses.

— Excusez-moi… Vous êtes ?

— Melissa Allen, je suis là pour le stage, euh… avec Sparkles.

Son regard me cloue sur place, comme s'il analysait au scanner le fond de mon cerveau. Puis un sourire apparaît. Littéralement. J'ai l'impression de le voir se dessiner sur un personnage virtuel. Un peu faux, presque perturbant.

— Ah, mais oui, c'est exact !

Il vient me serrer la main, que j'ai super moite pour changer, parfait. Ses yeux se rivent aux miens pendant le bref instant où j'arrive à soutenir son regard.

— Christophe Delcourt. Enchanté.

Oh putain, c'est le boss, carrément. Il est quoi déjà, m'a dit Renford… Psy, quelque chose du genre ? Je sens mon cœur battre plus vite. C'est pour ça que j'ai l'impression qu'il me dissèque l'esprit de l'intérieur… Ou alors juste parce qu'il a des iris très pâles et qu'il me fout un peu les jetons. Ce sourire, surtout…

(Un coin de mon cerveau note qu'il a prononcé son nom à la française et que j'y arriverai jamais.)

— Je suis navré de ne pas pouvoir vous accueillir plus convenablement, je suis attendu en réunion.

L'espace d'un instant, j'ai l'impression qu'il va m'abandonner là, mais il ajoute après un silence :

— Allez voir avec Margaret ce que vous pourriez faire pour commencer.

Il se détourne pour reprendre sa route. Je balbutie :

— Margaret ?

— Oui, Margaret Jenkins, notre secrétaire, vous devez l'avoir rencontrée en arrivant à notre étage.

Genre, la meuf qui savait même pas que je devais venir ?

Delcourt rajoute en s'éloignant, avec une nouvelle apparition de ce sourire mécanique :

— Oh, et demandez-lui quatre cafés pour la salle de réunion. *Merci*.

Il dit ça en français à la fin, rien que pour le style.

Je croise le regard d'un employé qui observait la scène. Cette tête, cheveux gris dégarnis... Derek Hills, le vieux père de famille supposé avoir pitié de la pauvre stagiaire perdue que je suis.

Il hausse les épaules, l'air de compatir.

Je me sens mal.

*

— Et je dois m'occuper de vous pour votre stage ?

Je ne peux pas en vouloir à Margaret Jenkins pour sa perplexité.

— M. Delcourt (ça y est je massacre la prononciation) m'a dit de voir avec vous.

— Ah, bon. Eh bien, venez, asseyez-vous.

Elle me libère le deuxième fauteuil sur lequel était entreposé son sac à main, sa veste, un emballage en papier de restau à emporter. Je m'installe, mon sac à dos entre les jambes.

Mal à l'aise ?

Ouais.

Un moment passe comme ça, elle continue de faire quelque chose sur son ordi. Puis soupire, se tourne vers moi.

— Vous êtes en stage dans quel domaine, chez Sparkles, déjà ?

— Big data...

Elle hausse les sourcils.

— Ah, oui. C'est pas exactement dans mes cordes...

J'ai du mal à estimer si elle est embarrassée pour moi, ou ennuyée de m'avoir dans les pattes. Là aussi, je comprendrais dans les deux cas.

Margaret se remet à travailler, sans conviction. S'interrompt à nouveau, soupire.

— Je suis désolée, je ne sais vraiment pas quoi vous proposer.

Une idée vient.

Qui pourrait me donner l'occasion de traîner un peu plus dans les bureaux. Même s'il va me falloir ravaler ma fierté… Bon, c'est pas comme si j'avais déjà fait des livraisons toute l'année, hein !

— M. Delcourt m'a dit de vous demander des cafés pour la salle de réunion.

— Ah… oui.

Ça n'a pas l'air de l'enchanter, et c'est pile ce que j'espérais.

— Je peux m'en occuper, si vous voulez.

Je crois qu'elle se retient de sauter sur l'occasion.

— Vous êtes sûre ? (Petit sourire gêné.) C'est pas exactement ce qu'on a dû vous annoncer pour votre stage.

— Oui, oui, pas de problème.

— J'ai encore beaucoup de travail à finir, je dois dire que ça m'arrange… Merci.

Et me voilà devant la cafetière dans le coin qui semble dédié à la pause. Forcément, pas la même allure ni le même espace que chez Sparkles.

Au-dessus du percolateur, une feuille A4 scotchée au mur dit :

NE ME CONNECTEZ PAS AU WIFI
MERCI

Ah, cet engin est donc une smart-cafetière.

D'une façon obscure, Delcourt ou le quelconque cadre technique qui a placardé ça ici remonte dans mon estime. Une note de bon sens en matière de sécurité. D'après les listes d'appareils connectés et vulnérables sur Cr4cks4Cr4cks, eh, ça ne court pas les internets (quelle expression de merde). Est-ce que ce n'est pas ironique quelque part que je sois contente de voir une entreprise se protéger correctement après mon attaque au ransomware domotique ? Peut-être que je ne suis pas totalement passée black, question hat…

Et je me dis ça en cherchant un moyen de gratter des infos confidentielles d'une entreprise pour le compte d'une autre (on appelle ça « espionnage industriel », oui, oui) que j'étais censée cribler de backdoors pour de bons vieux espions gouvernementaux.

Ouais.

Je pose les cafés sur un des petits plateaux stockés en bas de la desserte. Et c'est parti. Je suis littéralement en train de passer du supposé temps de stage à servir des cafés. Manquerait plus que j'aie le look d'une secrétaire cliché avec talons hauts et… bah voilà quoi, un tailleur, le maquillage flashy, tout ça.

Des regards envieux s'attardent sur les mugs pleins de caféine que je trimballe quand je reviens dans l'open space. Je croise celui d'un mec dans les vingt-cinq ans, l'air complètement défoncé. Ses yeux pochés fixent le liquide noir comme une source de providence absolue. Il me faut un instant pour le reconnaître. Richard Wayne, l'alcoolo (il a encore plus mauvaise mine que sur les photos), et, c'était quoi d'autre dans le speech…

Ah oui. Le célibataire désespéré.

Alors, là, non.

Mais pour le moment son attention a l'air plus focalisée sur le café que sur moi.

Je sais pas ce qui me passe par la tête. Je demande :

— Café ?

Il cille comme si le simple mot le sortait de sa torpeur.

— C'est pour… Je peux vous en prendre un ?

Je souris. Juste que ce soit poli, pas plus, qu'il ne se fasse pas d'idées…

— Bien sûr. Tenez.

Je pose le mug sur un coin de son bureau.

— Merci. (Il plisse le regard, j'ai l'impression qu'il change légèrement, déjà plus… explorateur.) Tu es nouvelle ? Moi, c'est Richard.

— Melissa. Je suis en stage.

Il me serre la main, son début de sourire un peu dragueur disparaît sous l'étonnement.

— Ah ouais ? Je ne savais pas qu'on prenait des stagiaires.

Je tente un haussement d'épaules insouciant.

— Il faut croire que si !

Un de ses collègues nous fait les gros yeux en se penchant derrière le bord de sa cloison de cubicule. Richard se met à chuchoter :

— C'est cool de voir une nouvelle tête, en tout cas. Je dois plus être le jeunot de la boîte maintenant, alors…

Son sourire en coin revient, et mon malaise avec. Puis il soupire :

— Je devrais m'y remettre. Foutu gros rush en ce moment. À plus tard, Melissa.

J'espérais qu'il se concentre à nouveau sur ses écrans pour que je puisse y jeter un coup d'œil sans que ce soit trop flag, mais non, il me zyeute toujours. Je souris vite fait.

— Bon courage.

— Merci.

J'ai l'impression de sentir son regard en m'éloignant. L'avantage qu'il soit en chien et relou à ce point : ça me fait moins culpabiliser que mon approche soit purement intéressée…

Mes trois cafés restants ne survivent pas jusqu'à la fin de l'allée. Les autres employés semblent bien apprécier « l'attention » aussi (et c'est pas moi et mon addiction caféinée qui prétendrions ne pas les comprendre).

Quand je passe près du cubicule d'Elona Riden, la dernière cible (putain je hais ce terme) de Sparkles, son expression morne s'assombrit encore en voyant mon plateau vide.

Je m'arrête.

— Vous vouliez un café aussi ?

On dirait qu'elle est surprise que je demande. Voire que j'aie remarqué son existence, manifesté un signe de compréhension à son égard… Bon, là, je suranalyse beaucoup trop avec les infos du briefing de Renford…

— Oh, euh, ne vous dérangez pas pour moi. C'est gentil.

— Je vais vous en chercher un !

La pauvre. Elle rougit, ne sait plus comment réagir.

— Je vous assure, je ne veux pas vous dér…

— Ne vous inquiétez pas. Je dois en rapporter à la salle de réunion aussi, je repasserai par là.

— Bon… Merci.

— Avec plaisir, y'a pas de soucis !

Sa timidité maladive me fait forcément penser… à moi. Une moi avant PolyVery, disons. Si ce job m'a apporté quelque chose (outre des muscles aux cuisses), c'est peut-être un peu moins de malaise social.

Deux d'approchés. Manque Derek Hills, à qui je suis censée rappeler sa fille…

Je sens une nausée monter.

Putain, je me déteste.

*

Je regarde les lambeaux de crayon rejoindre l'emballage de mon sandwich au fond de la corbeille, comme une neige de bouts de bois ou d’un truc synthétique qui y ressemble beaucoup (et probablement intentionnellement).

J’ai réussi à en faire une épluchure entière, en forme de jolie rosace.

Pas de notification sur mon portable. J’envoie un message inutile à Josh via l’appli Sparkles Links, juste pour tuer les quelques secondes que ça prend.

Melissa Allen : 😴

Pas de réaction. Même pas de mention « Message lu » qui s’affiche. Le Joshua nocturne n’est pas encore réveillé… Ou alors il est en pleine session de progra, va savoir ?

J’ai envie de texter Tony, mais je l’ai déjà bombardé plus tôt dans l’aprèm et il avait l’air occupé (il continue son *vrai* stage avec de véritables trucs à faire, lui). Passer pour la meuf qui saute sur le premier mec qu’elle a l’occasion de fréquenter depuis des mois, c’est bien la dernière chose que je veux. Même si c’est un peu trop proche de la vérité à mon goût. J’aurais pas cru en arriver là…

Je repose mon téléphone à côté du taille-crayon.

Margaret quitte son écran le temps d’un coup d’œil désolé, alors je retiens le soupir au fond de ma gorge.

Oui,
c’est
putain
de
long.
J’en
peux
plus,
achevez-
moi.

J'essaye de réfléchir de façon constructive et stratégique. Élaborer la suite du plan. Premier contact café : check. Richard le dragueur relou m'a draguée en étant relou. Elona la renfermée solitaire a réagi comme si elle avait l'habitude que le monde entier l'ignore, et Derek le daron blasé a eu ce petit air de compassion attendrie pour la jeunette de service (j'aurais jamais eu l'idée d'y lire ça sans les infos dossiers de Sparkles).

Maintenant, il faut envisager la suite. Continuer sur ces approches.

Par exemple, en…

…

Et c'est le blanc cérébral.

Retour au point de départ.

Récapituler. Lancer les hypothèses.

Buguer.

Mon cerveau est un putain de disque dur en panne qui se lance, tourne, et le bras tente de placer la tête de lecture, bloque, se rétracte en position de parcage, tente à nouveau, re-bloque, et…

— Melissa ?

La voix très californienne de Margaret.

Je reviens là, sur cette chaise, un crayon déjà aiguisé en main et le taille-crayon dans l'autre. Me sens très conne alors je les pose.

— Oui ?

— Il faut que je m'absente, j'attends un appel important pour un rendez-vous, est-ce que vous pouvez…

Son intonation me surprend, elle a l'air super mal, d'un coup. Agitée, depuis un moment.

— Euh, oui, oui, pas de soucis, je répondrai.

Soulagement infini.

— Merci.

Elle prend un paquet de cigarettes et un briquet de son sac. L'air coupable.

— J'essaye d'arrêter. J'ai tenu toute la journée.

— Ah, c'est déjà bien !

J'en ai aucune idée, mais j'imagine que c'est le cas.

Margaret se fend d'un nouveau sourire d'excuse.

— Je fais vite !

Et elle file vers l'escalier, le cliquètement de ses talons résonne jusqu'à ce que la porte se referme derrière elle.

Une minute et trente secondes passent (non, je ne regarde pas mon portable toutes les quinze secondes, c'est faux). Pas d'appel pour le moment, le téléphone fixe du bureau reste muet.

À ma gauche, la porte de l'open space s'ouvre sur un Richard qui avance droit vers mon bureau, et joue (mal) la surprise de me voir.

— Tiens, Melissa ! Margaret n'est pas là ?

— Ben, non. Elle va revenir vite, hein.

— C'est pas grave, tant pis, je devais lui demander de vérifier un numéro de contact, bref… Mais cool que tu sois là, je me disais… tu voudrais boire un verre après le taf ? Si tu n'as rien de prévu…

L'excuse bidon. Il guettait vraiment son départ pour venir m'emballer ?

J'allais refuser aussi sec. Interromps le son du « Non » avant qu'il ne franchisse mes lèvres. Cible d'intérêt pour Sparkles. Les approcher pour des infos… C'est la suite du plan qui se pointe toute seule devant moi, là.

La suite… Quoi, passer un moment ensemble, il va me faire boire pour m'emmener au pieu, moi pour qu'il crache des infos confidentielles. Et s'il tient trop bien l'alcool pour devenir bavard ? Jusqu'où il faut que j'aille ?

Pas envie de l'imaginer, ça me file la gerbe.

On verra. C'est juste un verre. Ou quelques-uns… Mauvais moment à passer, l'écouter faire son numéro de pick-up artist à la con, puis ciao, bonne soirée, à plus…

Allez.

J'étire un sourire qui doit avoir l'air forcé à des kilomètres.

— Ouais, OK, pourquoi pas !

Il hoche la tête. Et (non, sérieux…) me fait un petit clin d'œil.

— Super. À tout', alors. Je t'attendrai en bas.

Merveilleux.

Il cherche mon regard avant de regagner l'open space. Je fais semblant de lire un truc sur l'ordi de Margaret pour éviter qu'il sente la puissance de mon mépris.

L'ordi de Margaret.

La session ouverte.

J'avale ma salive.

D'accord, elle est juste secrétaire, mais ça vaut le coup de jeter un œil.

Main sur la souris, ça y est. J'espère qu'elle ne va pas resurgir d'un coup, non, logiquement ses talons devraient signaler son retour.

J'ouvre la boîte e-mail interne OmniSee Analytics. Le planning des rendez-vous classé par employé. Je peux pas m'empêcher de vérifier toutes les deux secondes si personne ne se pointe. La molette fait défiler les noms, je cherche… Delcourt, mais oui, il est à « D », forcément. Le curseur survole sa ligne, je lève l'index pour cliquer…

Sonnerie. Je sursaute.

L'appel, c'est juste le fameux appel.

Je souffle une fois ou deux pour ne pas avoir une voix complètement stressée. Décroche.

— Allô, Margaret ?

L'intonation du mec est assurée, probablement East Coast.

L'espace d'un instant, je me demande si je peux essayer de me faire passer pour elle, on a vaguement le même timbre… Mauvaise idée, le type va griller mon accent de Washington à dix kilomètres.

— Bonjour, non, mais elle devrait être là dans quelques minutes. Si vous voulez attendre qu'elle revienne, je…

— Oh, non, ça ne sera pas la peine. C'est juste pour confirmer le rendez-vous du 23 avec Christophe.

Christo… Ah, le grand patron carrément ! Mon détecteur d'info intéressante s'allume.

— Je note, très bien. (J'avale ma salive.) Et vous êtes Monsieur…

Une hésitation au bout du fil. Putain, pourquoi j'ai demandé ça ?

Et puis :

— Philips. Vous direz juste, « Ray » à Margaret, elle comprendra.

— Très bien.

— Bonne journée, mademoiselle.

Raccroché.

Mon cerveau carbure à fond, ça fait du bien après la torpeur de l'ennui mortel.

Philips… Ray Philips…

Je connais ce nom. Qui ? Pourquoi ? Où ?

J'ai l'ordi de Margaret sous la main. Pas encore trop tard pour…

Si.

Les talons dans l'escalier.

Je referme ce que j'avais ouvert et m'écarte d'un roulement de chaise. Note à l'arrache les infos du rendez-vous sur un dos de feuille volante.

Margaret presse le pas pour montrer qu'elle se dépêche. Nouveau sourire contrit, elle annonce :

— Me revoilà… Désolée, j'espère qu'il n'y a pas eu de problème ?

— Non, non, du tout !

Je brandis le papier, ma main tremblote, cette traîtresse. Pourtant j'ai rien fait de mal. Rien que l'idée suffit…

— M. Philips a appelé pour confirmer son rendez-vous du 23, j'ai tout noté ici, je…. J'ai pas osé utiliser votre ordi.

— Oh, ce n'était pas très grave, il n'y a pas de grands secrets, vous savez.

Ouais. Ça fait sens.

C'est ce qui explique que Delcourt m'a plantée là pour mon « stage » que OmniSee Analytics n'a probablement accepté que parce qu'ils n'avaient vraiment pas le choix ? Pour que cette intruse qui sort de nulle part ne puisse pas fouiner dans leur business ? Il a interrompu la présentation quand je leur ai apporté des cafés à la salle de réunion… En mode, « on attend que tu partes pour reprendre ».

Je me vautre en arrière dans le fauteuil, autant qu'il le permet sans montrer des signes de se casser en deux au niveau de l'attache du dossier.

Encore plus d'une heure.

Et puis demain.

Et encore le lendemain.

Et la moitié de la semaine suivante.

Putain.

Je dois prévoir un plan d'action. Déjà rien que pour ce soir. Richard et moi en tête à tête devant un verre. L'horreur. Il va falloir tenir la conversation, repousser pas trop méchamment les allusions (voire les propositions) de gros relou qu'il va balancer.

Est-ce que la journée pourrait être pire ?

Mike qui me dit qu'ils laissent tomber et que je dois me débrouiller avec les fédéraux.

Sparkles qui me poucave aux mêmes feds.

L'enquête qui finit par remonter ma piste et des vans sirènes hurlantes qui entourent l'immeuble, des mégaphones qui gueulent mon nom.

Ouais, d'accord, la journée pourrait VRAIMENT être mille fois pire.

Mais quand même…

Vibration sur mon portable. Un petit espoir de sortir de l'ennui. Voilà Josh qui se réveille ?

Tony : Pfou, journée bientôt terminée de mon côté ! :)

Tony : On a bossé comme des dingues aujourd'hui

Tony : Et toi ?

OK, il m'écrit de lui-même et c'est rarement le cas, mais on se calme, cœur, sinon tu vas sortir d'entre mes côtes genre *Alien*…

Melissa : Toujours pas terrible

Melissa : J'aurais bien aimé qu'on bosse comme des dingues

Melissa : C'est looooooooong

Melissa : 

Melissa : Tout ce temps où j'aurais pu avancer le projet avec Kelsey

On va s'arrêter là, sinon je vais lui écrire des pavés de lamentations et passer pour une grosse geignarde.

Tony : Erf :(

Plus rien. « Erf ». C'est… vague.

Je résiste à l'envie de lui demander d'expliciter un tant soit peu le propos.

Tony : Ça te dirait qu'on se retrouve en ville quand tu as fini ?

Tony : On va se faire un escape game avec des potes de la fac

Tony : Tu peux inviter Kelsey et les autres si tu veux ! =D

Un escape game ? Depuis le temps que j'ai envie d'essayer… J'étais la seule partante dans le groupe au lycée. Je commence à écrire un message exagérément enthousiaste, et… un détail me revient en tête.

J'ai déjà accepté l'invitation de Richard à boire un coup après le taf.

Merde.

Le regain d'énergie retombe en chute libre. Je crois que je m'affaisse carrément sur le fauteuil. Il va falloir que je refuse… Putain, c'est pas vrai. La super soirée fichue en l'air histoire que je puisse mieux rater ma tentative de jouer les espionnes à l'ancienne, face à face, en physique (jusqu'à un certain point, on se calme).

Ou alors…

Je m'arrange pour recroiser Richard d'ici la fin de la journée, je lui fais mon plus gentil sourire d'excuse, « oups, j'avais oublié que j'avais déjà un truc ce soir… »

Mais il faut que je chope ces infos pour Sparkles. Le plus tôt sera le mieux (j'imagine).

Soirée cool avec les potes ?

Galère avec un gros lourd ?

Soirée cool avec Tony ?

Mes doigts décident en reprenant le début de réponse. Envoient le message.

Melissa : C'est super sympa ! Merci de m'inviter !

Et voilà, ça y est. Un mélange de soulagement et de cette aiguille typique de la procrastination. En même temps, qu'est-ce que je procrastine, à part de mettre un râteau à une de mes… cibles ?

J'ai utilisé ce terme…

Je me hais instantanément.

Mais c'est pas grave, je vais à un escape game. Avec Tony.

J'ai l'impression que les Sparkles, Mike, fédéraux et autres Russes s'éloignent un peu, avec tous leurs complots et leurs manœuvres dans l'ombre. C'est une énorme illusion, mais ça fait du bien.

Tony : Génial =D
Tony : C'est au Project X-9
Tony : Thème rétro 80s à la Stranger Things
Tony : Il a l'air énorme
Melissa : Yeeeah 😎
Melissa : Je vais être complètement nulle par contre XD

Et voilà mon mode d'autodénigrement automatique qui revient à la charge… Pourquoi j'ai dit ça ?

Tony : Pourquoi ça ? =o
Tony : Je suis sûr que tu vas gérer ;)
Melissa : Je sais pas
Melissa : J'en ai jamais fait
Tony : Faut bien commencer un jour !
Tony : Je te laisse, faut que je coure après le trolley
Melissa : xD
Melissa : Bonne course !

Je sens un sourire niais sur mon visage quand je repose le téléphone. On dirait que Margaret le remarque, elle a un petit sourire en retour, et je me sens bête sans raison. Je replonge le nez sur mon téléphone histoire d'avoir l'air occupée à quelque chose, même si c'est pas exactement du boulot.

En cherchant sur Sparkles Find « Project X-9 San Francisco » (sinon la requête renvoyait n'importe quoi), je trouve la page Sparkles Links puis le site officiel. Un écran géant sert d'enseigne en plein centre-ville, dans un quartier de petits immeubles pas loin du Financial District. Sur les photos de l'intérieur, couleurs néon de partout, j'imagine déjà la synthwave qui doit pulser en musique de fond, Pertubator, Dance With The Dead, Powerglove…

Quatre aventures différentes disponibles. J'ouvre vite fait la page de présentation de la première.

Les souterrains de Peaceville

1983, l'unité du FBI Project X-9 est envoyée pour enquêter sur la disparition du professeur Alan Barnes, expert en matière de phénomènes paranormaux.

Ses voisins assurent avoir surpris de mystérieuses conversations en russe la veille du drame.

D'autres, qu'il aurait été enlevé par des créatures d'un autre monde.

Espionnage du KGB ou expériences extraterrestres ?

VOUS seuls, special agents du Project X-9, serez en mesure de découvrir la vérité…

Des espions du KGB. Tiens donc.

Mon portable vibre dans ma main, nouveau texto de Tony.

Tony : Ouf

Tony : Failli le louper, mais c'est bon

Tony : Super que tu viennes ce soir, je pense que tu vas kiffer ! =D

Tony : Et ça te changera des soirées à bosser sur votre projet, et du boulot…

Melissa : Ouais

Melissa : ça change

Je me serais bien passée des histoires d'agents fédéraux et de Russes, je crois. Mais bon, tant pis.

Chapitre 16

— Je crois que j'ai trouvé un genre de… euh… décodeur, je suppose ?

Tony brandit des papiers enroulés qui ont l'air remplis de grilles et de tableaux. Un coup d'œil aux chiffres rouges du système d'autodestruction du laboratoire qui décompte notre temps de survie restant. OK, ça passe. Si on est (très très) bons.

Un de ses potes prend une partie du document et l'examine avec perplexité.

— On est censés en faire quoi ?

Je récupère l'enregistreur à cassette (c'est dingue qu'il fonctionne, cet engin doit être plus vieux que nous).

— C'est un signal codé. Une station de nombres !

Tous les regards convergent vers moi, avec différentes nuances d'incompréhension ou de stress pour les plus sujets à la pression du décompte.

— Un truc de services secrets, pendant la Guerre froide c'était utilisé en masse. Chaque chiffre ou mot ou quoi que ce soit doit correspondre à une lettre ou une phrase, ou une consigne…

Tony plisse les yeux.

— Et tu penses que la combinaison de désamorçage peut y être ?

— Le message est passé trois fois à la radio à peine les systèmes de sécurité se sont déclenchés. Je dirais quand même qu'il y a des chances !

— Hmm…

Je regarde le groupe, le magnétophone toujours en main.

— Vous avez une autre idée ?

Silence. Je récupère les séries de feuilles et lance la lecture.

La mélodie entêtante s'élève, crépitant, la qualité de son est catastrophique comme si le signal était émis de très loin (style, la lointaine URSS de l'époque du jeu).

Et puis cette voix qui me fait limite frissonner, ancêtre des synthèses vocales qu'on a maintenant, mécanique à en devenir flippante.

Zéro
Zéro
Neuf
Zéro
Zéro
Neuf

Victor
Charlie
Foxtrot

Victor
Charlie
Foxtrot

…

Je note tout rapidement, la série continue sur plusieurs chiffres et noms de l'alphabet phonétique de l'OTAN avant de reprendre en boucle. Deux fois. Trois fois. Tony se décide à m'aider et commence à compulser les feuillets déformés pour repérer les équivalences. Son regard s'éclaire quand il trouve le premier chiffre de la combinaison.

— C'est un 8 !

Je le crie à l'attention de Kelsey qui est penchée sur le grand tableau de contrôle parcouru de lumières clignotantes tellement rétrokitsch. Elle tourne la première molette, enclenche la série de petits leviers. Un voyant vert s'allume.

— Ouiiiii, ça marche !

Son exclamation extatique s'accompagne d'un pouce levé frénétiquement.

L'éclairage s'assombrit d'un coup dans la salle, dans des nuances de rouge menaçant. Un son d'alarme monte, comme si tout le reste ne suffisait pas déjà à nous hurler que là, vraiment, ça craint.

C'est ce que crie un gars du groupe, Hugh :

— Merde, ça craint !

On échange un regard avec Tony, et je crois qu'on pense tous les deux la même chose.

Ouais, ça craint.

Moins d'une minute au compte à rebours.

Je trouve un deuxième chiffre :

— Trois ! Hé, Kelsey, trois !

Elle tourne la deuxième roue, voyant vert.

Quarante secondes. L'alarme devient de plus en plus forte.

Vibration. Une sorte de tressautement sous mes pieds. À peine perceptible, mais je sens mon cœur rater un battement. Wow, cet effet !

Tony a le troisième chiffre. Mains en porte-voix, il l'indique directement à Kelsey.

Plus qu'un.

25 secondes.

Allez.

Allez.

ALLEZ !

La ligne du code me saute aux yeux sur une page de la fin de la liasse. J'ai l'impression que la scène est au ralenti quand je pivote pour hurler à Kelsey :

— SEEEEPT !

Brad, qui s'était approché, tressaille et recule d'un pas. J'ai dû exagérer le volume sonore.

La dernière molette tourne en place, les trois leviers cliquettent.

Pendant une très longue seconde, il ne se passe rien.

Puis le décompte se fige. L'éclairage revient.

On crie tous d'une seule voix. Je claque toutes les mains à portée. Kelsey me saute au cou, puis fait pareil avec Tony, qui a l'air très embarrassé.

— On l'a fait, putain, on l'a fait !

Hugh rajoute avec fierté :

— Et en difficulté maximale, les gars, bordel !

Tony me prend par l'épaule, assez timidement. Il sourit.

— Tu vois que t'as pas été nulle ! C'est même grâce à toi qu'on a fini dans les temps.

— Vous auriez bien trouvé vous aussi…

— Ouais, sans doute, mais ta science des arts de l'espionnage de la Guerre froide nous a permis de sauver de précieuses minutes… D'où tu connais ça d'ailleurs ? Les stations de nombres… ça me dit quelque chose, mais j'aurais jamais été chercher un truc pareil !

Une pensée pour NoD et son pseudo basé sur la station Three Note Oddity, cet enregistrement super chelou qui traîne sur Sparkles Video, apparemment issu d'un CD complet d'autres captations de transmissions codées… Juste improbable.

Comme le fait que ça m'ait aidé pour un escape game.

Pour déchiffrer une communication soviétique dans le monde alternatif de Project X-9, encore plus.

Je m'adosse aux consoles de contrôle pour laisser la tension retomber. Pfiou. Mon front perle de sueur. Mes cheveux doivent commencer à passer en mode serpillière.

— C'était dingue.

Je dis ça sans m'adresser à quelqu'un en particulier. Tony s'est éloigné et parle avec son groupe de potes. Kelsey et Brad se rapprochent de moi, machinalement.

Elle opine.

— Ouaip.

— Dommage que Hollis n'ait pas pu venir.

— Elle est pas trop sorties en physique. Et je crois que l'after qu'a proposé Tony l'a intimidée.

— Quel after ?

— Ah, il t'en a pas parlé ? Enfin c'est Hugh qui a lancé l'idée au départ, en fait. Une soirée avec des trucs en réalité hybride augmentée/virtuelle dans une boîte près des quais de l'Embarcadero.

Comme si ça l'avait invoqué, ledit Hugh revient entre nous en frôlant Kelsey d'un peu trop près à son goût visiblement, elle s'écarte. J'arrive pas encore à déterminer si c'est un tactile inconscient ou s'il est en mode gros lourd gênant.

— Vous n'êtes pas d'ici tous les trois, c'est ça ? Alors, franchement, venez au Virtual Night. C'est genre, le condensé de ce que vous pourrez trouver de plus dingue à San Francisco.

— C'est-à-dire ?

— Vous verrez ! Ils ont reçu des nouveaux modèles de casques VR en plus. Ça va être incroyable !

Ce qui me fait penser…

— Vous avez senti aussi quand le sol s'est mis à vibrer ? C'était fou comme effet !

Brad frappe dans ses mains.

— Ah voilà, je pensais bien que j'étais pas en train de disjoncter !

Kelsey le trolle au passage :

— Tu *pensais* juste ?

Hugh se marre comme si j'avais sorti une énorme connerie, et c'est peut-être vraiment le cas. Il me donne une tape sur l'épaule.

— Mel, je t'adore, t'es tellement… Pas d'ici ! C'était pas un effet. C'était un tremblement de terre, enfin, des tout petits restes. Ça a dû secouer davantage vers San Leandro ou Vallejo, de l'autre côté de la baie.

Le regard qu'on échange, les trois « étrangers », le fait marrer encore plus.

*

Tout autour de moi, les étoiles. Des planètes lointaines, galaxies inconnues. L'univers. Je pourrais rester plantée comme ça à juste, voilà, regarder, pendant… des heures. Des jours. Et en fait je crois que c'est vraiment le cas, je suis là depuis hier, avant-hier, ou encore avant, je sais plus, ou peut-être que j'ai toujours été là, peu importe. Je flotte sur une grande banquette qui elle-même dérive dans l'espace. Des formes lumineuses passent régulièrement autour, des silhouettes, on dirait des humains, mais version bariolée de plein, plein, plein de couleurs qui brillent, brillent, brillent. Je roule sur le côté pour laisser un de ces êtres approcher.

— Eh, Melissa, ça va ?

La voix gueule dans mon oreille droite et couvre le beat électro qui pulse bien lourd. Je me tourne vers lui et mon casque VR le cogne en plein front.

— Aïe !

Son petit cri plus indigné qu'autre chose me fait marrer, mais je m'en veux un peu en même temps.

— Merde ! Je suis désolée…

J'enlève le casque en essayant d'éviter de le frapper avec à nouveau. Retour dans les vraies couleurs des projos et des lasers qui balaient la salle dans tous les sens. Les gens ne sont plus lumineux d'un coup, à part les effets de lumière noire classique. C'est triste.

Quand je me tourne vers Tony, sans mon casque maintenant, il est tellement près qu'on entre presque en collision nasale. Il tressaille et se recule (hélas). Son regard inquiet me fait rire encore plus. Il essaye de garder son air sérieux, mais ça ne dure pas longtemps. Je le trolle en brandissant le casque :

— Bon je t'ai pas assommé, ça va !

— C'était pas loin…

Il redevient plus morne, suit des yeux Hugh et quelques autres qui discutent en se hurlant dans les oreilles, vautrés sur une banquette voisine. Ils se font passer la pipe bang pleine de beuh. Une lubie me pousse à tenter de me lever pour aller la leur piquer un moment…

Je demande à Tony :

— Tu crois qu'ils pourraient la refaire tourner par ici ?

Il soupire.

— T'en as peut-être assez pris quand même, non ? C'est la première fois en plus c'est ça ?

— Mouais…

— Faut y aller doucement.

Je réponds pas. Un groupe de filles passe devant notre banquette. Elles ont le haut du corps et les jambes, sous leur short, peinturlurés en fluo, celle en tête a des dessins d'os avec la cage thoracique et tout.

Trop.

Stylé.

Limite je sais plus si j'ai remis mon casque ou pas, sur le coup. Mais non, le plafond est juste plein de diodes et de faisceaux, pas du cosmos entier (il est infini il peut pas être entier, qu'est-ce que je raconte, à moins que…) ?

J'essaye d'imaginer à quoi je ressemblerais avec des peintures comme ça. Peut-être pas les os, un truc plus cyberspace, des néons, des veines en néons, ce serait dingue. Avec un petit t-shirt au moins, ou un soutif, par contre…

Tony s'agite et passe une main dans sa mèche de sidecut qui colle à son front en sueur.

— Fait tellement chaud… Je vais aller respirer un peu, je crois. Tu viens ?

Je suis en train de fondre moi aussi. Les cheveux tellement mouillés que j'ai l'impression de sortir de la douche. La gueule que j'aurais si on était vraiment dans l'espace en apesanteur. Et Tony avec le sidecut en lévitation.

Je me marre d'avance, remets le casque pour voir s'ils ont prévu cet effet. Tony redevient une forme humanoïde, un être de pure lumière assis à côté de moi sur un canapé de l'espace. On voit pas ses cheveux… dommage…

On s'est approchés d'une galaxie entre temps. Elle est énorme, une auréole rosée et rouge gigantesque derrière la tête de Tony. On avance à quelle vitesse ? Ouais bon d'accord, on avance pas, mais la simulation de réalité virtuelle quoi, enfin, la dérive… J'ai envie de regarder le sol entre mes pieds, j'ose pas, j'ai failli me casser la gueule quand j'ai essayé tout à l'heure. Mais là je suis assise, ça va aller. Je tente.

Le vide. Les formes distordues de mes jambes et mes jolies chaussures de ville neuves flottant au-dessus de l'éternité d'étoiles perdues au fin fond de l'univers, de…

— Bon, j'y vais, j'en peux plus… Je reviens !

Tony est debout maintenant, j'avais pas réalisé.

Je tends une main bioluminescente vers lui.

— Attends-moi !

Il m'aide à m'extirper du sofa. Merde, ma paume est super moite comme d'habitude. Mais la sienne aussi, alors c'est pas trop grave. Frères de sueur, genre le vieux rite de western avec le sang dans la main, version glandus qui ont trop chaud.

Je suis debout maintenant. Je crois ?

Les étoiles partout. Dessus. Autour.

Sous mes pieds.

Vertige.

— Eeeh !

Tony m'a retenue, j'allais encore m'étaler. La honte, pas foutue de tenir un peu de fumette, de bière et de VR sans me casser la gueule. Oui, bon, les trois à la fois c'est violent, faut l'admettre… Et il devrait pas se moquer, il a moins tapé que moi, donc…

Réflexions qui se perdent dans le cosmos et le THC. J'avance un pas après l'autre, tout doucement. Y'a quelques marches avant le dancefloor. Ça va être un truc de dingue, des marches dans l'Univers !

Tony, très fort dans mon oreille pour couvrir la musique:

— T'es sûre que ça va aller avec le casque ?

— Mec, tu as vu comment je t'ai défoncé au sabre laser VR chez Sparkles l'autre jour ?

— Ouais, mais tu n'avais pas pris je sais pas combien de shoots de beuh avant…

— Bah quoi, c'était pas ton idée de venir ici ?

— J'étais chaud pour la soirée. Le shit, c'est Hugh.

Un gars et une meuf complètement couverts de motifs fluo dingues bondissent devant nous. Et aussi… complètement à poil ?

Une voix survoltée familière :

— Eh, Mel, Tony ! Vous revenez danser ?

Kelsey ? Et c'est qui avec elle, Brad ?

Je soulève mon casque VR. Leur version IRL est habillée et pas du tout peinturlurée. Elle éclate de rire en voyant ma tête.

— T'aimes pas notre bodypainting virtuel ?

— C'était super… réaliste !

— Avec l'appli du Virtual Night, tu peux choisir l'apparence que tu as en réalité virtuelle. Un avatar IRL, c'est énorme le concept !

Dans l'appli, juste ? Et j'avais pas vu ça ? Bon, j'étais un peu trop occupée avec la fumette de Hugh et littéralement perdue dans le cosmos, après…

Il faut que je teste ce truc !

Bon, pas l'effet peinture sur corps… techniquement c'est pas vraiment *mon corps,* mais quand même… Et puis, il doit y avoir plein de possibilités d'autres skins !

Une montée de claviers quasi synthwave balance un crescendo de puissance old school. Kelsey saute sur place.

— Oh putain, j'adore ce morceau, ce remix a l'air génial ! Vous venez ?

— On va sortir prendre l'air.

Elle me regarde avec un mélange de déception et de défi (gentil quand même).

— Vous êtes déjà fatigués, sérieux ?

— On prend juste une pause… accroche-toi quand on va revenir !

Mouais, là je ne suis pas trop de l'avis de Tony. Revenir me vautrer sur la banquette à regarder l'espace en VR, ça, oui par contre.

Quoiqu'il doit commencer à se faire tard… Et demain, il faut que je retourne ne rien faire de ma journée chez OmniSee Analytics. Et que je repasse mon autre chemise toute neuve pour ça… celle-ci qui est en train de fusionner avec ma peau, c'est mort. Je me demande de quoi j'ai l'air ici, avec mon look de corporate anonyme.

Parce que j'aime beaucoup trop cette immersion (et sans doute que je suis un peu stupide), j'ai remis le casque pour la traversée du dancefloor. Plein d'autres avatars se frôlent et ondulent au rythme des basses synthwave. Des faux bodypaintings comme avait Kelsey, de classiques êtres de lumière, des créatures indéfinissables, des sortes de robots parcourus de diodes ultrarétro. Tous, toutes, flottant et dansant dans l'éternité d'une dérive dans le cosmos. Je m'accroche à l'épaule de Tony pour ne pas le perdre et limiter les risques de me casser la gueule.

Et il y en a qui sont à fond sur la piste de danse avec ça. Si j'essayais ?

Non. Moi, sur un dancefloor ? Là c'est la beuh qui parle, pas mon vrai moi véritable.

C'est quoi après tout, le vrai moi véritable ?

Oh, chut, cerveau.

J'allais suivre Tony vers les portes d'entrée, mais un videur me tape sur l'épaule. Ah oui, le casque VR, je ne suis pas censée sortir avec, en effet.

Je l'enlève et le lui passe. Le mec ressemble à un hipster avec la barbe typique et les tatouages, version armoire à glace. Dans un élan d'enthousiasme sous THC, je lui dis :

— C'est complètement dingue !

Et je me demande moi-même si je parle du lieu, de la soirée, de la VR, de la beuh, de tout en général. Il hoche la tête avec un vague sourire.

L'air est frais dehors, on frôle le choc thermique. Je respire, grandes bouffées de douce brise marine.

Et là, une fois que les sensations basiques sont assimilées, je vois le pont. Oui, il était déjà là tout à l'heure quand on est arrivés, mais là… De nuit, le « Golden Gate » prend encore plus de sens.

Un bras de lumière qui traverse l'obscurité parsème la baie de reflets distordus par les ondulations des vagues. Et ces autres tout petits points lumineux des voitures qui défilent, dans un sens, dans l'autre, dans un sens, dans l'autre…

— Melissa ?

Tony touche doucement mon bras. Je réalise que ça fait plusieurs fois qu'il m'appelle, que je dois être plantée là à regarder le pont, au loin, depuis… quelques minutes, j'imagine ?

— Ouais ?

— On marche un petit peu, ça te dit ?

— Ouais !

Il sourit de mon entrain sous hasch, juste un tout petit peu moqueur, mais gentil.

On remonte vers un grand quai qui s'avance pas mal sur la baie. Tony s'étire. Mouvement de bras lent, qui me rappelle des trucs de yoga.

— Pfiou… Je revis !

— Grave, ça fait du bien !

On dit plus rien pendant un moment. Mon cerveau bouillonne dans tous les sens. Le pont, les reflets des lampadaires dans l'eau, les ombres qui jouent sur les quelques autres baladeurs nocturnes qu'on croise… Tout est tellement beau que j'aimerais l'enregistrer en VR dans ma tête pour le repasser plus tard, sensations comprises. Les souvenirs c'est trop limité en capacité, en précision surtout… C'est un créneau d'invention du futur ça, la sauvegarde de la mémoire. Allez, avec le groupe de programmeurs, on s'y met pour proposer le projet à Sparkles. Sagma Bhatt doit bien avoir des contacts dans les neurosciences, tout ça, non ? Et là on décroche un gros financement, une équipe entière pour bosser dessus, on devient des superentrepreneurs encore plus jeunes que le fondateur de Sparkles, on crée notre propre boîte en partenariat avec lui, avec notre propre building sur un campus ultra stylé.

Attends, est-ce que j'aurais envie que Sparkles enregistre tous mes souvenirs ? Pour en tirer quoi, des pubs ciblées pas juste sur ma vie en ligne, mais… tout, quoi ? (Enfin, bon, ma génération on est déjà tous plus ou moins connectés depuis la naissance, donc question profilage…)

— La skyline de San Francisco !

Tony s'est arrêté, dit ça d'un ton théâtral. Il me faut un peu trop de temps pour sortir de mon délire et comprendre qu'il ne parle pas du tout d'un nom d'entreprise potentiel. Je me retourne pour suivre son regard et…

Wow.

Ouais, la skyline, d'accord.

Les immeubles, tours noires parsemées des fenêtres illuminées comme des pixels jaune doré. Avec cette espèce de bâtiment en pointe, pyramide super étroite ou je sais pas comment l'appeler autrement. On a pas de constructions aussi impressionnantes en hauteur à Washington D.C., tout est bas. C'est cool aussi, mais là… C'est LA ville américaine, quoi. Enfin non, ça, ce serait New York ou Boston. Je suis jamais allée voir aucune des deux. J'ai tellement peu voyagé, en fait…

C'est triste.

Peut-être qu'on pourra avec Tony, Kelsey, et les autres, quand on aura fini le stage Sparkles, avant que la fac reprenne, et…

J'avale ma salive.

Si je suis toujours pas en cellule haute sécurité, en combi orange.

Ne pas y penser.

On est là. À regarder la ligne de lumière des tours.

C'est ça qui compte.

Tony s'assied sur un des bancs, je me pose à côté. On ne dit plus rien pendant un moment. Juste le vent frais qui secoue ma tignasse bordélique et son sidecut. Les mèches noires caressent sa joue. Dans le film sous beuh qui passe dans ma tête, c'est la grande scène cliché : je me rapproche sur le banc, ma main sur la sienne, il se tourne vers moi et son regard dit tout… j'écarte ses cheveux, doucement, et…

Tony soupire, l'air morose.

Aouch, ce retour au réel…

Il regarde le ciel nocturne maintenant. Demande, assez solennel :

— Tu sais ce que tu vas faire, toi, après ?

— Je sais pas… Tu as une idée ?

Wow, c'est beaucoup plus tendancieux que je voulais. En plus la THC me fait glousser comme une idiote. Heureusement il n'a pas l'air de capter, secoue la tête.

— Pas cet « après »-là, je veux dire, le stage. La fac.

Et voilà, j'ai l'air conne. Et la question me prend au dépourvu en plus. J'ai bien l'idée de lui déballer mon délire de startup d'enregistrement de souvenirs, mais je me retiens de justesse. Et ça finit par un beau :

— Euh…

Me passe en tête la prison fédérale. Un bâtiment de Moscou sous la neige. (Il neige tout le temps en Russie, non ?) Une autre cellule haute sécurité.

Mais la beuh chasse tout ça. Ou ma force de volonté ? Mouais.

Je suis en train de bien faire mon taf pour Mike (à peu près). Le FBI galère. Sparkles… bon, OK, j'ai toujours ce « détail » à gérer.

Alors je dis juste :

— Un boulot par ici, dans la tech. Ce serait cool.

— Pas d'idée plus précise ?

— Non… Enfin, la progra, quoi. Et les algorithmes, j'aime bien. Et toi ? Tu vas continuer dans les interfaces utilisateur, tout ça ?

Tony soupire. Vu comme il se lance, il n'attendait que le bon moment pour en parler. Et juge apparemment que ce dernier est venu.

— Je ne pense pas. J'aime bien toute l'équipe avec laquelle je bosse, mais… J'arrive pas à vraiment m'éclater là-dedans. Je crois qu'il me manque quelque chose. Un sens, un but. À part celui de faciliter la vie aux utilisateurs pour qu'ils restent encore plus longtemps à traîner sur leur page Sparkles Links.

Il marque une pause, j'attends juste qu'il continue.

— En vrai, je pense que j'aimerais faire comme ma mère. La sécurité.

— Bah c'est bien, ouais !

— Oui, sauf que c'est déjà trop tard pour changer mes spécialisations pour l'année prochaine. Il y aurait sans doute possibilité de demander à m'inscrire à certains autres cours plus adaptés, mais tu connais la fac, c'est toujours le parcours du combattant.

Non, je ne connais pas. Mais je hoche la tête tout de même, et il enchaîne :

— Pareil, le stage chez Sparkles : c'est un coup de bol de fou d'avoir été pris vu le nombre de candidatures, et là, à peine j'arrive, je réalise que je me suis planté de domaine. Je vais jouer le jeu, tant pis, mais j'ai l'impression d'avoir gaspillé ma chance. Alors que j'aurais pu bosser avec les équipes d'infosec de la boîte, t'imagines !

— C'est peut-être pas trop tard, ils ont l'air cool chez Sparkles, non ? Si tu expliques tout, ils pourraient te changer d'équipe et de poste.

— Ouais, ils sont sympas, d'accord, mais tout de même. Je vais pas aller les embêter avec tout ça…

— Franchement, je pense que tu devrais. T'es bon dans ce que tu fais. Si tu gères aussi en sécurité, c'est gagnant pour eux, surtout s'ils arrivent à te recruter après.

Son visage s'éclaire un peu.

— Ah, ouais, bon, j'en suis pas encore là, pour l'embauche, on verra… Mais tu as raison, il faut que j'y réfléchisse, et assez vite. Je voudrais pas non plus faire toutes ces démarches pour une lubie.

Je me laisse aller plus confortablement sur le banc. Je donne des conseils d'orientation alors que je sais même pas ce que je suis en train de faire de ma vie sinon foncer vers un mur plus ou moins inconnu. Et pourtant j'apprécie le moment qu'on passe à discuter là, posés, dans le vent frais.

— Tu penses que c'est qu'une lubie ?

— Je… Non. Probablement pas. Je veux dire… Tu vois, c'est cette histoire d'attaque sur la Maison-Blanche qui m'a remis le doute. Pas que je sois trop le genre patriote, mais c'est tellement représentatif du monde dans lequel on vit. Même les installations qu'on peut imaginer les plus sécurisées, c'est la merde. Tout le monde privilégie l'attaque, au niveau des gouvernements, et même dans le privé il y en a de plus en plus qui se spécialisent là-dedans. Et c'est flippant. Vraiment. Et je crois que je voudrais aider à peser de l'autre côté de la balance. La progra, d'accord, mais pour que ça apporte quelque chose aux gens. Mieux les protéger. C'est pas juste des ordis qu'il faut sécuriser, c'est le monde entier, vu que tout repose sur des systèmes informatiques embarqués.

Tony me regarde comme pour chercher mon assentiment. Je hoche la tête, parce que je ne vois pas quoi faire d'autre.

Il sourit.

— Bon, et puis, ça doit être énorme aussi de se confronter à tout ce challenge. Rien de défini de façon stable, il faut bouger tout le temps, la course entre attaquants et défenseurs… Avec des moyens de plus en plus sophistiqués en face, comme pour la Maison-Blanche, même si personne n'a l'air encore sûr de ce qu'il s'est vraiment passé – ou de vouloir le reconnaître du moins –, si l'hypothèse avancée par le FBI est vraie, ça doit être un truc de dingue ce hack…

— Non, c'est juste un phishing. Même pas ciblé. Quelqu'un là-bas, dans la résidence du président, a ouvert un e-mail à la con qui disait que son compte Sparkles Links s'était fait pirater, la domotique était vulnérable, et voilà. C'est juste ça qui…

Le regard sidéré qu'il me lance m'arrête net et j'ai l'impression de planter. Littéralement. Bug de tout le système. Une chape de froid s'écrase sur mes épaules, explose dans mon ventre. Si j'étais pas assise, je serais tombée à la flotte. Et ça n'aurait peut-être pas été plus mal.

Qu'est-ce
que
je
viens
de
dire

PUTAIN

DE

MERDE ?

Il cille. Moue perplexe.

— Ah ouais, tu crois que c'est ça ?

Répondre.

Trouver quelque chose.

Vite.

Son expression commence à changer. Inquiétude ? Je dois avoir l'air de m'être transformée en plastique.

Ouvre la bouche. C'est déjà fait.

Parle.

Allez.

Ma voix est un couinement de gorge.

— Ouais, enfin, je pense…

— Tu as lu cette théorie quelque part ?

— J'sais plus…

Ses yeux se perdent dans le vague, il analyse les données, pèse le problème.

Je réalise que j'étouffe. Respirer, ça sert, oui.

Tout le bien-être planant du shit et de la picole se sont barrés d'un coup. Un peu (beaucoup) trop tard.

Je tremble. Je croise les bras pour qu'il le remarque pas.

Il hoche la tête.

— T'as peut-être raison. C'est vrai qu'avec Charles Kayne dans les parages, on peut s'attendre à tout question conneries… (Ses sourcils se froncent.) Eh, ça va, Mel ?

Envie de vomir.

Froid.

La peur qui ronge de l'intérieur.

Mais je dis :

— Ouais. Ça va.

Chapitre 17

Plus jamais de beuh. Plus de bières. Plus rien.

Ma tronche de déterrée dans le miroir. L'odeur de vomi dans tout l'appart. Trois heures de sommeil.

Je sens un truc acide qui ronge dans mon ventre.

C'est passé à *ça* que j'avoue juste tranquillement mon hack à Tony.

Putain.

À *ÇA*.

Je plonge la tête sous le flot d'eau froide encore une fois. Inonde mes cheveux au passage, et mon soutif, et le sol en même temps.

Et faut que je me bouge. Deuxième jour de stage, je vais être en retard. Christophe Delcourt va sauter sur l'occasion pour me mettre à la porte, avec son accent français snob. Et Anita Renford va juger que je n'ai plus d'intérêt pour Sparkles et que je peux aussi bien finir chez les fédéraux.

Non. Allez, bouge.

Chemise neuve même pas rincée, pas eu le temps de repasser l'autre. Penser à enlever l'étiquette. Jean slim. Mes derbies sur lesquelles il y a des plis depuis la soirée d'hier à faire n'importe quoi. Et encore, j'ai réussi à retenir la nausée jusqu'à arriver ici et m'écrouler devant les toilettes.

Pas de maquillage, tant pis.

En fait si, anticernes à l'arrache.

Sortir, verrouiller la porte, oublier mon sac à dos, re-rentrer.

Dans le trolleybus, au milieu des autres visages fatigués des travailleurs du matin. La brume blanchâtre qui noie les rues dehors colle bien à mon propre état mental. Mal au crâne. Des bribes de la soirée d'hier repassent en boucle. Tous salis par la catastrophe évitée de peu. Putain. Est-ce que Tony y pense encore lui aussi ? Est-ce qu'il se demande comment j'ai pu sortir cette théorie, est-ce qu'il peut comprendre que…

Mon portable vibre dans ma poche. C'est un appel. Même pas envie de décrocher. Mais il faut bien. Un numéro inconnu sur Signal.

Sans surprise, la voix de Mike.

— Bonjour, Melissa. Pouvons-nous parler ?

Je regarde autour, les gens plongés sur leurs propres écrans. Beaucoup avec des écouteurs. J'ai réglé le son d'appel très faible de toute façon.

— Ouais.

Difficile de dire s'il se formalise de mon intonation blasée.

— Nous avons mené quelques recherches concernant OmniSee Analytics. Cette entreprise ne nous intéresse pas. Vous devez écourter ce stage autant que possible.

— Que je… Mais, comment ?

— Parlez-en à votre encadrement Sparkles. D'après ce que nous savons, et ce dont vous m'avez fait part, cette partie du stage était optionnelle. Une simple proposition pour élargir les perspectives. Mais nous n'avons pas de temps à perdre.

Un signal d'alarme dans ma tête.

— Pourquoi, qu'est-ce qu'il se passe ?

— Ne vous inquiétez pas. Vous n'êtes pas menacée. Votre présence au sein de OmniSee Analytics est simplement inutile.

— Je sais pas s'ils vont apprécier, chez Sparkles…

Il répond plus sèchement :

— Vos perspectives de carrière dans la Silicon Valley ont d'autres obstacles bien plus importants à l'heure actuelle, je pense que vous en conviendrez. Parlez à votre responsable. Vous trouverez bien une raison de renoncer à ce stage. Bonne journée, Melissa.

Et il raccroche.

Je glisse le téléphone dans ma poche.

Le temps que mon cerveau se mette en marche avec la lenteur d'une nuit quasi blanche combinée gueule de bois et abus de shit.

Alors, je dois couper court chez OmniSee Analytics. Sauf que j'y suis pour creuser leur business douteux (selon les critères Sparklesiens). Et que je suis censée gratter les infos en gagnant la confiance de deux employés en situation personnelle douloureuse (Richard est exclu d'office, c'est pas mon amitié qu'il veut…). Le truc qui prend des plombes. Et me donne la gerbe au passage parce que je peux pas m'empêcher de m'imaginer à leur place. Trahis par la gentille stagiaire qui est en fait venue pour leur manger le cerveau.

Bizarrement, l'état à moitié comateux fluidifie les rouages de réflexion. La solution apparaît limpide.

Au placard, l'espionnage « humain ». On revient aux méthodes éprouvées. Derrière un écran. Là où je sais gérer. Les employés de OmniSee Analytics ont des boîtes e-mail pros, qui doivent servir à tout ce qui est… bah pro, oui, logique. Et comme toutes les entreprises, le pauvre type (ou la pauvre meuf) en charge de la sécurité IT doit s'arracher les cheveux à faire appliquer les bonnes pratiques de base, mots de passe un minimum sûrs, etc.

Je suis sur place, je peux trouver des failles.

C'est gérable.

Ouais.

J'ai l'impression qu'un poids se lève de mes épaules. Rien qu'à la perspective de revenir à de l'attaque cyber.

Je sais pas trop ce que ça dit de moi. Pas grand-chose de bon.

*

Un ordi portable non vérolé par Moscou.

Une installation Kali Linux[33] ou une clé live Tails[34].

Quelques téléphones de merde en pack avec SIM incluse à balancer après usage.

De la cryptomonnaie pour refaire mon stock d'outils d'attaque.

OK, c'est bien, tout ça.

Je dois avoir encore assez sur le portefeuille de la clé USB cachée dans le dos de ce pauvre Kookie. Ce qui veut dire que je dois repasser chez moi.

Ou alors je me rabats sur du liquide, je retire vite fait, et… Non. Avec une grosse somme, Mike & co vont se poser des questions, m'en poser, et je vais pas savoir quoi dire, et ils vont voir que je me suis baladée dans plein de magasins chelous, et…

Non, pas de cash, j'ai déjà fait le tour de ce point dix mille fois, c'est bon, stop.

Il doit bien y avoir des boutiques physiques qui prennent de la crypto, à San Francisco ?

Non, je ne dois pas chercher ça sur mon portable. Je résiste à la tentation/réflexe/addiction. Encore une fois.

Et voilà, retour au même point.

Une liste à faire que je ne peux pas faire, justement. Pas avant encore de loooooongues heures à préparer quelques cafés et aider Margaret à l'accueil et faire semblant de ne pas trop m'ennuyer à mourir, parce que la pauvre, ça la fait culpabiliser alors qu'elle n'y est pour rien.

Le téléphone sonne. Margaret décroche, et j'ouvre mon appli de notes pour avoir l'impression de faire quelque chose

33 Kali Linux : distribution Linux axée sur les tests de pénétration, et donc l'attaque, d'autres ordinateurs.

34 Tails : The Amnesic Incognito Live System, une distribution Linux axée sur la sécurité et conçue pour ne laisser aucune trace de l'activité d'un utilisateur sur l'ordinateur.

d'utile à « mon » opération, lister des noms, adresses, numéros, n'importe quoi qu'elle évoque avec les correspondants. Des trucs épars auxquels les Russes peuvent avoir accès par les (très probables) backdoors de mon smartphone, mais bon, c'est pas significatif de grand-chose. Si Mike me demande ce que c'est, je dois pouvoir trouver de quoi baratiner, facile.

Ouais, embobiner un espion professionnel. Facile, tu parles.

Mais c'est trop tard, si je supprime le fichier de notes maintenant, c'est encore plus flag'.

Et puis merde, tant pis.

Margaret termine l'appel, repose le téléphone, et moi le mien sur le bureau, beaucoup trop en synchro, faut que je fasse gaffe quand même. Elle me lance un coup d'œil qui n'a pas l'air suspicieux, heureusement. Juste compatissant. Une hésitation. Puis elle me glisse, en mode complice :

— Vous tiendriez le poste le temps que j'aille encore rater mon arrêt du tabac ?

— Oh oui, oui, pas de soucis !

— Vous devriez être tranquille, à cette heure-ci, pas trop d'appels en perspective. Je fais vite !

Elle se lève et embarque son sac à main. Je lorgne sa session laissée ouverte, comme hier, pendant que les claquements d'escarpins s'éloignent.

Un secrétariat doit avoir des listes de coordonnées de tous les employés, logiquement, non ? Adresses e-mail pro, perso peut-être, numéros de téléphone, adresses physiques…

De la viande à phishing toute prête.

Le vigile à l'entrée est assis, plongé sur son portable. Il n'a pas réagi hier, quand j'ai squatté l'ordi vite fait, pas de raisons qu'il cause plus de problèmes aujourd'hui.

Allez.

Je passe sur le poste de Margaret, aussi silencieusement qu'un fauteuil de bureau à roulettes le permet sur du carrelage. La messagerie interne est ouverte en tâche de fond. Je la remets en premier plan. Explore rapidement les fonctions. Créer des messages de différents types, SMS, e-mail, préparer un courrier, des envois de groupe, tout le fatras de communication administrative de base. La liste de contacts du répertoire. Eeeeet… oui, bien juteuse en infos utiles, comme prévu. Je zyeute un coup l'agent de sécurité par-dessus le bord du bureau. Toujours perdu dans ses réseaux sociaux ou quoi que ce soit qu'il consulte. Pas de bruits de talons dans l'escalier.

Tranquille.

(Non. J'ai chaud, la bouche sèche, et je me retiens de guetter son retour toutes les trois secondes.)

Clic droit sur un nom de la liste au pif. Envoyer message de tel type tel type tel type, modifier, supprimer… Copier, OK, ça c'est pas mal, mais je vais pas les faire tous un par un, juste impossible. Allez, dans les sous-menus en haut, il doit bien y avoir un truc pour…

exporter.

Oui !

Direct sur le bureau, voilà, très bien. Petite fenêtre pop-up, la barre de chargement est rapide. Le fichier Excel apparaît sur le fond d'écran d'une jolie vue sur un vieux village du genre qu'on ne trouve qu'en Europe. Choper une clé USB dans mon sac. L'espace d'un instant je me dis que le client léger n'a peut-être même pas de ports accessibles… Mais en fait c'est même pas un client léger, c'est carrément une tour compacte à part entière qui trône dans son emplacement dédié sous le bureau. Sauvée par l'équipement rétro.

Copié. Maintenant, supprimer l'Excel. Merde, la corbeille contient déjà des trucs.

Hésitation. La vider, pas la vider ? Est-ce que Margaret est une maniaque des détails qui va recompter les fichiers de sa corbeille ?

Non, allez, personne ne fait ça.

Retirer la clé.

Et une idée me vient comme une révélation.

J'ouvre Sparkles Way. Un autre onglet avec le moteur de recherche.

Effectivement, certains commerces de San Francisco acceptent bien les cryptomonnaies. J'en note plusieurs. Les adresses, quelques rues qui ont l'air repérables à côté, des monuments ou de gros bâtiments typiques si jamais je dois demander mon chemin à quelqu'un (et vu que je connais pas encore la ville, et que le GPS ne pourra pas me sauver, je VAIS demander à quelqu'un).

Et j'écris tout ça sur du papier.

DU PAPIER.

Oui.

La parano de l'espionnage pousse à faire des choses cheloues.

Dès que j'ai assez avancé le repérage et que je stresse trop pour continuer de squatter l'ordi, je referme la fenêtre de navigation privée.

Repasse sur mon siège.

Souffle.

OK, ça, c'était un bon gain de temps. Efficace.

Maintenant, tout le reste de la journée à tuer…

Mon cerveau essaye de repartir sur les préparatifs, tout ce que je dois récupérer pour passer à l'action. Je le fais taire. C'est bon, ça suffit.

Un fil d'actualité à scroller éternellement, pas mieux pour se mettre en veille cérébrale.

Faudrait que je voie où en est Josh avec ses tutos sur Python, aussi.

J'ouvre l'appli Sparkles Links.

L'anesthésiant ultime.

*

La clé USB de mon portefeuille de CryptoDenarii est toujours cachée dans le dos de Kookie, pas de coup fourré russe de ce côté. Ils n'ont peut-être même pas particulièrement fouillé mon appartement depuis qu'ils m'y ont installée, en fait. Mais on sait jamais avec les espions.

Elle rejoint l'autre clé, celle avec le tableur des coordonnées de tout OmniSee Analytics, au fond de ma poche. Maintenant, me débarrasser du pistage russe. J'ouvre mon ordi, lance un film en streaming. *Blade Runner 2049*. 2 h 44, ça laisse un peu de marge. Il a l'air super cool, il faudra que je le regarde pour de vrai, un jour. Mon smartphone sur le lit.

Je reprends mon sac qui pèse étonnamment peu sans le PC portable.

Un coup d'œil à ma petite mise en scène anti-surveillance avant de sortir. Mon cœur bat vite. Je me sens pas très bien. L'impression de m'embarquer dans une grosse, grosse, grosse connerie. Et si Mike m'appelle pendant que je suis AFK de chez moi ? Ça va faire bizarre si je réponds pas pendant longtemps, non ?

Non, c'est bon, j'ai plein d'excuses possibles. J'étais crevée, j'ai presque pas dormi (ils peuvent vérifier que j'étais bien dans une boîte pleine de fêtards hier soir), j'ai piqué du nez sur la fin d'un film, désolée, je suis à l'ouest, je me réveille juste…

Plus crédible que « je suis en train de courir dans toute la ville pour acheter du matos et lancer des attaques à votre nez et à votre barbe », non ?

J'espère, en tout cas.

Je sors à peine de l'appart que je les vois, debout près du palier voisin.

Deux types en costards sombres.

Je crois que j'ai poussé un genre de couinement de surprise ridicule.

Mais la honte disparaît vite. Ces looks trop officiels… Non, c'est pas possible. Pas maintenant, pourquoi ils…

Le premier s'avance, petit blond baraqué avec des joues rougies.

— Bonjour, madame.

Comme au ralenti, sa main va chercher quelque chose dans la poche de sa veste. Le porte-carte se déplie sur le badge qui trouve le moyen d'étinceler, avec les trois lettres fatales.

— Special Agent Adam Lewis, Federal Bureau of Investigation. Voici l'agent Mark Roberts.

L'autre mec vient se placer à côté de lui. Grand black plus âgé, austère.

Le blond continue :

— Nous aimerions vous poser quelques questions.

J'essaye de dire quelque chose. Je sais même pas quoi, c'est ma bouche qui allait parler, toute seule, balbutier un « j'ai rien fait » pitoyable peut-être, mais ma gorge serrée le bloque net. Comme je ne réagis pas de façon perceptible (à moins qu'il puisse entendre mon cœur en train d'exploser contre mes côtes), son collègue consulte une tablette et demande :

— Connaissez-vous la personne qui réside à l'appartement numéro 32 ?

Je cille en le regardant stupidement. Mon cerveau submergé par l'adrénaline connecte les bouts. Retourne l'information sous-jacente dans tous les sens.

J'arrive pas à y croire, mais pourtant, une seule explication à sa question.

Ils ne sont pas là pour moi.

PAS POUR MOI !

PUTAIN.

Un milliard de nœuds et de crispations se desserrent de mon ventre, ma poitrine, mon dos, ma gorge, partout. L'air même devient plus léger.

Le blond hausse un sourcil.

— Madame ?

Oui, c'est vrai qu'il faut quand même que je réponde.

Je souris sans doute beaucoup trop en disant :

— Non, je, euh, je ne connais personne ici. Je suis pas là depuis longtemps.

Ils échangent un regard. Le deuxième coche un truc sur sa tablette. Reprend :

— Avez-vous entendu quoi que ce soit de suspect, ou d'inquiétant, la nuit dernière ?

Quand j'étais en train de vomir avant de me vautrer sur mon lit encore habillée et chaussée ?

Bizarrement, non.

— Euh non, je ne crois pas. Non, non.

Passé le soulagement, les réalités du moment me reviennent : il ne faut surtout pas que je rate le métro. Mais vraiment, vraiment pas. À quelques minutes près je vais arriver devant des boutiques fermées. Et tout le plan qui tombe à l'eau.

Comment on peut dire à des agents fédéraux que non, désolée, je peux pas aider et je suis super pressée ?

J'imagine qu'on le dit pas. Alors j'espère juste qu'ils ne vont pas trop traîner. Et même carrément se grouiller.

— Dans les jours précédents, avez-vous constaté une activité anormale, ou quoi que ce soit dont vous souhaiteriez nous parler ?

— Non, vraiment, je ne vois pas.

Léger soupir du mec à la tablette, qui la remet en veille. Le blond me tend une carte de visite :

— Merci pour votre temps. N'hésitez pas à me contacter si quelque chose vous revenait.

S'il savait à qui il dit ça. Je joue l'honnête citoyenne et prends sa carte, qu'est-ce que je peux faire d'autre ?

— OK.

— Bonne journée, madame.

Signe de tête. Il fait signe à son collègue qui semble aussi blasé que lui, et continuent tous les deux vers l'appartement suivant. J'imagine que c'est pas la partie la plus excitante du boulot, recueillir les témoignages de gens qui n'ont rien à dire.

Le numéro 32, des rubans jaunes de scellés sur la porte. Un petit frisson. Quoi qu'il se soit déroulé ici, c'était pas loin, vraiment pas loin. J'aurais presque pu passer devant pile au moment où… *ça*, se produisait. Je suis peut-être vraiment passée devant.

Pas le moment d'y penser. J'ai un trolleybus à rattraper en courant.

Il arrive déjà dans la rue alors que je sors de l'immeuble. L'arrêt est juste au bout. Je démarre en petites foulées, puis ça finit carrément en sprint. Je passe les portes pile quand elles commencent à se refermer. Manquait qu'une roulade pour la jouer façon espionne de film d'action.

Je retiens que les chaussures de corporate, même avec presque pas de talon, c'est nul pour courir.

Ma main cherche désespérément mon portable dans toutes mes poches. Mais non, je ne l'ai pas. Impossible de regarder l'heure. J'aurais pu garder la montre que je mettais au début des livraisons PolyVery. Tant pis, au moins je vais pas stresser sur le temps, je peux pas faire accélérer le trolley.

Je me pose contre la vitre, le sac comme un coussin dans mon dos tellement il est vide.

Cherche encore mon téléphone.

OK, en fait, ne pas avoir l'heure c'est encore pire.

J'essaye de récapituler, histoire d'occuper le temps. Poser les choses proprement encore une fois. Mais tout se mélange, des images de la soirée d'hier, des flashs plus flous, un distributeur de billets, le poids de la perceuse, puis les infos à la télé, la Maison-Blanche, et Sparkles, et deux agents du FBI juste devant ma porte, et…

Juste arrêter de penser, ce serait mieux finalement.

Rien à faire, tout repart en boucle.

Je me frotte le visage. Appuie ma tête en arrière contre la vitre froide.

— Merde…

Une vieille dame à ma droite me lance un regard par-dessus son smartphone. Mi-critique, mi-compatissant. Oups, je croyais pas jurer à voix haute.

Attends.

Téléphone. Avant qu'elle retourne à ses réseaux sociaux, je lui fais un gentil sourire, celui que j'avais pour M. Davis. (Il me manque beaucoup. Je réalise brusquement, comme ça, parfois.)

— Excusez-moi madame, vous avez l'heure, s'il vous plaît ?

L'air surpris que je lui adresse la parole.

— Six heures vingt-sept, mademoiselle.

Je réponds un « merci » qui doit être beaucoup trop soulagé.

Selon le plan Sparkles Way, il y avait moins de quinze minutes de trajet. La boutique ferme à 7 h. Même pas la peine de penser essayer de rejoindre celles qui se trouvent à l'autre bout de San Francisco, c'est mort.

C'est bon, on est cool, tranquille, c'est dans les temps.

Limite, mais dans les temps.

Mais c'est dingue ce que c'est long, quinze minutes à trépigner. À attendre. À me retenir de chercher encore mon portable.

Dès que mon arrêt est indiqué, un bouchon humain se forme près des portes, pas mal de monde s'est greffé au trajet en cours de route. Normalement je suis la fille qui attend gentiment, laisse passer les autres. Là, tant pis. Je fonce.

— Pardon… Pardon… Excusez-moi…

Une cycliste fait un écart quand je jaillis dans la rue. Elle manque d'emboutir un lampadaire et je l'entends crier un truc probablement pas très sympa à mon égard. Elle avait un sac à dos PolyVery. Je ne t'en tiens pas rigueur, ex-collègue d'infortune.

Je regarde autour. Une avenue du centre anonyme, avec ces bâtiments étrangers, des immeubles immenses en fond, toutes ces proportions différentes de Washington. Le plan se trace dans ma tête, si j'ai développé une compétence à force de livrer des half-smoke (outre de bonnes jambes), c'est bien d'arriver à assimiler rapidement les itinéraires Sparkles Way et autres GPS.

Je passe l'angle du Starbucks, et…

Dragon's Gate. Je ne suis pas du tout là pour le tourisme, mais ça en impose, ce portique massif qui donne l'impression d'entrer dans une version californienne miniature d'un palais impérial chinois. L'édifice ressort d'autant plus qu'il est entouré par deux petits immeubles pas super remarquables, encore que celui de droite ait l'air d'avoir un toit stylé aussi. Je pense à Tony qui m'a proposé de me faire visiter les lieux cool de SF un jour. Est-ce qu'on va y arriver avant que… Que quoi ?

Que je finisse en combi orange dans une cellule de deux mètres carrés, tiens.

Concentration. Pas le moment d'y penser. Ni de penser tout court.

Je passe les portes du Dragon pour entrer dans ce fameux Chinatown, remonte le trottoir en me retenant de courir. Dépasser deux rues, puis à droite, puis à gauche, et… Je sors le papier froissé de ma poche, essaye de relire mon écriture manuscrite catastrophique (j'ai presque plus utilisé un stylo depuis le bac, on perd beaucoup en un an…). Du coin de l'œil, j'arrive quand même à remarquer les façades décorées, les pans de toits façon pagode, les lampadaires super stylés, aux airs de lanternes d'un monde fantasy orientale. De nuit, ça doit être super beau.

Je tourne sur Pine Street, me lance à l'assaut de la pente. Je repense à la meuf de PolyVery à vélo, ils doivent morfler ici avec toutes ces montées et descentes partout.

En parvenant à l'angle de Stockton street qui grimpe encore à je sais pas combien de degrés, je commence à me dire que j'ai peut-être mal estimé les distances. J'aurais dû choper le trolleybus qui avait l'air de passer pas loin de Sacramento street quitte à devoir changer de ligne, attendre entre les deux…

Tant pis, trop tard. Cette fois, je crois que c'est mort.

Putain. Putain de merde.

Ou alors je prends un Uber, ou un taxi, ou… Ouais, bien entendu, avec quel téléphone ? Et quel fric ?

Et puis là je le vois. Comme une tentation ultime, ou un gros troll du destin.

Un vélo appuyé tout seul près d'une entrée d'immeuble cossue. Pas d'antivol. Personne autour.

Une belle bécane de course.

Sans même m'en rendre compte, je suis déjà à côté. Je monte déjà dessus. Je m'en veux, qu'est-ce que je suis en train de faire ?

Je note l'adresse mentalement. Pas beaucoup d'appartements. Je reviendrai le rendre. Promis. Le déposer devant, un petit coup de sonnette ou de téléphone si j'arrive à trouver un numéro… Bon et puis vu l'engin, c'est pas un/une collègue PolyVery. Ouais, c'est clanique comme réflexion.

J'ai surtout pas le choix.

Une impulsion sur la pédale, je passe les vitesses d'instinct, même avec ce modèle de luxe les réflexes sont déjà là.

Il me semble que j'entends quelqu'un crier, loin derrière. La voix d'un mec furax. Je le comprends. C'est juste un emprunt.

Promis.

*

Les freins ne couinent même pas quand je pile au niveau de la boutique. L'enseigne en anglais et en caractères chinois. *I Have IT*. Jeu de mots/20.

Ce que ça fait du bien de foncer comme ça. J'avais presque oublié la sensation. Le vent qui fouette les cheveux. La vitesse grisante. En plus, San Francisco a interdit la reconnaissance faciale dans les rues, donc aucun souci côté verbalisation automatique des cyclistes. Sinon je crois que j'aurai trois mois de rémunération de stage en amendes. Et je compte même pas le vol du vélo.

En l'appuyant près d'une autre bécane (elle, dûment attachée) à côté de la vitrine, je peux pas m'empêcher d'imaginer qu'on va me le tirer comme je l'ai moi-même… emprunté. Ma culpabilité explose.

Plus tard. Pas le temps.

Je pousse la porte vitrée à la volée, et un truc plein de clochettes tubulaires résonne dans tous les sens. Le tenancier sursaute. Il était en train d'éteindre méthodiquement une série d'ordinateurs de démonstration.

— Bonsoir ?

Je sors mon sourire d'excuse.

— Bonsoir… Désolée… Vous euh… vous allez fermer ?

Il regarde sa montre connectée.

— Je ne vais plus tarder, oui. Mais je ne suis pas à deux minutes. Vous cherchez quelque chose en particulier ?

— Oui, euh, il me faudrait un ordi. Portable. Et un smartphone… avec carte prépayée. Ou deux, même.

J'avale ma salive. C'est tellement le pack estampillé « JE SUIS LOUCHE ». Et ça va pas aller en s'arrangeant.

— Je paye en CryptoDenarii. Et euh… des modèles pas trop chers, ce serait mieux.

Il assimile les informations, en essayant peut-être aussi d'évaluer à quel point l'affaire sent le coup foireux.

— D'accord… Combien avez-vous de budget, environ ?

— Euh, je…

Je n'ai pas du tout suivi le cours des cryptos en ce moment. Et je sais même plus combien j'ai exactement sur la clé. Quelle conne.

Il a un sourire encourageant.

— Bon, on va voir ce que j'ai en stock.

Je remarque un ultraportable relativement daté, sur une étagère. 60 $. Je dois les avoir. J'espère.

Je le désigne.

— Peut-être lui ?

— Ah oui, effectivement, on est dans les petits budgets là. Si vous n'avez vraiment pas besoin de puissance, il devrait très bien convenir.

Oh non, j'ai pas besoin de puissance, limite, même le téléphone aurait géré, mais il me faut un Tails ou un Kali Linux. Et un clavier physique.

Je lis quand même vite fait les caractéristiques. Amplement suffisant, vu mon absence de budget pour investir dans des programmes d'attaque lourds niveau hardware.

Il ramène deux boîtes de derrière le comptoir, des petits smartphones neufs sous emballage, le carton parcouru de caractères chinois.

— C'est le plus low cost que j'aie. L'affichage sera en mandarin à l'allumage, mais en faisant défiler le menu, vous trouverez les options de langue dans leurs caractères natifs.

— OK.

Une idée me vient. Ridicule, mais on peut toujours tenter.

— Vous n'auriez pas aussi un antivol de vélo ?

Il cille. Sourire amusé.

— Euh, ce n'est pas exactement mon rayon, là, non. Navré.

— Le vélo devant… Il est à vous ?

— Vous êtes sérieuse ?

C'est une excellente question. Je crois que oui, hélas.

— J'en ai VRAIMENT besoin… C'est genre, super urgent.

Il a l'air désemparé. J'en rajoute encore une couche :

— Je vous l'achète, je sais pas, le double de ce que vous l'avez payé ? Pour compenser…

— Vous êtes sûre que tout va bien ?

— Oui… oui, ne vous inquiétez pas.

Il secoue la tête, soupire. Je sais pas où je trouve le culot, mais j'ose insister :

— C'est OK ?

— OK, OK, d'accord, si ça peut vous rendre service. Mais je ne vais pas vous le faire payer le double.

Derrière son comptoir, il tapote l'écran tactile de son poste.

— Vous vouliez régler en crypto, c'est ça ?

— CryptoDenarii, ouais.

Je cherche mon téléphone. Encore.

Merde.

— Je peux utiliser l'ordi pour vous envoyer le virement ?

À sa tête, je me dis que je commence à pousser le bouchon beaucoup trop loin.

— Vous pouvez juste le faire depuis un mobile, vous savez…

— J'ai pas mon portable, je…

L'improvisation vient brusquement, je m'entends débiter :

— Je suis ici pour les vacances et on m'a volé mon sac. J'avais tout dedans, ma carte bleue, mes papiers, mon ordi, mon téléphone, la clé de mon antivol… J'ai juste retrouvé le sac. (Je dis ça en touchant la bretelle sur mon épaule.)

— Oh, ce n'est vraiment pas de chance… Vous savez, si vous avez peur de manquer de crédit de communication avec un seul pack de téléphone, j'ai des recharges aussi. Ça vous reviendrait moins cher.

J'ai du mal à décider s'il a capté le bobard à des kilomètres et qu'il me trolle, ou s'il parle sérieusement. Si je veux pas attirer trop de soupçons, je vais bien devoir jouer dans le sens du deuxième. Alors je souris avec l'air embarrassé qu'il faut.

— C'est vrai, vous avez raison… Je suis un peu larguée, je suis désolée… Je pensais pas que mes vacances allaient tourner comme ça.

Il se contente de hocher la tête et je sens l'angoisse monter d'un cran. Qu'est-ce qu'il pourrait faire, pourtant ?

C'est peut-être un informateur caché. Il tâte le terrain pour déterminer à quel point je suis louche et me signaler dans son rapport des activités suspectes autour de sa boutique… Informatique d'occasion, il peut y avoir des tentatives de recel, alors, peut-être…

Mais non.

Avec son accord et l'accès wifi du magasin, je prépare la transaction sur mon (presque) nouvel ordi. Putain, c'est tout juste. Le deuxième portable, c'était mort en fait. Et pour acheter des outils d'attaque aussi, à moins de trucs vraiment basiques. Va falloir y aller vraiment… à la main, ouais, si on peut dire.

Le vendeur prend le temps de bien vérifier que le virement a été validé par la blockchain. Et je le comprends, je suis ultra louche avec mon histoire. J'imagine qu'il va aussi examiner son réseau et son routeur wifi, s'il est assez parano, dès que je serai partie.

Il me suit dehors et dit en haussant les épaules (je devais avoir l'air étonnée ou méfiante) :

— Vous voulez toujours l'antivol, on est d'accord ?

— Ah oui, oui, merci.

Il détache du vélo et me tend la chaîne gainée de plastique, laissant la petite clé dans la serrure.

— Bon courage pour… la suite.

Je sais pas exactement ce qu'il peut imaginer, s'il imagine quelque chose. Je réponds seulement :

— Merci.

Avant de remonter sur « mon » vélo qui n'a – miracle – pas été volé une deuxième fois.

Pas de destination précise cette fois ; juste un fast-food quelconque qui propose du wifi, et m'éloigner assez du mec pour éviter qu'il ait l'idée de vérifier ce que je fabrique avec son matos.

(Mais non, arrête, c'est pas un informateur…)

Deux rues plus loin, je me décide pour une enseigne kitsch, des caractères chinois clignotants et la forme d'un dragon en néon en devanture. Les quatre lettres salvatrices tellement en évidence que l'affiche doit remonter aux années 2010. Genre, quand c'était une fierté sans pareille d'ouvrir un réseau sans-fil pour la clientèle. J'avoue que j'aurais pas cru trouver ça utile un jour.

Il commence à y avoir du monde à l'intérieur. 19 h 15, les clients débarquent petit à petit. J'arrive à me caler à une table pour deux dans un coin, dos au mur, l'entrée en visuel. Je sais même pas pourquoi je veux voir qui passe la porte. À moins d'une sortie par l'arrière-boutique façon cliché de film d'action, si des fédéraux ou des Russes en colère se décident à venir me chercher ici, je suis juste totalement prise au piège. Au moins je verrai le danger arriver, pour savourer encore plus ma déchéance devant l'irruption de costards noirs.

Ha ha, très drôle.

Bosse, plutôt.

La connexion est bonne. Le téléchargement de Tails se termine rapidement. Je le prépare sur une clé USB. Redémarre la machine dessus. Et voilà, environnement propre, pas de traces possibles à moins de me voler l'ordi pour arracher les barrettes de mémoire et les garder dans de la glace jusqu'à un labo d'analyse forensique[35]. Je mets quand même pas mal les chances de mon côté, quoi.

Connexion TOR. C'est parti. Je pourrais peut-être réactiver mes anciens VPN d'avant… d'avant tout ce bordel, en surcouche. Non, mauvaise idée, les Russes les ont sous la main avec mon vrai ordi (pas la backdoor géante qu'ils m'ont filée).

On va dire que ça ira rien qu'avec TOR, tant pis.

Je me balade sur les bonnes vieilles adresses : marchés d'outils d'attaque, de fuites de données… Tellement de trucs qui

35 Analyse forensique : analyse de matériel informatique par la police scientifique pour y retrouver des indices ou des preuves.

font envie, et tellement peu de CryptoDenarii restants. Même pas assez pour acheter de quoi véroler proprement une pièce jointe d'e-mail. Et j'ai pas le temps de tester avec des programmes gratuits hasardeux en traînant sur des forums au hasard.

On récapitule.

J'ai plein d'infos de base sur les employés d'OmniSee Analytics et sur une pelletée de gens qui gravitent autour : clients, partenaires, associés, je sais pas quoi d'autre…

Aucun accès interne actuellement sous la main, à moins d'attendre demain pour espérer faire un truc. Mais j'aurai toujours pas d'outils pour tenter quoi que ce soit.

OmniSee Analytics est une petite entreprise, relativement petite on va dire. Ils ne doivent pas avoir beaucoup de budget en sécurité. Pas de gros moyens pour veiller à ce que les employés ne fassent pas de conneries avec l'informatique.

Et les utilisateurs font plein de conneries. Partout. Tout le temps.

Avec un seul numéro jetable et sa carte prépayée, c'est pas bien lourd pour tenter de gratter des infos en appelant les fournisseurs d'accès internet, ou autre.

Je déroule le tableur rempli des données de contacts récupérées sur l'ordi de Margaret tout en continuant de me creuser la tête. Les noms défilent, avec adresse physique, e-mail pro et perso, téléphones…

Une ligne m'interpelle sans que je sache pourquoi sur le moment. Alvaro Hanson. Classé dans le répertoire « autres », à part de la liste des employés.

Je tilte en voyant le nom de domaine de son e-mail pro (le perso n'est pas enregistré, sans surprise).

alvaro.hanson@securit.com

SecurIT. J'ai déjà vu ça quelque part.

Sparkles Find me répond. Boîte de sécurité informatique (sans déconner, vu le nom), mais pas que. Services clé en main pour les PME, intranets, cloud d'entreprise, gestions d'infrastructures…

Je passe au site officiel de OmniSee Analytics. Fouille les recoins un peu partout, cherche le sitemap, jusqu'à tomber sur l'espace de connexion pour les employés. En petits caractères en bas, SecurIT apparaît bien en mention pour les infos techniques du prestataire.

L'interface super sobre du login aux services internes des employés me nargue. Juste deux lignes à remplir : identifiant, mot de passe. Une boîte de dialogue grise, simple, sur un fond uniforme en teinte plus claire. Minimaliste, ils se sont pas trop foulés, chez SecurIT. Ou alors c'est une demande de Christophe Delcourt, va savoir. Un genre de délire d'élégance snob à la française par le rejet des atours inutiles… (Je vais beaucoup trop loin, là.)

OK.

Une interface pareille, ça se clone comme un rien. Même sur un bout de serveur à la con loué n'importe où pour les quelques CryptoDenarii qui me restent, ça passe. Je décortique le code source de la page, enregistre joyeusement tout ce que je peux, image de fond, logos, icônes, boutons.

Mon HTML me revient vite. Je prépare la copie le mieux possible hors-ligne avant de chercher où le publier.

Comme prévu, les vestiges de mon portefeuille CryptoDenarii partent dans la location d'un petit serveur chez un hébergeur perdu au fin fond d'un pays pas trop regardant. Et ceux du cash en bons vieux dollars qui traînaient dans mon sac, dans des nems au poulet que je grignote en attendant que ma fausse page de login s'uploade. Même pas besoin de script malveillant. Juste une redirection qui les mène à la vraie page de connexion une fois qu'ils ont tenté de s'identifier sur la mienne. Et configurer les logs[36] pour enregistrer en clair le champ du mot de

36 Logs : fichiers dans lesquels un serveur ou un ordinateur liste de façon plus ou moins détaillée son activité, par exemple pour un

passe. L'infamie totale en conception de site web, ça me ferait presque marrer.

Comme le nom de domaine que j'ai utilisé pour mon faux-site-vrai-piège-à-neuneu.

L'original : omnisee-analytics.com

Le mien : omnisee-analyttics.com

Avec ce petit double « t » qui passe à peu près discrétos à moins de vraiment mettre le nez sur sa barre d'adresse. Ce qu'aucun utilisateur lambda ne va faire tant que rien d'autre n'éveille ses soupçons.

La fausse page de connexion me semble propre. Maintenant, il va falloir cogiter un petit peu pour le message. Je dois enregistrer un deuxième nom de domaine déjà, pour coller à celui de SecurIT. Est-ce que je fais le coup d'un double « r » ? C'est une lettre particulièrement discrète… Ou un petit tiret. Dans une adresse e-mail, ça se remarque encore moins, je pense.

@securrit.com

ou

@secur-it.com

Non, le premier, allez.

Je copie-colle à l'arrache de quoi envoyer un e-mail à partir de cette adresse. Code bien crade, tout ce qu'il me faut c'est pouvoir expédier un seul message à toute la liste d'employés d'OmniSee Analytics.

Bon. Ce fameux message.

De : alvaro.hanson@securrit.com
À : <destinataires cachés>
Objet : Incidents de connexion

Bonjour,

---

serveur, les connexions entrantes, etc.

Des incidents de connexion aux services internes d'OmniSee Analytics ont été mentionnés à plusieurs reprises.

Nos équipes se sont assurées de remédier à ce problème dans les plus brefs délais.

Les services devraient être fonctionnels à nouveau. Je vous demanderai de bien vouloir m'en apporter confirmation en essayant de vous connecter comme à votre habitude :

https://www.omnisee-analyttics.com/internal/user_login

Merci d'avance.
Bien cordialement,

Alvaro Hanson
Relations clientèle
SecurIT

Bon, l'essentiel y est. J'ajoute des logos en bas, réagence, pour que tout soit le plus corporate possible. J'aurais bien aimé avoir un modèle de vrai message de SecurIT pour copier sa mise en page, mais les employés eux-mêmes n'en ont probablement pas vu passer souvent. Et même s'ils en ont reçu, qui va retenir à quoi ressemble exactement l'e-mail ennuyeux envoyé par ce mec du service informatique qui vient encore donner des recommandations pénibles qu'on ne suit jamais ?

C'est un « on » qui ne m'inclut pas, enfin… Pas trop.

Je relis encore et encore tout en mastiquant un autre nem.

C'est bon, envoie.

Juste cliquer sur ce petit bouton anodin me demande un gros effort de volonté. Pas droit à l'erreur, une fois que c'est parti, la chance est grillée. S'ils ne mordent pas, ils risquent de devenir soupçonneux, et quoi que je leur écrive par la suite, ce sera mal barré.

Ou alors, ils sont tous adeptes de la déconnexion en sortant du boulot et aucun ne va regarder ses e-mails dans la soirée. Là, j'aurais l'air conne.

Clic.

C'est parti.

La deuxième campagne de phishing de ma vie. J'espère qu'elle ne va pas déraper autant que la première.

Chapitre 18

J'essaye de ne pas regarder le serveur qui passe près de ma table. J'en suis encore à la moitié de mes nems après plus d'une heure, ils vont finir par perdre patience. Il revient par ici. Merde. Cette fois, j'y coupe pas.

Sourcils haussés, attentif, le mec me demande :

— Est-ce que tout se passe bien, madame ?

Non, tout ne se passe pas bien. Il est plus de 21 h et aucun employé d'OmniSee Analytics n'a mordu à mon hameçonnage. Ça craint. Putain, ça craint. Le créneau 20 h et quelques me semblait bon, pourtant. Les gens finissent de manger, vaisselle, tout ça, puis ils se posent devant leur ordi ou sur leur divan avec le smartphone en main. Et hop, le tic compulsif d'aller voir les derniers messages, pro, perso, tout confondu.

Mais non.

Bizarrement, tout ça, je ne peux pas le lui dire. Alors je fais juste un grand sourire et je réponds :

— Oui, tout va bien, merci !

Il s'incline un peu, poli, mais la contrariété ressort. Je tape l'incruste toute seule à la table en mettant des plombes à finir mon plat. Presque toutes les autres places sont occupées. Je suis en sursis. Et plus une tune pour commander quoi que ce soit. Mal calculé ce coup-là, quelle conne. J'aurais pu retirer un tout petit peu plus de cash dans la journée, assez pour justifier de zoner toute la soirée ici, sans attirer la curiosité de Mike (si tant est qu'il soit vraiment en train de me surveiller à ce point, comme s'il n'avait pas autre chose de plus constructif à foutre). J'aurais pu…

Du mouvement à l'écran. Quelques nouvelles lignes qui viennent de s'ajouter sur le log.

Connexion d'une adresse IP pour la page www.omnisee-analytics.com/internal/user_login (en même temps c'est la seule de mon faux site).

Un nem à moitié grignoté coincé entre les baguettes, je reste plantée à guetter le bas du terminal.

Allez.

Qui que tu sois, entre ton mot de passe.

Allez.

ALLEZ.

A-LLEZ !

ET, OUI !

Le bloc de lignes apparaît d'un coup avec tous les détails, encore l'adresse IP, heure, date, type d'appareil, etc., et surtout surtout surtout

les

identifiants

complets.

Login : richard.wayne

mot de passe : D3v4st@tor

— Putain, oui !

Mes voisins de table me jettent un regard mi-amusé mi-surpris. Merde, l'exclamation est sortie toute seule… et beaucoup trop forte. Je sens ma peau devenir écarlate et leur rends un pauvre sourire d'excuse.

C'est trop tôt pour gueuler victoire en plus, même si c'est déjà une grosse bataille de gagnée. Richard, quoi ! J'arrive pas à y croire. Pile une des putain de cibles sélectionnées par Sparkles, et c'est lui qui va droit dans le panneau le premier. Un des plus jeunes de la boîte, comme quoi… J'aurais parié sur un des boomers genre, je sais pas, Derek Hills, pourquoi pas, ouais. Les 90-2000 font largement autant de conneries, en fait.

Je veux dire, ce mot de passe. Y'a juste rien qui va. La majuscule en début, remplacer les lettres d'un mot du dictionnaire par des chiffres et des symboles à la con…

Bref.

Le log indique la redirection vers la vraie adresse de la page de connexion de l'entreprise. J'imagine Richard avec sa tête de beau gosse fêtard hausser les épaules en voyant que ses identifiants ont disparu, les entrer à nouveau, se retrouver sur son compte.

Un message arrive sur ma boîte codée à l'arrache avec le faux domaine SecurIT.

De : richard.wayne@omnisee-analytics.com
À : alvaro.hanson@securrit.com
Objet : Re : *Incidents de connexion*

Rien à signaler de mon côté

Cordialement,
Richard Wayne
Analyste data
OmniSee Analytics

OK. Il y a des chances que Richard se soit seulement connecté pour le test. C'est un fêtard le mec, je le vois mal passer ses soirées à travailler docilement jusqu'à pas d'heure. Il a répondu tout de même. Avec un message à l'arrache complété par sa signature d'e-mail automatique, mais il a répondu.

Je me force à attendre avant de me précipiter pour usurper son compte. La sécurité a l'air low cost au possible, genre, pas de double authentification ni rien, mais il doit bien y avoir une alerte ou quelque chose si on ouvre deux connexions simultanées. J'imagine du moins.

Quoique.

Mon cœur bat super vite quand je passe sur la vraie fenêtre de login de l'intranet OmniSee Analytics. J'entre les précieux sésames.

Hésite.

Et puis merde, je tente.

Chargement de la page.

Bienvenue, Richard Wayne

La satisfaction du méfait accompli.

Putain, ça marche.

Et aucune notification qui mentionnerait une autre connexion active ailleurs.

PUTAIN

ÇA

MARCHE

Allez. Pas le temps de traîner.

L'interface est super bateau, de gros boutons, des menus, un genre de fil d'actu. Je vais direct dans ses messages.

Chargement.

Houlà.

Il y en a.

Plein.

À quoi je m'attendais en même temps, qui a de précieuses secondes à perdre à supprimer ses vieux e-mails inutiles ?

Je parcours les premières pages. Le scroll est interminable. C'est moi, ou ce mec envoie méthodiquement des messages de blabla perso à presque tous les prénoms féminins de la boîte ? Pas que ça m'étonne de sa part, mais bon.

J'ouvre quelques trucs au pif, quand l'objet en titre semble un peu plus intéressant que la masse de flood. Des bilans de requêtes et de tests d'algorithmes, des listes d'agrégats de données récupérées chez différents data brokers… Sparkles revient souvent dans ces sources, forcément, vu le mastodonte.

Tiens, tiens. « Re : Re : Re : FriggHouses »

C'est le big boss des parts de marché dans la domotique grand public, ça, non ? Ou pas loin, deuxième place minimum.

J'ouvre.

C'est un échange interminable, ping-pong de discussions entre une jolie brochette d'employés, vu les intitulés des signatures de message : développement d'algorithme, analyste psychographique… Et même Christophe Delcourt en personne dans la boucle. Il y en a des kilomètres à la chaîne, mais allez, là, je peux pas passer à côté.

La conversation s'éternise sur un bon nombre d'e-mails sans que je comprenne exactement de quoi ils parlent. Jargon de marketeux et d'économistes, ou peut-être aussi de psychographes pour ce que j'en sais. Des histoires de prospects, de conversions, de cibles, pour améliorer des ratios, des taux d'engagement…

Tant pis, je survole, pas le temps de chercher un dictionnaire ou de sparkler chaque terme un par un. J'arrive au tout premier, la source de tout ce brainstorm corporate.

De : deborah.marquard@omnisee-analytics.com

À : william.clark@omnisee-analytics.com ; derek.hills@omnisee-analytics.com ; elona.riden@omnisee-analytics.com ; richard.wayne@omnisee-analytics.com

Bonjour à tous,

Les derniers essais à échelle réelle confirment les tendances observées dans les premiers sondages et tests sur cobayes volontaires.

Vous trouverez l'intégralité des résultats en pièce jointe, mais je vous livre à la suite plusieurs points qui me semblent à retenir.

1) Même d'imperceptibles variations de colorimétrie et de luminosité via les ampoules et éclairages connectés induisent un sentiment de bien-être, ou au contraire, d'inquiétude ou de déprime, y compris chez les sujets au score de neuroticisme le moins élevé. L'impact de cette fluctuation émotionnelle sur la décision d'achat a été confirmé par les chiffres des campagnes publicitaires menées sur la base des profils de consommateurs issus du ciblage Sparkles. Une certaine marge d'amélioration est à considérer par l'adaptation plus spécifique du contenu des publicités aux altérations lumineuses pour une meilleure association. Un produit alimentaire ou un meuble devrait aller de pair avec une impression lumineuse chaude, bienveillante, agréable, pour ne prendre que quelques exemples évidents. D'autres cas sont plus ambigus et restent à déterminer, comprenant notamment :

- vente d'armes, et de matériel de protection personnelle (alarmes, vidéosurveillance…), mettre l'accent sur les craintes, ou la sécurité et les traditions familiales ?

- alcools, un sujet fortement marqué par le neuroticisme et déjà prompt à la consommation solitaire pourrait ressentir une plus grande incitation à l'achat par l'influence d'émotions négatives. Le ciblage de tranches d'âges légales (supérieures à 21 ans) via les données Sparkles est essentiel pour éviter d'attirer l'attention de la Federal Trade Commission.

- assurances, vaut-il mieux insister sur le sentiment de risque, ou celui de la protection et des garanties apportées ?

2) Les variations de fréquences et longueurs d'onde en bruit rose, bruit blanc, infra et ultrasons ne permettent pour le moment pas une maîtrise assez subtile de l'équilibre entre effet ressenti et perception réelle des sons. Dans le cas d'un sujet exposé au son d'un téléviseur, l'ajout des fréquences propices à susciter les réactions attendues contraint le recours à un volume sonore bien trop élevé, perçu dans tous les cas comme une nuisance et conduisant à mettre en doute le bon fonctionnement des appareils audio environnants. L'exposition à des gammes d'ultrasons perceptibles uniquement chez les sujets jeunes a déjà été considérée de longue date comme un moyen de repousser ces publics (dans certains lieux par exemple, via des émetteurs en façade).

Une utilisation combinée dans le cas de publicités sujettes à restriction d'âge (ex : produits alcoolisés) serait-elle envisageable ?

3) La diversité des contenus publicitaires et médiatiques auxquels les sujets ont été exposés durant les tests permet d'envisager un élargissement des possibilités de mise en application. Loin de se réduire à un impact sur la décision d'achat, les variations de l'environnement lumineux ont montré une influence notable sur la perception d'événements d'actualité et même de conversations personnelles. Si les personnalités OCEAN marquant le neuroticisme le plus élevé y sont évidemment les plus sensibles, l'intégralité du panel test a malgré tout montré des réactions à des degrés variables.

Je laisse ces résultats à votre appréciation. À titre personnel, je pense que le projet mentionné lors du meeting d'hier soir est d'ores et déjà envisageable.

Bien cordialement,
Deborah Marquard
Analyste données psychographiques
OmniSee Analytics

Ah ouais.

Quand même.

Je réalise que j'ai lu d'une traite, le nem toujours en lévitation à mi-chemin entre ma bouche et le clavier de l'ordi. Des petites miettes grasses sont tombées sur les touches d'ailleurs. Beurk.

L'expression de dégoût colle bien pour ce que je viens de voir dans ce message, également.

Putain de merde, c'est… c'est juste dingue.

Influencer les décisions d'achat par des changements dans la lumière de toutes ces ampoules connectées à la con que tout le monde a dans son salon, sa chambre, sa cuisine, partout ? Et encore plus, changer la perception du monde carrément, la meuf parlait bien des actualités aussi, j'ai pas rêvé ?

Putain. De. Merde.

Impossible de déterminer si je suis genre, admirative à mort devant le génie du truc, ou complètement dégoûtée.

Ouais. Les deux à la fois.

Et ils en discutent comme si c'était normal, bien entendu, le business quotidien quoi. Je remonte les échanges suivants, que je vais peut-être mieux comprendre maintenant que je connais le sujet de départ. Pas un pour dire, je sais pas, « eh les gars, pousser des alcooliques à boire en leur balançant des lumières et des bruits flippants à la gueule, c'est quand même un peu limite, non » ?

Bah non.

Et puis, cette histoire d'élargissement à d'autres perspectives… ça me rappelle ce que racontait Mike à propos des recherches du directeur de ma branche chez Sparkles, Sagma Bhatt. Chez Sparkles, Mike avait l'air de penser que ce serait un joli enrobage corporate pour parler de viser des catégories religieuses, politiques, et tout. En traduction version OmniSee Analytics, ça donnerait quoi, alors ?

En scrollant vers le haut dans les séries d'autocongratulations et les détails que certains tatillons font ressortir du gros document de l'étude mise en fichier joint par la meuf des analyses psychographiques, je vois un nom.

Ray Philips.

Philips, Philips, Philips.

À part une marque de trucs électroménagers, pourquoi je connais ce nom déjà ? Pourquoi est-ce qu'il me rappelle quelque chose ?

Je relis le message. Tiens, c'est de Richard.

De : richard.wayne@omnisee-analytics.com

C'est Ray Philips qui va être content, depuis le temps qu'il tourne autour de Delcourt comme un chien qui cherche son nonos, lol

La subtilité.

Il se fait remettre à sa place, d'ailleurs.

De : derek.hills@omnisee-analytics.com

Sacré Richard ! ;-)

Je suis sûr que M. Delcourt, qui est dans la boucle de ces messages aussi, sera d'accord avec toi, ceci dit : une opportunité en or pour ce contrat (si contrat il y a, rappel : on ne doit pas en parler ici !)

Plus d'intervention de Richard après, pas avant un bon moment du moins. En me mettant à sa place, après avoir réalisé sa bourde, je peux comprendre.

Mais ce Ray Philips, alors…

Putain, mais oui.

L'appel pour un rendez-vous avec Delcourt justement, quand j'ai remplacé Margaret pour sa pause clope.

Je suis sûre que ce n'est pas que de là que je le connais…

Nouvelle fenêtre de navigateur, toujours sous TOR. Sparkles Find. « ray philips ».

Des résultats s'égrènent sur un peu tout et n'importe quoi. Il y en a des tonnes, des Ray Philips. Un électricien texan, non, ça ne correspond pas. Un universitaire de l'Ohio. Je clique à tout hasard, mais non, c'est un prof de littérature comparée, qu'est-ce qu'il foutrait là-dedans ?

Un article sur la campagne présidentielle.

Ah ha !

La flemme de tout lire, je balance une recherche en plein texte. Qui m'envoie au niveau d'une photo de groupe avec plein de beau monde en costard/tailleur. Au centre, bedaine en avant et sourire étincelant, la personne dont j'ai déglingué la smart house dernièrement, alias le président sortant, Charles Kayne. Autour de lui, d'autres rictus figés dont les noms sont énumérés sous l'image. Ray Philips est là, quinqua aux cheveux blancs en brosse, le teint tanné par le soleil d'un exploitant de ranch du Sud ou d'un ancien de l'armée. Pas de mention de lui dans l'article, mais il fait partie de l'équipe de campagne, ça, c'est certain.

J'ouvre le site du parti Kayne, fouille les recoins des trombinoscopes et des listes de partenaires… Rien. Rien. Rien.

Requête Sparkles Find avec arguments précis, uniquement sur le nom de domaine du site, le mot « philips ».

Et bim !

Philips & Marquard Inc. Consultants en communication, gestion de campagne et…

Attends, Marquard ? Comme Deborah Marquard, la meuf qui bosse aussi chez OmniSee Analytics ?

Pas de site enregistré pour leur boîte, mais je finis par retrouver les deux noms dans une obscure liste d'entreprises constituée par un de ces innombrables data brokers qui agglomèrent tout ce qu'ils peuvent revendre ensuite pour marketing, com, tout ça.

C'est bien la même Deborah Marquard, ou alors la coïncidence est totalement dingue.

En résumant, on a donc un mec d'un binôme de consultants quasi-fantôme qui bosse dans la préparation de la campagne du président Kayne, et justement, avec comme associée une chercheuse en ciblage psychographique qui travaille sur un projet particulièrement glauque chez OmniSee Analytics. Le tout pour influencer l'humeur des gens face à des événements. Des annonces. Des pubs.

Des communications politiques ?

Wow.

Et ils espéraient que ça passerait comme ça ? Que personne n'allait remarquer un truc bizarre, à force, et dire… Mais non, à moins d'un lanceur d'alerte en interne, qui aurait pu remonter jusque-là ? Ils concluent les accords sans les crier sur les toits, même les employés de OmniSee Analytics n'ont pas encore l'air fixés sur cette histoire. Est-ce qu'il y a seulement « une histoire » ? Je pars peut-être trop loin. Il y a déjà eu des rumeurs de magouilles lors de son élection, je crois. Pas comme si j'en avais grand-chose à faire des conneries de politiques à l'époque, mais j'ai dû en entendre parler aux infos, forcément. Et pour la campagne de cette année, Kayne est en chute libre dans les sondages, il s'est mis encore davantage les institutions fédérales à dos avec… avec ma contribution accidentelle, on va dire… Alors, est-ce qu'il pourrait chercher un coup de boost en manipulant les émotions des votants, carrément ? Enfin, plus que ce que font les campagnes politiques à la base, quoi.

OK. Si c'est avéré et que ça s'apprend, il y a matière à un putain de gros scandale pour Kayne, OmniSee Analytics et Sparkles aussi, vu qu'ils auront fourni toutes les données personnelles de ciblage en mode open-bar. Autrement dit, exactement ce que Mike et les Russes semblent vouloir. Faire passer Sparkles pour des gros hypocrites qui prétendent défendre la démocratie, des élections sans trucages, tout ça, mais refilent de quoi alimenter une usine de manipulation à échelle industrielle (si OmniSee Analytics applique ses projets rien que sur la domotique FriggHouses, c'est genre 70 ou 80 % des maisons connectées concernées, c'est juste dingue !).

Et c'est (forcément) ce que Sparkles voulait éviter en m'envoyant creuser dans les activités d'OmniSee Analytics. Je sais pas exactement comment ils peuvent limiter les éclaboussures… Lâcher le partenariat OmniSee Analytics en les dénonçant, peut-être ? Ou alors déjà leur remonter les bretelles avec toute l'autorité d'une mégacorpo ?

La seule chose certaine : les deux plans sont, mais carrément pas du tout compatibles.

Et que ce soient les Russes ou Sparkles, les deux peuvent me livrer en mode aller simple pour une prison haute sécurité, combinaison orange incluse.

Putain.

Je sens la panique venir, serrer mon ventre, ma gorge.

Alors que j'ai même pas encore quoi que ce soit de concret. Si ? Là, techniquement, si je balance ce que j'ai à Sparkles, ou à Mike, ou à n'importe qui d'autre, qu'est-ce qu'ils pourraient en faire ? Juste des rumeurs d'employés, pas de preuves… Si, qu'OmniSee Analytics compte jouer avec les émotions des gens via leur domotique pour leur vendre des trucs. C'est le genre d'info qui ressort sans arrêt depuis qu'on est tous en ligne tout le temps et qu'on a des smartphones : nos données servent à nous profiler et nous retourner le cerveau avec de la pub toujours plus ciblée. Et ça ne fait pas réagir grand monde. Moi non plus d'ailleurs, j'avoue. Ça craint pourtant, déjà. Mais tant que c'est pour nous vendre des chaussures et des céréales, la menace reste vague.

Par contre, si le président Kayne est en train de préparer sa remontée électorale en utilisant les mêmes moyens : là, les gens peuvent vraiment s'énerver.

Il me faut des preuves directes. Ils ont obligatoirement passé un contrat, quelque chose, il y a eu des transferts d'argent, des paiements… La boîte e-mail de Richard n'a rien d'autre sur le sujet, mais quelqu'un dans l'entreprise doit forcément être plus au courant !

Ouais, le patron, déjà.

Christophe Delcourt.

Est-ce qu'il va se faire avoir par le bon vieux phishing, lui ? Je revois son regard pénétrant, comme des sortes de lasers mentaux qui découpent la cervelle et analysent les petits morceaux impitoyablement. J'ai du mal à l'imaginer oublier de vérifier les détails d'un message, même si un moment d'inattention peut arriver à n'importe qui.

Un bruit de notification m'arrache un sursaut.

Un nouvel e-mail sur la boîte de Richard.

De : christophe.delcourt@omnisee-analytics.com
À : <destinataires cachés>
Objet : Attaque de phishing

Merde.

Frisson glacial dans le dos.

Je continue de lire en avalant mon absence de salive (spoiler : ça ne passe pas).

À l'attention de tous les employés,

Une campagne de phishing cible actuellement certains membres du personnel d'OmniSee Analytics. Un message alertant de problèmes de connexion aux services de notre intranet, usurpant l'identité de notre contact auprès du prestataire SecurIT, M. Alvaro HANSON.

Si vous avez reçu le message que je joins en copie ci-dessous, ne suivez surtout pas les instructions indiquées et ne cliquez pas sur le lien.

Si vous pensez avoir commis une erreur à ce niveau et communiqué vos identifiants d'accès, signalez-le au plus vite à notre partenaire SecurIT : alvaro.hanson@securit.com

Veillez toujours, pour la sécurité de nos activités, à suivre les mesures élémentaires rappelées régulièrement par notre prestataire.

Christophe Delcourt.
CEO
OmniSee Analytics

J'entends les pulsations de mon cœur, trop rapides.

Putain.

C'est mort pour arriver à creuser davantage de ce côté.

Je passe les mains sur mon visage. Coup de fatigue. Le cerveau qui ralentit.

Il me faudrait du café. Beaucoup de café. Est-ce que les quelques quarters qui traînent dans les recoins de mon sac, ça suffira en plus du reste ?

Révélation. La salle est presque pleine, je peux filer sans payer.

Non. Attirer l'attention sur moi, mauvaise idée.

Tant pis pour la caféine. (À ce stade c'est limite plus un autre stimulant en c-ine dont j'aurais besoin… trop dommage que Josh soit si loin, il aurait tout ce qu'il faut, lui.)

Mais qu'est-ce que je raconte ?

Retour au boulot.

Le phishing, c'est mort. Je vois sur les logs de mon site-piège que deux adresses IP de plus se sont connectées et ont entré des identifiants. Les noms ne me rappellent rien. Personne d'intéressant. Je pourrais toujours fouiller leur messagerie avant que SecurIT ne se mette à leur dire de changer leurs mots de passe, tout ça. Mais ça serait long, probablement inutile. J'ai pas la nuit devant moi, et hors de question de me servir de la connexion de l'appart, ou même de mon téléphone.

Il faut passer à l'échelle au-dessus. Attaque ciblée.

Viser la tête.

Christophe Delcourt.

Machinalement, je commence à le sparkler, le chercher partout ailleurs, LinkedIn, Twitter… Comment les (vrais) espions appellent ça déjà ? OSINT. *Open source intelligence*. Toutes les conneries dangereuses pour notre sécurité en ligne qu'on laisse traîner partout. Ce « on » générique. Quoique je le rejoigne pas mal maintenant que j'ai ressuscité mon compte Sparkles moi aussi.

Delcourt n'a pas l'air de faire partie du grand « on ».

Il est cité : papiers académiques, articles, conférences. Je vois son crâne rasé de près et ses costards chics en vignette de TED Talks et de vidéos Sparkles Video enregistrées dans des conventions IT un peu dans le monde entier. Amélioration des profilages psychographiques par le big data, comment atteindre plus finement ses audiences cibles, tout ce genre de trip de marketeux psychopathe. Aucun réseau social à part un ou deux comptes pros complètement fantômes. Que des photos officielles (celle du site OmniSee Analytics, celles de sa page d'enseignant sur deux universités où il a donné des cours) ou en illustration d'un article, d'un compte-rendu de conférence, encore et toujours.

Autrement dit rien.

Rien.

Rien.

J'ai beau tester toutes les variations de requêtes possibles autour de son nom, son poste, son cursus d'études (ça au moins j'ai trouvé quelques traces : après un master en France, il a continué à Stanford, ce qui ne m'éclaire pas sur grand-chose).

Je vais pas aller loin avec ça pour essayer de casser ses mots de passe.

Sans grand espoir, je vais quand même fouiner du côté des bases de données volées. J'ai son adresse pro, une adresse perso, un numéro de téléphone... Avec un peu de chance (bon, pas pour lui, certes), il aura renseigné l'un des trois sur un quelconque site à la con qui s'est fait siphonner ses identifiants d'utilisateurs. Mais non, évidemment, rien du tout.

Ce type est tellement prudent que c'en est beau, d'une certaine façon.

Tout en me cassant bien les ovaires au passage, là, dans ma situation.

À moins de m'acharner à lui envoyer des messages piégés jusqu'à ce qu'il morde à l'hameçon, je crois qu'il n'y a plus qu'une seule option. C'est la seule qui me vient, en tout cas.

Bonne vieille attaque physique sur la machine.

C'est un conférencier, il doit avoir un ordi portable pro qu'il trimballe et apporte dans son bureau tous les matins. Rempli de secrets d'entreprise. Et probablement sous un système d'exploitation relativement basique. Si OmniSee Analytics en est à faire appel à des prestataires en promo style SecurIT, ils n'ont pas fait customiser de distributions Linux maison.

On va tabler sur du malware pour Windows.

Avant tout, on récapitule :

- je ne connais pas les clés USB qu'il utilise, impossible de la jouer comme pour Sagma Bhatt et remplacer avec un modèle identique vérolé comme il faut ;

- je n'ai pas le temps d'attaquer lentement tout le réseau de l'entreprise en commençant par l'ordi de Margaret par exemple, auquel j'ai accès facilement (dommage) ;

- je ne peux très probablement pas voler son PC et traverser tout l'étage avec sans qu'il donne l'alarme au vigile, qui m'écrabouillerait par terre avant même que j'essaye de baratiner.

Bilan : on dirait que je n'ai pas 36 solutions.

Quelle brillante déduction.

Alors, qu'est-ce qu'il reste ? Arriver à mettre l'une de mes propres clés direct dans son ordi en priant pour qu'il ne se rende compte de rien ?

OK… C'est presque pareil que pour Bhatt, à part qu'il faut que je branche la clé. Attendre… combien de temps ? Ça doit aller vite, je dois trouver un malware qui se déploie rapidement, très rapidement. Reprendre la clé, sortir comme si de rien n'était.

Oui, mais…

L'open space d'OmniSee Analytics est ridiculement petit à côté de celui de Sparkles. Presque personne ne se balade dans la salle à part pour l'occasionnelle pause, faire un tour aux toilettes, tout ça. Donc tout le monde va me voir rentrer dans le bureau du patron. Une excuse, qu'est-ce que je pourrais trouver qui…

La consigne de Mike. En finir avec le stage dans cette boîte.

Voilà mon excuse. Je veux arrêter, expliquer au boss que ça ne m'apporte rien d'être plantée au secrétariat avec Margaret vu que je suis censée travailler sur des algorithmes (ce qui est la totale vérité quelle que soit la perspective, légitime ou non, on va dire). Et par hasard, oh, quel hasard, pile quand je vais toquer à la porte de Delcourt avec un petit café serré comme il les aime pour me faire pardonner (tu parles, il va être ravi que je désencombre le paysage), il n'est pas dans son bureau. Mais il faut bien que je lui laisse le café.

Alors j'entre.

Juste quelques secondes.

J'avale ma salive.

Pas trop mal.

Restera à convaincre la Melissa de demain matin, qui sera plantée devant la porte du bureau.

Un détail juste…

Putain.

Avec quel outil d'attaque je comptais faire ça, moi ?

Mon portefeuille de CryptoDenarii est à sec. Je peux pas le remplir via ma carte bleue sans risquer d'agiter plein de petits drapeaux suspects chez les Russes.

PUTAIN.

J'ai envie de casser un truc. Mon crâne, par exemple.

Ou ce téléphone neuf encore emballé qui me sert à rien au final. À part à me laisser à sec de cryptomonnaie. Quelle conne, j'espérais faire quoi avec ça, me faire passer pour la banquière de Delcourt et lui vider son compte une fois qu'il m'aurait donné des infos sensibles comme un idiot ?

QUELLE CONNE.

Je sens que je vais me mettre à pleurer. Pas le moment. Trop de monde autour.

Et puis un genre de déclic dans ma tête.

Café. Cocaïne. Josh.

Josh et ses achats de substances douteuses sur des marchés noirs darknet.

C'est même moi qui lui ai appris à se servir d'un portefeuille crypto.

J'ouvre Sparkles avec ma connexion TOR. C'est un peu louche, mais tant pis, je dois pas être la seule nerd à faire ça et c'est toujours moins catastrophique que d'utiliser l'adresse IP du restau.

Cousin, tu es mon dernier espoir. J'en ai les mains qui tremblent quand j'écris le message, à l'arrache, sans même lire ce qu'il m'a raconté depuis hier (40 messages non lus).

Melissa Allen : tu pourrais me dépanner de la crypto
Melissa Allen : genre vraiment rapidement

J'ai envie de lui écrire davantage, de vider le sac de tout ce bordel, mais non. Impossible. Le moindre mot un peu trop suspect pourrait faire sonner je ne sais quels algorithmes chez Sparkles, déjà, voire en direct dans les agences à trois lettres qui veulent me mettre en combi orange.

Réponds, cousin.

Réponds.

OUI !

Josh A. Narchy est en train d'écrire…

Josh A. Narchy : et bonjour aussi :p

Il est sérieux ?

Melissa Allen : salut

Melissa Allen : dsl

Melissa Allen : je suis un peu en stress

Josh A. Narchy : lol

Ouais. « lol ». Tellement à l'opposé de mon état d'esprit.

Josh A. Narchy : qu'est-ce qu'il se passe meuf ?

Josh A. Narchy : tu as hacké Sparkles en interne ? :p

Gniiih, j'ai envie de le secouer à distance pour qu'il arrête ce genre de blagues.

Melissa Allen : mdr non

Melissa Allen : c'est juste qu'il faut que je finisse un truc

Melissa Allen : je suis en plein dedans et j'ai plus assez de fric en crypto pour choper ce qu'il me manque

Mes doigts restent suspendus au-dessus du clavier. Hésitation.

Allez, la carte du sous-entendu en mode complice.

Melissa Allen : tu sais par rapport à quoi ;)

Melissa Allen : (chut)

Josh A. Narchy : Ooooooh

Josh A. Narchy : oui oui oui je vois

Josh A. Narchy : « par rapport à quoi »;)

Josh A. Narchy : je suis sur le forum moi aussi j'ai créé un compte

Josh A. Narchy : Pas encore regardé les sujets, mais

Josh A. Narchy : Josh est dans la place 😎

Melissa Allen : cool :)

Josh A. Narchy : Ouais tu t'en fous pour l'instant

Josh A. Narchy : tu as besoin de crypto

Josh A. Narchy : C'est beau la famille

Josh A. Narchy : Je suis outré

Josh A. Narchy : 😒

Josh A. Narchy : il te faut combien ?

Josh A. Narchy : Gente damoiselle, miesnne fortune est vostre

Josh A. Narchy : 💵 💵 💵 💵 💵

Je peux pas m'empêcher de sourire. Putain, Josh, quoi. Bouffée d'amour fraternel.

Melissa Allen : merci merci merci <3

Melissa Allen : promis je te rembourse super vite

Josh A. Narchy : Ne vous inquiétez donc pas pour cela

Josh A. Narchy : 😎

Melissa Allen : non, mais si quand même :p

Josh A. Narchy : Je n'en ferai rien 😎

Josh A. Narchy : en fait, tu pourrais me rendre un gros gros service

Josh A. Narchy : tu as un appart à SF ?

Melissa Allen : ouais

Josh A. Narchy : super

Josh A. Narchy : Si je débarque dans genre, trois jours là, ça le fait ?

Josh A. Narchy : ce week-end, samedi

Josh A. Narchy : ou peut-être vendredi…

Josh A. Narchy : T'aurais un coin de tapis à squatter ?

Ah, carrément !

Bon. C'est pas le meilleur timing qu'il pouvait choisir. Le pire même, peut-être.

OK, mais ça fait quoi, deux ans qu'on s'est pas vus, c'est trop cool en même temps !

Ouais… Et les Russes, ils ne risquent pas de se demander ce qu'il vient foutre là, d'un coup ? Non, ils m'ont dit de continuer ma vie comme si tout était normal, logique pour une couverture. Et si tout était normal, j'enverrais pas Josh chercher un banc dans un parc (je pense qu'il en est tout à fait capable).

Et si je me fais griller par les fédéraux ? S'il est là quand le SWAT vient défoncer ma porte pour m'embarquer à Guantanamo ou je sais pas où ? Qu'est-ce qu'ils vont en faire ? Logiquement, s'ils se pointent pour une histoire de terrorisme informatique sur la Maison-Blanche, un petit dealer anarchiste, ce sera pas exactement leur préoccupation, si ?

Putain, et je peux rien lui dire, pas le prévenir, rien.

J'allais répondre, mais il se remet à écrire.

Josh A. Narchy : J'ai un boulot à faire sur San Francisco

Josh A. Narchy : et je connais pas grand monde sur place

Josh A. Narchy : je squatterai pas trop longtemps promis

Un boulot.

D'accord.

Si le FBI débarque pour attaque sur la demeure présidentielle, est-ce que je suis à un sac de drogue près ?

Josh A. Narchy : Si tu peux pas je m'arrangerai hein

Josh A. Narchy : au fait t'as pas changé ton portefeuille de cryptodenarii ?????

Melissa Allen : non non tkt c'est le même

Josh A. Narchy : Ouf putain

Josh A. Narchy : je t'ai envoyé le fric, mais j'ai eu peur que ce soit plus le bon

Josh A. Narchy : t'imagines la loose ?

Il me fait peur, c'est bien ce portefeuille que j'avais déjà quand je lui ai passé un premier virement pour tester ? Je vérifie vite fait les dernières transactions que j'ai reçues.

Cent quatorze CryptoDenarii reçus il y a une minute seize.

Wow, je m'attendais pas à autant, c'est… parfait, d'accord, je dois avouer.

Melissa Allen : mercii !!!

Josh A. Narchy : ça ira pour ton business ?

Melissa Allen : ouais impec

Josh A. Narchy : Super

Josh A. Narchy : C'est tout ce que j'avais donc heureusement XD

Melissa Allen : pour ton boulot à SF

Melissa Allen : tu peux pas du tout décaler ou quoi ?

Josh A. Narchy : Non

Josh A. Narchy : Mais tkt je vais trouver une autre solution

Josh A. Narchy : Je peux pas rater l'opportunité

Melissa Allen : non non c'est bon viens !

Je rajoute rapidement, en sentant arriver le grand discours à propos d'un trafic quelconque alors qu'on est sur un canal pas du tout étanche aux regards fédéraux :

Melissa Allen : tu me parleras de tout ça IRL =D
Josh A. Narchy : t'es sûre ?
Josh A. Narchy : Je veux pas faire mon casse couille

J'avais oublié le côté gentil Josh prévenant sous le jeu de rebelle qui n'en a rien à foutre.

Je peux juste pas le laisser en plan. Pas possible.

Melissa Allen : mais non viens
Melissa Allen : c'est cool qu'on puisse se revoir IRL =D
Melissa Allen : tu me dis quand tu arrives même si je bosse encore
Melissa Allen : on s'arrangera pour que je te file les clés !
Josh A. Narchy : Merci couz c'est vraiment sympa
Josh A. Narchy : Moi aussi je serais content de me revoir

Il me faut un instant pour comprendre la tournure troll de la phrase.

Même avec le niveau de stress qui me bouffe le ventre, je peux pas m'empêcher de glousser bêtement. Ce que j'illustre par écrit :

Melissa Allen : mdr
Melissa Allen : faut que je te laisse par contre
Melissa Allen : que je finisse le truc ;)
Melissa Allen : A +

Il est en train d'écrire, mais je referme Sparkles sans attendre sa réponse. Josh reste Josh, je vais pas m'en sortir j'ai une cyberattaque à préparer.

Cent quatorze CryptoDenarii.

OK, on est loin de la fortune que ça représenterait si c'était du bon vieux Bitcoin, mais quand même. Largement de quoi dégoter un bon malware de luxe.

Et si j'ai la flemme de fouiller moi-même dans les arguments pour le configurer : service client compris.

Chapitre 19

Je me dévisse le cou pour regarder vers l'open space à travers la vitre qui nous en sépare. Des meubles placés derrière me gênent, mais par une torsion tactique (et douloureuse) des vertèbres j'arrive à trouver un tout petit angle qui me laisse entrevoir la porte du bureau de Christophe Delcourt. En sentant que Margaret m'observe en coin, je camoufle le mouvement en un genre de yoga/étirement improvisé. Mon dos craque en protestation. Aïe.

Elle me dit avec une compassion qui me touche un peu (surtout qu'elle était parmi les employés qui se sont fait piéger par mon phishing du faux site OmniSee Analytics hier soir) :

— Mon kiné m'a indiqué des exercices qui soulagent bien… Je te les passerai, si tu veux.

J'essaye de sourire.

— C'est gentil. Merci.

Et comme j'ai l'impression qu'elle a remarqué ma tête de déterrée ce matin, j'ajoute :

— J'ai super mal dormi, j'ai eu mal toute la nuit…

Elle grimace comme on peut l'attendre dans ce genre de situation.

— Je te donnerai son adresse, tu devrais le consulter.

— Ouais… Je prendrai rendez-vous.

Fin de la discussion, Margaret se remet au boulot, et moi à faire semblant d'être occupée sur mon propre ordi portable numéro 1 (pas le courage de sortir le numéro 2 avec mon système d'exploitation bien louche).

La clé USB est posée à côté. Chargée avec ce foutu malware que j'ai passé la nuit à décortiquer et programmer. La douleur ce matin quand j'ai vu l'heure de prendre mon bus approcher.

Envie d'un café de plus. Non, pas envie. Besoin.

Mon portable vibre dans ma main alors que j'allais le glisser dans une poche.

Un appel Signal. Numéro inconnu.

Merde.

Un sourire d'excuse à Margaret, et je sors vite du hall. Le vigile me regarde passer sans me voir, perdu dans l'ennui digestif du début d'après-midi.

Mes doigts tremblent un petit peu quand je décroche.

— Bonjour, Melissa.

Je prends une inspiration.

— Bonjour, Mike.

— Vous vous trouvez toujours actuellement dans les locaux d'OmniSee Analytics.

Ce n'est pas une question. Il doit voir le point rouge sur un écran, dans une planque quelconque (ou la chambre d'un hôtel de luxe, va savoir).

— Oui…

— J'espérais que vous auriez convenu avec votre responsable de stage Sparkles de ce dont nous avons discuté hier.

— Je… j'ai pas réussi à le joindre, en fait, et hier soir… je suis désolée, j'étais crevée, j'ai mis un film et je me suis endormie, je…

— Vous ne semblez pourtant pas avoir cherché à l'appeler hier, ni à lui écrire.

Putain de RAT. Merde, merde, merde.

Je bafouille encore plus. Il m'interrompt net. Une pointe de colère froide dans sa voix. Elle fait ressortir son accent.

— Ne me prenez pas pour un idiot, Melissa. Nous vous avons laissé une liberté importante jusqu'à présent. N'en abusez pas. Notre relation doit être basée sur une transparence totale de votre part. Contactez votre responsable de stage. Aujourd'hui.

Il raccroche.

J'ai l'impression qu'un genre de trou noir est en train de s'ouvrir dans mon ventre. Un vortex glacial qui tord mes tripes et va les aspirer jusqu'à ce que mon corps implose.

La réalité qui me rattrape, ouais, on peut dire ça.

Mike n'est pas un gentil protecteur. Ni un patron. Ni un prof. Ni un M. Davis. C'est un espion étranger en opération clandestine qui utilise un outil pour sa mission : moi. Je peux même pas lui en vouloir. Enfin… pas vraiment.

Sur mon portable, un déluge de notifications de messages Sparkles. Je devine du Josh en mode spam. Plus tard, il attendra.

Cette après-midi, il faut que j'infecte l'ordi du directeur d'OmniSee Analytics. Dernier délai.

Oui, c'est déjà ce que je me disais ce matin.

Mais là, c'est vraiment la dernière ligne droite. À moins de me pointer chez Sparkles avec pour seule info juteuse les rumeurs des employés et l'influence de comportement d'acheteur via la domotique. Le genre de truc sur lequel Sparkles doit bosser aussi de son côté.

Il me faut ce truc avec Ray Philips et la campagne du président Kayne.

Avant.

Ce.

Soir.

Putain.

Je retourne dans le hall de l'étage comme un zombie. Au moins je suis assortie au vigile. Margaret lève la tête quand je reviens près du bureau. Avant qu'elle ne pose la question qui tue dans ces moments, genre, « ça va ? », je lance :

— Je te rapporte un café, Margaret ?

— C'est gentil, Melissa, mais tu n'es pas obligée, je…

Sourire forcé pour avoir l'air aimable.

— T'inquiète !

Elle est gênée.

— Merci…

Je chope ma clé USB vite fait avant de pousser la porte de l'open space. Des regards se lèvent vers moi, comme toujours. Mon cœur s'accélère déjà. Bouche sèche. Je sens des veines battre à mes tempes, mon cou…

Devant la cafetière, à placer les capsules. Je fixe l'affiche scotchée là jusqu'à ce que les mots n'aient plus aucun sens.

NE ME CONNECTEZ PAS AU WIFI
MERCI

Le mug de café est rempli. Les dernières gouttes tombent. Ploc. Ploc. Ploc.

J'entends le bruit d'une porte. Sur la droite. La direction du bureau de Delcourt.

Des pas pressés. Une sonnerie de portable.

La voix à l'accent français de Christophe Delcourt qui répond :

— Oui ? Non, là je ne peux vraiment pas. Rappelez-moi dans… disons, cinq minutes.

Une autre porte qui s'ouvre et se referme. De l'autre côté de l'open space, vers la petite salle de réunion.

Le champ libre.

Et si…

Stop. On réfléchit plus.

On fonce.

Je prends le mug.

Passe l'angle, sans un regard autour, en mode automate.

La porte du bureau aquarium, stores tirés. Je toque au panneau de verre. Forcément, pas de réponse, alors je fais genre, j'insiste. Ma voix s'étrangle, mais j'arrive à dire :

— M. Delcourt ? Votre café…

J'attends l'absence de réaction. En même temps que je réalise que même pour lui laisser son café, c'est peut-être beaucoup trop chelou que je rentre carrément d'office comme ça.

La voix de Richard m'interpelle :

— Il ne devrait pas tarder à revenir.

J'en sursaute presque. C'est vrai que son cubicule n'est pas loin. Il a reculé son fauteuil et me regarde rester plantée là. Ses yeux sont encore plus enfoncés qu'hier. Une pointe de culpabilité en me disant qu'il a peut-être passé une nuit de merde à stresser de s'être fait avoir par mon phishing. Pourtant je n'y peux rien s'il ne fait pas attention à ce sur quoi il clique, après tout.

Je me ressaisis.

Tente avec mon plus beau sourire embarrassé (pas vraiment besoin de le jouer) :

— Ah ! Tu crois que je peux le lui laisser ?

Il hausse les épaules.

— Ouais, je pense pas qu'il t'en voudra. Tu n'es pas du genre à fouiner dans son bureau au passage, pas vrai ?

Il ajoute avec un petit air mi-taquin mi… ouais, toujours la drague « subtile ».

— Et puis, je t'ai à l'œil…

Oh oui, je m'en suis bien aperçue.

Le lourd.

Mais il m'arrange bien pour le coup.

— Merci !

J'ouvre doucement la porte. Entre.

Putain.

J'y suis.

Vite, maintenant. Richard a dit que Delcourt serait bientôt de retour.

Bientôt… à quel point ?

Je pose le mug sur le grand plateau de verre immaculé. Déco minimaliste design, c'est tellement ce à quoi je m'attendais que j'en serais presque étonnée. Ça, ou le style rétro riche avec des livres anciens dans d'immenses bibliothèques. Genre méchant de James Bond, dans tous les cas.

L'ordi portable ultraplat trône sur un aérateur qui le surélève en avant, à côté des trois écrans fixes. Tous sont allumés, écrans de veille d'un thème Windows de base.

Ouf. L'OS est le bon. S'il avait eu un Mac, j'aurais bien été dans la merde. Un frisson d'horreur rétrospectif. J'aurais pu prévoir deux supports d'attaque, pour assurer au moins… (Mais non, idiote, tu avais déjà à peine assez de crypto pour acheter ce malware.)

J'attrape la clé dans ma poche. Mes mains tremblent dans tous les sens. Limite envie de vomir. S'il entre et me chope pile quand je suis en train de la brancher, c'est mort. Mort. Delcourt n'est pas con, il va calculer rapidement le lien de cause à effet entre l'attaque d'hameçonnage et cette meuf qui est là dans son bureau à trifouiller son ordi sans autorisation. Et alors, quoi, il contacte Sparkles, me balance direct aux flics ?

Je retire le capuchon de la clé.

Comme au ralenti, j'approche la prise du port USB.

Bruit de porte.

Mon cœur s'arrête net. Un genre de réflexe fait revenir ma main vers ma poche, la referme sur la clé.

Christophe Delcourt me regarde. La surprise casse son masque de neutralité froide.

— Qu'est-ce que vous faites ici ?

Il faut répondre. Que ma voix fonctionne, sorte de ma gorge.

— J…

J'avale une absence de salive pâteuse.

— Je vous ai apporté du café. Comme hier vous aviez demandé, euh, ou avant-hier, enfin, je me suis dit…

Son expression passe par une série de nuances imperceptibles et qui n'indiquent pas grand-chose de flatteur pour moi. Ses yeux analysent le bureau, reviennent sur moi, vifs, rapides, comme s'il voulait vérifier que je n'aie rien entrepris de bizarre (et c'est probablement bien ce qu'il cherche à faire). Puis il masse le haut de son nez. Soupire.

— Merci, Mlle…

Ma bouche gargouille :

— Allen.

— Mlle Allen.

Il se désintéresse de moi, signe qu'il est temps que je bouge. Que mes jambes se remettent en marche pour sortir de là. Partir loin. Très loin. M'enterrer dans un trou quelque part.

Comme rien de tout ça ne se produit, il me lance :

— Vouliez-vous me dire quelque chose ?

Note agressive, froide.

C'est peut-être le moment. J'ai des fichiers sur la clé. Trouver un truc que je devrais lui montrer. Un boulot par rapport au stage. Une proposition.

Quelque chose.

N'importe quoi.

Mais je secoue la tête. Juste ce geste. Non ! Pourquoi j'ai fait ça ?

Je m'entends dire :

— Non.

— Je vous prierais de me laisser, alors. Merci pour le café.

Son regard me vrille. Je le sens comme un viseur de sniper, un laser, ou je sais pas quoi d'autre de pointu, menaçant, acéré. La clé USB devient visqueuse dans la sueur moite de ma paume.

Ce regard qui essaye de lire dans ma tête. Déchiffre le moindre mouvement, le moindre tic…

Je sors. Fuis.

Partir loin de ce bureau.

Je crois que Richard me dit quelque chose quand je passe la porte, mais je ne m'arrête pas, sinon je crois que je vais m'écrouler sur place. La tête qui tourne.

Putain.

J'y étais presque.

PUTAIN.

Envie de balancer la clé, de casser une vitre, de… de me rouler en boule dans un coin. Pleurer. Longtemps.

Quelle conne.

Je vais faire quoi, maintenant ?

Si j'attends demain, Mike va se lasser de me voir traîner ici, et s'il se lasse…

Du mal à respirer. Je m'appuie contre le mur. Non, non, pas le moment d'attirer l'attention… Effort surhumain pour me redresser, passer l'entrée vitrée de l'open space.

Et merde, je ne rapporte pas le café de Margaret.

C'est tellement con que je me marrerais presque. Je crois que je glousse. Margaret lève le nez de l'écran, le front plissé. Son regard change quand elle croise le mien. Je dois avoir l'air complètement cinglée.

— Tout va bien, Melissa ?

Oh non. Non, du tout.

Impression que tout retombe d'un coup. Stress. Manque de sommeil. L'angoisse permanente. Toute cette situation de merde depuis que j'ai lancé cette putain d'attaque ransomware domotique et que…

Les images se mélangent. La télé chez M. Davis. Le parc de la Maison-Blanche entouré par les bagnoles blindées du Secret Service.

Un van qui s'arrête à ma hauteur. Des mains gantées qui m'attrapent, me plient, me jettent.

Mike, la fumée de sa clope emportée par le vent sur le toit.

Sparkles.

— Melissa !

Je suis par terre, adossée contre le mur. Qu'est-ce que je fous là ? Margaret s'accroupit en équilibre sur ses talons hauts. Le vigile se ramène aussi, sorti de sa sieste.

— Melissa ? Tu m'entends ?

Margaret prend ma main, la clé USB qui tombe sur le carrelage. Elle n'a pas l'air d'y faire gaffe. Je me redresse. Tente un sourire, pour rassurer, pour calmer.

— Ouais, je… euh…

Elle lance au vigile :

— Appelez le 911 !

Je secoue la tête.

— Non, non, c'est bon, laissez… Ça va aller.

Le mec interrompt son geste, portable en main. Il me fixe, sourcils froncés.

— Vous êtes sûre ?

Je fais mine de me relever, Margaret hésite puis se décide à m'aider.

— Oui, ça va, vous voyez ? C'est passé…

Margaret insiste.

— Tu devrais consulter tout de même… Est-ce que ça t'est déjà arrivé ?

— Oui, enfin, non, je suis juste fatiguée, je crois.

— Hypoglycémie.

Le vigile dit ça sur un ton qui laisse penser que c'est lui qui est au bord de l'épuisement.

— Vous devriez manger quelque chose.

Il retourne à son poste en traînant des pieds.

Je ramasse ma clé USB, Margaret toujours à côté de moi. Avec ses talons, elle me dépasse presque d'une tête.

— Tu es vraiment sûre que ça va aller ?

Je souris, c'est touchant qu'elle se fasse du souci à ce point. Et moi je me suis servie des infos de son ordi pour attaquer son entreprise. La culpabilité fuse encore une fois.

— Oui. Ne t'inquiète pas.

Elle a un regard vers l'open space. Baisse la voix.

— Écoute, je vais gérer toute seule pour ce qu'il reste de l'après-midi, tu n'as qu'à rentrer chez toi, d'accord ? Tu as besoin de te reposer !

Gérer toute seule. Comment éviter de relever que je ne sers à rien dans ce stage fantoche.

Putain, c'est tentant.

Fuir d'ici, mettre autant de distance que possible avec ce bureau, avec Delcourt et son regard. (Est-ce qu'il soupçonne quelque chose, est-ce qu'il m'a grillée, est-ce qu'il a vu que j'allais faire un truc sur son ordi ?) Fuir mon échec.

Je m'entends répondre d'une voix minuscule :

— Je veux bien. Merci.

Elle sourit gentiment, une main sur mon bras.

— Vas-y alors. Ne t'inquiète pas, on ne dira rien à M. Delcourt.

Je hoche la tête.

— Merci.

Même si je pense surtout qu'il n'en aurait pas grand-chose à foutre, vu que c'est Sparkles qui me paye, de toute manière.

Son expression redevient plus soucieuse.

— Tu es sûre que ça va aller ? Tu peux rentrer seule ?

— Oui, oui, vraiment, c'est bon.

— Fais attention à toi, Melissa. Repose-toi bien.

Je récupère mes affaires. Sors. Le vigile ne dit pas un mot, penché sur son portable.

Impression de flotter dans l'escalier. Pas vraiment genre la sensation d'un rêve, plutôt une sorte de cauchemar épais, poisseux. Mon cœur bat vite, comme si mon corps se préparait à un danger latent, l'instinct de survie qui voudrait que je pique un sprint pour me tirer de là. Mais mes problèmes actuels, c'est pas en me barrant en courant que je vais les résoudre.

J'aimerais bien pourtant.

Le ciel est presque noir quand je sors de l'immeuble. Même pas 16 h, et on dirait qu'il fait nuit. L'air est étouffant, la moiteur limite électrique d'un orage imminent.

Je prends une direction au hasard. Avancer. Marcher. Réfléchir.

Réfléchir à quoi ? C'est pas comme si j'avais dix mille options.

Aller voir Sparkles. Montrer tout ce que j'ai sous la main à Renford. D'accord, c'est juste des rumeurs entre employés, mais ça devrait bien confirmer ses soupçons qu'OmniSee Analytics fait des trucs douteux en douce avec les données issues de leur partenariat.

J'ai tout sur moi. Le deuxième ordi portable dans le sac à dos, au cas où, une clé USB chiffrée avec des copies de tous les e-mails internes et documents bien révélateurs.

Tout, mais pas de preuve qui clarifie cette histoire de campagne électorale du président Kayne. OK, ses deux consultants en com' sont en magouille directe avec ce projet chez OmniSee Analytics, l'un en client, l'autre carrément employée par eux. Est-ce qu'on peut décemment y voir une coïncidence ?

J'ai l'impression de réfléchir comme une complotiste de base.

C'est peut-être un effet secondaire de l'espionnage, de virer parano et trouver des trucs bizarres partout. Mais là non, quand même, c'est trop gros pour être un hasard malencontreux. Pas moyen.

Vague regain de détermination.

Non.

À ce stade, c'est plus l'énergie du désespoir.

Pourtant au fond, je sais même pas ce que je crains.

Si je traîne trop à obéir aux ordres de Mike, il fera quoi ?

Aucune idée. Ou plutôt trop d'idées.

C'est peut-être ça le pire. La peur de l'inconnu.

Je monte dans le tram. Une demi-heure de trajet, un changement de ligne pour un trolleybus, et encore un quart d'heure.

Au moment où je passe les portes, je remarque cette bagnole noire garée sur le trottoir d'en face. Deux silhouettes à l'intérieur. Pas le temps de détailler davantage avant que le tram démarre et s'éloigne. L'espace d'un instant j'imagine des fédéraux avec leur costard cliché comme ceux qui faisaient du porte-à-porte à l'appartement. En planque là pour me guetter, surveiller la hacker de la Maison-Blanche, la traîtresse vendue aux Russes, la…

Rien du tout. Ils n'ont rien. C'est juste une putain de voiture sombre.

Point.

Je m'avachis sur une banquette libre. Mon sac à dos bien serré côté vitre. Je crois que si quelqu'un me le choure, je commets un meurtre ou je me jette sur les rails, au choix.

Je sors mon portable, hésite à ouvrir le déluge de messages de Josh. Renonce. Pas la tête à ça. Désolée, cousin.

Le smartphone retourne dans ma poche. Je me laisse aller en arrière sur le dossier.

Je revois ma main près de l'ordinateur de Christophe Delcourt.

La clé USB.

Tellement près.

Putain.

Tellement près.

Chapitre 20

J'écoute à peine la voix polie du robot SafeDen qui m'accueille quand je passe le hall.

— Bienvenue chez Sparkles, Melissa Allen.

Est-ce qu'ils sont dans le collimateur du programme d'influence par la domotique d'OmniSee Analytics, ces engins aussi ?

J'imagine même pas ce qu'ils pourraient faire avec les versions prévues pour tenir compagnie aux personnes âgées ou garder les gosses. Vu que c'est Sparkles qui les développe, il y a forcément des publicités incluses quelque part. Et donc, des annonceurs. Et donc, des OmniSee Analytics qui rêvent de manipulation d'opinion.

J'évite l'open space des programmeurs d'algos. Ça me fait mal de me dire ça, mais rencontrer Kelsey et les autres maintenant… Non, pas le moment. Du tout. Pas envie de leur mentir encore. De chercher des excuses, du baratin. De tout ce putain de double jeu.

Je trace ma route en prenant autant que possible des couloirs intérieurs, le parc central du campus est trop dégagé.

J'angoisse d'avance. Expliquer tout ce que j'ai trouvé à Renford, affronter son évaluation froide, les yeux de l'entité Sparkles. Pas le gentil géant du web qui irrigue le monde de ses services bienveillants, mais le mastodonte corporate, des actionnaires qui s'en foutent bien de la meuf de vingt piges s'il faut l'écrabouiller au passage.

Après tout, c'est une cybercriminelle, non ?

J'y suis. La porte banale parmi d'autres portes banales (dans la conception Sparkles du terme). Je frappe tout doucement.

OK, c'était un peu faible.

J'y vais plus franco.

Toujours rien.

Bon. C'est pas grave. On reste calme. Il doit y avoir un secrétariat de… pas d'étage, forcément, mais de bâtiment, de secteur, un truc du genre.

Je m'approche d'un mec derrière un bureau à l'entrée de l'open space voisin. Le département infosec, apparemment. Bizarre que je n'aie même pas à badger quoi que ce soit pour circuler. Je peux pas m'empêcher de regarder les caméras avec leur design tout inoffensif, au plafond, dans les angles, partout. Bien sûr qu'ils n'ont pas besoin qu'on badge. La reconnaissance faciale fait tout le taf de suivi nécessaire.

Le type ne fait pas attention à moi, concentré sur son ordi.

— Excusez-moi… Est-ce que vous savez si Mme Renford doit revenir bientôt ?

Il lève les yeux de l'écran :

— Elle est en conférence à l'université de Seattle, ce soir. Elle sera de retour demain.

Chape de froid. Je sens que je deviens livide. Le secrétaire cille derrière ses lunettes.

— Si c'est urgent, je peux lui transmettre votre message…

Oui, c'est urgent, mais non, tu ne peux pas.

Je secoue la tête. Prends une inspiration.

— Est-ce qu'elle sera là demain matin ?

— Oui, à partir de 9 h, en raison du trajet.

J'imagine que le sommeil est en option, à ce niveau de l'échelle corporate.

Le stress retombe un petit peu. D'accord, en finir avec cette histoire là, maintenant, tout de suite, ça aurait été le top du top. Mais c'est encore gérable. Si Mike me rappelle, je lui dis que c'est bon, j'arrête le stage chez OmniSee Analytics. Tant pis, je m'avance un peu, mais Renford peut pas me demander de retourner là-bas chercher plus d'infos, quand même, si ? Je vais devoir lui parler du hack par phishing, tout ça, qu'elle comprenne qu'il faut pas me griller, sinon Sparkles peut se retrouver dans le collimateur aussi. Quoique si je suis grillée… alors je suis inutile. Et ils peuvent me balancer.

Putain.

Pendant que je me torture le cerveau, le mec s'impatiente :

— Je peux faire autre chose pour vous ?

— Non. C'est bon. Merci.

Je file. Tête basse, épaules rentrées, mains dans les poches. Ma démarche quand j'ai pas envie qu'on m'emmerde. Silhouette quelconque qui trace son chemin sans attirer l'attention.

Je pourrais être proactive. Contacter Mike via le code qu'il m'a indiqué par l'application PolyVery, en mettant un objet ou un plat en favori. D'accord, c'est le code « mission accomplie », mais on pourrait dire que c'est plus ou moins le cas, puisque je vais lui annoncer que j'ai réussi à me débarrasser du stage OmniSee Analytics, non ?

Je regarde le hall en résistant à l'envie d'envoyer dès maintenant le signal à Mike. J'imagine une de ces caméras super high-tech du plafond zoomer en 4 k sur l'écran de mon téléphone, s'ils m'ont mise en cible prioritaire de surveillance par les équipes de la sécurité interne (ce qui est plus que probable). L'intérêt d'un code secret quand tu l'as transmis à ceux auxquels il fallait justement bien le cacher au départ…

Je sors. Sparkles Plaza sous un ciel menaçant, l'hologramme et son bleu irréel. Il fait de plus en plus lourd. Les gens rushent, certains le parapluie déjà en main. Les visages en sueur, des auréoles sur les chemises et les t-shirts.

Je prends mon téléphone. Ouvre l'application PolyVery.

— Eh, salut Mel !

La voix de Tony. Je sursaute presque, me retourne vers lui. J'essaye de sourire, de faire genre « tout va bien ».

— Salut !

Il me dévisage avec attention. Un pli d'inquiétude barre son front.

— Ça va, toi ?

Je cache tellement mal les choses. Tu parles d'une espionne. Bon, faut avouer que là, entre les nuits de sommeil amputées et tout le reste, j'ai vraiment une gueule de zombie. Pas d'auréoles sur ma chemise par contre, j'espère.

— Ouais, ouais. Et toi ?

Son regard hurle à quel point je mens mal. Il n'insiste pas, dit juste :

— Crevé, mais ça va, content d'avoir fini la journée. Et bientôt le week-end ! Tu étais à nouveau parmi nous aujourd'hui ?

— Oui, enfin, non, pas vraiment. Je passais juste en coup de vent, pour rendre un truc. Pour le stage.

Je m'embourbe tellement.

Instantanément, l'angoisse de l'autre soir revient. Mes quasi-confessions du hack de la Maison-Blanche, quand j'étais défoncée à la beuh…

Merde, est-ce que c'est juste pour ça, ce regard insistant ?

Non, il a l'air soucieux, pas accusateur. Une inquiétude sincère pour moi, comme celle que je lisais dans les yeux de Margaret avec… Peut-être autre chose ?

On est plantés là sans rien dire, quand je sens les premières gouttes sur ma tête. Mes épaules, à travers le tissu. Mes mains.

Et puis l'averse tombe. Carrément une douche.

Tony écarte les bras, tourne lentement sur lui-même.

— Ah, la pluie, enfin !

Autour de nous des gens commencent à courir pour s'abriter sous des porches, des abribus, rejoindre une voiture ou un trolley. On est les deux seuls idiots qui restent là debout à se tremper. Ça fait marrer Tony.

— Tout le monde a peur de l'eau, on dirait ! Moi je trouve que ça fait du bien, wouah.

Et en vrai, moi aussi. Cette fraîcheur, l'impression que l'angoisse s'écoule et ruisselle au sol en même temps que l'eau imbibe mes fringues et aplatit mes cheveux comme des algues échouées sur la plage. Bon, et aussi, habitude de cycliste, je sais que mes ordis sont au sec dans mon sac étanche.

Une sensation de paix, genre toutes ces gouttes seraient un rideau pour m'isoler du monde et de son bordel. Nous isoler.

Tony me regarde.

— Ça te dit qu'on marche un peu ? Tu vas où, tu allais rentrer ?

— Ouais ! Nulle part en particulier, en fait. Je te suis, j'ai rien de prévu.

On avance dans les flaques. Je sens de l'eau commencer à s'infiltrer dans mes chaussures, mais ça semble particulièrement peu important. Pas envie de penser.

Juste de profiter du moment.

On se croirait ailleurs, je sais pas où. Les immeubles montent comme des tours lumineuses et disparaissent dans le brouillard pluvieux. On y voit à peine à trente mètres. De temps en temps, un autre hydrophobe passe à fond en s'abritant avec n'importe quoi, et Tony se serre près de moi.

Nos mains se frôlent.

J'attrape la sienne, délicatement.

Je le sens qui tressaille. Il me regarde. Je regrette tout de suite, le lâche. Bredouille :

— Désolée, je…

Tony secoue la tête, mais la gêne pointe derrière son sourire.

— Pas grave ! C'est juste…

Il hésite, repousse les mèches de son sidecut collées sur son front.

— On peut se tenir la main, c'est cool, y'a pas de soucis. Mais je veux pas que tu… On est potes, je t'aime beaucoup, j'adore nos discussions, tu as des supers idées, tu as du talent, t'es géniale, Mel ! Mais je suis… Je suis pas intéressé par autre chose, tu vois ce que je veux dire ?

Ça me fait plus mal que je l'aurais cru. Je souris quand même, opine.

— Ouais, bien sûr, je… je comprends !

Il s'arrête, attrape doucement mon bras. Il cherche ses mots, l'air embarrassé, limite désemparé.

— Faut pas que tu le prennes contre toi, d'accord ? C'est pas toi le souci, c'est… Je suis juste pas du tout dans tout ça, je veux dire… être en couple, etc. J'ai jamais été intéressé par les relations amoureuses. C'est comme si… ce programme du grand OS de l'humanité n'avait pas été implémenté chez moi, tu vois ? (Il lève sa main droite, où il porte cet anneau noir au majeur, que j'avais déjà remarqué.) Je suis asexuel, et aromantique.

Son sourire est triste, je sens que ça l'embête de me faire de la peine. Ça me touche.

— On peut être super potes, passer du temps ensemble, et tout, mais… mais voilà. Tu m'en veux pas ?

Je souris, même si ça fait quand même très mal.

— Mais non, pourquoi je t'en voudrais ?

Il hoche la tête lentement. On se remet à marcher.

Le silence n'est plus du tout confortable.

Tellement mal à l'aise.

L'impression que j'aurais peut-être dû m'en douter ? Pourquoi, parce qu'il n'essayait pas de me sauter dessus ? Ha, ha.

J'ai envie d'une fonction CTRL-Z. Revenir en arrière. Annuler ce moment où j'ai glissé mes doigts entre les siens, et…

Ouais, j'aurais beaucoup plus important à supprimer de ma vie, là, maintenant, tout de suite.

Mais quand même.

Je le regarde du coin de l'œil. Il s'est un tout petit peu éloigné. Et la distance n'est pas que physique. Il est gêné, ne doit plus trop savoir quoi dire lui non plus. Je m'en veux qu'il se sente comme ça. Je souris :

— Tu fais quelque chose ce soir ? On pourrait manger quelque part, genre sur les quais, ou quoi, ça doit être super joli avec la pluie, et tout.

J'ajoute vite :

— Entre potes, hein !

À son expression je sais qu'il va dire non.

— Je peux pas aujourd'hui, Mel, je suis désolé… Mon frère est de passage à San Francisco, mes parents l'ont invité, lui et sa copine. Ça fait un bail que je les ai pas vus, je peux pas décaler.

J'essaye de garder un ton léger, même si j'aimerais vraiment ne pas rester seule avec mes pensées qui déraillent :

— OK, pas de soucis !

— On pourra se voir ce week-end par contre !

Tony s'arrête et sort son portable.

— Je vais te laisser, Mel. Je vais prendre un Uber pour rentrer. Tu veux qu'il te dépose quelque part ?

— Non, c'est bon, t'inquiète. J'ai le trolley.

— D'accord. Salut Mel, on se texte plus tard.

Un petit signe de main, puis il s'éloigne avec un dernier sourire où l'embarras pointe encore.

Je suis plantée sous la pluie. Trempée. Je commence à avoir froid.

De mémoire, l'arrêt du trolleybus n'est pas loin. C'est déjà ça.

J'accélère pour prendre l'angle. Me retourne encore une fois vers Tony abrité sous le porche d'une banque, plongé sur son portable. J'espère que j'ai pas tout foutu en l'air, on dirait que dans tous les domaines, c'est ma spécialité. Mais peut-être qu'on se reverra vraiment ce week-end ? Si je suis pas en taule. Ou que Mike ne s'est pas lassé au point de m'envoyer ses gros bras. Poison. Corde de piano. Sac de ciment.

Arrête ça…

Une voiture noire passe lentement. Je frissonne.

La rame est bondée. J'arrive à me glisser dans un coin entre la carrure d'un mec en costard baraqué et la poussette d'une mère de famille qui engueule quelqu'un au téléphone. Le type me jette un coup d'œil agacé quand il remarque que je ruisselle littéralement de pluie. Des gouttes ont mouillé sa chemise et ses chaussures qui ont l'air chères.

— Désolée…

Il se tasse et s'écarte en grommelant. Au moins j'ai un petit peu plus de place.

Une demi-heure avant d'être chez moi. Seule. Je vais peut-être pouvoir vraiment regarder le dernier *Blade Runner*, cette fois.

Je sors mon portable pour m'occuper, pour faire comme tous les autres passagers autour de moi. J'imagine toutes ces données qui s'envolent, les fermes de serveurs qui tournent partout dans le monde.

Plein de notifications Sparkles, toujours la masse de messages de Josh que je n'ai pas lus tout à l'heure. Josh qui devrait se pointer demain ou samedi. Ça, c'est cool. L'idée de le revoir calme un peu… tout le reste.

J'ouvre la conversation avec plus de patience que d'habitude, prête à faire défiler le spam. Wow, c'est qu'il était levé tôt ce matin. 8 h 17, le premier message.

Josh A. Narchy : Devine qui vient de poster son premier thread sur Cr4cks4Cr4cks 😎

Josh A. Narchy : J'ai foutu la copie de données que j'ai crackées avec une injection SQL[37]

---

37 Injection SQL : de façon très résumée, une attaque basique et très répandue qui repose sur une vulnérabilité dans la base de données d'un site, permettant de récupérer par exemple noms d'utilisateur et mots de passe.

Josh A. Narchy : Ce truc, c'est trop bon

Josh A. Narchy : le SQL machin là

Josh A. Narchy : faudra que tu me dises comment ça se prononce

Josh A. Narchy : squioul

Josh A. Narchy : squiouèl

Josh A. Narchy : mdr

Josh A. Narchy : ooh et j'ai vu ton programme pour choper des ports ouverts sur des serveurs

Josh A. Narchy : C'est bien toi « K00kie » ?

Josh A. Narchy : détective/20 😎

Un truc se passe au niveau de mon cœur. Coup de froid. J'ai failli faire tomber mon téléphone.

Je relis l'avant-dernière ligne.

C'est bien toi « K00kie » ?

K00kie.

Le pseudo que j'ai utilisé pour le « service client » du ransomware Domolockee.

Qui doit être en mot clé sous surveillance maximale par tous les fédéraux assez geeks pour manier un algorithme.

C'est bien toi « K00kie » ?

PUTAIN.

DE.

MERDE.

Non non non non non non putain, c'est pas vrai !

Plus de souffle. J'essaye de respirer. Un gémissement sifflant.

Le mec à côté me regarde. Outré ou inquiet. Je sais pas.

Rien à foutre.

Réfléchis. Putain. Réfléchis.

Cet abruti de Josh vient juste de m'écrire ça, même si les algorithmes de surveillance qui fouillent automatiquement tout le bordel des conversations sur Sparkles l'a grillé tout de suite, il faut quand même le temps qu'ils vérifient, recoupent, retracent, et…

Pauvre conne. Message envoyé à 8 h 23.

La bagnole noire.

Je me dévisse la nuque pour regarder par la vitre. Un utilitaire, une petite voiture électrique, et…

Pare-brise sombre. Deux silhouettes.

Merde. Merde. Merde !

Josh, mais quel con, putain !

L'appli PolyVery. Enlever un truc de la liste des favoris. Le signal d'alerte à Mike.

Mes doigts tremblent tellement que j'ouvre deux autres applications avant de choper la bonne. La roue de chargement tourne dans le vide. Quand on est en cours d'interception par un IMSI catcher, ça fait quoi ?

— Allez, charge !

Maintenant, c'est la meuf avec sa poussette qui me zyeute comme si j'allais devenir dangereuse.

La liste s'affiche enfin. Je vire le premier truc qui vient. Fixe le téléphone comme si ça allait déclencher quelque chose.

Rien.

Forcément. Il n'est pas collé à son écran à guetter mon signal non plus. C'est pas lui qui est sur le grill avec une enquête fédérale sur le dos. Connard d'espion. Putain. Réponds !

J'attends. Encore.

Encore.

Deux minutes passent.

Trois.

Pourquoi j'ai pas une putain de ligne directe ? Genre un numéro spécial d'alerte, caché, avec un téléphone jetable pour appeler et tout, juste pour les urgences, ou…

Une voix sinistre dans ma tête souffle une explication possible : ils n'en ont rien à foutre de moi. Je suis un outil. C'est moi qui suis jetable. Une pauvre pomme avec quinze ans de taule qui lui pendent au nez, qu'ils ont utilisée avant de la balancer comme un chiffon. En tissu orange.

Le tram arrive à une station.

J'ai envie de m'enfuir. Sortir, chourer un vélo, me casser vite, loin. Semer ces enfoirés en costard qui me filent dans leur bagnole cliché.

Et alors quoi ? Me planquer, où, comment ?

Non. Mike va appeler. Il va savoir quoi faire. C'est un pro.

Ou NoD.

Oui !

NoD. Là, j'ai son numéro. Enfin, *un* numéro. Elle doit bien avoir un moyen de joindre Mike, ou ses collègues, ou je sais pas qui.

J'ouvre Signal. Cherche son nom. Personne avec juste « N »…

3NOddity. C'est vrai.

Appel lancé.

La tonalité résonne.

Décroche. Décroche. Décroche.

Nouveau coup au cœur quand la voix posée répond :

— Oui ?

— NoD ? C'est Melissa. Je… J'ai un souci. Genre, gros gros problème. Je crois que…

Je réalise où je suis, les gens autour et ce que j'allais dire. La femme avec son gosse gueule encore au téléphone, le grand costaud a mis des écouteurs. Les autres sont tous plus ou moins pris. Bon…

— Melissa ? Tu es toujours là ?

Je baisse la voix, murmure presque :

— Ouais. NoD… Faut que tu préviennes Mike. Il faut qu'il m'appelle. Je crois que je suis… je suis grillée.

Un temps de silence.

Son intonation devient très froide.

— De quoi tu parles ?

Ma gorge se serre tellement que j'ai du mal à répondre.

— Je pense qu'ils ont trouvé mon pseudo. Et…

J'avalerais ma salive si j'en avais encore.

— Je crois qu'ils me suivent.

Il me semble entendre un souffle. Un soupir peut-être.

La communication coupe. Raccroché.

Sérieux ?

Je relance l'appel.

C'est forcément un bug, une perte de réseau, je sais pas. Elle va répondre. Bien sûr qu'elle va répondre.

Elle ne répond pas.

Je sens venir des larmes.

Je lance encore une fois.

La tonalité.

Et puis l'écran devient noir. Comme si mon portable s'éteignait net.

Putain. Il s'est passé quoi, là ? J'ai de la batterie pourtant, 70 % au moins, c'est quoi ce délire, qu'est-ce qu'il…

Une unique fenêtre s'affiche, le truc super sobre façon système redémarré en administrateur.

EFFACEMENT SÉCURISÉ EN COURS
6 %

Le monde tourne.

Je sens une sorte de vide à l'intérieur de mon ventre, mes côtes, mon cœur.

Qui m'aspire.

EFFACEMENT SÉCURISÉ EN COURS
24 %

Mon ordi. Enfin, l'ordi que m'a filé Mike.

Je sais déjà ce que je vais voir.

Le téléphone inutile tombe dans mon sac. Je sors le beau PC Hacked in Moscow.

Ouvre l'écran.

NETTOYAGE, MERCI DE PATIENTER
30 % TERMINÉ

Déjà accroupie près du sac, je me laisse tomber par terre. Adossée à la paroi, genoux contre le ventre.

Je sais même plus ce que je ressens.

Rien.

Vide.

Détachement.

Je flotte dans un rêve. Je vais me réveiller.

Alors puisque rien n'est réel, je range tranquillement l'ordi.

Me relève.

Je crois qu'on s'arrête à une station. La voix l'annonce. Mon corps perçoit le freinage, l'immobilisation progressive.

On ne redémarre pas.

J'entends les gens qui s'agitent autour, marmonnent entre eux.

Des lumières sur les visages, depuis l'extérieur. Rouge, bleu, rouge, bleu, rouge, bleu. Une patrouilleuse est garée en travers de la route au bout de la rame. Deux flics entrent, ils parlent au chauffeur. Devant la deuxième porte, encore deux autres uniformes.

Et puis, les costards. Gris sombre, sur deux hommes qui remontent l'allée centrale. Ils lèvent des badges, les montrent autour.

— Federal Bureau of Investigation. Mesdames, messieurs, gardez votre calme, je vous prie. Vous ne courez aucun danger. Merci de rester à votre place.

Ils avancent, leurs yeux balaient et sondent les visages, s'attardent sur certains, continuent. Je croise un regard brun, concentré, plissé. Baisse la tête, mais c'est trop tard.

Les gens s'écartent pour les laisser passer, la meuf à la poussette avec un air horrifié quand elle réalise qu'ils viennent se planter juste devant moi.

— Mlle Melissa Allen ?

Je hoche la tête.

— Veuillez nous suivre, je vous prie.

La formule s'accompagne d'une poigne ferme sur mon bras. Il m'entraîne. On sort. Devant nous, deux policiers, un mec et une femme, la main sur l'arme, postures de cow-boys. Elle est à peine plus vieille que moi. L'uniforme et le flingue changent tout.

La voiture noire. L'agent m'emmène devant.

— Mains sur le capot, s'il vous plaît.

La flic nous rejoint, tâte mes poches, mes cuisses, mon sweat, mes côtes. Elle s'écarte, et le fédéral attrape mes bras. Métal froid sur mes poignets. La clé cliquette.

— Vous êtes en état d'arrestation pour fraude informatique, atteinte à un système d'information du gouvernement des États-Unis d'Amérique, extorsion…

Sa lecture se perd dans une brume sonore.

La joue contre le haut de la portière.

Je ferme les yeux.

Chapitre 21

Froid.

Tellement froid.

Mes fringues mouillées qui me collent à la peau, le plastique de la chaise, les menottes qui me scient les poignets. Tout est froid.

L'air conditionné qui souffle par une ventilation quelque part au-dessus de ma tête me glace encore plus.

Une couverture, je veux juste une couverture, s'il vous plaît.

J'imagine que j'en aurai pas. Que ce serait prendre de mauvaises habitudes avant l'isolement en cellule haute sécurité.

J'ai l'impression que le pote de Mike qui jouait les fédéraux va entrer dans la pièce d'une seconde à l'autre. Me jeter des photos et des logs imprimés sous le nez. Repartir sur ses menaces de terrorisme, de Guantanamo, de procès secrets.

Je sais déjà tout ça. Foutez-moi là-bas une bonne fois pour toutes. Qu'on en finisse.

Je revois l'agent du FBI (le vrai) énumérer les accusations. La liste interminable. Me faire signer des papiers sur mes droits ou je sais pas quoi. Ou alors c'était toujours le mec avec Mike ?

Je sais pas.

Je sais plus.

Mon cerveau fond, se mélange, les souvenirs fusionnent. Deux fois attachée dans une salle aux murs vides en même pas deux mois, c'est trop, je ne tiens pas la route. Je comprends pas pourquoi ils me laissent geler comme ça. Je veux bien tout dire. Pour ce que ça change…

Domolockee : je prends.

La Maison-Blanche : c'est moi.

Trahison avec la Russie : ouais, allez-y. Vendu.

Mais je veux… Non, pas un avocat. Peu importe.

Une couverture.

Dormir.

Me réveiller, c'est en option. Ne vous embêtez pas avec ça.

Je veux juste que ce soit au chaud.

La porte s'ouvre sur un type en costard. Le fédéral quelconque, j'aurais pu lui livrer des half-smokes au building du FBI à Washington.

Il ne balance pas de pile de dossiers sur la table. Lance juste l'enregistrement sur la caméra qui me regarde me frigorifier sur place depuis tout à l'heure. Puis, les mains dans les poches, il tourne lentement autour de la table. Je sens le déplacement d'air sur son passage derrière moi.

Son regard cherche le mien. Je ne le soutiens pas. Pas capable. Plus la force. Qu'il arrête avec son manège, là, qu'il me fasse signer je sais pas quoi, qu'on en finisse.

Il attend d'être à nouveau passé dans mon dos pour parler, me fait sursauter :

— Le nom de votre contact ?

La diode rouge du caméscope comme un œil posé sur moi qui me fixe. Un laser qui traverse directement jusqu'à mon cerveau.

Alors, ça y est.

Je m'entends dire :

— Mike.

J'ai l'impression de me voir de l'extérieur, comme si j'étais devenue la caméra.

L'agent continue de me tourner autour comme un genre de vautour dans un désert avant de bouffer sa proie.

— Russe ?

— Je crois.

Son petit hochement de tête devrait me glacer sur place. C'est même plus spécialement le cas.

— Vous avez reçu du matériel ?

— Ouais.

Seconde d'enregistrement après seconde d'enregistrement, la route vers des années de taule qui se trace.

Je crois que je ne réalise même plus vraiment.

— Des programmes d'attaque ?

— Ouais.

— On vous transmettait des cibles précises ?

La litanie s'étire, un aveu après l'autre, j'imagine presque les coups de marteau du juge à chaque mot.

— Et vos instructions concernant la Maison-Blanche ? C'était quoi ?

Concernant la M…

Non.

Stop.

Je retombe dans mon corps gelé, les poignets douloureux sous la pression des menottes, mes fringues encore mouillées de pluie.

Le mec s'est arrêté devant moi.

— Mlle Allen, quelles consignes avez-vous reçues pour l'attaque de la Maison-Blanche ?

Glacial. Précis. Je suis plus vraiment « quelqu'un », une personne, une femme. Je suis une ennemie.

« Détenue ».

J'avale ma salive. Ça passe mal.

— J'ai pas reçu de consignes.

Des yeux durs fixés sur moi.

— Vous avez reconnu avoir reçu des instructions d'un contact étranger.

— Ou… oui, mais…

— Je répète ma question, Mlle Allen : quelles ont été vos consignes concernant l'attaque qui a visé le président des États-Unis d'Amérique ?

Un truc se tord dans mon ventre. Envie de vomir.

Les enfoirés. Putain.

Coller un pays hostile sur l'attaque, c'est tout ce qu'ils veulent. Quitte à m'épingler avec au passage.

Merde. Merde. Merde.

— J'ai jamais eu d'instructions pour…

— L'Espionage Act, Mlle Allen, ça vous dit quelque chose ?

Les images fusent.

Chelsea Manning.

Edward Snowden.

Procès secrets, peines pour faire exemple.

Mais je suis pas du tout militaire, ni dans une agence fédérale ni quoi que ce soit, moi… Ils peuvent vraiment me faire ce coup-là ?

Je croise le regard du mec.

Glacial.

Je hoche un petit peu la tête. Ferme les yeux.

— Pour compromission avec un pays hostile aux États-Unis d'Amérique, ce sera votre deuxième chef d'inculpation, Mlle Allen, après le Computer Fraud and Abuse Act. Étant donné la nature de votre cible, la qualification en acte de cyberterrorisme n'est pas exclue.

J'essaye de déglutir encore, mais ma gorge est devenue sèche comme un vieux torchon.

— Je vous laisse réfléchir à tout cela. Nous avons tout notre temps.

Bruit de porte. Quand je rouvre les paupières, il est parti.

Je laisse ma tête retomber en arrière contre le dossier.

*

J'en peux plus.

Plus.

Plus.

Peut-être qu'il faut que je dise oui.

Les Russes m'ont fait attaquer le président. Oui, si vous voulez.

J'ai tout fait.

Je signe.

En prime, fourni avec, je peux même vous balancer que j'ai attaqué une entreprise de marketing ciblé pour le compte du mastodonte du web, Sparkles, pour dévoiler une magouille de l'équipe de campagne du président Kayne.

Pause.

Attends.

Une sorte de lueur dans mes brumes cérébrales. Comme un phare qui apparaît, d'un coup.

C'est pas typiquement une info qui ferait baver des fédéraux, ça ?

Non, arrête. C'est complètement con. Tu veux quoi, genre, passer un marché, un deal, qu'ils acceptent de me laisser sortir de là pour leur refourguer les preuves et… faire quoi avec, essayer d'étouffer l'affaire pour pas que la réputation de Kayne soit pourrie ? Ou au contraire…

Le couler carrément pour lui interdire tout prochain mandat ?

Il n'y a pas eu quelque chose aux actus récemment à propos de Kayne et des fédéraux ? Le directeur du FBI et d'autres agences sur le point de sauter pour calmer la frustration présidentielle face à mon hack ?

C'est ridicule. Comment ça pourrait passer, un truc pareil ?

Le petit bateau de pêche et le sous-marin…

Genre. Ça pourrait marcher à nouveau ?

Le claquement du verrou me tire de mon délire.

Retour au réel.

Le même mec que tout à l'heure, avec un gobelet en main. Ça sent le café. Cette torture. Un bon café chaud…

Il le pose sur la table, juste devant moi.

Je crois qu'il capte mon hésitation, car il dit tout de suite :

— C'est pour vous.

Sérieux ? Il débarque en mode gentil flic maintenant ? Mais je vais pas me le faire dire deux fois.

— Merci.

Je me sens conne. Polie, mais conne. Le gobelet est bien chaud entre mes mains. Je bois une grande gorgée brûlante. Aïe. Au moins ça réchauffe.

Le gars rallume la caméra et s'assied cette fois.

— Avez-vous réfléchi à ce que je vous disais, Melissa ?

On passe même au prénom.

Ouais, l'approche est plus la même.

Il me fixe droit dans les yeux. Je baisse le regard. Ça l'encourage apparemment à continuer en mode bienveillant – si on peut dire ça dans ma situation, ouais.

— Vous êtes très jeune, ce serait dommage de gâcher votre vie pour tout ça. On ne peut pas vous promettre de ressortir d'ici libre, mais les chefs d'accusation retenus seront bien plus légers si vous acceptez de coopérer. Vous comprenez, Mlle Allen ?

Je hoche la tête.

L'élan absurde qui m'a prise avant qu'il se pointe est complètement retombé. Putain, c'est le moment pourtant. Il propose presque une entente, et tout, c'est juste pas celle qu'ils attendent, mais…

Allez. Tout sur la table.

Les mots se bloquent. Le trac écrasant.

— Si ce sont vos commanditaires que vous craignez, ce « Mike », si vous avez été menacée, nous serons en mesure de vous protéger. Je vais vous répéter une fois de plus ma question : quelles étaient les instructions de vos contacts russes pour le hack de la Maison-Blanche ?

Je finis le gobelet. Ferme les yeux pour savourer le shot de caféine. Je sais que c'est pas aussi rapide, c'est du pur placebo. Pas grave. Ça fait le job.

Allez !

Ma voix est faiblarde, je dois avoir l'air complètement crevée, et c'est bien le cas :

— La Maison-Blanche, j'étais seule, c'était une connerie, un accident. Je sais, c'est totalement dingue, mais je suis sûre que vous savez déjà en fait, vous voulez que je vous confirme l'histoire des Russes pour calmer le bordel des médias, et tout. Mais j'ai autre chose en fait sur… euh, bah sur le président Kayne. J'crois que… que ça pourrait vous intéresser aussi.

Un éclair de surprise sur ses traits, très fugace. Pendant un instant j'ai l'impression qu'il va ignorer mon laïus et repartir sur les Russes, mais non, il jette un œil à la caméra derrière lui et s'accoude à la table.

— Continuez.

Je déglutis. Mon cœur bat tellement fort que j'ai l'impression que le bruit doit résonner dans toute la pièce – tout l'immeuble ouais, limite. Des mouches tourbillonnent. Putain non, pas le moment de tomber dans les pommes.

Je débite avant que ça arrive, au cas où :

— J'ai fait une autre attaque par phishing sur une entreprise, OmniSee Analytics. Si vous connaissez pas, demandez au responsable de campagne du président Kayne, Ray Philips, c'est un bon client : le parti Kayne compte avoir recours à leurs services pour lancer une manipulation à grande échelle de l'opinion des électeurs direct par leur domotique et des pubs personnalisées à mort pour frapper bien fort. Vous trouverez les preuves de ce que j'avance, enfin, pas tout mais on verra après, sur la clé USB dans la poche intérieure de mon sac. Elle est chiffrée en AES, Twofish et Serpent, et… vous avez un stylo ?

Je vais vous écrire le mot de passe. Vous avez peut-être des moyens super secrets pour casser ces algos – même si ça m'étonnerait – mais ça vous évitera de mobiliser vos geeks pour rien au moins.

Un silence. On dirait qu'il accuse le coup.

Ça va pas le faire. Trop gros. Trop osé. Il va hausser les épaules, se dire que j'essaye de lui manger le cerveau, que je baratine. Ou au contraire que je tiens quelque chose d'encore plus gros, ou plutôt que les Russes tiennent quelque chose, et donc que je suis plus impliquée avec eux qu'ils ne le pensaient, et donc…

— Écrivez ce mot de passe.

Il sort un petit carnet, un stylo, les fait glisser vers moi. Ma main tremble comme pas possible quand je note le mélange de lettres, chiffres et symboles que j'ai galéré à apprendre par cœur. Je ne sens plus du tout le froid, au contraire, une sorte de chaleur qui bouillonne, pulse dans les veines aux battements frénétiques de mon cœur.

Il regarde mon annotation maladroite, se lève avec un dernier regard vers moi. Sort.

Je m'effondre contre le dossier. Cette tension de fou s'évapore, et je suis vide, crevée.

Je repense encore à Mike et son histoire de bateau. Je sais même pas pourquoi.

*

J'ouvre péniblement les yeux sur le même mur moche. La même porte. Le même miroir sans tain. Comateuse. Comment je peux piquer du nez comme ça dans une situation pareille ?

Peut-être parce que j'en ai presque plus rien à foutre.

Presque.

Je sens l'espoir, le regain de volonté complètement dingue qui m'a prise en mode possession démoniaque tout à l'heure s'effriter petit bout par petit bout. C'est sans doute pour ça qu'ils le font d'ailleurs. Pour que je m'effondre à nouveau, que je redevienne docile, au lieu de…

Bruit de verrou. Le battant s'ouvre et je me force à me redresser. C'est une femme qui entre, plus vieille que le premier agent. Pour une raison quelconque, elle m'évoque une version officielle et cinquantenaire de NoD, avec un carré bouclé à la place de ses coiffures compliquées. Pas de badge sur son blazer, ni rien autour du cou… Merde, il m'a peut-être prise au mot avec mon histoire de droits, et il est parti me chercher un…

— Bonjour, Melissa.

Elle s'assied, me détaille avec une expression qui me rappellerait plutôt Christophe Delcourt, maintenant. Attentive. Précise.

Comme elle ne dit rien, je demande :

— Vous êtes avocate ?

Un sourire.

— Non, je suis navrée, Melissa.

Elle plisse le regard. Des yeux froids qui contrastent avec le ton détendu, limite amical.

— Est-ce que tu as faim ? Soif peut-être ? On ne t'a rien proposé pendant tout ce temps ?

J'ai la gorge tellement sèche qu'on pourrait s'en servir de parchemin. Je dis juste :

— Je veux bien de l'eau…

Elle hoche la tête et se lève. Mais une autre partie de la phrase m'interpelle, je demande :

— Il est… euh… il est quelle heure, en fait ?

Un sourire qui pourrait être compatissant.

— Bientôt 3 h du matin. Je n'ai pas pu arriver plus tôt, mon vol a été retardé.

Wow, j'ai dormi tout ce temps la tête sur la table ?

Et attends…

Son vol ? Genre, elle vient direct de… de Washington, ou quoi ?

Elle entrouvre la porte, je l'entends parler à l'extérieur, sans saisir les mots. Puis elle revient s'asseoir. Soupire. La lumière des néons souligne ses cernes. J'imagine pas quelle gueule je dois avoir, moi.

— Melissa, je pense que tu sais très bien pourquoi tu es ici.

Oh non, c'est pas vrai, elle va pas repartir comme l'autre… J'essaye de me redresser, de retrouver cette arrogance implacable qui m'était venue de je ne sais pas où tout à l'heure. Résultat mitigé.

— Je… je ne reparlerai pas de tout ça. J'ai dit ce que j'avais à dire à votre collègue.

On croirait entendre une gamine geignarde. Formidable.

— Ne t'inquiète pas, Melissa, je souhaite uniquement faire un point. Pour que nous soyons au clair.

Elle rive son regard au mien, et j'ai à nouveau cette impression d'un masque, d'une façade affable posée sur une autorité tranchante.

— Nous savons que tu n'es pas seule dans cette histoire, Melissa. Depuis que ton nom est… apparu sur nos listes ce matin, tu as été placée sous surveillance, et le Bureau ne comptait pas intervenir aussi rapidement. Quand tu as disparu des écrans avec l'effacement de tes appareils, ils ont eu peur de te perdre, mais je ne crois pas qu'on t'aurait retrouvée exfiltrée à Moscou, Pékin, Téhéran, peu importe. D'après ton profil, je pense plutôt qu'*ils* – peu importe qui – t'ont lâchée. C'est une logique opérationnelle : on ne met pas en danger une équipe de terrain pour une taupe tenue par la manipulation. Je suppose que ta présence en université d'été chez Sparkles n'est pas un hasard compte tenu des déclarations récentes de l'entreprise concernant les tentatives d'ingérence par des acteurs étrangers.

Ma gorge se serre à mesure qu'elle déroule son speech. Intimidation. C'est normal, ils veulent m'écraser le plus possible avant qu'on commence à parler d'un accord. Enfin, j'espère qu'elle est bien là pour parler d'un accord. Pourquoi elle serait venue exprès du siège du FBI ou de je sais pas quelle administration sinon ?

C'est étranglé et maladroit, mais j'arrive à répondre :

— Et moi, je sais que je peux vous ramener des infos qui pourraient causer de gros soucis au président Kayne et à son équipe pour les élections.

Elle hoche la tête.

— C'est bien ce que l'on m'a dit, et j'ai aussi examiné le contenu de la clé USB dont tu as parlé à l'agent Patterson.

— Et vous pouvez pas compter sur le fait que ça reste caché dans les petits secrets corporate d'OmniSee Analytics bien longtemps. Sparkles est à fond sur le coup, ils ont senti que le partenariat pour utiliser leurs données d'utilisateurs servait à un truc pas très cool pour leur image, et…

Merde, je suis en train de limite balancer que Sparkles m'a fait espionner une autre entreprise. La femme plisse les yeux.

— C'est pour le compte de Sparkles que vous avez cherché à accéder à ces informations ?

Je balbutie :

— Disons qu'ils seraient très intéressés de les avoir…

Elle a un sourire en coin. Putain, je commence à faire des phrases à sous-entendus moi aussi, et ça marche en plus.

— Et s'ils entraient en leur possession… Compteraient-ils les rendre publiques ?

Et voilà, je viens de mettre les deux puissances qui me tiennent par la peau du cou en confrontation directe. Car le FBI, logiquement, ils vont pas vouloir que cette histoire avec Kayne et OmniSee Analytics s'ébruite, non ?

Plus le choix. Tant pis. Là, c'est eux ou moi.

— Je pense que c'est tout ce qu'ils pourraient faire. Vu comme ils se sont annoncés en grands défenseurs des élections démocratiques, si un truc pareil est dévoilé et qu'ils n'ont rien fait pour rompre le contrat avec OmniSee Analytics… Alors qu'en balançant la bombe avant qu'elle leur explose à la gueule, ils perdraient moins de morceaux.

Explication/20.

Mais elle hoche la tête avec sérieux, comme si j'étais limite plus une associée qu'une suspecte.

Bruit de porte. Le battant s'ouvre sur le mec de tout à l'heure, l'agent Patterson, donc. Il pose un café devant la femme, un gobelet d'eau devant moi, et ressort sans rien dire.

Elle prend une gorgée, soupire.

— Trop léger… La nuit va être longue.

Le mug arbore le logo du FBI sur le côté. J'arrive pas à décider si c'est classe ou super cliché.

La femme sort une cigarette électronique d'une poche. Elle s'apprêtait à tirer une bouffée, mais s'interrompt, demande :

— Ça ne te dérange pas ?

Genre, je vais lui balancer : « si, allez dehors, s'il vous plaît ».

— Non, c'est bon.

— Très bien. (Elle souffle un nuage de vapeur parfumée à un truc un peu sucré.) Tu dis avoir accès à des preuves plus précises de l'implication du responsable de campagne du président Kayne, Ray Philips, avec le programme développé par OmniSee Analytics.

J'avale ma salive.

— Techniquement, j'y ai pas *encore* accès. Enfin, là forcément, ici je pourrais pas, mais je veux dire… Bref, je sais comment récupérer des preuves. Et j'allais le faire demain.

Elle incline la tête, les yeux plissés. J'imagine qu'elle attend la suite, alors je continue :

— Tout ce que vous avez vu sur mon ordi, je l'ai euh… trouvé dans les boîtes de messagerie interne des employés. C'était juste un phishing, j'ai pas pu avoir tout le monde, mais j'ai eu du bol de tomber sur ceux-là.

— Les conneries des utilisateurs, toujours la première faille.

Je m'attendais pas à ça. Je souris sans trop savoir comment réagir.

— Ouais… Enfin, j'ai aussi visé le patron, mais il a grillé le truc. Alors j'ai préparé une charge d'attaque sur une clé USB… Euh, une autre, c'est pas celle que je vous ai indiquée hein, c'est…

— Ne t'inquiète pas pour nous. Tu comptais donc essayer d'infecter le poste de travail du directeur – Christophe Delcourt, c'est bien ça ? – directement par un média physique. Une porte dérobée pour accéder à tout le contenu de son disque dur à distance.

— Oui.

— J'en déduis que tu as la possibilité d'approcher sa machine assez facilement ?

— Ouais… enfin, non. Mais j'aurais trouvé.

Elle tapote son mug du bout des doigts.

— Pendant mon vol, j'ai examiné le code du malware que tu as préparé sur ta clé.

Wow. Elle se fait transmettre ça carrément à distance et tout… Et surtout, c'est une fédérale qui a l'air de haut rang, mais qui s'y connaît en progra ? Mais c'est qui, cette meuf ?

— Oh.

— Le programme qui t'a servi de base est assez répandu, mais les modifications que tu lui as apportées sont intéressantes. C'est ce que j'avais également remarqué pour Domolockee.

Je sais pas si je dois dire « merci », me sentir fière ou faire genre que j'ai honte, prise la main dans le sac. Et je me demande où elle veut en venir, aussi.

— Je tenais juste à te le dire. C'est dommage que tu aies choisi cette voie.

Choisi… Ouais.

J'imagine que c'est en partie vrai. Qu'on a toujours plus ou moins le choix.

La fatigue me retombe dessus d'un coup. Tellement crevée. Je hausse les épaules sans répondre.

Elle boit son café. Je me rappelle l'existence de mon verre d'eau, et je l'avale cul sec.

— Tu vas retourner sur ton lieu de stage chez OmniSee Analytics demain matin. Continuer ce que tu avais prévu avec cette attaque.

Je m'étouffe, tousse à m'arracher les poumons.

Que je quoi ?

Je croyais qu'on était juste sur un échange de sources, genre, informatrice confidentielle, ou je sais pas.

— Vous voulez que je…

— Que tu installes ce malware sur le poste de Christophe Delcourt. Nous examinerons nous-mêmes les données par la suite. Si tu acceptes cette condition, nous trouverons un arrangement par rapport à ta situation.

— Vous… vous me laisserez partir ?

— Par exemple.

Juste comme ça. Putain.

Je repense à ce que racontait Mike avec son histoire de bateau de pêche. Le sous-marin qui préfère éviter de reconnaître que ce tout petit filet l'a foutu dans la merde.

— Je n'ai pas besoin de te préciser que si tu dévoiles quoi que ce soit de cette conversation, non seulement tu aurais du mal à te faire entendre, mais tu ajouterais une série d'inculpations à ta liste déjà assez longue. Et crois-moi, tu ne veux pas tomber sous le coup de l'Espionage Act.

Qu'est-ce que je suis censée répondre à ça ?

Elle se lève avec son mug.

— Nous verrons les détails demain matin. Je sais que cela ne va pas être facile, mais essaye de dormir un peu. Toi, tu peux, au moins, j'ai une dizaine d'appels qui m'attendent…

Je dois faire une drôle de gueule quand elle me sort ça, assise sur ma chaise avec les poignets enchaînés à une table, parce qu'elle ajoute tout de suite :

— On ne va pas te laisser là, ne t'inquiète pas. Ce sera… un petit peu plus confortable, on va dire. Et tu comprendras qu'on ne peut pas non plus te laisser partir comme ça.

*

J'y crois pas.

Ils avaient peur que je fasse quoi, que j'étrangle un gardien avec mon jean ?

Non, plutôt que je me pende. Je suppose.

Je regarde mon reflet dans la toute petite vitre scellée de la cellule.

Il fallait que je me retrouve avec cette combi, hein ? Genre, c'était écrit.

Non, l'orange, c'est vraiment pas le nouveau noir.

Chapitre 22

Par la vitre teintée de la voiture, un petit matin brumeux à San Francisco. Assise là en place passager, je me sentirais presque comme une VIP sous protection. Avec une garde du corps personnelle qui m'escorte jusqu'à chez moi et attend dans le salon pendant que je me douche et me change pour ma « journée de travail » chez OmniSee Analytics, quand même, quoi.

Au moins l'agente en question est cool. Son prénom aussi, d'ailleurs. Sareena Fields. Je finis le gobelet de latte qu'elle a bien voulu me prendre à un drive de fast food. Parce qu'apparemment, dans le forfait hôtelier fédéral, le pyjama orange est prévu, mais pas le petit déj.

— Je vous retrouve à l'angle de l'avenue, devant le Walgreens, c'est bien ça ?

Vu la nuit que j'ai passée sur une couchette de cellule avec un masque de sommeil qui m'écrasait le nez, je préfère être sûre d'avoir bien enregistré, pour éviter les malentendus. Genre, qu'ils pensent que j'essaye de me barrer et m'envoient le SWAT aux fesses alors que je me plante juste de rue.

— Oui, c'est ça.

— Et si jamais j'ai un problème pour infecter la machine, et tout, je reviens vous le dire aussi ?

Sareena me lance un coup d'œil gêné.

— Je n'ai pas le droit d'en connaître sur… quoi que vous alliez faire, là-bas.

Merde.

— Désolée…

— C'est pas grave. Je n'ai rien entendu…

— Merci.

On roule encore un moment en silence. J'ose plus rien dire, même si j'ai envie de parler, raconter n'importe quoi juste pour ne pas réfléchir. Ne pas penser au bureau de Christophe Delcourt. À son ordi. À ce que je vais devoir lui baratiner pour qu'il accepte de brancher cette foutue clé USB. Pourtant, c'est bien ce que je prévoyais déjà avant de me faire choper. Mais les enjeux ne sont plus les mêmes… Quoique. Avant, si je ratais, je ne répondais pas aux attentes de Sparkles et ils me balançaient aux fédéraux. Là c'est directement les fédéraux que je risque de décevoir. Plus d'intermédiaire.

Je revois le message de Josh sur cette putain d'appli Sparkles.

Josh.

J'arrive même pas à lui en vouloir. C'est pas sa faute si j'ai fait de la merde. Ça allait bien sortir un jour. Il faut que je demande aux feds si je peux l'appeler. S'il se pointe à San Francisco alors qu'on en a pas fini avec tout ce bordel…

Plus tard. Pour le moment, je dois déjà réussir à me tirer dudit bordel.

Je commence à reconnaître les rues, certaines enseignes. Oui, la voie de tram est là, donc on approche.

Fields stationne en double file le long de la pharmacie qui sera notre rendez-vous après mon opération (ça fait tellement pro, dit comme ça). On se regarde, j'ai l'impression qu'elle ne sait pas quoi dire non plus. Alors je lance, comme si je partais faire le truc le plus banal du monde :

— À tout à l'heure !

Je crois qu'elle ne s'y attendait pas.

— Oui, à plus tard.

Je referme la portière, elle s'éloigne. Et me revoilà seule, à deux rues d'OmniSee Analytics et de l'ordi que je dois infecter. Enfin, seule… J'imagine qu'un ou deux autres fédéraux doivent me filer en douce pour me récupérer manu militari en cas d'initiative malencontreuse de ma part.

Il fait froid ce matin. J'aurais dû prendre un sweat. Ou ils auraient pu me rendre ma veste chic de meuf qui se la joue corporate, c'était pas compliqué. Est-ce qu'elle est dans un carton de preuves avec un scellé en plastique numéroté dessus ? Pleine d'ADN de la terrible hacker de la Maison-Blanche. Je délire. J'aimerais bien avoir mes écouteurs aussi.

À la place j'avance les mains enfoncées dans les poches, bras serrés le long du corps pour me réchauffer. En silence. Juste le bruit de la ville, voitures, sirènes, ce fond permanent qu'on remarque pas d'habitude, et les légers claquements de mes talons sur le sol.

J'entre dans ce hall qui semble déjà presque familier, alors que ça fait même pas une semaine que je viens ici. Quand on est paumé à ce point, le cerveau doit chercher tout et n'importe quoi comme repères pour se rassurer.

Je salue le vigile. Cette fois, il me répond.

Margaret lève la tête de son écran dès que j'approche. Son grand sourire chaleureux.

— Melissa ! Comment ça va, aujourd'hui ? Tu te sens mieux ?

J'essaye d'avoir l'air enthousiaste moi aussi.

— Oui, j'ai bien dormi, ça va maintenant.

Tu parles.

Elle est polie et n'ose pas faire remarquer combien ma tronche livide sous le maquillage à l'arrache doit hurler le contraire.

Je m'installe à côté d'elle.

— Tiens, tu n'as pas ton sac ?

— Non, je me servais pas trop de mon ordi ici, alors je l'apporte plus.

Je sens qu'elle y voit un sous-entendu de l'ennui mortel de mon « stage ». J'enchaîne tout de suite :

— M. Delcourt est arrivé ?

Ça l'interrompt net dans sa frappe au clavier. Elle se tourne vers moi.

— Oui, il est toujours le premier. (Petit sourire, elle baisse la voix.) Une fois je suis venue plus d'une demi-heure à l'avance pour terminer de gérer une série de messages assez urgents, et il était déjà là. Je ne sais pas comment il fait ! Mais pourquoi est-ce que tu me demandes ça ?

— Je dois lui parler, un projet par rapport à mon stage ici, et chez Sparkles.

— Oh, d'accord ! C'est dans ton domaine, chez eux, les algorithmes de big data, c'est bien ça ?

— Oui !

Elle opine, moue impressionnée. Puis, après une hésitation :

— Tu l'auras remarqué, M. Delcourt n'est pas des plus… accessible. J'espère qu'il voudra bien te recevoir.

Je me lève en essayant de sourire.

— J'espère aussi ! Je te ramène un café ?

— Non, c'est gentil, ne te dérange pas pour moi, Melissa.

Je pousse la porte de l'open space. Pas beaucoup de postes occupés. Sur le coup, j'ai espoir qu'ils seront tous dans la salle de réunion autour du grand maître Delcourt. Mais non, il y a de la lumière dans son bureau. Raté.

Détour par l'espace de pause. Débarquer gentiment avec un café me permettra au moins d'entrer dans la pièce sans qu'il me refoule direct. Le pied-dans-la-porte. D'où je sors ce terme, moi ?

L'affiche d'avertissement pour la smart cafetière me donne limite envie de troller et de la connecter au réseau. Mais j'ai même pas le code d'accès. Tant pis.

Mug brûlant entre les mains, c'est parti, j'y vais.

Chaque pas qui me rapproche du bureau accélère mon rythme cardiaque. L'impression de flottement.

Je suis devant la porte. Je toque. La réponse vient avec un ton sec qui me donnerait envie de fuir. Les souvenirs de l'échec d'hier reviennent. Putain. Le mec est un expert de la psychologie et de la manipulation. Qu'est-ce que j'espère face à un type pareil ?

Mais c'est trop tard. J'y suis.

J'entre avec un sourire vissé au visage. Il a l'air surpris de me voir, mais lève à peine le regard de son ordi portable.

— Ah, merci, Mlle Allen.

Je pose le mug sur le bord du bureau. Prends une longue inspiration. Quand il remarque que je n'ai pas disparu immédiatement après l'avoir servi, ses yeux de psy me vrillent jusqu'au fond du crâne.

— Souhaitiez-vous me dire quelque chose, Mlle Allen ?

Tout dans son intonation indique que la bonne réponse est « non, rien du tout, au revoir ».

Je déglutis. Souffle.

Ma voix tremble à peine.

— Oui, M. Delcourt… C'est au sujet de mon stage. Un projet que je dois vous soumettre. J'ai préparé une présentation hier, j'ai tout amené, je peux vous montrer si vous…

Il cille, se recule légèrement dans son fauteuil.

— Un projet ?

Putain, ça part mal. Qu'est-ce que je raconte ?

— C'est, vous savez, chez Sparkles, je travaille sur les algorithmes big data, pour l'élaboration des profils d'utilisateurs et, euh…

Sa main se lève pour m'interrompre, sans appel.

— Mlle Allen, l'entente avec Sparkles concernant votre accueil – temporaire – dans le cadre de votre université d'été ne précisait en aucun cas votre implication dans…

Je n'ai pas besoin de surjouer la panique, je stresse bien assez pour de vrai.

— Mais… pourtant, M.…

Je cherche un nom, quelqu'un de chez Sparkles, une référence qui en jette. Qui lui en mette plein la vue. Le genre d'autorité qu'il peut juste pas balayer d'un revers.

Mais oui.

— M. Sagma Bhatt m'a assuré que vous seriez intéressé…

La mention du grand expert en manipulation publicitaire – pardon, en marketing ciblé par analyse psychographique – de chez Sparkles lui coupe le sifflet. Son front bronzé et brillant se plisse.

— Vous travaillez avec Sagma Bhatt ?

— Oui, j'ai même suivi ses cours à la fac.

Je suis certaine qu'il en donne toujours, mais j'ai oublié pour quelles classes. Merde, c'était peut-être trop gros, là. Si c'est pour des masters, j'ai pas l'air conne.

Mais on dirait que Delcourt ne le sait pas non plus. Son attitude change subtilement (quoiqu'assez pour que je le remarque), un éclat de curiosité dans ses yeux glaçants. Est-ce qu'il me voit comme une disciple d'un autre ponte de son domaine qu'il pourrait débaucher au recrutement par le mastodonte Sparkles, d'un coup ?

— Intéressant. Transmettez-moi votre présentation par e-mail, je vous tiendrai informée par la suite.

— Je…

Merde, merde, merde, trouve quelque chose…

— Je l'ai sur ma clé USB, ce serait peut-être plus prudent, Margaret m'a dit ce qui est arrivé hier soir, la campagne d'hameçonnage, et comme votre prestataire de sécurité est en train d'intervenir, il pourrait y avoir des bugs, surtout que je ne peux pas utiliser votre système de messagerie interne, je n'ai pas de compte, comme je suis euh… juste ici temporairement.

J'ai débité ce monceau de conneries à fond. Totale improvisation. Je suis nulle pour ça.

Et pourtant il opine, comme si tout faisait sens. Pas si bon que ça en tech, le psy, finalement ?

— D’accord, laissez-moi votre clé. Je ne peux pas regarder vos documents tout de suite, mais je m’en occuperai la semaine prochaine.

Merde.

— C’est que, euh… j’ai besoin de la clé USB…

J’insiste trop. C’est là qu’il va commencer à se poser des questions et me dire…

— Bon. Je vais les enregistrer.

Il est agacé, mais il a dit oui. Putain. Il a dit oui.

J’attrape dans ma poche ce petit bout de plastique et de silicium rempli de malware. Le place dans la main qu’il me tend.

Il la branche sur le côté de son portable. Fronce les sourcils. Je dis très vite :

— Elle bug un peu, parfois… mais elle va s’afficher. Désolée…

Allez.

Ce malware est censé se charger en quelques secondes.

Allez…

Allez !

Le petit bruit de Windows d’un nouveau périphérique installé.

Le son de la victoire.

Je m’attendais à ce que le soulagement déferle comme une vague. Mais c’est trop tôt. Trop abstrait.

Delcourt clique plusieurs fois sur sa souris. Je ne vois pas l’écran d’ici, mais je l’imagine sélectionner les documents PDF et PowerPoint remplis à l’arrache avec des éléments de mes notes, des fiches données par nos responsables de stage chez Sparkles – dont Sagma Bhatt lui-même. Je sais pas ce que j’aurais fait s’il avait décidé de tout examiner tout de suite, là, en ma présence pour que je commente ou lui explique ou quoi.

Comme prévu, il va regarder « plus tard ».

À quel point je comptais sur cette excuse de base, universelle. C’est dingue.

— Voilà, c'est bon.

Il me rend la clé USB, à peine chauffée par la transmission des données.

Je la glisse dans ma poche.

Souris.

— Merci, M. Delcourt.

*

— Vous voulez boire autre chose, Melissa ?

Sareena me demande ça gentiment. Elle essaye toujours de me calmer. Je me ronge les ongles presque au sang. Ça fait combien de temps qu'on glande ici, genre une heure ? Deux heures ?

Déjà deux bouteilles de smoothie vides sur la table, près de son mug de thé.

— Je sais pas.

— Vous n'avez pas goûté le kiwi-fraise.

— Ouais. OK.

Elle interpelle un serveur. Pas grand monde dans le café à cette heure-ci. J'ai aucune idée d'où on se trouve et ça me stresse encore plus. Quelque part pas trop loin des quais, je crois. On a longé le front de mer avant de stationner. Pourquoi ici ? Qu'est-ce qu'on attend ?

Sareena est toujours cool, mais elle ne sait rien du tout.

Je veux savoir.

Putain.

Est-ce que l'infection a fonctionné ? Elle a dû, sinon ils m'auraient déjà ramenée en cellule, non ? Ils sont peut-être en train d'examiner les documents, tout le fatras…

La Maison-Blanche apparaît en incrustation derrière le présentateur du JT qui passe sur l'écran plat accroché au plafond. Forcément, ça attire mon attention.

De nouvelles tensions après l'incident de sécurité qui a frappé la résidence présidentielle au mois de juin dernier. Le président Kayne multiplie les prises de position radicales vis-à-vis de son administration, déclarant ouvertement que les défauts de sécurité sont à imputer avant tout à, je cite, « l'incapacité de certains haut placés » de la communauté du renseignement comme du Department of Justice. Des mots sans équivoque après un face à face houleux avec le directeur du Federal Bureau of Investigation, Clayton Spender, lors d'une audition devant le Sénat durant laquelle M. Spender a soutenu qu'en dépit de, je cite, « une certaine sophistication de l'attaque informatique », une grave faute de sécurité en interne, au sein même de la Maison-Blanche, aurait été nécessaire pour que…

Le boss du FBI et le président Kayne qui se fritent en direct dans une séance du Sénat. Wow.

Attends.

Est-ce que le FBI va vraiment essayer de camoufler l'histoire d'OmniSee Analytics ?

Wow !

Non, arrête, c'est un truc de film là, un complot d'une agence fédérale pour éviter la réélection d'un président qui embête ses pontes ?

Je regarde Sareena. J'ai envie de lui en parler, mais c'est absurde, qu'est-ce qu'elle pourrait me dire même si elle avait la moindre info ? Elle lève les yeux vers moi, hausse un peu les sourcils.

Ma bouche dit toute seule :

— Vous savez ce qui se passe… en interne, avec cette histoire ?

— C'est-à-dire ?

— Le président Kayne et votre directeur.

— Oh… Euh…

Elle ne s'attendait visiblement pas à la question, et moi non plus, en fait. Qu'est-ce qui me prend, putain ?

— Je ne me mêle pas vraiment de tout ça, enfin, c'est surtout autour de la direction que ça chauffe. Et pour les membres de la commission d'enquête sur cette affaire aussi, ça doit sentir le roussi.

Elle marque une pause, soupire.

— Mais s'il n'était pas réélu, je pense que personne ne s'en plaindrait.

J'accuse le choc.

L'impression de flotter, à nouveau, que je vais me réveiller dans mon lit chez M. Davis et que tout ça n'aura été qu'un rêve particulièrement perché.

Le portable de Sareena sonne, je sursaute. Elle décroche tout de suite.

— Fields. Oui ? Entendu. Compris, madame. Je vous la passe, madame.

La formalité du ton me laisse deviner qui peut être au bout de l'appel.

J'avale ma salive. Prends le téléphone qu'elle me tend.

La voix de la femme d'hier, je réalise que je ne sais même pas son rôle, son titre, son nom, rien.

— Melissa ?

— Euh, oui.

— Une voiture vous attend à l'extérieur. On vous remettra une carte SD. Par la suite, l'agent Fields vous conduira.

Tête qui tourne. Je me rattrape à la table comme si j'allais tomber.

— Où… où est-ce qu'elle va m'emmener ?

— Vous allez transmettre le support à votre contact au sein de Sparkles, Anita Renford. Comme vous en aviez convenu avec elle.

Une pause.

Je réalise que j'oublie de respirer.

Elle reprend :

— Souvenez-vous des conditions de notre accord, Melissa. Vous allez reprendre votre vie normale, votre stage chez Sparkles. Personne de l'entreprise ne doit avoir la moindre connaissance de notre implication.

Plus la moindre trace de sympathie dans sa voix, quand elle dit ces mots.

— Vous avez une chance de vous sortir de cette affaire. Ne la gaspillez pas.

Elle raccroche.

Je rends le téléphone à l'agent Fields, qui semble n'avoir rien entendu de l'échange.

Ou ne rien avoir voulu entendre.

Chapitre 23

Une guitare électrique déchire l'air. J'ouvre les yeux péniblement.

C'est vrai que c'est lui qui a choisi la sonnerie du réveil, hier…

La batterie s'emballe et une voix commence à scander frénétiquement. Un truc de punk rock, je connais rien à ce genre-là.

Mal à la tête. Faut dire, un week-end entier avec le combo bière-beuh-séries, ça laisse des traces.

Va falloir qu'on se calme. Mais on devait bien fêter les retrouvailles !

Bon, c'est pas la seule raison qui me poussait à vouloir anesthésier mon cerveau, OK.

Le sac de couchage est vide, roulé en tas dans son coin de la pièce. Sérieux, il est levé ?

La porte de la salle de bain s'ouvre sur un Josh déjà habillé, prêt, et tout. Tignasse soigneusement pas coiffée et fringues déchirées dans tous les sens, patchs de groupes en prime. C'est marrant qu'il se soit laissé pousser les cheveux, on se ressemble encore plus maintenant. Il tape dans ses mains en me voyant toujours vautrée dans mon lit, me balance une serviette mouillée que j'essaye d'esquiver par une roulade sur le côté. Sans succès.

— Allez, allez, debout tout le monde !

— Ouais, ouais…

Quelqu'un a remplacé le Josh que je connaissais, c'est pas possible qu'il soit aussi dynamique et motivé. Déjà quand il m'a révélé le boulot « surprise » qu'il vient faire ici à San Francisco, j'y croyais tellement pas. Formation intensive en programmation pour applis mobiles. Rien que ça.

En vrai, c'est cool de le voir comme ça.

Je me traîne en pyjama jusqu'au plan de travail de la cuisine. Il m'a servi un mug de café fumant et boit le sien en faisant défiler des actualités sur son nouveau portable tout neuf.

— C'est une putain de saison de série politique cette histoire avec OmniSee Analytics, tu as vu ça ? Depuis l'annonce de tes copains de Sparkles qu'ils rompent tout contrat avec eux, et qu'ils ont balancé toutes les infos bien juteuses à la presse. Le patron de l'autre boîte là, Christophe Delcourt, devait être entendu par le Congrès aujourd'hui, mais il a disparu de la circulation. C'est fou, pourtant hier encore dans sa déclaration officielle il disait que son entreprise était victime d'une machination, qu'on avait volé des informations capitales, mais qu'il ne pouvait pas donner de nom, vu l'enquête en cours… Il avait pas l'air prêt à lâcher son bout de viande, le mec. Et là, paf, plus rien. (Il se marre, boit une gorgée de café.) 'Tain c'est frustrant, limite, j'aurais bien aimé avoir la fin de l'histoire de son côté !

Je baisse le regard dans mon café. Rester évasive.

— Ouais. C'est dingue.

— Enfin bon, pas comme si y'avait grand-chose à espérer de gros patrons pourris dans ce style. Tu m'étonnes qu'il fricotait avec la campagne de Charles Kayne, c'est bien le même genre de mecs ! Il prend sa raclée dans les sondages lui, maintenant. C'est beau à voir. Je pensais pas dire ça un jour, mais merci, Sparkles !

Si tu savais, cousin…

Il glisse son portable dans une poche, rince vite fait son mug.

— Bon, pause pub, faut que j'y aille.

Main sur la poignée de la porte, il interrompt son geste avant d'ouvrir. Me regarde très sérieusement, d'un coup.

— Mel. Dis-moi franchement. Tu crois que je peux y arriver ?

— À apprendre la progra ? Bah bien sûr que oui ! Tu as déjà commencé de ton côté en plus, tout ce dont tu m'as parlé ce week-end, ce sont de bonnes bases.

Il a l'air tellement dans le doute, là, caché derrière ses cheveux. Je souris.

— T'inquiète, Josh, tu vas gérer. Puis je pourrai t'aider à bosser le soir si tu veux.

— Oh ouais, tu me montreras le genre de trucs que tu sais pirater ? Merde, faut vraiment que j'y aille…

— Euh… ça par contre, je…

Il est déjà sorti avant que je finisse ma phrase.

Je termine mon café dans le silence post-Josh.

*

Le bus automatique est relativement plein, déjà, mais j'arrive à trouver une place assise. Je regarde par la vitre, cherche machinalement une voiture noire, un costard suspect. Ça m'étonnerait que les fédéraux m'aient lâchée comme ça. Ou alors ils se contentent de me traquer avec tout leur arsenal de surveillance cyber, à guetter la moindre connerie de ma part. Ou peut-être qu'ils n'en ont vraiment plus rien à foutre de moi tant que je la ferme sur leur petite magouille.

Je soupire.

Kelsey, Brad, Hollis et toute l'équipe m'attendent pour qu'on reprenne le projet ensemble vu qu'OmniSee Analytics a annoncé la suspension de ses activités dès que Sparkles a dévoilé tout leur programme dans cette belle rupture de contrat avec annonce officielle par le big boss Kenneth Geary en personne. Mais j'arrive plus à vraiment y croire. À part pour que je cache leurs propres magouilles, je vois pas pourquoi Sparkles me garderait.

Je vais bien voir ce que Renford va me dire tout à l'heure. J'appréhende même pas le rendez-vous. On verra.

Une femme vient s'asseoir à la place libre à côté de moi, je me pousse machinalement pour la laisser s'installer. Grosses lunettes noires, des cheveux d'un rouge quasi auburn, en frange longue. Du coin de l'œil, sa tête me dit quelque chose, même si la coiffure ne colle pas du tout…

Attends.

Ce sourire en coin quand je me tourne vers elle.

— NoD ?

Qu'est-ce qu'elle fait là ? Je cherche ses mains du regard, tout de suite, comme si… quoi, elle allait me piquer au poison pour le compte de Mike ?

Non, j'arrive pas à imaginer un truc pareil.

On dirait qu'elle devine ma paranoïa (que j'estime légitime, tout de même) :

— Ne t'inquiète pas. Je ne suis pas là pour Mike.

J'opte pour ne pas répondre, juste attendre qu'elle continue, si elle a quelque chose à dire. Après tout, c'est elle qui m'a plantée quand je l'ai appelée, quand…

Bref.

Je fixe le dossier de la banquette devant nous. NoD a un léger soupir.

— Je sais que tu dois m'en vouloir. Pour vendredi. J'aurais voulu t'aider.

Je hoche la tête, sans la regarder.

— J'imagine que c'était pas au programme avec Mike.

Même si je ne peux pas lui pardonner, genre là, tout de suite, je comprends. Reste qu'il faut que je le digère.

Une nuance de regret dans sa voix de Californienne branchée :

— C'est pas le genre d'employeur avec qui tu peux prendre des initiatives comme ça. Il y a le protocole. Tu t'y tiens.

Pas comme j'ai fait moi, quoi…

Je sens l'angoisse revenir, cette peur glaçante de voir apparaître Mike ou un type en costard quelconque au coin d'une rue pour me punir d'avoir foiré leur plan…

J'avale ma salive. Regarde dehors.

NoD dit doucement :

— Tu n'as rien à craindre de leur côté.

— Les Ru… (Je m'interromps net.) *Eux* ?

— Même si ce n'était pas ce qu'ils attendaient de toi au départ, le bordel que tu as déclenché correspond exactement à leurs plans, de façon plus globale.

Là, je la regarde droit dans les, euh, verres fumés.

— Comment tu sais que…

— Un stage clandestin chez Sparkles, un mystérieux lanceur d'alerte anonyme qui dévoile de quoi plomber l'ambiance pour les élections juste au même moment…

Elle hausse un peu les épaules.

Je déglutis à nouveau.

— Tu crois qu'*ils* vont pas en avoir après moi alors ?

— Pourquoi ils t'en voudraient ? La grande démocratie américaine est ridiculisée par tout ce théâtre de manipulation politique, la confiance des électeurs dans les candidats est sabordée… Opération d'influence classique et efficace.

J'arrive pas à croire que ce qu'elle me dit me rassure. D'une certaine manière assez tordue.

— OK…

— Et en prime, on dirait qu'ils ont récupéré un neuropsychiatre de haut vol au passage.

Non, sérieux ?

C'est tout ce que je trouve à dire, ouais.

— Non, sérieux ?

Elle sort son portable, me montre un fil d'actualité live.

Christophe Delcourt aurait quitté le pays. Moscou comme refuge pour le CEO d'OmniSee Analytics, l'entreprise au cœur de la tourmente depuis la première publication de nos confrères d'Intercepted News vendredi soir ?

— Ah ouais…

Elle a ce sourire en coin, à nouveau. Un peu las, peut-être.

— Côté Mike : gagnant-gagnant.

Un silence.

Pas spécialement inconfortable. Juste, je vois pas ce que je peux dire.

Un moment passe. NoD demande :

— Tu sais ce que tu vas faire ?

C'est une très bonne question. Continuer ma deuxième année avec mon faux diplôme qui pourrait être annulé d'un jour à l'autre si les magouilles du mec de la fac sont grillées ? Je sais même pas comment les fédéraux ont pu passer à côté, d'ailleurs. Peut-être qu'ils n'en ont rien à foutre.

Je me sens pas de jouer un faux enthousiasme.

— Pas vraiment. Pour le moment, je crois que Sparkles me garde pour finir le stage.

La voix automatique de la rame annonce la prochaine station.

NoD me lance un regard derrière ses verres noirs.

— C'est là que je descends.

Elle se lève, je serre la main qu'elle me tend.

— Bonne chance, Melissa.

Je sens quelque chose contre sa paume, qu'elle laisse glisser dans la mienne quand ses doigts s'écartent.

Qu'est-ce que…

Une carte micro SD.

Je fourre tout de suite la main dans la poche de mon sweat, le minuscule conteneur serré au creux de mon poing. NoD sourit.

— Tu aimes toujours Dance With The Dead ?

— Oui, pourq…

Les engrenages s'enclenchent dans ma tête. Un conteneur chiffré, avec pour mot de passe le hashage du mp3 de *Sunset*.

Je hoche juste la tête et je crois qu'elle comprend que je comprends. Un clin d'œil par-dessus ses lunettes noires.

Les portes du bus s'ouvrent. Elle sort avec la foule.

La carte micro SD semble brûlante contre ma peau. Je me retiens de vérifier si on nous a observées. Rien de plus suspect que de se tordre le cou comme ça. Qu'est-ce qu'il peut y avoir dessus ? Des outils d'attaque ? Dans 64 Go de stockage, on peut en accumuler de l'arsenal.

Je ne sais même pas si je vais la garder.

(Si, en fait, je le sais très bien.)

Je l'ouvrirai peut-être pas tout de suite. Juste laisser passer un peu tout ça. Quoique, si je regarde juste comme ça, sans rien en faire…

Juste un genre de roue de secours, au cas où.

Je souffle doucement pour relâcher la tension qui commençait à serrer ma gorge et mon ventre.

Dehors, le ciel d'été est vide, éclatant. Entre deux barres de buildings, je peux voir la baie.

Sur le bleu plus sombre de l'eau, un petit chalutier s'éloigne vers l'océan.

Remerciements

Un grand, grand, infini merci à Mia Lacroix, sans qui, sans exagérer, ce roman n'aurait jamais existé. Pour tes conseils, le suivi du plan, les relectures, le soutien… merci, « Coach », vraiment.

Merci également à Charlie Poorun, Julien, Laura Ferret-Rincon et Vincent Ferrique pour vos lectures avisées, et tout le service après vente que je vous ai demandé à coup de relecture de passages retouchés et autres hésitations existentielles sur tel ou tel nom…

Je dois aussi à Charlie le tuto Gimp qui m'a permis de créer ma propre couverture pour la première fois. Merci, l'ami.

Merci à mes parents, qui me soutiennent toujours autant dans ma démarche d'auteur, comptent parmi mes premiers beta-lecteurs, et supportent mes divagations depuis toutes ces années.

Merci à la commu Twitter et Insta, aux « Bobby », ainsi que plus généralement à celles et ceux qui m'ont encouragé, aidé, ont apporté des réponses aux doutes et aux questions qui me taraudaient à toute heure du jour ou de la nuit.

Enfin, merci à vous, lectrice/lecteur, en espérant que ce périple en terres black hat aux côtés de Melissa vous ait plu comme j'ai aimé l'écrire !

L’auteur

Auteur hybride autoédition/édition traditionnelle, j’ai publié une dizaine de nouvelles en anthologies et revues, ainsi que deux recueils en autoédition (*Éclats de silicium* ; *De cuivre et de graphène*), accompagnés aujourd’hui de ce premier roman.

Si j’écris également dans la veine fantastique et la fantasy, c’est le thriller technologique, contemporain ou d’anticipation, qui a ma prédilection. Sécurité informatique, surveillance électronique, et perspectives autour des objets connectés ou des interfaces humain-machine sont autant de thèmes que j’explore au travers de conférences (Mikko Hyppönen et Troy Hunt, mes références), articles (Jean-Marc Manach, Kashmir Hill…), papiers de recherche…

Vous pouvez retrouver l’actualité de mes publications et de mes projets sur mon blog (keotauteur.wordpress.com) ainsi que sur Twitter (@keotauteur) et Instagram (@keot_auteur).

Printed in Poland
by Amazon Fulfillment
Poland Sp. z o.o., Wrocław

77729486R00228